Alex Thomas
Die Tränen der Kinder

AF202231

Das Buch

Ein Grab mit einem dunklen Geheimnis. Ein heiliger Wald voller Zeichen und Rätsel. Und ein Killer, dem nichts heilig ist.

Nach einem Erdbeben nördlich von Rom gibt der »Sacro Bosco« ein grauenhaftes Geheimnis preis. In einem Massengrab werden die Überreste enthaupteter Frauen entdeckt, die zum Zeitpunkt ihrer Hinrichtung Föten in sich trugen. Kardinal Calitri, der den heiligen Wald vor kurzem erwarb, ist entsetzt. Erste Untersuchungen ergeben, dass die Skelette Jahrhunderte alt sind, doch dann werden jüngere Frauenleichname entdeckt, und eine davon stammt aus dem letzten Winter.

Nach einer gescheiterten Karriere beim FBI wird Agent Paula Tennant von der ISA rekrutiert. Als einer ihrer obersten Bosse sie auf die Sacro-Bosco-Morde ansetzt, an dem sich die italienischen Behörden die Zähne ausbeißen, wittert sie ihre Chance. Undercover beginnt sie zu ermitteln, und stößt dabei immer wieder auf das Zeichen einer stilisierten Lilie – und auf eine alte Schrift aus den Vatikanarchiven, in der von einem alten Menschheitstraum und einem diabolischen Bund die Rede ist.

Die Autoren

Alex Thomas ist das Alter Ego eines Autorenehepaares. Ihre Romanreihe um die rebellische Nonne Catherine Bell begeistert die Fans von Vatikan- und Mystery-Thrillern. Mit der Reihe um die ISA-Ermittlerin Paula Tennant erforschen sie einen neuen Quadranten ihres Universums.

ALEX THOMAS

DIE TRÄNEN DER KINDER

THRILLER

Deutsche Erstveröffentlichung bei
Edition M, Amazon Media EU S.à r.l.
5 Rue Plaetis, L-2338 Luxembourg
Januar 2018
Copyright © der deutschsprachigen Ausgabe 2018
By Alex Thomas
All rights reserved.

Umschlaggestaltung: zero-media.net, München
Umschlagmotiv: © Michael Blann / Getty; © pixalot / Getty; © Bob
Packert / Getty;
Lektorat: Bernadette Lindebacher
Korrektorat: Manuela Tiller/DRSVS
Printed in Germany
By Amazon Distribution GmbH
Amazonstraße 1
04347 Leipzig, Germany

ISBN: 978-1-503-95421-2

www.edition-m-verlag.de

Für Neil & Chris

Mors certa,
hora incerta.

Der Tod ist sicher,
die Stunde ist ungewiss.

(Unbekannter Verfasser)

1

Bomarzo, Sacro Bosco
Achtzig Kilometer nördlich von Rom

Das erste Mal in ihrem Ordensleben bedauerte Schwester Francesca von der Gemeinschaft der Schwestern der Göttlichen Vorsehung, ihr Habit zu tragen. Natürlich war die Tracht das Zeichen ihres Glaubens, ebenso wie das Gebet das Herzstück ihres Lebens war, doch wenn man, wie an diesem Mittag, mit der Kamera in der Hand alleine im Wald umherirrte, um den Anschluss an seine Wandergruppe zu finden, erwies sich das Tragen des langen Gewandes mit dem Schleier als äußerst hinderlich. Etliche dünne, abgebrochene Zweige hatten sich bereits in dem Stoff verfangen, außerdem begann er die Feuchtigkeit des rundherum aufsteigenden Nebels aufzusaugen. Und dann hatte Francesca sich auf der Suche nach ihren Mitschwestern und einer Abkürzung auch noch die Hände und das Gesicht zerkratzt.

Besorgt hielt sie inne und blickte durch die üppigen Baumkronen zum Himmel hinauf. Der Himmel verdunkelte sich, womöglich zog Regen auf. Francesca lehnte sich an einen Baum, versuchte ihren Atem zu kontrollieren und kämpfte die

Panik nieder, die in ihr aufstieg. Zweimal hatte sie geglaubt, zum Hauptpfad zurückgefunden zu haben, doch inzwischen erschien es ihr, als hielte der *Sacro Bosco* sie wie in einem teuflischen Labyrinth fest.

»Kommt, meine lieben Schwestern!«, hatte Schwester Benedicta gesagt. »Lasst uns einen Tagesausflug machen. Lasst uns hinaus zum ›Heiligen Wald der Ungeheuer‹ fahren!«

Francesca seufzte und spähte in die zunehmende Dunkelheit hinein. Schwester Benedictas Ideen zeugten stets von einer gewissen Abenteuerlust. Bisweilen waren es sogar bizarre Ideen, was vielleicht daran lag, dass sie als Paläografin in den fensterlosen, vatikanischen Geheimarchiven arbeitete und dort hin und wieder auf jahrhundertealte, seltsame Schriften stieß. Dummerweise hatte die skurrile Geschichte des *Sacro Bosco* auch Francesca fasziniert, zumal sie für ihr Leben gerne historische Motive fotografierte und kurz zuvor von ihrem Bruder dessen alte Digitalkamera geschenkt bekommen hatte. Der Gedanke, all diese mystischen Wesen aus jahrhundertealtem Vulkangestein und die geheimnisvollen Inschriften fotografieren zu können, hatten sie geradezu beflügelt und sie hatte Benedictas Vorschlag begeistert unterstützt. Wie hatte es in dem Prospekt noch geheißen? Ah ja, eine mitreißende Mischung aus Gruseln, Staunen, geheimnisvollem Rätseln, Spiel und Spaß!

Tja, das Gruseln und Rätseln genoss Francesca nun in vollen Zügen. Dabei hatte sie erst einen Teil des Skulpturenwalds fotografiert. Orcus, den Gott der Unterwelt mit seinem weit geöffneten Maul, dessen gewaltigen Rachen sie betreten hatte. Cerberus, den dreiköpfigen Höllenhund, Pegasus, das geflügelte Pferd, der Drache, der mit dem Löwen kämpfte. Das alles, das Wandeln zwischen all diesen schaurig-schönen Ungeheuern, hatte sie in den Bann geschlagen und ein Foto nach dem anderen schießen lassen. Bis sie den Anschluss an ihre Gruppe verlor.

Herrgott! Irgendwie musste sie doch aus diesem Wald wieder herausfinden?

Streng dein Gehirn an!

Sie aktivierte die Kamera und ging auf der Suche nach einem Anhaltspunkt die Fotos durch. Benedicta, sie und die anderen waren durch einen Obstgarten und einen Bach, der sich durch das bewaldete Tal schlängelte, in den *Sacro Bosco* gelangt. Immerhin hatte Francesca bei ihrem Umherirren zweimal die bemoosten Stufen zu dem kleinen Theater im griechischen Stil erreicht. Und einmal hatte sie sogar von der auf einer Anhöhe gelegenen Rotunde auf den Stadthügel des nahe gelegenen Bomarzo geblickt. Der Rückweg war ihr so greifbar nahe erschienen. Doch dann hatte sie sich nach ihrem Abstieg wieder in dem Park verirrt. Wieso fehlten auch gerade jetzt alle Hinweisschilder und wurden neu gemacht?

Erneut ging sie die Fotos durch. Starrte etwas länger auf das Bild mit dem Rachen des Orcus und dem seltsamen Spruch unter der Nase des Monsters: »Ogni pensiero vola.« *Jeder Gedanke fliegt.* Was hatte es mit dieser Inschrift auf sich?

Im Kameradisplay blinkte etwas. Auch das noch! Dem Akku ging allmählich der Saft aus. Wie bei ihrem alten Handy vor etwa einer halben Stunde. Francesca ging den Rest der Bilder trotzdem noch durch. Scrollte durch rätselhafte Frauen-, Tier- und Männergestalten. Die Bilder eines schiefen Häuschens und weiterer rätselhafter Inschriften.

»Du, der du Stück für Stück mit Verstand hier hereinkommst, sage mir, ob so viele Wunder aus Täuschungsabsicht oder um des Zaubers willen gemacht worden sind.«

Ein Schauder lief ihr über den Rücken.

Schließlich gab sie sich einen Ruck, richtete ihren zerzausten Schleier und ging weiter, schlitterte übers feuchte Laub, hielt sich an einigen Ästen fest und verletzte sich erneut die

Haut an ihren Händen. Und dabei konnte sie immer weniger sehen, denn der Nebel nahm zu.

Wieso war außer ihr scheinbar niemand mehr im Park? Sie hatte nicht die geringste Ahnung, wo in diesem verfluchten Wald sie sich eigentlich gerade befand. Was, wenn sie die Nacht hier in der Nässe und Kälte zubringen musste? Ihre kleine, schlichte Zelle im Kloster erschien ihr plötzlich wie das komfortable Zimmer eines Luxushotels.

Verlier jetzt bloß nicht die Nerven.

Müde hielt sie inne und kauerte sich nieder, lehnte sich mit dem Rücken gegen die raue, feuchte Rinde eines Baums. Sie musste hier herausfinden. Unbedingt. Irgendwie.

Keine Panik! Ruhig bleiben! Benutze deinen Kopf!

Eine Weile blieb sie still sitzen, müde, frierend, aber noch lange nicht bereit, aufzugeben. Dann hörte sie plötzlich Krähengeschrei. Vermutlich sammelten sich die Tiere irgendwo in den Baumwipfeln für die hereinbrechende Nacht. Das raue, unheimliche Gekrächze machte ihr zwar Angst, andererseits war es das einzige Zeichen von Leben weit und breit. Und die Vögel würden sich gewiss nur an einem Ort niederlassen, der sicher war. Der bloße Gedanke, die Nacht ganz alleine hier draußen verbringen zu müssen, erfüllte Francesca mit leiser Panik. Ob es hier wilde Tiere gab?

Sie rappelte sich auf, ignorierte ihre schmerzenden Muskeln und folgte dem Vogelgeschrei. Ihre Entschlossenheit versorgte sie mit neuer Energie. Dann verstummte das Gekrächze in den Bäumen mit einem Mal.

Reagierten die Krähen auf sie? Oder hatten die Vögel in dem zunehmenden Nebel etwas anderes entdeckt?

Francesca blieb stehen und lauschte. Doch sie hörte nur ihr angstvolles Atmen und in ihrer Einbildung vielleicht noch das heftige Schlagen ihres Herzens.

Stille. Nichts als pure, reine Stille. Wie am frühen Morgen in einem Gotteshaus.

Dann sah sie es. Einen Schatten. Eine Bewegung zwischen den Bäumen im düsteren Nebel. Ihr Herzschlag setzte für ein, zwei Schläge aus, aber ihre Müdigkeit verflog im Nu. Der Schatten rief etwas. Ja, sie hörte ihren Namen. »Francesca!«

Himmel, ich verliere den Verstand!

Aber war das nicht Benedictas Stimme? Natürlich, ihre Schwestern suchten nach ihr!

»Ich bin hier!«, rief sie und winkte dem Schatten zu. »Ich bin hier!«

Und wieder drang es durch den Nebel an ihr Ohr.

»Francesca!«

Es klang so eindringlich. So nah.

Vorsichtig bewegte sich Francesca auf die Stimme zu, unterließ es diesmal aber, selbst zu rufen, auch wenn die Stimme eindeutig zu Benedicta gehörte.

Plötzlich brach die Erde unter ihr ein, sie stürzte in die Tiefe, während jemand oder etwas ihr mit einem brutalen Ruck den Ordensschleier vom Kopf riss.

Beim schmerzhaften Aufprall knackten ihre Rippen. Ihr Schädel dröhnte. Ein Fußknöchel verdrehte sich, jagte einen Schmerz durch ihren Körper, als träfe sie ein elektrischer Schlag. Bei Gott, sie würde keinen Meter mehr laufen können! Eine Weile lag sie ruhig da, in völliger Dunkelheit, doch ihr war klar, dass sie sich wieder bewegen musste, wenn sie hier unten nicht elendig verrotten wollte.

Trotz der Pein fing sie an, ihre wunden Knochen zu sortieren. Wenigstens schien nichts gebrochen zu sein. Auf Händen und Knien tastete sie sich durch die Schwärze bis zu einer Wand und griff dort in stinkenden, wurmigen Schlamm voller fauligem Geäst. Angeekelt schreckte sie zurück. War sie etwa in einen der alten, verrotteten Brunnen gestürzt?

Weil sie vor Angst zu ersticken drohte, hob sie den Kopf und erblickte den dunkler werdenden Himmel durch die Baumwipfel. Es waren mindestens drei, vier Meter bis ans Tageslicht. Niemals würde sie es schaffen, dort hinaufzuklettern. Trotzdem versuchte sie es, ignorierte den Schmerz, krallte sich in die faulige Erde, die sie eben noch angewidert hatte, zog sich Ast für Ast hoch und rutschte wieder und wieder ab, bis sie es fast geschafft hatte.

Bis sie die Stimme erneut vernahm.

Dieses Mal hinter ihrem Rücken.

»Francesca!«

Ruckartig wandte sie den Kopf und stürzte prompt in die schleimige Tiefe zurück. Entweder drehte sie nun komplett durch oder auf der anderen Seite der Grube gab es einen Tunnel. Tatsächlich, da schien ein fahles Licht durch eine tunnelartige Öffnung! In ihrer Panik hatte sie diese wohl übersehen. Oder ihre Augen hatten sich erst jetzt an die Dunkelheit gewöhnt.

Sie kroch auf den engen Tunnel zu, versank im Morast aus nassen Blättern und zerbrochenen Ästen. Ihr Herz hämmerte gegen den Brustkorb, als wäre es ein kleines eingekerkertes Tier, das aus ihr herausspringen wollte.

»Benedicta. Bist du das?«, rief sie leise, bevor ihr die Furcht noch den letzten Mut und den Atem nahm.

Hörte sie da als Antwort etwa ein Schluchzen?

Sie kroch durch den Tunnel, vielleicht drei, vier Meter weit, und richtete sich trotz des verletzten Knöchels auf der anderen Seite auf.

»Benedicta?« Ihre Stimme war kaum mehr als ein ängstliches Flüstern.

Ein übler Gestank drang in ihre Nase, erinnerte sie an Fäulnis und Verwesung. Nein, sie durfte ihrer Panik jetzt auf gar keinen Fall nachgeben. Sie musste einen klaren Kopf bewahren.

Sie musste wissen, was um sie herum war. Sie musste sehen. Vielleicht gab es hier einen Ausgang.

Die Kamera! Vielleicht hatte sie den Sturz in ihrer Polstertasche überlebt. Der Akku war noch nicht ganz leer.

Und Francesca hatte Glück. Sie schaltet die Kamera ein, aktivierte den Blitz, richtete das Zoomobjektiv mit dem Weitwinkel in die Finsternis und drückte ab.

Für einen Moment war sie völlig geblendet. Zitternd kauerte sie sich zusammen, um Körperwärme zu sammeln, und wartete ab, bis ihre Augen wieder sehen konnten. Dann öffnete sie das Kameramenü, ging in die Bildergalerie und wählte das letzte Foto aus.

Mit einem gellenden Schrei ließ sie die Kamera in den zähen, stinkenden Schlamm fallen und sackte in sich zusammen, rang mühsam nach Luft, zitterte.

Lieber Gott! Was war das?

Das Bild hatte sich ihr wie ein teuflischer Albtraum in den Geist gebrannt, wie ein Blick in den Abgrund der Hölle.

Jedes verfluchte Detail.

Dutzende leere Augenhöhlen, ringsherum, überall in den Wänden und auf dem Boden, starrten Francesca an.

Voll körperlicher Pein.

Voll seelischem Schmerz.

Und sie alle brüllten in ihr Bewusstsein hinein. *Hilf uns! Bitte hilf uns! Hole uns hier raus!*

Francesca griff nach ihrem Brustkreuz, das sie bei dem Sturz Gott sei Dank nicht verloren hatte, und betete. Betete für die Toten. Betete aber vor allem für ihre Befreiung.

Die vielen Äste in der Erde waren gar keine Äste. Und die Grube war gar kein alter Brunnen.

Sie kniete zitternd und betend in einem Massengrab.

15

KALTBLÜTIG

2

Dreizehn Monate später
International Security Agency, Chicago, Illinois

Agent Paula Tennant sah auf die hölzerne Wanduhr und fühlte sich wie bestellt und nicht abgeholt. Gut und gerne hätte sie auf die Sitzungen bei Dr. Drew Cochran verzichten können, doch ihr Chef, der stellvertretende Direktor der ISA, war der Meinung, dass sie diese Therapiestunden noch immer benötigte. Und Robert Bernstein war kein Mann, dem man in diesen Dingen widersprach. Und vielleicht, ja vielleicht, dachte Paula, hatte ihr Chef ja auch recht. Sie hatte immerhin einen Menschen getötet, mit einem gezielten Treffer ausgeschaltet, einem Schuss, der sich im Nachhinein in der Klinik als tödlich erwiesen hatte. Klar hatte sie damit das Leben vieler unschuldiger Kinder gerettet – und der Typ war ein schreckliches Monster gewesen –, doch nun hatte sie selbst ein Menschenleben auf dem Gewissen. Das allererste Mal. Und vielleicht war es ja ein schlechtes Zeichen, dass sie keinerlei Schuldgefühle plagten, dass sie weder das Gefühl hatte, ein Stück ihrer Seele verloren zu haben, noch dem Reich des Bösen beigetreten zu sein. Wenn sie es genau nahm, bereute sie nichts und hätte jederzeit wieder so gehandelt. Das Monster hatte die Kinder wie Tiere in Käfigen gehalten, sie mit Hundefutter versorgt und verkauft wie Vieh.

Zwei Jahre und etliche frostige Nächte in einem abgelegenen, zugigen Schuppen hatte es Paula gekostet, dem netten älteren Herrn im Nadelstreifenanzug auf die Schliche zu kommen und ihm das Handwerk zu legen. Ein liebevoller Familienvater, der nach außen hin einen gut gehenden Antiquitätenladen betrieb. Tja, man sah Monstern ihr Doppelleben selten an. Doch Paula hatte seit ihrer Kindheit einen untrüglichen Instinkt für die Vertreter dieser Spezies entwickelt und es bereitete ihr ein fast schon perverses Vergnügen, ihnen das Handwerk zu legen.

Erneut ging ihr Blick zu der alten, möglicherweise antiken Wanduhr über Cochrans Arbeitstisch. Die Zeitangabe stimmte nicht mit der ihrer Armbanduhr überein. Fast zehn Minuten hinkte der altersschwache Kasten hinterher. Sie empfand das Warten als Tortur, denn so interessant war das makellose Sprechzimmer nun auch wieder nicht, auch wenn die Diplome und Auszeichnungen neben dem Fenster einen beeindrucken-den Lebenslauf dokumentierten. Aber vielleicht steckte hinter der falschen Zeitangabe ja ein System. Ein Test, dem Cochran seine Patienten unterzog. Paula würde sich ihre innere Unruhe jedenfalls nicht anmerken und sich auch nicht aus der Reserve locken lassen.

»Besessenheit war noch nie ein guter Ratgeber, Agent Tennant«, hatte der Psychiater beim letzten Treffen mit selbstgefälliger Miene erklärt. »Ich weiß, die Erfahrungen Ihrer Kindheit wiegen schwer und Sie ziehen daraus auf Ihre Weise eine ganz besondere Kraft, doch Sie sollten die Risiken dieser Prägung niemals aus den Augen verlieren.«

Dem Ton hatte Paula jedoch noch eine andere Botschaft entnommen: Bleiben Sie zivilisiert. Wir leben nun mal nicht mehr im Wilden Westen!

Cochran hatte keine Ahnung gehabt, wie sehr Paula in diesem Moment ihre Contenance bewahrt hatte, denn wie die meisten cleveren Sprücheklopfer hinter großen Schreibtischen hatte er vom zerstörerischen Bösen mit seinen unvorstellbaren Grausamkeiten kaum eine Vorstellung. Er war vielmehr wie ein Philosoph, der in einer Höhle saß und dort die Schatten an der Wand zu deuten versuchte, während die anderen draußen auf der Jagd waren. Cochran hatte keine wirkliche Vorstellung von dem, was in der Seele des Bösen vorging.

»Deshalb«, hatte sie erklärt, »sollte mein Schuss Mr. White auch nur außer Gefecht setzen. Und das, bevor er die Kehle des kleinen Mickey aufgeschlitzt und die restlichen Beweismittel verbrannt hätte.«

»Nun«, hatte Cochran geantwortet, »Mr. White wird sich dazu wohl nicht mehr äußern können, nicht wahr?«

Gott sei Dank!, hatte es Paula auf der Zunge gelegen. Und so verrückt der Gedanke auch war, manchmal kam Cochran ihr in seinem wissenschaftlichen Bemühen, die Gehirne des Bösen zu verstehen, wie ein heimlicher Komplize des Bösen vor.

Paulas Blick streifte das mittlere der schmuckvoll an der Wand hängenden Diplome. Cochran hatte nicht immer als Psychiater gearbeitet. Noch vor sieben Jahren schnippelte er als angesehener Neurochirurg an den Gehirnen von Luxuspatienten in einer Privatklinik herum. Bis eine Verletzung an der rechten Hand, verursacht durch einen Autounfall, seine Karriere im Operationssaal beendet hatte.

Vielleicht, so argwöhnte Paula, ließ er seinen Frust daher gerne mal an seinen Patienten mit seinen psychologischen Spielchen aus. Natürlich nicht an allen. Nur an jenen, von denen er glaubte, sie hätten es verdient und würden es verkraften. Wie es aussah, gehörte Paula zu diesem kleinen, illustren Kreis. Inzwischen fiel sie jedoch nicht mehr so leicht auf seine Tricks herein. Hoffte sie jedenfalls.

Sie atmete tief durch und nahm den Geruch von Reinigungsmitteln wahr. Zitronenduft. Mit einem Hauch von Meeresfrische. Alles in Cochrans Büro schien klinisch rein. Die Bücherregale mit den dicken Schinken an Fachliteratur ebenso wie der höhenverstellbare Designer-Schreibtisch oder die schwarze Kommode mit der Kaffeemaschine und dem Geschirr. Ob Cochran den extremen Ordnungs- und Reinlichkeitstick aus seiner Chirurgenzeit mitgebracht hatte? Selbst der Abfalleimer wirkte wie auf Hochglanz poliert. Eines fehlte dem Sprechzimmer allerdings. Es gab keine medizinischen Bilder, Fotos oder Modelle. Sah man von den Themengebieten ab, die in Cochrans Handbibliothek vertreten waren, hätte man ebenso gut im Zimmer eines Anwalts sitzen können.

Paula hörte das Näherkommen von Schritten auf dem Flur. Cochrans Gang war etwas ungleichmäßig. Ebenfalls eine Folge des Autounfalls. Paula spürte, wie schon alleine das Geräusch dieser Schritte ihren Puls beschleunigte, und das nicht auf eine gute Art.

Ohne einen Gruß hinkte Cochran an ihr vorbei, legte einen dicken Aktenstapel ab und nahm an seinem Schreibtisch Platz. An diesem Morgen hinkte er stärker als sonst. Vermutlich hatte er Schmerzen. Mit etwas Glück würde es eine kurze Sitzung werden.

Er blickte von dem Aktenstapel auf, und obwohl er keinen Ton sagte, fühlte Paula sich bereits wie eine Verdächtige beim Verhör.

»Entspannen Sie sich, Agent Tennant. Ich bin nicht der große böse Wolf. Und Sie sind ganz sicher nicht das kleine, unschuldige Rotkäppchen.«

Was sollte das nun schon wieder? Was versuchte er ihr dieses Mal einzureden? Dass sie an ihrer derzeitigen Lage selbst die Schuld trug? Dass sie als Agentin zu eigenmächtig handelte? Sich nicht an die Buchstaben des Gesetzes und die Vorschriften hielt, wenn es brenzlig wurde? Paula gab sich gelassen, innerlich kochte sie jedoch. Der Kloß aus Wut in ihrem Hals ließ sich nicht so einfach hinunterschlucken.

Ihr Blick fiel auf die Akten. Das waren keine normalen Patientenakten, sondern die blauen Aktendeckel wissenschaftlicher Fallstudien. Es hätte sie nicht wirklich erstaunt, sollte sie zu Cochrans Experimenten gehören. Bei dem Gedanken packte sie ein inneres Entsetzen, spürte sie in sich einen Widerstand, der ihren Pulsschlag nicht gerade besänftigte. Verdammt, sie war kein hilfloser Teenager mehr und auch kein willenloses Versuchskaninchen! Außerdem hatte sie neben ihrem Kriminalistikstudium ein Grundstudium in Psychologie absolviert!

Und trotzdem erwischte sie dieser übergewichtige, kleine Kerl mit dem exakt gezogenen Scheitel und den Pausbacken unter der Nerd-Brille schon wieder eiskalt.

Rotkäppchen!

Das war einer ihrer beiden Spitznamen als Teenager gewesen. Rotkäppchen. Red Riding Hood. Eigentlich ein Spottname, der ihr von einem dümmlichen Lästermaul verpasst worden war, in Anlehnung an Robin Hood, der von den Reichen und Bösen nahm, um es den Armen und Schwachen zu geben. Konnte Cochran davon erfahren haben?

Paula blieb nach außen hin ruhig und wartete ab. Cochran schien zwischen seinen Patienten und seinen ausgewählten Versuchskaninchen in den Bundesgefängnissen keinen nennenswerten Unterschied zu machen.

Er rückte sich in seinem Sessel zurecht und blickte sie über den Aktenberg und seine dicken Brillengläser an. Vermutlich sah er in Paula so etwas wie eine verrückte Rockerin. Schwarze Lederjacke und Jeans, ein asymmetrischer Pagenkopf, eine Reihe philosophisch angehauchter Tattoos, die Waffe im Holster stets griffbereit. So jemand konnte einfach nicht normal sein.

»Sie denken noch immer, Sie seien hier fehl am Platz und dass unsere Gespräche ebenso erhellend sind wie eine glimmende Zigarette am dunkelsten Ort der Welt. Habe ich recht?«

Mit dem dicken, fetten Kloß im Hals begegnete Paula seinem Blick. Sie dachte nicht daran, auf diese Frage zu antworten. Er würde ihr die Worte nur wieder im Munde herumdrehen und dermaßen abwegige Schlüsse daraus ziehen, dass sie am Ende noch selbst in der Psychiatrie oder im Knast landete.

Er musterte sie und lehnte sich in seinem Sessel zurück. »Sie vergessen dabei jedoch etwas …«

Ach ja? Was sollte Paula als ausgebildete ISA-Agentin dabei wohl vergessen?

Er gab ihr die Antwort prompt. »Eine Zigarette kann man beim Ziehen kilometerweit in der Finsternis sehen.«

Was sollte dieser Blödsinn? Was wollte er damit andeuten? Etwa, dass sie für ihn ein offenes Buch war, dass er ihr Denken und ihre Motivationen bis ins Kleinste durchschaute?

Wenn du dich da mal nicht täuschst, mein Lieber.

Dann fiel ihr ein, dass man sie während der Aufnahmeprozedur neben Blut-, Urin-, Leistungs- und Lügendetektortests auch drei MRT-Gehirn-Scans unterzogen hatte. Den letzten beiden vor allem deshalb, um bei dem ersten Ergebnis sicherzugehen. Sie selbst hatte die Resultate nie zu Gesicht bekommen, doch Cochran hatte diese sicher ausgiebig studiert.

Was, wenn sie den Untersuchungsresultaten nach eine Psychopathin war?

Sie selbst fühlte sich nicht wie ein *Psycho*, war jedoch unter extremen Bedingungen aufgewachsen. Ihr Gehirn hatte auf die ihr präsentierten Testworte und -bilder wohl eher nicht normal reagiert.

Gab es in ihrem Wesen ein paar Verhaltensauffälligkeiten?

Nun ja, einige schon. Sie war ein extremer Einzelgänger. Kein Menschenfreund. Auch einen gewissen Mangel an

Empathie in gewissen Situationen konnte man ihr wohl kaum absprechen. Sensibelchen hatten bei ihr einen schweren Stand. Dafür hatte sie ihre Impulsivität inzwischen gut unter Kontrolle.

War sie zu tiefer gehenden Gefühlen fähig?

Tja, sie mochte, wie gesagt, keine Menschen, egal, ob Mann oder Frau. Dafür mochte sie Tiere. Und sie verabscheute Menschen, die unschuldigen, hilflosen Tieren ein Leid zufügten. Wurde sie Zeuge einer solchen Untat, hatte der Übeltäter die Konsequenzen zu tragen. Da kannte sie kein Pardon. Dann wurde sie zum Racheengel.

Hatte sie im Fall des Menschenhändlers überreagiert, weil es um unschuldige Kinder gegangen war?

Nein! Es war ein gottverdammter Unfall gewesen. Sie hatte auf Whites rechten Arm gezielt, doch der kranke Irre hatte sich im letzten Moment weggedreht, um dem kleinen Mickey die Kehle aufzuschlitzen.

Konnte ihr so etwas wieder passieren?

Ja, zum Henker! Das konnte es! Sie arbeitete dort draußen schließlich nicht unter klinischen Laborbedingungen. Deshalb mochte sie nicht daran denken, was geschehen wäre, hätte White sich in die andere Richtung gedreht.

Cochran lehnte sich in seinem Sessel vor, was ihm bei seiner Leibesfülle nicht leichtfiel, und stützte die massigen Unterarme auf den Tisch.

»Glauben Sie, wenn Sie das Böse jagen, erlöst das eines Tages Ihr schlechtes Gewissen, Agent Tennant?«

Das war nun weiß Gott jene Frage, die Paula noch in ihrer Sammlung unerwünschter und unnötiger Fragen gefehlt hatte, denn sie spielte darauf an, was mit ihrem Vater geschehen war. Sie würde den Voyeurismus dieses kleinen, dicken Mannes auf seinem Psycho-Thron jedoch ganz sicher nicht mit einer Entgegnung befriedigen.

»Könnten Sie überhaupt noch in einer Welt ohne Monster leben?«, fuhr Cochran fort, als sie ihm die Antwort verweigerte.

»Vermutlich nicht«, antwortete sie. »Aber Monster sind ja auch Ihr Geschäft, Doktor.«

Sie wich seinem Blick nicht aus. Außerdem war das eine Frage, die sich Cochran ebenso gut selbst hätte stellen können. Hunderte von Menschen hatte er in Hinsicht auf ihre dunkle Ader untersucht. Die letzten Jahre bevorzugt in Hochsicherheitsgefängnissen, wo Drogenhändler, Schläger, Vergewaltiger, Polizisten- oder Kindermörder einsaßen. Seine Forschungsarbeit hatte ihn bis in den Todestrakt geführt. Bis in die Hinrichtungskammer.

Ein Viertel der Insassen waren seiner Studie zufolge Psychopathen. Dann hatte Cochran angefangen, sich den Führungseliten von Politik, Industrie und Hochfinanz zuzuwenden. Dort war die Wahrscheinlichkeit, auf Menschen mit psychopathischen Wesenszügen zu treffen, immerhin noch sechsmal höher als beim Rest der Gesellschaft. Cochrans Erkenntnissen zufolge konnten selbst extremste Gewaltverbrecher durch das Schulen ihrer Impulskontrolle in die Lage versetzt werden, den dunklen Anteil ihrer Persönlichkeit zu kontrollieren. Paula fand diese Annahme lächerlich. Natürlich konnte das in einigen Fällen funktionieren, doch das Entwickeln verhaltensmodifizierender Techniken würde dem Urbösen keine große Angst einjagen, geschweige denn, ihm Einhalt gebieten. Dafür bereitete diesen Geschöpfen das Machtgefühl, Angst zu schüren und Leid zu verbreiten, ein viel zu großes Vergnügen.

Es gab jedoch Fallbeispiele, die offenbarten, welch positiven oder negativen Einfluss die Verletzung des Gehirns auf eine Persönlichkeit haben konnte, sei es durch einen Unfall, durch einen Schlaganfall oder was auch immer. Daher vermutete Paula, dass Cochran auch auf diesem Weg versuchte, das ein oder andere Scheusal in den Gefängnissen umzuprogrammieren.

Freiwillige gab es dort vermutlich genug. Nichts konnte quälender sein als ein immer gleicher, eintöniger Gefängnisalltag. Und gegen die Umprogrammierung anzukämpfen, empfanden einige der Psychos womöglich noch als willkommene Herausforderung.

Cochran musterte sie. »Wie Sie aufgrund Ihrer Ausbildung wissen, steckt das Böse in jedem von uns. Und manchmal ist der Grat zwischen Gut und Böse so schmal, dass uns die Gratwanderung innerlich zu zerreißen droht.«

»Ein Wagnis, das wir als Menschen eingehen müssen, Doktor. Es ist nicht einfach, im Bruchteil einer Sekunde eine Entscheidung zu fällen, von der etliche Menschenleben abhängen. Ich habe versucht, Schlimmeres abzuwenden.« Sie zögerte. »Was hätten Sie an meiner Stelle getan?«

Diese Fähigkeit, blitzschnelle, der Situation angemessene Entscheidungen zu fällen und diese durchzuziehen, war vermutlich einer der Gründe, weshalb Bernstein sie nach ihrem Scheitern beim FBI zur ISA, einem länderübergreifenden Geheimdienst, geholt hatte, der sich vor allem mit jenen Grenzfällen befasste, an denen legendäre Behörden wie die CIA oder der britische SIS scheiterten.

Bernstein hatte auch dafür gesorgt, dass Paula nach ihrem Todesschuss nicht länger als zwei Wochen suspendiert worden war. Es hatte natürlich ein ausgiebiges Untersuchungsverfahren gegeben, außerdem musste sie seit einigen Wochen unbedeutende Aufgaben im Innendienst erledigen und regelmäßig bei Dr. Cochran erscheinen. Alles zu ihrem Wohl, wie Bernstein ihr versicherte. Paula war klar gewesen, dass ihre Karriere bei der Agency trotz seiner Rückendeckung möglicherweise auf der Kippe stand.

Der Arzt ließ sich mit der Antwort Zeit. Paula nahm plötzlich die Schatten unter seinen Augen wahr, die Blässe seiner Haut, die ihn kränklich erscheinen ließ. Ebenso glaubte sie, ein gewisses Unbehagen bei ihm zu registrieren. Cochran liebte es, mit Menschen zu experimentieren, doch selbst ein Objekt analytischer Fragen zu sein, war offensichtlich weit weniger sein Ding.

»Das weiß ich nicht, Agent Tennant. Ich habe weder Ihre Ausbildung noch Ihre Vergangenheit noch Ihre neurophysiologische Prägung. Was ich jedoch weiß, ist, dass nicht jeder Mensch mit einer Anomalie im Gehirn ein antisoziales oder gar mörderisches Verhalten an den Tag legen muss.«

Wollte er damit etwa andeuten, dass er in seinem eigenen Gehirn ein paar fehlerhafte Verkabelungen entdeckt hatte? Wen würde das wundern! Oder meinte er damit Paulas Gehirn?

»Die meisten Psychopathen«, fuhr er fort, »führen ein relativ normales Leben. Als Ärzte, als Krankenschwestern, Sanitäter, als Banker, Manager, Anwälte, Politiker, als Mitarbeiter bei der Müllabfuhr, als Polizisten oder – als Agent der ISA. Doch egal, wie normal oder gestört wir sind, eines Tages erkennen wir, wer wir wirklich sind!«

Ah ja, das Ding mit der Selbsterkenntnis. Sich nicht nur seiner Taten bewusst zu sein, sondern auch zu realisieren, was einen unbewusst im Alltag oder in Grenzsituationen antreibt. Ja, das konnte sehr ernüchternd sein. Paula fürchtete jedoch vor allem ihre Träume, wenn ihr Innerstes im Schlaf erwachte und auf seine schrecklichen Exkursionen ging.

Wusste sie, wer sie war?

Das Leben hatte sie manches gelehrt, ihr für Dinge die Augen geöffnet, auf die sie liebend gerne verzichtet hätte. Andererseits hatte ihr das von klein auf geholfen zu überleben.

Cochran neigte den Kopf und musterte sie wie ein für die Untersuchung aufgespießtes Insekt. Sein wissenschaftliches Interesse an der Schattenseite des Menschen schien unersättlich und sein Vertrauen in die Welt dadurch niemals erschüttert worden zu sein.

»Egal, wie kräftezehrend es auch sein wird, Sie können es kaum erwarten, wieder in den Außendienst zu gehen«, stellte er fest. »Und deshalb fragen Sie sich, wie lange Sie unsere kleinen, nichtsnutzigen Gespräche noch werden erdulden müssen, während draußen zur Jagd geblasen wird und Ihre Kollegen vor Rätseln stehen, die nur *Sie* zu entschlüsseln in der Lage wären. Halten Sie sich wirklich für dermaßen unentbehrlich, Agent Tennant?«

Sie erwiderte seinen Blick, sah in seine wässrig blauen Augen, die ihr das Gefühl vermittelten, nichts als einem gewissenhaften Buchhalter gegenüberzusitzen. Obwohl sie ihren Zorn zurückhielt, brach es schließlich aus ihr heraus.

»Ich weiß, dass das Böse nicht nur einfach wie in einem Hollywoodfilm aus dem Dunkeln kriecht. Ich habe erlebt, wie es sich entwickelt, wie es sich der Vernunft bedient und dem lethargischen Schweigen anderer. Und ich habe erfahren, dass man einen Menschen, den man liebt, wahrlich fürchten kann.«

Einen Moment herrschte Stille.

»Ihr Vater hat Ihnen großes Leid zugefügt.«

Paulas Magen zog sich noch enger zusammen. Cochran war verdammt direkt. Ohne Pardon. Ohne jedes Erbarmen.

»Er hat dafür gebüßt«, presste Paula zwischen den Lippen hervor.

»Ja, das hat er. Und da Sie ihn besser kannten als jeder andere, wussten Sie natürlich um seine schwache Stelle, um seine größte Angst.«

Paula ließ sich nicht anmerken, wie sehr Cochrans Bemerkung ins Schwarze traf. Ja, sie war ganz gut im Aufspüren von Ursachen und Motiven.

»Vielleicht«, fuhr der Arzt fort, »fürchtete Ihr Vater Sie am Ende mehr als Sie ihn.«

Nein, das hatte Edward Lee Tennant ganz sicher nicht getan. Da war Paula sich sicher. Ihr Vater war ein menschliches Reptil gewesen, ein Mann ohne jeden Moralinstinkt. Bilder aus der Vergangenheit drohten sich stärker als sonst in ihr Bewusstsein hineinzudrängen, lagen auf der Lauer wie eine Horde Hyänen.

»Was ist mit Ihrer Mutter?«, hörte sie Cochran wie aus weiter Ferne fragen, und sie seufzte innerlich. Wollte Cochran nun etwa über Frauen reden, die sich – aus welchen Gründen auch immer – von gewalttätigen Männern angezogen fühlten?

»Wir sollten die Toten ruhen lassen und uns auf die Gegenwart konzentrieren«, antwortete sie.

Cochran nahm seine Arme vom Schreibtisch und lehnte sich in seinem Sessel zurück.

»Das könnten wir natürlich tun. Andererseits wissen Sie so gut wie ich, wie sehr die Vergangenheit, die wir in unserem Gehirn abgespeichert haben, unsere Gegenwart und unsere Zukunft prägt, Agent Tennant.«

3

Loretta Lamboglias Forensiklabor zur Untersuchung menschlicher Überreste lag in einem fensterlosen Bereich zwei Stockwerke unter dem Straßenniveau Roms. Über die Eingangstür aus Stahl hatte ihr pensionierter Vorgänger noch in einer Anwandlung von schwarzem Humor ein Schild mit der Aufschrift »Willkommen im Paradies« gehängt und irgendein Witzbold – vermutlich aus der Studentenschaft – hatte nachträglich mit rotem Marker die Worte »auf Erden« hinzugefügt.

Inzwischen waren Wand und Schild praktisch kaum mehr voneinander zu trennen und so hatte Loretta den Text nach ihrer Ankunft aus Mailand, wo sie bis vor zwei Jahren als Gerichtsmedizinerin gearbeitet hatte, einfach übermalen wollen. Doch unzählige Überstunden und Ernüchterungen später war die trockene Ironie des Willkommensgrußes für sie zu einer Art Energiespender geworden und so hatte sie das Schild einfach hängen lassen.

Sie öffnete eine der Leichenkühlzellen und bereitete auf Anordnung ihres Chefs alles für das bevorstehende inoffizielle Treffen vor, eine Begegnung mit einem eher ungewöhnlichen Gast, einem pensionierten Kardinal, der ihr Universitätslabor finanziell aber mehr als großzügig unterstützte. Erst eine Stunde zuvor war ein Inspektor der Questura da gewesen und hatte dasselbe braune, mumifizierte Skelett inspiziert. Ein Erdbeben, wie sie in Mittelitalien leider immer wieder vorkamen, hatte ein Stück des Waldbodens im weiter nördlich gelegenen *Sacro Bosco* aufgerissen und dabei ein mittelalterliches Massengrab freigelegt. Ein Horrorszenario, wie man es für gewöhnlich nur von schlechten Genrefilmen aus Hollywood kannte.

Eigentlich war Loretta von ihrem vorherigen Job einiges gewohnt, was die Härten mancher menschlicher Schicksale anging. In Mailand hatte sie einem Team angehört, dessen Aufgabe es war, den vielen unbekannten Leichen der Flüchtlingskatastrophen ihre Identität wiederzugeben. Boxen mit Schädeln, Finger- oder Beinknochen und sonstigen menschlichen Überresten von Männern, Frauen und Kindern hatten sich dort bis unter die Decke des Lagerarchivs gestapelt. An manchen Tagen ertranken auf der Flucht vor Kriegen und existenzieller Not mehrere Hundert Menschen im Mittelmeer, und das alleine auf der Strecke zwischen Libyen und Sizilien.

Nach Lorettas Studium in Großbritannien und den USA war die Identifizierung von namenlosen Toten zu ihrem Spezialgebiet geworden. Zunächst hatte sie klassische Fälle behandelt. Ein Verunglückter in der Wildnis, eine Frauenleiche im Fluss, der Körper eines verschollenen Kindes in einer Industrieruine oder ein namenloser Körper in der Kanalisation. Dann war sie nach Mailand gegangen und hatte in mühsamer Kleinarbeit etlichen anonymen Flüchtlingstoten ihre Namen, ihre Würde und die Verbindung zu ihren Angehörigen wiedergegeben. Die schiere Masse namenloser Toter hatte das elfköpfige Team dann jedoch schnell an seine Belastungsgrenze gebracht, weshalb die italienische Regierung in Rom ein zweites Labor für forensische Anthropologie und Odontologie gründete. Und der dafür eingesetzte *Commissario straordinario* hatte Dr. Loretta

Lamboglia aufgrund ihrer Erfahrung und ihrer Reputation zur *mano tecnica*, zur technischen Beraterin, bestimmt.

Loretta schob die rollende Bahre mit dem bedeckten Leichnam in die Mitte des Labors. Es musste ein ziemlicher Schock für das Archäologen- und Anthropologenteam gewesen sein, inmitten der vielen vertrockneten mittelalterlichen Leichname auf Skelette zu stoßen, die nicht nur kopflos waren, sondern aus der jüngeren Vergangenheit stammten. Ganz zu schweigen von dem Schrecken, als die Wissenschaftler feststellten, dass es sich bei diesen Opfern durchweg um werdende Mütter handelte. Das Skelett mit den vertrockneten Fleischresten vor Loretta auf dem Tisch stammte aus dem vorletzten Jahr, und es war definitiv kein Fall für die Geschichtsforschung gewesen, sondern für das Kriminallabor. Vor der Obduktion hatte sich das rötlich braune Mumienfleisch im Bauchbereich über einen kleineren mumifizierten Körper gewölbt, einen Fötus von etwa vierundzwanzig Wochen, der nach der Enthauptung der Mutter in deren Körper gestorben war.

Auf Anordnung der Staatsanwaltschaft hatte die italienische Polizei Lorettas Labor kontaktiert und von sämtlichen bisher entdeckten jüngeren Skeletten Akten angelegt. Fotos waren gemacht, Gebissabdrücke und DNA-Proben entnommen und Textilreste gesammelt worden, wobei Letzteres fast schon ein Glücksfall war, denn die ermordeten Frauen waren alle nackt und so wurden nur bei einem Opfer ein paar Fasern entdeckt.

Heute in der Frühe hatte Loretta nun bei dieser Ermordeten einen Treffer gelandet, obwohl ihr ansonsten keinerlei Antemortem-Daten zur Verfügung standen, also Hinweise aus dem Leben der Toten. Der Gebissabdruck und ein abschließender Gentest waren lediglich noch als letzte Sicherheitsbelege vonnöten gewesen, denn ausschlaggebend war in diesem Fall Lorettas ausgezeichnetes Gedächtnis für Schlagzeilen und Vermisstenmeldungen gewesen sowie ein winziges marineblaues

Stück Stoff. Zugegeben, auch eine gehörige Portion Schicksal war mit im Spiel gewesen, denn Loretta hatte sich vor eineinhalb Jahren bei einem Freund in Florenz aufgehalten, als die Vermisstenmeldung einer jungen Frau wie ein Sturm durch die Presse, vor allem die regionalen Medien, gegangen war. Das Foto der Vermissten im eleganten Audrey-Hepburn-Style mit Hochsteckfrisur und marineblauem Cocktailkleid war damals wohl so ziemlich jedem ins Auge gesprungen, selbst den Touristen. Und Loretta hatte nun, eineinhalb Jahre später und nach der Analyse der gefundenen Textilfaser, die Verbindung zu dem geschwängerten, mumifizierten Leichnam aus dem *Sacro Bosco* hergestellt.

Loretta positionierte die Bahre genau unter dem Beleuchtungssystem. Sollte sie die blaue Plastikfolie schon entfernen? Dann besann sie sich darauf, dass sie diese Entscheidung wohl doch lieber ihrem Chef und dem pensionierten Kardinal überlassen sollte. Nicht jeder konnte den Geruch und Anblick einer derartigen Verwesung und Mumifizierung ertragen. Vielleicht überlegte es sich der Geistliche in letzter Minute noch einmal anders.

Inspektor Adamo Conte von der Questura hatte der Anblick der mumifizierten Toten jedenfalls ebenso wenig wie die Paradies-Tafel über Lorettas Tür erschüttern können. Er hatte den Körper der toten Frau mit seinen dunklen, klugen Augen betrachtet, als würde er an einer Fleischereitheke jedes Detail erfassen, um danach seine Bestellung aufzugeben. Conte, der auch das Massengrab am *Sacro Bosco* mit einem Spurensicherungsteam untersucht hatte, trat seit Wochen mit seinen Ermittlungen auf der Stelle, was sowohl seine Vorgesetzten als auch den Kardinal, der gleich vorbeikommen würde, alles andere als glücklich stimmte. Lorettas Entdeckung konnte jetzt vielleicht zu dem lang ersehnten Durchbruch verhelfen. Der Inspektor jedenfalls hatte sich nach seinem Besuch sofort mit seinen Kollegen in Florenz kurzgeschlossen und war dorthin unterwegs.

Ob es einen Zusammenhang mit der vor dreizehn Monaten verschwundenen Nonne gab? Loretta wusste nichts weiter über diesen Fall. Aber warum sonst sollte Seine Eminenz Kardinal Calitri an ihrer Identifikation dermaßen interessiert sein? Außerdem öffnete Lorettas Chef nicht für jede x-beliebige Person das forensische Labor, ganz gleich, welchen Rang diese auch bekleiden mochte. Ihr Boss hatte stets seinen Grund. Also ging Loretta davon aus, dass der Vatikan an den Ermittlungsergebnissen interessiert war. Jedenfalls schien es schon einmal gut, dass man die Leiche der Ordensfrau nicht unter den Opfern gefunden hatte. Auch wenn das bedeutete, dass ihr Schicksal nach wie vor im Dunkeln lag.

Und dann betrat Direktor Filippo Rossi mit seinem besonderen Gast das Labor.

»Loretta Lamboglia, ich darf Ihnen Seine Eminenz Kardinal Calitri vorstellen?«

Loretta kannte sich mit Kirchenbelangen nicht so aus, aber es klang, als sei der Kardinal trotz seines Ruhestandes noch immer ein einflussreicher Mann. Ein Mann, der ihrem Chef weiterhin sehr nützlich sein würde.

Calitri, ein kleiner, hagerer, aber irgendwie Ehrfurcht gebietender Greis mit dichtem, weißem Haar und einem klugen Fuchsgesicht nickte der einen halben Kopf größeren Ärztin höflich zu.

»Verzeihen Sie mein Eindringen in Ihr Refugium, Doktor Lamboglia. Der Direktor war so freundlich mir mitzuteilen, dass Sie womöglich eine Spur entdeckt haben, die uns weiterhilft. Nach wochenlanger Dürre greife ich danach wie ein Verdurstender nach einem Glas Wasser.«

»Sie denken, es könnte eine Verbindung zum Verschwinden einer Ihrer Ordensfrauen bestehen, Eminenz?«

»Das wäre immerhin möglich. Nach dem wenigen, das ich erfahren habe, weiß ich jedoch nicht, ob mir das Hoffnung gibt oder Angst macht.«

Loretta geleitete die beiden Männer zu der Totenbahre. Im Hintergrund standen diverse Apparaturen. Calitris Blick heftete sich kurz auf die grüne Tafel, auf der das Gewicht der extrahierten Organe festgehalten wurde, und dann auf den Materialschrank mit den Scheren, Pipetten, Tupfern und dem restlichen Leichenbesteck.

»Hier liegt sie«, erklärte Loretta, ohne die blaue Folie vom Leichnam zu nehmen. »Viola Gatti, die in Florenz verschwundene Tochter von Antonia und Nicolo Gatti, dem bekannten Hotelbesitzerehepaar. Sie verschwand am 11. April, vor eineinhalb Jahren, irgendwann zwischen zwei und drei Uhr morgens, nachdem sie den Abend mit Freunden in einem Nachtklub verbracht hatte. Sie verließ die Bar, um sich auf der Toilette frisch zu machen. Seitdem hat sie kein Mensch mehr lebend gesehen.«

»Das stimmt nicht ganz, Doktor«, erklärte Calitri ruhig.

Loretta überlegte einen Moment. »Ich meine, bis auf ihren Entführer oder Mörder.«

Loretta reichte Direktor Rossi eine von ihr in den Morgenstunden rasch zusammengestellte Akte, die jene Unterlagen ergänzte, die er bereits besaß. Ein Ausdruck der offiziellen damaligen Fahndungsmeldung nach Viola Gatti, Kopien einiger Meldungen aus der Zeitung sowie den Hinweis auf Violas stillgelegten Facebook-Account, der nun vielleicht doch noch einen Hinweis auf den Mörder lieferte. Als Loretta die Unterlagen aktualisierte, hatte sie sich aufgrund des Erfolgs noch wie Wonder Woman gefühlt, doch beim nachträglichen Gang durch die kühle Leichenhalle mit all den anderen namenlosen, enthaupteten Frauen hatte sie sich demütig gefragt, ob ihr das Schicksal diese Spur zugespielt hatte.

Rossi ging die Unterlagen durch, indem er sie laut vorlas und kommentierte. Calitri rührte sich nicht und hörte aufmerksam zu.

»Ich habe das Skelett noch einmal untersucht«, erklärte Loretta. »Bis auf die Enthauptung …«, Violas Kopf hatte zusammen mit den anderen Köpfen in einem separaten Bereich des Massengrabs gelegen, »… weist auch dieser Leichnam keinerlei Verletzungen auf.« Sie fuhr nach einer kurzen Pause fort: »Ebenso habe ich keine besonderen Kennzeichen wie Operationsnarben, Muttermale oder Tätowierungen gefunden. Abgesehen von einer kreisrunden, aus der Haut hervortretenden Narbe am rechten Oberschenkel.«

»Das Brandzeichen, das Sie auch bei den anderen Frauen gefunden haben«, stellte Rossi fest.

Loretta nickte. »Die forensische Analyse der Haut lässt als Brandeisen eine Art Siegel erkennen. Ein Mal wie beim Zuchtbrand.«

Einen Moment herrschte Stille. Wer immer die Frauen entführt, geschwängert und enthauptet hatte, nahm sie als sein Eigentum wahr.

»Darf ich fragen, wie es Ihnen gelungen ist, Viola Gatti zu identifizieren?«, fragte Calitri schließlich.

Loretta warf ihrem Boss einen fragenden Blick zu. Filippo Rossi nickte.

»Ein winziges Stück Stoff. Eigentlich kaum mehr als ein paar Fasern, die ich im Labor untersucht habe, führten zum Hersteller, Kleidertyp und Produktionsjahr. Das Kleid, das Viola Gatti in der Nacht ihres Verschwindens trug, stimmte mit den Farbpigmenten und den Zusatzstoffen dieses Herstellers überein. Ein marineblaues Cocktailkleid, auf das in der Fahndung hingewiesen wurde. Manchmal sind es scheinbar unbedeutende Dinge, die uns zum Täter führen.«

Der Kardinal schien angemessen beeindruckt. »Dann verschlug es unseren Täter also nach Florenz in Signorina Gattis tragischem Fall. Bisher gingen wir davon aus, dass er eher in der Umgebung von Rom lebt und agiert.«

»Sein Aktionsraum könnte sich damit von Rom bis Mailand erstrecken«, meinte der Direktor vorsichtig.

Calitri nickte nachdenklich. »Jedenfalls scheint er sehr mobil zu sein.«

Verbunden mit einem mulmigen Gefühl, kam Loretta noch ein anderer Gedanke. »Vor allem ist er sehr kritisch, was die Wahl seiner Opfer angeht. Für ihre Makellosigkeit scheint er bereit, große Strecken zurückzulegen.«

Calitri sah sie an, als hörte er den ersten vernünftigen Gedanken seit Jahren. Dann blickte er fast schon wieder frustriert. »Wenn das zutrifft, könnten die anderen Frauen aus allen möglichen Teilen Italiens stammen. Von Palermo bis Trient.«

Lorettas Blick wanderte kurz zum Leichnam. »Vielleicht haben wir es gar nicht mit einem Einzeltäter, sondern mit organisiertem Menschenhandel zu tun.«

»Sie denken, die Frauen wurden auf … Bestellung entführt?«, fragte Calitri. Sein Gesicht wechselte vor Empörung die Farbe.

»Ich weiß es nicht«, antwortete Loretta. »Aber wir sollten diese Möglichkeit in Betracht ziehen. Inspektor Conte denkt sogar an eine Art Sekte.«

Calitris Körperhaltung versteifte sich. Der Gedanke an eine Sekte schien ihm noch weniger zu gefallen.

»Hat der Herr Inspektor sonst noch etwas gemeint?«

Loretta glaubte einen Hauch von Reserviertheit in dieser Frage wahrzunehmen, verbunden mit einer Skepsis, die sich vielleicht gegen Contes bislang fruchtlose Vorgehensweise richtete.

»Eigentlich nicht. Er sah sich die Tote noch einmal an, las den Bericht und machte sich dann auf den Weg nach Florenz.«

Calitris Blick ging zum Leichnam. Mit seinen Gedanken schien er jedoch für ein paar Sekunden weit fort zu sein.

»Sie möchten sich die Tote ebenfalls anschauen, Eminenz?«

Sein Blick kehrte zu Loretta zurück. Er holte tief Luft, fast als schöpfe er für die Antwort Kraft.

»Oh, entschuldigen Sie, Doktor. Wie unhöflich von mir. Es ist nur …« Er brach ab, sammelte sich. »Nur das Brandmal, bitte. Ich kenne zwar das Foto, aber ich muss das Mal mit meinen eigenen Augen sehen.«

Loretta zögerte, doch als Filippo Rossi ihr signalisierte, dass der alte Kardinal den Anblick schon verkraften würde, trat sie auf die andere Seite des Tisches und zog die Folie an der entsprechenden Stelle zurück.

4

Obwohl Schwester Benedicta den vor ihr liegenden Korridor in den letzten Wochen schon viele Male betreten hatte, zuckte sie zusammen, als der Wärter die Sicherheitstür hinter ihr zuschnappen ließ. Es roch nach klinischen Desinfektionsmitteln. Dennoch setzten sich Gerüche durch, deren Quelle Benedicta lieber nicht auf den Grund gehen wollte. Ihr Blick fiel auf das Ende des Gangs, auf eine blitzblanke Stahltür mit Sichtluke. Die Tür schien auf sie zuzurasen, dabei war sie gut zwanzig Meter entfernt. Dahinter befand sich Francescas Zelle. Mit jedem Schritt spürte Benedicta, wie ihr Selbstvertrauen ins Wanken geriet. Jeden Besuch bei ihrer Mitschwester empfand sie als Qual. Aber nicht nur deshalb plagten sie Schuldgefühle.

»Gestern hatte sie einen guten Tag, Schwester«, sagte der Wärter, der zugleich ein Pfleger war. »Sie blieb ruhig, hat in ihrem Brevier gelesen, gebetet und am Nachmittag mit Schwester Erika einen kleinen Spaziergang im Park gemacht.«

»Das freut mich zu hören, Pietro. Wie geht es ihr heute?«, tastete Benedicta sich vor.

»Schwer zu sagen. Sie sitzt da und sagt kein Wort. Deshalb ist es gut, dass Sie hier sind, Schwester.«

Eine halbe Stunde zuvor hatte Benedicta mit Dr. Giordano, dem Leiter der Klinik, gesprochen. Seine Artikel über das posttraumatische Stresssyndrom hatten ihn zu einer Kapazität gemacht. Benedicta erschien er allerdings mehr wie ein Politiker, der genau wusste, wann er was zu sagen oder zu schreiben hatte. Ihrer wenn auch laienhaften Einschätzung nach hatten seine vermeintlich so innovativen Behandlungsprogramme dem aktuellen Standard nichts hinzugefügt. Und bei Francesca biss er mit seinen Mal-, Tier- und Gruppentherapie-Versuchen ohnehin auf Granit. Was immer Francesca während ihres dreizehnmonatigen Verschwindens widerfahren war, es hatte ihre Persönlichkeit so grundlegend verändert, dass selbst Benedicta ihre Mitschwester nicht mehr wiedererkannte.

Bisher hatte Francesca kaum ein Wort über diese dreizehn Monate verloren. Weder bei ihr noch bei Dr. Giordano noch bei den Therapeuten und Pflegern oder der extra einbestellten und psychologisch geschulten Beamtin der italienischen Polizei. Erst die medizinischen Untersuchungen hatten nach und nach ans Licht gebracht, welch eine Tortur Francesca in dieser Zeit erlitten haben musste.

Dazu gehörten auch eine Abtreibung und eine neuerliche Schwangerschaft. Nächsten Monat würde Francesca von einem Jungen entbunden werden. Dieses Ungeborene, das schon vor Wochen ein viel zu großer Brocken im schmächtigen Leib der jungen Ordensfrau gewesen war, sowie Benedictas wöchentliche Besuche schienen Francescas einzige Lebensanker zu sein.

Die Nonne ging durch den grau in grau gekachelten Flur und ignorierte die Zellentüren auf beiden Seiten. Aus einigen drang leises, klagendes Wimmern oder Schluchzen, aus anderen Trommeln oder Kratzen. Letztere waren Weichzellen, sogenannte Kriseninterventionsräume, im Volksmund auch gerne Gummizellen genannt.

Nicht einmal in ihren verrücktesten Träumen hätte Benedicta sich auszumalen vermocht, ihre zehn Jahre jüngere, so lebensfrohe Mitschwester einmal an solch einem Ort aufsuchen zu müssen.

Seit fast zwei Monaten war Francesca nun in der Klinik untergebracht, während ihr Entführer und Peiniger noch immer dort draußen frei herumlief. Ein Bauer – ein grobschlächtiger, aber kluger und gottesfürchtiger Mann – hatte Francesca in den frühen Morgenstunden in der Nähe von Torre Angela aufgegabelt, auf der Landstraße bei den Feldern nahe dem östlichen römischen Autobahnring. Barfuß, mit nichts am Leib als ihrer Nonnentracht. Francesca hatte vor Kälte, Hunger und Durst nur so geschlottert und keine Silbe herausgebracht, also hatte er sie in seine Jacke gehüllt und in ein nahe gelegenes Kloster gebracht. Die Mutter Oberin hatte sofort ihre Vorgesetzten in Rom informiert.

Es war noch keine Stunde vergangen, als Benedicta auch schon von Francescas überraschender Wiederkehr erfahren hatte. Seine Eminenz Kardinal Calitri hatte Benedicta persönlich über das unglaubliche Wunder informiert. Niemand – nicht einmal Benedicta, und sie schämte sich dafür – hatte damit gerechnet, dass Francesca überhaupt noch lebte. Trotzdem hatte Calitri über Wochen hinweg, als die römische Polizei schon längst aufgegeben hatte, jeden Strauch, jeden Grashalm und jeden Stein des *Sacro Bosco* auf der Suche nach Francesca noch einmal umdrehen lassen. Doch außer ihrem Nonnenschleier, der an einem Ast im Wind über einem alten, trockenen und leeren Brunnenschacht gehangen hatte, und einer mittelalterlichen Ritualgrabstätte, wie Benedicta kürzlich erfuhr, hatte das Suchteam nichts entdeckt.

Dann war Francesca wiederaufgetaucht. Wie aus dem Nichts. Ihre Nonnentracht über dem dreckverkrusteten Leib.

Jedoch nicht bei Bomarzo, einer 1.800-Seelen-Gemeinde, wo sie im *Sacro Bosco* verschwunden war, sondern bei Torre Angela am Rande des östlichen Roms, das über eine Autostunde entfernt südlich des Monsterwalds lag. Und so geschunden und verwirrt Francesca auch gewesen war, an diesem einen Tag, noch bevor die Polizei eintraf, hatte Benedicta ihrer Mitschwester den ein oder anderen lichten Moment abringen können. Worte wie *kalt, Keller, Karneval* oder *der Mann mit der Maske* waren gefallen. Leider zu wenig, um die Ermittlungen voranzubringen.

Inzwischen hatte die italienische Polizei die Route und deren Umgebung so weit wie menschenmöglich untersucht. Vermutlich war es leichter, eine Stecknadel in einem Heuhaufen zu finden, als einen Hinweis auf Francescas Entführer. Die befragten Anwohner entlang der Strecke glaubten, es handle sich um ein Prostituierten-Ding, einen Serienmordfall, von denen es in Italien einige gab. Die traurige Wahrheit war, dass Italien, was die Zahl seiner Psychopathen anging, weltweit einen der statistischen Spitzenplätze belegte.

Der Pfleger wollte sich gerade höflich bei Francesca melden und Benedictas Besuch ankündigen, als ein furchterregender Schrei aus der Zelle gellte und Benedicta und den Mann zusammenzucken ließ. Noch nie in ihrem Leben hatte Benedicta ein solch tierisches Gebrüll aus dem Munde eines Menschen gehört.

Und das Schreien und Brüllen hörte nicht auf.

Pietro beeilte sich mit dem Aufschließen der Tür, doch der Schlüssel fiel ihm vor Schreck aus der Hand und er brauchte zwei Anläufe, bis er das Schloss mit der Verriegelung schließlich aufbekam.

Eine innere Stimme sagte Benedicta, dass sie sich auf das Äußerste gefasst machen musste. Was sie dann jedoch sah und roch, übertraf alles, was sie sich je an Äußerstem hätte vorstellen können.

Francesca hockte nackt und zusammengekrümmt mit blau angelaufenem Gesicht mitten in einer tiefen, schmierig-rotbraunen Lache, knurrte, stöhnte und kreischte wie eine Besessene. Die Wände um sie herum, ja selbst die Decke, waren über und über mit Blut verschmiert, als blickte man in eine Höhle mit archaischer Malerei, die zugleich ein rituelles Schlachthaus war.

Der metallische Gestank des Blutes verschlug Benedicta fast den Atem. Bemüht, sich nicht zu übergeben, starrte sie wie hypnotisiert auf diese ganze Entsetzlichkeit, während Pietro in den Korridor zurückstürzte, um über den Notruf Hilfe anzufordern.

Dann drang zwischen dem urgewaltigen Brüllen ein anderes Geräusch an Benedictas Ohr. Ebenfalls ein kräftiges, forderndes Schreien, jedoch nicht so übermächtig und auch nicht so voller Qual.

Der lebenshungrige erste Schrei eines Babys.

5

Enrico Kardinal Calitri hatte eine ruhelose Nacht hinter sich. Nicht einmal der majestätische Anblick der Kuppel des Petersdoms vor einem strahlend blauen Himmel vermochte ihn zu beruhigen. Er hatte am Nachmittag zuvor gerade in einem alten Folianten aus dem Archiv historische Wappen und Siegel studiert, in der Hoffnung, Viola Gattis Brandmal zu identifizieren, als Schwester Benedictas Telefonanruf kam.

Schwester Francescas geistiger Irrsinn nahm nach der Geburt eines Jungen immer abstrusere Formen an. Benedicta und die Pfleger und Ärzte hatten Mutter und Kind sogar trennen müssen, damit Francesca dem Baby nicht noch Gewalt antat. Vorerst war der Kleine nun bei einer Pflegefamilie untergebracht, in der man Zeit für ihn haben und sich bestens um ihn kümmern würde.

Calitri empfand tiefe Zuneigung für die Ordensgemeinschaft der Schwestern der Göttlichen Vorsehung, die Benedicta leitete. Zweimal in der Woche las er die Messe in der Kapelle der kleinen klösterlichen Gemeinschaft, die sich durch kluge und unermüdliche Sozialarbeit einen Namen gemacht hatte und, nur wenige Gassen von seinem Appartementhaus entfernt, kleinere und größere Wunder wirkte. Vor allem Francesca und Benedicta

45

waren die treibenden Seelenkräfte des kleinen Konvents und so waren sie Calitri wie Töchter ans Herz gewachsen. Soweit es in seiner Macht stand, unterstützte er die Schwestern.

Calitri war dabei kein Heiliger. Ebenso wenig ging es ihm darum, einen besseren Platz im Himmel – oder in der Hölle – zu ergattern. Doch nun – im Ruhestand und nach einem langen, karrierebewussten Leben in der Kurie, in dem er sich nie wirklich einen Gedanken über die Lebenswirklichkeit der Menschen an der Basis der Kirche gemacht hatte – war ihm durch die selbstlose Arbeit der Nonnen klar geworden, wie sehr er diese praktische Seelenarbeit unterschätzt hatte. Ein Versäumnis, das er nun, so gut es ging, zu bereinigen gedachte. Auch hatten ihm die Nonnen durch ihr Beispiel die Lebensphilosophie des amtierenden, modernen Papstes nähergebracht. Calitri hatte Leo beim letzten Konklave nämlich nicht gewählt, auch wenn dieser gewiss ein Mann von hoher Gesinnung war. Zu sehr hatte Calitri den Wandel für die Kirche, den Leos Pontifikat mit sich bringen würde, gefürchtet. Doch inzwischen sah er in Leos Richtungswechsel und der Erneuerung eine große Chance. Die Welt entwickelte sich weiter, und die Kirche musste sich ebenfalls weiterentwickeln. Es bedeutete keinen Verrat an der Lehre Jesu, wenn man die starren, teils jahrhundertealten Kirchenreglements noch einmal einer strikten Überprüfung unterzog. Etwas, das die Menschen an der Basis der Kirche ohnehin schon seit vielen Jahren taten. Auch die Schwestern der Gemeinschaft der Göttlichen Vorsehung. Und alleine schon deshalb würde er für Francesca einstehen und in ihrem Fall für Gerechtigkeit sorgen. Wer immer all dieses Elend über seine Schwester in Christo gebracht, sie körperlich wie geistig missbraucht hatte, würde dafür zur Rechenschaft gezogen werden und einen hohen Preis bezahlen. Und wenn es das Letzte war, das Calitri auf Erden tat.

Und das brachte ihn zum nächsten Problem. Die vatikanische Sicherheit hatte ihm zwar einen jungen Agenten für die Feldermittlungen zur Verfügung gestellt, doch dieser war einfach zu jung, zu unerfahren und vor allem viel zu undiplomatisch, um mit einem Inspektor vom Kaliber eines Adamo Conte klarzukommen. Hätte Calitri nicht seine Verbindung zu Filippo Rossi spielen lassen, hätte er so gut wie keine Informationen über den Fortschritt der Untersuchung erhalten.

Hinter Calitri klopfte es an die offene Tür seines Arbeitszimmers.

»Ihr Vitalfrühstück, Eminenz.«

Calitri warf einen Blick auf die Uhr über seinem Schreibtisch. War es tatsächlich schon zehn Uhr? Dann dämmerte ihm etwas ganz anderes und er setzte eine strenge Miene auf.

»Danke, Abigail. Aber sollten Sie um diese Zeit nicht längst mit gespitzten Ohren im Hörsaal sitzen?«

Schwester Abigail war von ihrem Ordenshaus in der Nähe von Boston zum Studium nach Rom entsandt worden. Finanziert wurde das Unterfangen durch einen einfachen Deal. Abigail bezog in Calitris Appartement ein kostenloses, geräumiges Zimmer, kümmerte sich um die anfallende Hausarbeit – etwa acht bis zehn Stunden die Woche – und erhielt dafür von ihm ein Taschengeld, das er großzügig aufgestockt hatte. Mit Letzterem hatte Calitri es womöglich zu gut gemeint, denn Abigail schien sich nun eher als eine Hauswirtschafterin denn eine Studentin zu sehen. Calitris Haushalt war so gut organisiert wie nie zuvor, geradezu als stünde er noch in Amt und Würden und empfange regelmäßig hochrangigen Besuch. Schon zweimal hatte er die junge Frau behutsam darauf angesprochen, in Sachen Hausarbeit die Kirche doch bitte im Dorf zu lassen, doch Abigail hatte ihre Ohren jedes Mal auf Durchzug gestellt. Nun ja, solange ihre Leistungen an der Universität nicht darunter litten, würde er sie nicht weiter bevormunden wollen, denn ihre Gemeinschaft funktionierte sehr gut. Und Abigail kannte sich hervorragend mit neuen Technologien aus.

Er blickte auf das Tablett mit einem Korb voller Früchte, das Abigail auf dem Tisch absetzte. Daneben ein Teller samt Obstbesteck und einer Serviette. Manchmal beschlich ihn das Gefühl, Abigail studierte in Rom nicht Theologie, sondern Ernährungswissenschaften. Sie stellte das Tablett auf den hohen Tisch neben dem Fenster, aus dem Calitri so gerne über die römischen Dächer auf die Domkuppel sah, und erblickte dabei natürlich den aufgeschlagenen Folianten.

»Oh, Sie lösen wieder Rätsel und überprüfen die Echtheit einer Urkunde aus dem Archiv?«

Calitri nickte. »So ähnlich.«

»Und offensichtlich geht es nicht um eine Herrscher- oder Papsturkunde. Und auch nicht um das Siegel eines Klosters oder einer Stadt.«

»Jetzt sagen Sie nur, die Sphragistik ist Ihr Steckenpferd?«

Abigail schüttelte den Kopf. »Mein Großvater mütterlicherseits interessierte sich für Sphragistik und Heraldik. Als Kind bekam ich da ein bisschen was mit. Auch dass Sphragistik eher ein Stiefkind der Wissenschaft ist. Wissen Sie, er war Geschichtslehrer. Immer auf der Suche nach einer interessanten Spur in die Vergangenheit. Seine eigene Familiengeschichte hat ihn allerdings nur am Rande interessiert.«

Calitri überlegte kurz und zeigte ihr dann die Bleistiftskizze, die er von Viola Gattis Oberschenkelbrandmal angefertigt hatte, weil er den Anblick der Fotografie nur schwer ertrug. Leider war das Brandmal aufgrund des Narbengewebes selbst nach dem Laserscanning nur sehr fragmentarisch zu erkennen. Als hätte der Mörder das Zeichen nach dem Tod der Frauen wieder zerstört.

»Hm, was soll das sein?«, murmelte Abigail. »Ein Schild mit einem Kreuz und einem … Alien?«

»Eher unwahrscheinlich«, entgegnete Calitri mit einem traurigen Lächeln. »Es mag sein, dass ich falschliege, aber das Schild mit dem Kreuz erinnert mich an etwas, das ich vor vielen Jahren einmal gesehen habe.«

»In vielen alten Siegeln oder Wappen ist ein Schild mit Kreuz.«

»Nicht in dieser kippenden Position.«

»Und dieser alte Foliant ist die einzige Möglichkeit, herauszufinden, woher dieses Siegel stammt?«

Calitri seufzte. »Es ist ein Anfang.«

»Wenn Sie nichts dagegen haben, versuche ich mal im Internet mein Glück.«

»Danke, aber das ist nicht nötig, Schwester. Ich habe alle Zeit der Welt und werde mich nachher selbst im Internet danach umsehen.« Er wollte auf gar keinen Fall, dass Abigail durch ihre Nachforschungen am Ende noch in den Fokus des Monsters geriet.

»Aha.« Abigail kniff die Augen leicht zusammen und meinte dann scherzhaft: »Dann sind Sie also wieder einer finsteren Intrige auf der Spur.«

»So ähnlich«, wiederholte Calitri mit einem schiefen Lächeln, als fühlte er sich ertappt.

»Das Gute, das das Böse bekämpft, hat mir schon immer gefallen.«

»Das Gute sollte für etwas, nicht gegen etwas kämpfen, Abigail. Das wissen Sie.«

»Bei aller Liebe zu meinem christlichen Glauben bin ich mir da in der heutigen Zeit nicht mehr so sicher, Eminenz. Ich fürchte, manchmal kann man Feuer nur mit Feuer bekämpfen.«

»Ich hoffe, Sie äußern das nie öffentlich.«

»Ich meine damit nicht ›Auge um Auge, Zahn um Zahn‹. Auch keine Selbstjustiz. Aber manchmal muss man gewisse

Kräfte mit ihren eigenen Waffen schlagen, um ihrer Herr zu werden.«

»Wer hat Ihnen das gesagt?«

»Das wollen Sie gar nicht wissen, Eminenz.«

Als die junge Frau wieder in ihr Studierzimmer zurückgekehrt war, dachte Calitri über ihre Worte nach. Sollte Florenz keine Wende in der Ermittlung bringen, war Adamo Conte mit seinem Jägerlatein vermutlich am Ende. Er war sicher ein guter Polizist, doch er war kein Experte, wenn es um die Ergreifung eines solchen Wahnsinnigen ging.

Calitri blickte auf die Uhr und dann zu seinem Telefon. Es gab da einen Mann, der genau der richtige für den Job war und der dem Kardinal noch einen Gefallen schuldete. Vor Jahren hatte Calitri diesem Mann beigestanden – und dadurch seine Seele gerettet.

6

Er saß in einem alten Sessel und lauschte einem Musikstück des späten französischen Mittelalters, das ein junges Ensemble der hoch angesehenen Schola Cantorum in Basel eingespielt hatte. Die Klangwelt von Gesang, Flöten, Harfe und Laute erinnerte ihn, auch wenn sie nicht wirklich authentisch war, an eine längst vergangene Zeit. Außerdem war er sich sicher, dass die Musik seinem aktuellen Gast gefiel. Seit das Stück lief, hatte sich nicht nur ihr Atem beruhigt.

Er beugte sich vor und seine muskulöse Hand glitt unter das schneeweiße Laken, tastete über die Reinheit ihrer Haut, erkundete jenes Terrain, nach dem er sich sehnte und das für das Ritual so wichtig war. Ihr Atem beschleunigte sich wie eine stärker werdende raue Brise am Meer. Ansonsten lag sie völlig ruhig, an Armen und Beinen mit Lederriemen fixiert. Ein Knistern der Lust raste von seinen Fingerspitzen zu seinem limbischen System. Doch ganz gleich, wie verführerisch sie auch nach Pfirsich und Freesien duftete, er musste sich beherrschen. Noch war die Zeit nicht reif.

Er zog seine kräftigen und doch so sensiblen Finger zurück, erhob sich und überprüfte die Infusionspumpe. Alles war genau so, wie es sein sollte, um seine Auserwählte in jenem

Dämmerzustand zu halten, der ihm Zugang zu ihrer Seele gewährte, sie gleichzeitig aber darin hinderte, aus dem hypnotischen Schlaf zu erwachen.

Er bedauerte, dass ihm die Nonne entwischt war. Sie war eine echte Abwechslung, ja Bereicherung in seinem alljährlichen Ritualdienst der Verdammnis gewesen. Ihre Seele war so rein wie die Körper der anderen. Noch nie in seinem Leben war er solch einer reinen Seele begegnet.

Das heißt, das stimmte nicht ganz. Eine Seele hatte es da schon gegeben. Die reinste Seele von allen. Aber das war schon so viele Jahre her, dass es wie eine Legende anmutete, obwohl es die reine Wahrheit war. Dieser Seele – die gerechteste menschliche Seele von allen – hatte er auf eine andere Weise gedient. Aber auch die Seele der Nonne war von einer außergewöhnlichen geistigen Statur gewesen. Für ihn war Francesca ein Geschenk des Himmels gewesen. Bewusstlos und halb tot hatte er sie in dem unterirdischen Obdach für seine dargebotenen Auserwählten gefunden, sie aus ihrem Hunger- und Durstelend befreit, sie gepflegt und dem Tod entrissen und ihr schließlich wieder Leben eingeflößt. Ihr eigenes – wenn auch nicht mehr das alte – und ein neues, direkt unter ihrem Herzen.

Oh ja, es war mehr als bedauerlich, dass Francesca ihm in einer unachtsamen Stunde entkommen war. Er würde in Zukunft vorsichtiger sein und die Medikation sowie die Verriegelung seiner kleinen, alten Feste sorgfältiger überprüfen.

Wie sehr er die Konversation mit ihr während der Hypnosesitzungen vermisste.

»Weshalb Ordensfrau? Du könntest alles sein. Musikerin. Malerin. Ärztin.«

Er hatte sich nicht vorstellen können, dass sie sich einzig wegen ihres Glaubens für die Kirche entschieden hatte. Dafür hatte es ihrer Seele viel zu sehr nach einem weltlichen Leben gedürstet. Und er sollte recht behalten.

»Luca. Mein jüngerer Bruder. Mit sieben Jahren wurde er schwer krank, lag im Sterben. Tuberkulose. Ich schwor Gott bei allem, was mir heilig ist, ihm zu dienen, sofern Luca wieder gesund würde. Luca überlebte.«

»Du warst damals ein Kind. Wie dein Bruder.«

»Das spielte für mich keine Rolle. Ich gab mein Wort.«

»Und woher nahmst du die Gewissheit, mit Gott verhandelt zu haben?«

»Das spürte ich. Es fühlte sich richtig an. Gut.«

»Fühlte es sich auch gut an, als du dein Gelübde ablegtest?«

»Ja. Ich fühlte mich eins mit der Ewigkeit – und stark.«

»Dann behütet der Herr auch weiterhin dein Leben? Und das deines Bruders?«

»Das tut er.«

»Bewahrte er dich auch vor dem Bösen, wie es in Psalm 121 heißt?«

»Ja.«

»Wieso bist du dann hier?«

»Ich verstehe nicht.«

»Wieso habe ich dich aus der Totengrube gerettet – und nicht Gott.«

»Gott hat Sie gesandt.«

»Dann hat Gott dich auch gepflegt?«

»Nicht direkt. Dafür schickt er gute Menschen.«

»Ich bin *nicht* gut, Francesca. Und Gott weiß das.«

»Vielleicht sind Sie besser, als Sie denken.«

Schweigen.

»Glaubst du, Gott hätte deinen Bruder ohne dein Versprechen sterben lassen?«

»Ich weiß es nicht.«

»Wäre er dann noch der *gute* Gott?«

Schweigen. Dann: »Was wollen Sie mir damit sagen?«

»Du hast nicht mit Gott verhandelt, Francesca. Jemand anderes hat dein Flehen und Schluchzen erhört. Jemand mit großer Macht. Jemand, für den der Tod keine Grenze ist.«

Darauf hatte Francesca so heftig reagiert, dass er die Sitzung hatte abbrechen müssen. Er hatte die Umprogrammierung ihrer Psyche wegen seiner Spielchen zu weit hinausgezögert, sie etliche Wochen länger leben lassen als die anderen.

Ein Fehler, den er nun bereute.

Vor sechs Wochen hatte man nun seine gut verborgene Galerie der Toten entdeckt. Ein Erdbeben, das selbst das alte Rom in seinen Grundfesten hatte erzittern lassen, hatte sie wie eine klaffende Axtwunde freigelegt. Von da an war es nur noch eine Frage der Zeit gewesen, bis die einbestellten Anthropologen auf seine tiefer im Inneren gelegene Pinakothek gestoßen waren und die Staatspolizei informierten. Die Beamten hatten jeden Mann, jede Frau und jedes Kind in der kleinen Gemeinde Bomarzo befragt und jeden Grashalm und jeden Stein in der Umgebung umgedreht. Keiner der Anwohner hatte etwas Verdächtiges gehört oder gesehen. Und niemand aus dem knapp zweitausend Seelen zählenden Dorf schien für die Ermittler als Täter infrage zu kommen. Die Staatspolizei tappte weiterhin im Dunkeln. Und das war kein Wunder. Er hatte dafür gesorgt. Sie suchten nach einem Phantom. Nach der Stecknadel im falschen Heuhaufen.

Erneut trat er zur Infusionspumpe, reduzierte das Schlafmittel und nahm wieder auf dem Sessel Platz. Nach einer Weile begann sich seine neue Auserwählte unter dem Laken zu bewegen. Er ließ ihre Arme und Beine etwas lockerer fixiert.

Dann schlug sie die Augen auf – diese wunderschönen himmelblauen Augen unter dichten schwarzen Wimpern – und starrte ihn erschrocken an. Seine Arbeit konnte beginnen.

»Hallo Sophia. Wie fühlst du dich?«

7

Paula Tennant blickte auf die Aktenmappe, die Donovan Friedman, ein dienstälterer Kollege, ihr vorlegte. Das lenkte sie immerhin von ihrer derzeitigen Routineschreibtischarbeit und vom Chaos in Donovans Büro ab. Sein fensterloses Kellerzimmer lag am Ende des Gangs, war aber gut und gerne sechs Quadratmeter größer als ihres, hatte einen geräumigen Schrank und zwei hohe Regale. Trotzdem brachte Donovan es nicht fertig, Ordnung in seinen vier Wänden zu halten. Die Fallakten stapelten sich auf dem Schreibtisch rund um den Computer herum, auf dem alten, fleckigen Büroteppich und sogar auf dem Besucherstuhl. Lediglich vier schmale Pfade führten von der Tür zum Schreibtisch, dem Schrank und den teilweise leeren Regalen. Donovan hatte den Besucherstuhl erst einmal freiräumen und vier schwere Aktentürme vorsichtig mit den Füßen beiseiteschieben müssen, ehe sie am Tisch hatte Platz nehmen können. Paula fragte sich, wie er bei all der Unordnung überhaupt einen klaren Gedanken fassen konnte, doch wie es aussah, wusste er ganz genau, in welchem Haufen welche Akte lag.

»Danke, dass Sie einen Blick reinwerfen«, sagte er. »Das ist alles, was Greg an Recherchematerial zusammengetragen hat.«

»Wie geht es ihm?«

»Wie es einem so geht, wenn man den Sturz von einem achtstöckigen Baugerüst mit einem schweren Schädeltrauma überlebt hat. Auf der Koma-Skala schwebt er irgendwo zwischen fünf und sechs. Die Ärzte sagen, sie wissen nicht, wann oder ob er überhaupt wieder aufwacht.«

»Was hatte Greg auf einer Hochhausbaustelle zu suchen?«

Donovan zuckte mit den Achseln. »Vielleicht wollte er einen Informanten treffen, verfolgte eine neue Spur.«

»Hatte sein Fall überhaupt etwas mit der Baubranche zu tun?«

»Nun ja, wenn man bedenkt, dass nicht nur die Mafia ungeliebte Leichen gerne in Betonpfeilern entsorgt.«

»Wann ist es passiert? Ich meine, wann wurde Greg angegriffen?«

»Vorgestern. Am helllichten Tag.«

»Und einen Unfall können wir ausschließen?«, hielt Paula nachdenklich fest.

Donovan öffnete einen Hefter und holte eine Serie von Tatortfotos heraus. »Es gibt Spuren eines Kampfs. Greg hat sich gewehrt.«

Die Fotoserie zeigte neben den schweren Maschinen, die innerhalb der Stockwerke für den Fassadenbau eingesetzt wurden, umgeworfene Bretter und zerrissene Planen sowie Handwerkszeug, das verstreut in der Nähe des Materialaufzugs lag. An einer Stelle auf dem Boden klebte Blut, als hätte man einen Menschen mit dem Kopf so lange gegen den harten Beton geschlagen, bis er bewusstlos oder gar tot war.

»Das sind die Aussagen der Arbeiter, Vorarbeiter und Bauleiter.« Donovan deutete auf ein kleines Aufzeichnungsgerät. »Keiner will etwas gesehen oder gehört haben.«

»Wer war um diese Zeit noch auf dem Stockwerk?«

»Außer Greg und seinem Date nur ein kleiner Trupp auf der anderen Seite beim Fassadeneinbau.«

»Die Baustelle wird videoüberwacht?«

»Zufahrten, Materiallager und Aufzüge ja. Nicht jedoch die einzelnen Stockwerke.«

»Ich schaue mir das Material einmal genauer an. Kann ich auch die Videos haben?«

»Nur zu. Ich fahre noch einmal hin. Vielleicht finde ich noch etwas raus.«

»Okay. Dann legen wir mal los.«

Paula schnappte sich die Kiste, packte das Material wieder rein und kehrte in die Ordnung ihres eigenen kleinen, kahlen Büros zurück, in dem gerade einmal ein Schreibtisch mit einem mordsmäßigen Computer stand, ein bequemer Sessel, der stundenlanges Recherchieren am Rechner körperfreundlich unterstützte, ein Besucherstuhl aus der Rumpelkammer der Agency, ein kleiner Schrank, dessen Türen klemmten, und ein Haken an der Wand als Garderobe. Das war's. Anders als Donovans Arbeitsplatz war ihrer nicht nur frei von Aktenchaos, sondern auch frei von jedweden persönlichen Gegenständen. Keine Diplome an der Wand, keine Familien- oder Haustierfotos, keine Bilder von irgendeinem Hobby wie Motorradfahren oder Segeln. Nichts, was sie von der Arbeit ablenken konnte. Seit Paula Innendienst schob, hatte sie auch ihre Wand des Schreckens abgebaut. Foto-, Info- und Kartenmaterial von Fällen, die seit ihrer Suspendierung und anschließenden Versetzung in den Innendienst von Kollegen übernommen worden waren. Auch Donovan arbeitete an einem ihrer alten Fälle. Und nun war Gregs Fall neu hinzugekommen.

Um die kleinen grauen Zellen auf Trab zu bringen, holte Paula sich rasch einen Automatenkaffee. Schwarz mit einem

Hauch Milch. Laut einer aktuellen Studie hatten Narzissten und Psychopathen eine Vorliebe für bitteren Geschmack. Tja, was für ein Pech für Paula. Sie liebte Bitterstoffe, aß unter anderem auch gerne dunkle Schokolade. Es wunderte sie plötzlich, dass Dr. Cochran ihre Schwäche für herbe Speisen während der letzten Sitzung nicht aufs Tapet gebracht hatte.

Sie schloss die Tür, setzte sich an ihren halbrunden Tisch und begann damit, die Fotos genauer in Augenschein zu nehmen. Paula war ein visueller Mensch. Eine Beobachterin. Aber sie konnte durchaus auch sehr gut zuhören. Das meiste über die Welt und vor allem die Menschen und deren Seelenleben hatte sie durch aufmerksames Beobachten und Zuhören gelernt. Einer ihrer Kollegen hatte sie halb im Scherz, halb im Ernst einmal Hellseherin genannt. Mal davon abgesehen, dass sie auf das Wort Hellseherin allergisch reagierte, war diese Einschätzung schlichtweg völlig übertrieben. Wenn man im Getto und unter extremen Familienverhältnissen heranwuchs, entwickelte man zwangsläufig jene Sensoren, die einem über die Körpersprache, die Mimik oder den Tonfall des Gegenübers signalisierten, ob jemand vertrauenswürdig oder eher mit Vorsicht zu genießen war. Ob man sich lieber zurückzog oder besser Stellung bezog, um zu überleben. Paulas Erfahrungen aus der Kindheit und Jugend waren so tief in ihre Seele eingebrannt, dass diese wie ein allzeit bereites mentales Unterprogramm funktionierten. Und diese kluge Wachsamkeit war es dann auch gewesen, die Police Officer Dave Murray vor vielen Jahren an ihr bemerkt hatte, als er eines Tages zu einem Einsatz gerufen worden war, weil ein als brutaler Schläger bekannter Mann mitten in der Nacht lautstark seine Frau verprügelte, während die Nachbarn geflissentlich weghörten und nur die elfjährige Tochter genug Mumm in den Knochen hatte, die Polizei zu rufen.

Der brutale Schläger war Paulas stinkbesoffener Vater gewesen. Und das Opfer ihre verrückte Mutter, die sich für eine wahre christliche Märtyrerin hielt.

»Hier, meine Nummer«, hatte Police Officer Murray nach dem abschließenden Gespräch mit der kleinen Paula gemeint. »Zögere nicht, mich anzurufen, wenn es wieder Probleme gibt.«

Dass es wieder Probleme geben würde, war so sicher gewesen wie das Amen in der Kirche, die Paulas Mutter beinahe täglich aufsuchte, um für die Reinheit des Glaubens sowie die Seelen ihrer Familie zu beten.

Doch für Paulas Leben sollten nicht die Gebete der Mutter, sondern die Begegnung mit Police Officer Murray der Wendepunkt sein. Nicht, dass ihr Vater von nun an von ihr abgelassen oder ihre labile Mutter damit aufgehört hätte, sie für ein wenig Anerkennung bewusst krank zu machen und zu Ärzten zu schleppen. Davon hatte sie Officer Murray nichts gesagt. Aber Paula kannte nun einen Menschen, für den sie als menschliches Wesen etwas zählte und der ihre Wissbegier, ihr schulisches Interesse und ihren moralischen Kompass nicht für gefährlichen Unfug hielt. Paula hatte schließlich zu den wenigen in ihrem Getto gehört, die ihren Schulabschluss gemacht hatten. Und sie hatte diesen sogar mit Auszeichnung absolviert. Dann war sie zur Police Academy gegangen, hatte als Streifenpolizistin gearbeitet und nebenher am College studiert. All das mit Police Officer Murrays Unterstützung, denn er hatte als Einziger all das Potenzial in ihr gesehen, als sie noch ein Kind gewesen war.

Und nun arbeitete sie, nach einer Abfuhr beim FBI, für die ISA, von dem Antrieb beseelt, gegen den schlimmsten Abschaum der Menschheit vorzugehen.

Als sie mit den Fotos, die Donovan ihr überlassen hatte, durch war, nahm sie sich die Aussagen der Befragten sowie deren offizielle Einsatzpläne vor. Gab es plötzliche Krankmeldungen? Wurden kurzfristig neue Mitarbeiter in den Baukolonnen eingesetzt? Gab es Besucher? War zur Tatzeit jeder auf seinem Posten? Auch die Security?

Auf den ersten Blick schienen alle Aussagen in Ordnung zu sein. Lediglich ein Toilettengang und zwei Raucherpausen hatten kein Alibi. Die vom Spurensicherungsteam gesammelten Zigarettenkippen würden darüber vielleicht Aufschluss geben.

Paula nahm sich die Überwachungsvideos vor.

Niemand schien sich auf der Baustelle herumgetrieben zu haben, der dort nicht hingehörte. Doch was war mit der zweieinhalb Meter hohen Bretterumzäunung und den toten Kamerawinkeln? Selbst eine sehr gut gesicherte Hochhausbaustelle war keine uneinnehmbare Festung, wie Einbrüche, Diebstähle oder Vandalismus immer wieder belegten. Und Paula vermutete, dass sich Gregs Angreifer generell auf Baustellen gut auskannte. Am liebsten entledigte er sich nämlich seiner Leichen in geräumigen Baucontainern. Bisher hatten die Ermittlungen jedoch zu keiner Namensübereinstimmung in den Einsatzplänen der bisherigen vier Baustellen geführt. Das wäre wohl auch zu einfach gewesen.

Sie hatte die letzte Überwachungsaufzeichnung fast durch, als ihr beim Anblick einiger behelmter Bauarbeiter, die gerade an der Fertigstellung einer Balkonbrüstung arbeiteten, dämmerte, dass in einer der vorherigen Aufzeichnungen irgendetwas nicht stimmte. Sie wiederholte die letzten beiden Videos, versuchte, den Finger auf die Unstimmigkeit zu legen, und glaubte sie schließlich entdeckt zu haben. Einer der befragten Arbeiter trug zwar einen Bauhelm, eine orangefarbene Schutzweste und hielt einen schweren Akkuschrauber in der Hand, hatte aber ansonsten keinerlei korrekte Schutzkleidung am Leib.

Als sie zum Hörer griff, um Donovan, der vielleicht noch auf der Baustelle war, ihren Fund mitzuteilen, klingelte ihr Telefon. Sie sah den Namen des Anrufers und hielt für eine Sekunde den Atem an. Robert Bernstein. Der stellvertretende Direktor hatte sie bisher noch nie persönlich angerufen.

8

In Robert Bernsteins Büro duftete es nach frischem Kaffee. Nach gutem, frischem Kaffee. Nicht nach dem seltsamen Instantgebräu, das die Automaten in den Aufenthaltsbereichen der ISA-Zentrale ausspuckten. Der köstliche Duft vitalisierte Paula und half ihr auch ein wenig über ihre nagende Nervosität hinweg.

Den ganzen Weg hinauf in die Chefetage – immerhin fast siebzig Etagen mit dem Lift – hatte sie darüber nachgegrübelt, was ihr wohl zu der zweifelhaften Ehre verholfen hatte, Bernsteins Adlerhorst betreten zu dürfen. Als Bernsteins Assistent sie dann auch noch überaus höflich gebeten hatte, einen Augenblick im Wartebereich Platz zu nehmen, als sei es das Selbstverständlichste auf der Welt, dass sie bei dem stellvertretenden Direktor der ISA ein- und ausging, war ihr noch mulmiger zumute geworden. Selbst der grandiose Blick auf die architektonischen Gebirgszüge der Chicagoer Wolkenkratzer hatte daran nur wenig geändert, auch wenn der Sears Tower – an die Namensänderung in Willis Tower konnte Paula sich einfach nicht gewöhnen – an diesem Nachmittag wie ein senkrechtes Luftschiff mit seinen beiden insektenartigen Dachantennen in den düsteren Himmel ragte. Von hier oben bot sich ein Panorama, für das manch ein Fotograf vermutlich über Leichen gegangen wäre. Doch Bernstein hatte Paula ganz sicher nicht wegen der großartigen Aussicht zu sich bestellt. Wahrscheinlicher erschien es ihr, dass er sie nun mit Dr. Cochrans ärztlichem Gutachten konfrontieren wollte und sich gezwungen sah, sie endgültig zu feuern.

Mach dich nicht lächerlich. Wenn man dich hätte feuern wollen, wäre das längst über deinen direkten Vorgesetzten geschehen.

Tja, und dann war auch tatsächlich alles ganz anders gekommen. Jetzt hielt sie diese große Tasse mit belebendem, köstlichem Kaffee in der Hand, die Bernstein höchstpersönlich für sie zubereitet hatte, und registrierte vor lauter innerer Anspannung bestenfalls am Rande, dass ihr Chef seinen Kaffee pechschwarz genoss. Dafür hatte sie die Gelegenheit genutzt, ihn insgeheim zu betrachten, als er die zweite Tasse zubereitete.

Im Gegensatz zu seinen anderen Kollegen in gleichermaßen hohen Positionen war Bernstein elegant und stilvoll wie ein italienischer Gentleman gekleidet. Paula wusste nicht, wie alt ihr Boss war, aber er musste Mitte oder Ende vierzig sein. Sein Gesicht war einen Tick zu kantig und adlerhaft für ihren Geschmack, nichtsdestoweniger wirkte es auf seine ganz eigene Art sehr attraktiv. Vielleicht wegen der dunklen, durchdringenden Augen, aus denen Intelligenz und permanente Aufmerksamkeit strahlten. Womöglich sogar eine Spur Genialität.

Vor ein paar Monaten hatte Paula während einer kurzfristig anberaumten Sitzung erlebt, wie Bernsteins ruhiges, aber dynamisches Auftreten ein hohes, besserwisserisches Tier von der Homeland Security in einen unsicheren Duckmäuser verwandelt hatte. Vielleicht war es die unterschwellige Aggression gewesen, die der Homeland-Mitarbeiter instinktiv gespürt hatte, Bernsteins Entschlossenheit, wenn es darum ging, Nägel mit

Köpfen zu machen und nicht um den heißen Brei herumzureden. Theoretisches Geschwätz oder der berühmt-berüchtigte Schwanzvergleich unter Alpha-Männchen interessierten den stellvertretenden Direktor nämlich nicht. Er brachte Moral in die Arbeit und wollte strategisch sinnvolles, zielgerichtetes Denken, Taten und Fortschritte sehen. Keine Politik. Jeder Mann und jede Frau, die das nicht verstanden, verloren seinen Respekt und bekamen den finsteren Anteil seiner Persönlichkeit zu spüren.

Paula dämmerte, dass all das Bernsteins Charakter eigentlich zu einem gefundenen Fressen für Cochrans Forschungsarbeit machen musste. Vielleicht schlich der Psychiater deshalb des Öfteren um die Chefetage herum.

Mit der Kaffeetasse in der Hand begab Bernstein sich zu dem höhenverstellbaren, interaktiven Wanddisplay, der Mammutversion eines hochmodernen Touchscreens.

»Ich habe heute einen Fall auf den Tisch bekommen, den Sie sehr interessant finden dürften, Agent Tennant.«

Er schaltete den Bildschirm ein. Mehrere digitale Ordner erschienen, die er mittels Fingerzeig nach Rang und derzeitiger Relevanz sortierte. Anscheinend hatte er deren Inhalt bis kurz vor Paulas Eintreffen studiert und erhoffte sich nun von ihr ein paar neue Erkenntnisse.

Er berührte einen Fotoordner, zog ein paar Bilder heraus und vergrößerte das erste. Paula blickte in das Gesicht einer sympathisch wirkenden Frau in Nonnentracht. Vielleicht Mitte, Ende zwanzig. Dass es um eine Ordensfrau ging, machte den Fall mehr als ungewöhnlich, denn mit der katholischen Kirche hatte die ISA äußerst selten zu tun. Paula dämmerte allerdings, dass sie vor allem wegen ihrer Vergangenheit – ihre verkorkste Mutter hatte sich selbst ja für eine verkannte Heilige gehalten – in Bernsteins Büroräumen stand.

»Das ist Schwester Francesca«, erklärte er. »Seit sieben Jahren Mitglied der römisch-katholischen Ordensgemeinschaft der Schwestern der Göttlichen Vorsehung, einer Gemeinschaft, die sich in der Obdachlosenhilfe hervorgetan hat. Schwester Francesca verschwand vor dreizehn Monaten achtzig Kilometer nördlich von Rom, und zwar von diesem Ort hier.«

Rom. Italien. Europa. Noch außergewöhnlicher!

Paula hatte ab und an von Kollegen gehört, die an Fällen im Ausland arbeiteten. Die International Security Agency operierte nicht nur in den Vereinigten Staaten, sondern war ein länderübergreifender Geheimdienst mit Außenstellen in Europa und teils einheimischem Personal. Die ISA untersuchte Ereignisse, an deren Aufklärung andere Dienste sich bereits die Zähne ausgebissen hatten. Immer wieder ging es dabei um Todesfälle, deren Umstände und Hintergründe mittels herkömmlicher kriminaltechnischer Methoden nicht aufgeklärt werden konnten. Dann kam die ISA mit ihren Spezialagenten ins Spiel. Etliche Staaten arbeiteten mit der Agency zusammen, darunter formal auch der Vatikan. Und wie es aussah, war das Geheimnis um die verschwundene Nonne solch ein Grenzfall.

Tat sich da etwa die Chance auf, der öden Schreibtischarbeit zu entkommen? Sosehr Paula das Fliegen verabscheute, für einen Fall in Europa, erst recht in Italien, würde sie wenn nötig glatt eine ganze Packung Reisetabletten schlucken. Solche Missionen wurden jedoch nur älteren und erfahreneren Kollegen übertragen.

Bernstein vergrößerte das Foto mit dem Ort, an dem die Nonne verschwunden war. Das Bild war eine Art Fotocollage, die einen Wald oder Park mit merkwürdigen Skulpturen zeigte.

»Der *Sacro Bosco*, der heilige Wald, im Volksmund auch Monsterwald genannt.«

Die Bezeichnung Monsterwald war mehr als zutreffend, fand Paula. Die Fotocollage erinnerte sie an die düsteren, gruseligen Horrorklassiker der britischen Hammer-Filmstudios in den 1930er-Jahren mit ihren Dracula-, Frankenstein- und Edgar-Allen-Poe-Verfilmungen.

Bernstein öffnete ein weiteres Bild.

»Trotz mehrerer Einsätze blieb die Suche nach Schwester Francesca erfolglos. Dann tauchte sie, nachdem sie dreizehn Monate verschwunden war, vor zwei Monaten plötzlich wieder auf – an einem Ort, der neunzig Kilometer entfernt lag vom Ort ihres Verschwindens. Auf einem Feldweg nahe dem römischen Autobahnring, wo sie ein Bauer aufgegabelt hat. Geistig völlig verwirrt.«

Paula musterte das aktuelle Porträt. Francesca trug keine Nonnentracht mehr, sondern einen weißen Krankenhauskittel. Ihre Haare waren kurz geschoren und ergraut. Irgendwie wirkte sie wie von innen her geschrumpft. Und der Bildhintergrund zeigte nicht mehr den Kreuzgang eines alten Klosters, sondern das steril wirkende Untersuchungszimmer einer Klinik. Francescas Haut wirkte fahl und bleich. Ihr Gesicht war um Jahre gealtert, war voller Ekzeme, als wäre sie längere Zeit auf einem ausgiebigen Crystal-Meth-Trip gewesen. Der Ausdruck in ihren Augen war hoffnungslos, resignativ und auf eine unheimliche Weise nach innen gerichtet, als wolle sie nur noch eins: aus dieser Welt entfliehen.

Und sie war zu Paulas Verblüffung hochschwanger!

»Wie gut ist Ihr Italienisch?«, hörte Paula Bernstein wie beiläufig fragen.

Oha. Das schürte weitere Hoffnung in Paula. Er hatte ihrer Akte also auch entnommen, dass sie mehrsprachig aufgewachsen war. Italienisch, Deutsch, Englisch. Das war also ein weiterer Grund, weshalb er sie trotz ihrer Strafversetzung für den Innendienst auserkoren hatte.

»Ich besitze ausreichende Grundkenntnisse, um eine normale Unterhaltung führen zu können. Meine Großmutter sprach kaum Englisch, auch wenn sie es mit den Jahren immer besser verstand. Also sprachen wir in der Familie hauptsächlich Italienisch mit ihr.« Paula glaubte, das sprichwörtliche Licht am Horizont zu sehen. Behutsam tastete sie sich vor. »Von der für eine Nonne ungewöhnlichen Schwangerschaft einmal abgesehen ... hat man herausgefunden, was mit ihr in diesen dreizehn Monaten geschehen ist?«

»Nicht viel. Sie erinnert sich nicht oder sie verdrängt es. Oder ihr Entführer hat jede Erinnerung an diese Zeit in ihr ausgelöscht. Laut ärztlichem Befund wurde sie gefoltert und unter Drogen gesetzt. Jedoch gut ernährt, auch zwangsernährt, und ...« Er hielt kurz inne. »Gebrandmarkt.«

Das nächste Foto zeigte ein Stück Haut mit einem Brandmal beziehungsweise das, was von dem Mal übrig geblieben war. Ein Teil der vernarbten Haut war zerstört worden. Vielleicht von Francesca selbst. Ob Bernstein von dem Anblick eher fasziniert oder schockiert war, vermochte Paula nicht zu sagen, ihr aber lief ein eiskalter Schauer über den Rücken.

»Ein Adelswappen?«, wunderte sie sich.

»Möglicherweise. Eine Skizze davon wird gerade von einer heraldischen Gesellschaft in Italien untersucht.«

Erneut öffnete Bernstein eines der digitalen Bilder.

Paula hielt kurz den Atem an.

Diesmal zeigte die Aufnahme eine große Leichenhalle. Darin, in drei Reihen aufgebahrt, lagen etliche stark mumifizierte Leichname. Mehr als ein Dutzend zählte sie. Es war ein Bild, wie man es sonst nur nach einem Anschlag oder nach einem Zug- oder Flugzeugunglück in den Medien zu sehen bekam. Auch wenn Paula es sich nur einbildete, der Geruch des Todes breitete sich plötzlich in Bernsteins Bürosuite aus.

»In den letzten vierzehn Monaten wurde Mittelitalien von drei Erdbeben heimgesucht«, fuhr Bernstein fort. »Eines davon riss vor sechs Wochen im *Sacro Bosco* ein großes mittelalterliches

Ritualgrab auf. Über zweihundert Tote. Für die Archäologen eine Sensation. Doch dann stießen die Grabungshelfer im Labyrinth der kleineren Höhlen auf diese ermordeten Frauen.« Das nächste Foto erschien. »So hat man sie in der Höhle gefunden.«

Es war, als blickte Paula via Drohnenflug auf den entsprechenden Höhlenausschnitt und die Toten. Auch wenn Bernstein von kleineren Höhlen gesprochen hatte, schienen diese recht groß zu sein. Das Ganze erinnerte sie für den Bruchteil einer Sekunde an eine Body-Farm, ein Gelände, auf dem die Verwesungsprozesse von Leichen wissenschaftlich untersucht wurden. Freiwillige spendeten für diesen Forschungszweig ihre toten Körper, damit auch angehende Pathologen den menschlichen Zerfall studieren konnten und erlebten, wie das biologische und mikrobiologische Leben den Leichnam nach und nach zersetzte. Paula hatte solch ein Freiluftlabor vor zwei Jahren in Texas besucht. So faszinierend und lehrreich sie das auch empfunden hatte, so wenig war es ein Vergnügen gewesen. Ihr Nerven- und Verdauungssystem hatte den Besuch gerade mal so überstanden, und die noch immer frische Erinnerung daran machte ihrem Magen selbst jetzt noch zu schaffen. Gott sei Dank hatte sie nicht viel gefrühstückt. Dafür schwappte der Kaffee nun allerdings umso unangenehmer in ihren Eingeweiden.

Sie stutzte und trat näher an das Foto heran. Die toten Frauen im vorderen Bereich waren allesamt schwanger gewesen. Und ... sie hielt den Atem an.

»Wo sind ihre Köpfe?«

»Die liegen eine Höhle weiter«, bemerkte Bernstein, als hätte er nur darauf gewartet, dass sie diese Frage stellte.

Das Bild auf dem Display wechselte zu einem anderen Höhlenbereich, zeigte dieses Mal ein altes Steinregal mit einer passenden Anzahl von Schädeln, die ebenso sorgsam wie die Körper der Reihe nach aufgebahrt waren.

Paula spürte, wie sich ihr Magen regte. Natürlich hatte sie schon mal Bildmaterial der römischen Katakomben mit ihren jahrtausendealten Beinhäusern gesehen, doch diese Toten stammten nicht aus der Antike oder dem Mittelalter. Das hier war Zeitgeschichte. Modernes, brandaktuelles Mordgeschehen. Diese Frauen hatten alle das gleiche fürchterliche Schicksal durchlitten, ehe sie ermordet und ihre Körper in dieser von Mutter Natur geschaffenen Höhlengruft versteckt worden waren. Ihre Schädel waren zum Teil noch im Stadium der Verwesung.

Als hätte Bernstein Paulas Gedanken gelesen, sagte er: »Jede dieser Frauen wurde gebrandmarkt. Jede geschwängert. Jede noch vor der Entbindung mit einem Richtbeil enthauptet. Das Brandmal scheint übrigens identisch mit jenem, das man bei Francesca fand.«

Paula wandte den Blick Bernstein zu. »Scheint?«

»Nach der Hinrichtung wurden die Male zum Teil entfernt, als bräche man – im übertragenen Sinne – ein Siegel.«

»Das alles riecht stark nach Satanismus.«

»Möglich. Bei dem Brandmal handelt es sich allerdings nicht um ein Siegel Baphomets. Laut der bisherigen Ermittlungen gibt es auch keine satanischen Symbole in dem Grab. Weder ein Pentagramm noch ein auf dem Kopf stehendes Kreuz. Außerdem gibt es keine Grabbeigaben. Keine verhüllenden Tücher. Keine Kleidung. Die Frauen wurden nackt beigesetzt, was eine Identifizierung sehr erschwert. Die zahnärztlichen Befunde haben bisher nicht weitergeholfen. Ebenso wenig die DNA-Analysen.«

»Dann sind die Opfer nicht allesamt Nonnen«, überlegte Paula. In dem Fall hätte es sicher inoffizielle Vermisstenanzeigen der Kirche gegeben, was eine Identifikation erleichtert hätte.

»In einem Fall ganz sicher nicht. Der zuständigen Gerichtsmedizinerin ist es trotz der Probleme gelungen, eines der Opfer zu identifizieren. Man fand ein paar Stofffasern.«

Bernstein berührte das Wanddisplay und fügte ein weiteres Porträt hinzu.

»Viola Gatti. Ein florentinisches Partygirl und Tochter eines wohlhabenden Hotelbesitzer-Ehepaars. Mit Kirche oder Religion hatte sie wohl eher weniger im Sinn. Sie ist das jüngste Opfer unseres Mörders, sehen wir von Schwester Francesca, die ihm ja entkommen ist, einmal ab.«

Paula starrte auf eine junge, attraktive Frau, die aussah, als hätte man sie mit einer Zeitmaschine gerade aus den frühen Sechzigern geholt. War das vielleicht der Frauentyp, auf den der Mörder stand?

»Weiß man, wie viel Zeit zwischen den einzelnen … Opferungen liegt?«, fragte sie.

»Noch liegen uns nicht alle Resultate der wissenschaftlichen und kriminaltechnischen Untersuchungen vor. Aber das älteste Opfer lag seit etwa fünfzehn Jahren dort. Plus minus eineinhalb Jahre. Viola Gatti verschwand vor eineinhalb Jahren. Bei dreizehn Opfern gehen wir zurzeit davon aus, dass der mörderische Zyklus ein Jahr beträgt. Schwester Francesca wäre in diesem mysteriösen Turnus also die nächste Kandidatin für das Richtbeil gewesen.«

»Hm«, überlegte Paula. »Ohne Francesca als Opfergabe geraten die oder der Mörder vielleicht unter Zeitdruck.«

Bernstein bedachte sie mit einem neugierigen Blick.

»Satanische Feste und Ritualzeiten basieren meist auf den Traditionen christlicher Feste, um diese zu verhöhnen«, erklärte sie. »Zum Beispiel Weihnachten, Neujahr, Karfreitag oder Ostersonntag.«

Bernstein runzelte die Stirn und warf einen Blick in die Unterlagen, um sich noch einmal zu vergewissern. »Alle Opfer waren zum Zeitpunkt ihrer Hinrichtung im sechsten Monat schwanger. Das deutet tatsächlich auf einen festen Kalenderplan hin. Außerdem hätte unser Mörder Schwester Francesca dann länger leben lassen als die anderen. Bei ihrer Flucht war sie bereits im siebten Monat schwanger. Interessant.«

Bernsteins Telefon klingelte. Er nahm das Gespräch entgegen und hörte einen Moment lang zu.

Paula vermutete, dass der Assistent im Vorzimmer dran war, um ihn an einen anderen, viel wichtigeren Termin zu erinnern. Der Fall dieses Brandmal-Killers war Bernstein ja gerade erst frisch zugetragen worden und wohl eher nicht von internationaler Tragweite.

Andererseits, überlegte Paula, war der Fall aber auch dringlich genug, um von Bernstein selbst unter die Lupe genommen zu werden. Vielleicht hatte gar nicht die zuständige italienische Polizeibehörde um Amtshilfe gebeten, sondern der Vatikan. Dann steckte wohl mehr hinter dem Fall beziehungsweise hinter dem Verschwinden und Wiederauftauchen der Nonne, als es im Augenblick den Anschein hatte.

»Danke, Ethan. Ausgezeichnet.«

Also doch der Assistent. Und irgendwie spürte Paula, dass es nicht um einen dringlicheren, sondern um diesen Fall gegangen war.

Als Bernstein den Hörer auflegte und sich ihr zuwandte, war da kurz ein Funkeln in seinen Augen, das ihr nicht ganz geheuer war. Sie vergaß es jedoch sofort wieder, als er folgende Worte aussprach: »Ich habe da einen sehr interessanten Auftrag für Sie, Agent Tennant.«

9

Trotz der abscheulichen Bilder, die Paula in Bernsteins Büro gesehen hatte, verließ sie die ISA-Zentrale mit einem Hochgefühl.
Der strahlende Sonnenschein, der dem düsteren Himmel bereits
vor zwei Stunden den Garaus gemacht hatte, schien ihr recht zu
geben. Ja, verdammt noch mal, dieser Fall war besonders brutal
und schrecklich, und er würde alles von ihr fordern, was sie
zu leisten imstande war, doch nach den eintönigen Wochen in
der Zentrale schreckte sie das nicht. In gewisser Weise hatte sie
diesen Fall verdient. Diese Sache in Rom war mit Sicherheit
genau aus dem Stoff, aus dem einmal kriminalistische Legenden
geschmiedet würden. Nicht, dass ihr daran lag, selbst eine
Legende zu werden – das würde ihrer ermittlungstechnischen
Arbeit nur schaden und außerdem hasste sie Publicity –, aber
wegen solch rätselhafter Fälle, deren Opfer ansonsten nie
Gerechtigkeit widerfahren würde, war sie Agentin geworden.

Paula hatte Donovan noch rasch auf ihre Entdeckung in
den Überwachungsvideos hingewiesen und ihm dann erklärt,
dass sie in ein anderes Bürogebäude versetzt worden war. Er
hatte ihre Mitteilung ohne ein Wimpernzucken aufgenommen,
denn in der Zentrale herrschte bei jüngeren ISA-Offizieren
generell eine hohe Fluktuation. Die meisten von ihnen gingen

in die Welt hinaus, in einen anderen US-Bundesstaat, nach Europa oder in den Nahen oder Fernen Osten. In den USA alleine unterhielt die International Security Agency mehrere Bürogebäude und -etagen, meist getarnt als Unternehmens- oder IT-Beratungsfirmen mit einem Empfang und einer verdeckt arbeitenden Security im Eingangsbereich, an denen kein Unbefugter vorbeikam. Autorisierte Personen besaßen einen biometrisch abgesicherten Spezialschlüssel, um die ISA-Etagen zu betreten. Je nach Sicherheitsstufe wurde ein Sicherheitscode, Fingerabdruck oder Retinascan verlangt.

Der Kontakt zwischen den ISA-Agenten war eher spärlich. Jedes Team schien allein in seine Mission – oft auch undercover – vertieft. Ohnehin waren alle zu Stillschweigen über ihre aktuellen Fälle verpflichtet. Hätten Donovan und Paula nicht bereits in der Angelegenheit *Mr. White* zusammengearbeitet, der ISA-Offizier hätte sie in Gregs Fall sicher nicht als eine Außenstehende um Rat gefragt.

Sie stieg in ihren Wagen, einen zehn Jahre alten, schwarzen Ford, der aber noch gut in Schuss war, und fuhr aus der Tiefgarage, um den Loop – Chicagos City mit den Wolkenkratzern – nach zehn Minuten mehr und mehr hinter sich zu lassen.

Paulas Appartementhaus lag westlich der City, in Western Springs, einem kleinen, grünen Vorort, der fünfundzwanzig Kilometer vom Loop entfernt an der Bahnstrecke der *Burlington Northern Santa Fe Company* lag, eine der Nahverkehrsverbindungen für die zahlreichen Pendler. Murray – inzwischen Chief Inspector Dave Murray – hatte ihr den ruhigen Vorort empfohlen. Einmal, weil Murray dort selbst ein kleines Haus besaß, und zum anderen, weil Western Springs eine der sichersten Ortschaften Chicagos mit bezahlbarem Wohnraum war. Und so ganz nebenbei konnten er und Paula dadurch ein wenig aufeinander achtgeben. Das

Singleleben hatte seine Tücken, vor allem, wenn man einmal krank war. Murray hatte sich vor acht Jahren scheiden lassen. Jobbedingt war er so selten zu Hause, dass seine Frau das ewige Warten und sich Sorgen Machen irgendwann nicht mehr ertragen hatte – das Schicksal vieler Polizisten- und Agentenehen. Paula hatte sich bis jetzt die Frage einer Partnerschaft oder Eheschließung nie gestellt. Sie ging dermaßen in ihrer Aufgabe auf, dass selbst Murray, halb im Scherz, halb im Ernst, das Wort Besessenheit gebrauchte.

Wie dem auch war, dass Paula fast in der Nachbarschaft ihres väterlichen Freundes lebte, machte sich heute besonders bezahlt, denn irgendjemand musste sich während ihrer Abwesenheit ja um Laurel und Hardy kümmern. Die einäugige Katze, die Paula vor zwei Jahren aus dem Müll gefischt hatte, und den kleinen, kurzatmigen Mops, der ihr vor eineinhalb Jahren in Washington während einer Joggingrunde nachgelaufen war und dessen Besitzer sich nicht hatte feststellen lassen. Paula hatte den kleinen, speckigen Hardy schließlich zu sich genommen, auch damit Laurel endlich einen wenn auch ungleichen Gefährten hatte. Zu Beginn war das Aufeinandertreffen der beiden jedoch alles andere als ein Vergnügen gewesen. Verschmutzte Teppiche, von den Regalen im Wohn- und Küchenbereich heruntergefegte Gegenstände, lautes Gebell und Gefauche, alles, um die alten und neuen Grenzen abzustecken. Nach diesen Anfangsproblemen – Laurel hatte darauf bestanden, weiterhin der Herr im Haus zu sein – hatten sich die beiden dann endlich miteinander versöhnt, und nun sah es tatsächlich so aus, als wären sie ein Herz und eine Seele.

Paula blickte auf die Uhr. Die Zeit bis zum Flug wurde knapp. Sie musste sich wirklich sputen! Alle notwendigen Papiere und Tickets hatte Bernsteins Assistent ihr bereits in die Hand gedrückt, doch sie musste noch einiges erledigen, unter anderem auf die Schnelle ihre Reisetasche packen und dafür sorgen, dass Laurel und Hardy während ihrer Abwesenheit vor Hunger und Langeweile nicht den Putz von den Wänden kratzten. Und dabei kam Murray ins Spiel. Sie aktivierte die Freisprechanlage und wählte seine Nummer über die Kurzwahltaste. Immer im Einsatz meldete er sich bereits nach dem zweiten Klingeln.

»Du bist spät dran«, scherzte er schwer atmend.

»Jetzt sag nur, du bist gerade einem Klienten hinterhergejagt?«

»Viel schlimmer. Ich bin gerade zweihundert Stufen hochgestiegen, weil der Aufzug ausgefallen ist. Und alles nur, um festzustellen, dass das angegebene Büro eine längst geschlossene Briefkastenfirma ist. Wie schaut's bei dir aus?«

»Keine Sorge. Alles im grünen Bereich.«

»Dann bleibt es heute Abend bei dem Treffen bei Hillgrove's? Ich könnte schon jetzt ein Pferd essen.«

»Leider nein. Ich muss für ein paar Tage aus der Stadt verschwinden.«

»Sagtest du nicht, alles sei im grünen Bereich? Das klingt nicht gerade nach wohlverdientem Urlaub vom Innendienst.«

Murray war zwar davon überzeugt, dass Paula sehr gut auf sich alleine aufpassen konnte, machte sich aber dennoch jedes Mal Sorgen, wenn es um einen Job außerhalb von Illinois ging. Fast schien es, als beschütze er Paula mit einer geheimnisvollen magischen Energie, die jedoch außerhalb seines Bundesstaates ebenso geheimnisvoll an Wirkung verlor.

»Ist es auch nicht. Es geht um einen … sagen wir mal, recht bizarren Fall, und ich weiß nicht, wie lange ich fort sein werde. Ein paar Tage oder zwei, drei Wochen …«

»Geht klar. Ich werde deine beiden Plagen schon nicht verhungern lassen und ein Auge auf dein Appartement haben. Mit etwas Glück erfahre ich dann wieder über die Nachrichten, wo du bist.«

»Sehr witzig, Ray. Aber danke, dass du Laurel und Hardy nicht ihrem Schicksal überlässt. Du weißt ja, wo ihr Futter steht. Auch das Nahrungsergänzungsmittel für Hardys empfindlichen Magen und seine Leine.«

»Natürlich. Von der Katzen- und Hundetoilette ganz zu schweigen.«

»Dann bin ich beruhigt. Ich rufe dich an, sobald ich zurück bin.«

»Ich nehme dich beim Wort, Paula.« Er hielt kurz inne. »Und sei verdammt noch mal vorsichtig!«

»Bin ich. Du aber auch!«

»Darauf kannst du wetten. Auf bald!«

»Auf bald, Ray!«

Sie unterbrach die Verbindung und bog kurz darauf in die auf beiden Seiten begrünte Straße zu ihrem Wohnhaus. Kinder spielten in den Vorgärten, fuhren mit ihren Rädern, Rollern und Skateboards auf dem Bürgersteig. Western Springs stand in dem Ruf, einer der besten und sichersten Orte für Kinder und Jugendliche im Großraum Chicago zu sein. Paula bog in die Einfahrt und betrat eine Minute später ihre geräumige Zweieinhalbzimmerwohnung im Erdgeschoss.

Hardy tanzte freudig bellend im Kreis und schoss sofort auf Paula zu, noch während sie die Tür hinter sich schloss. Natürlich bekam er sofort seine Schmuseeinheiten. Laurel hingegen wäre das alles zu viel Action gewesen. Der Kater thronte auf der hohen Rückenlehne der Couch mit einem exzellenten Blick auf den Eingang und aus dem hohen Erkerfenster. Seinen Luxus-Katzenbaum – was war es für eine Aktion gewesen, das Ding zu transportieren und aufzubauen – ließ Laurel meist unbeachtet. Letztendlich nahm aber auch er seine Schmuseeinheiten gnädig entgegen. Paulas Entschuldigung, dass sie für ein paar Tage ohne sie würden auskommen müssen, begriffen sie, als sie den Koffer aus dem Wandschrank holte und ihn offen aufs Bett legte, um ihre Sachen hineinzupacken. Weitere Schmuseminuten wurden fällig, wobei sie Ray mehrmals erwähnte, was die Kleinen zu beruhigen schien.

Als Paula ihr Terminal am *O'Hare International Airport* erreichte, wurde ihr Flug gerade noch einmal aufgerufen. Im Sicherheitsbereich angekommen, sah sie sich nach Robert Bernstein um. Sie hatte ihn außerhalb der Sicherheitszone nicht gesehen. Hier schien er allerdings auch nicht zu sein. Da das Boarding gleich begann, würde es dabei wohl bleiben, was Paula sehr erleichterte. Beinahe zehn Stunden Nonstop-Flug an der Seite von Bernstein zu sitzen, hätten ihr am Ende mehr zugesetzt als der ganze Innendienst und ihre Flugangst zusammen. Dann dämmerte ihr, als sie ihren Premium-Economy-Platz einnahm, dass Bernstein wohl kaum wie sie mit der Holzklasse fliegen würde. Auch wenn »Premium« etwas mehr Luxus versprach. Ein Blick auf ihr Handy zeigte ihr schließlich eine verpasste SMS. Ihr Boss habe noch eine dringende Sache zu erledigen, würde ihr aber spätestens ein, zwei Flüge später nach Rom folgen.

Da der Platz neben ihr leer blieb, legte sie ihren Lederrucksack mit dem Computer und den Fall-Unterlagen darauf ab. Dann blickte sie hinter sich und war dankbar für die Zwischenwand hinter ihrer Sitzreihe. Das schützte sie vor neugierigen und schockierten Blicken, wenn sie die Unterlagen noch einmal durchging und sich ihre Gedanken dazu machte.

Sie lehnte sich in ihrem Sitz zurück und versuchte ihre Furcht vor der luftigen Höhe fortzumeditieren, als ihr Handy klingelte. Bernstein!

»Ja bitte«, meldete sie sich ohne ihren Namen oder ihre Berufsbezeichnung, um benachbarte Fluggäste oder das Bordpersonal nicht ins Grübeln zu bringen.

»Es tut mir leid, Agent«, erklärte ihr Boss auf der anderen Seite der Leitung. »Ich habe es nicht mehr in den Flieger geschafft, aber noch einmal mit Rom telefoniert.«

»Danke, Chef, aber das wäre nicht nötig gewesen.«

»Oh doch, das war es, glauben Sie mir. Eine Mitarbeiterin Kardinal Calitris wird Sie vom Flughafen abholen und zu Ihrem Hotel fahren. Diese Mitarbeiterin ist jedoch nicht in den Fall involviert. Kardinal Calitri wird Sie weiter in die Ermittlungen einführen.«

Ein vatikanischer Agent?, dachte Paula. Na, das konnte ja noch heiter werden.

»Wie geht es Ihnen?«, fragte Bernstein weiter.

»Gut!«, antwortete sie einen Tick zu schnell. Bernstein meinte natürlich ihre Flugangst.

»Nutzen Sie, was Sie während der Angsttherapie gelernt haben. Lehnen Sie sich zurück, sammeln Sie Ihre Kraft, beschäftigen Sie sich während der Wachphasen und genießen Sie den Flug. Wir sehen uns morgen Abend.«

»Genau so werde ich es machen«, antwortete Paula etwas verdattert und fügte ein ebenso verdattertes »Danke« und »Bis morgen Abend« hinzu.

Als die *Boeing 777* der *Alitalia* den Motor startete und hinaus auf das Rollfeld fuhr, stopfte Paula sich noch rasch zwei weitere Reisepillen in den Mund.

10

Schwester Benedicta saß an Francescas Bett und betete im Stillen für die Seele ihrer Mitschwester. Nichts deutete mehr auf den blutigen Wahnsinn hin, der Francesca noch zwei Tage zuvor während und nach der Geburt des Kindes im Griff gehabt hatte. Francesca schlief. Friedlich. Unter der Wirkung eines starken Sedativs.

Es waren Vorkommnisse wie dieses, die in Benedicta Zweifel weckten, wo sie sich fragte, wieso Gott all diese teuflischen Dinge in der Welt überhaupt zuließ. Ja, sie kannte die Argumente vom freien Willen des Menschen, von Hammer, Ambos und Hitze, von Läuterung und Prüfung, als wäre der Charakter des Menschen Gottes Handwerksmaterial und Gott der Schmied. Doch in was für ein Werkzeug gedachte dieser Gott nun Francesca zu verwandeln, dass er sie dermaßen prüfte? Francescas Seele – die Seele, die Benedicta kennen- und lieben gelernt hatte – war für immer zerstört. Und dabei war es gerade Francescas Menschlichkeit und gelebte Nächstenliebe gewesen, die in Benedicta als Leiterin der kleinen Gemeinschaft einen Schalter umgelegt und ihr und ihren Mitschwestern den Weg gewiesen hatte.

Erneut drängten sich die Bilder der fürchterlichen Schlachthausgeburt in ihr Bewusstsein. Francesca, die von oben bis unten besudelt in ihrem Blut hockte, umgeben von blutverschmierten Wänden. Und dann plötzlich dieser lebenshungrige, fordernde Schrei des Babys, das man vor lauter Blut und Exkrementen fast gar nicht sah.

Was wurde nun aus dem unschuldigen Kind, das bei einer Pflegefamilie aufwachsen musste? Konnte die Seele des Kindes bereits Schaden genommen haben? Benedicta hatte einmal gelesen, dass das emotionale Erleben der Mutter während der Schwangerschaft einen erheblichen Einfluss auf die Entwicklung des Gehirns eines Fötus hatte. Francesca hatte in den Monaten ihrer Gefangenschaft ein unglaubliches Martyrium durchgemacht. Das konnte unmöglich spurlos an dem Fötus vorübergegangen sein. Nicht zu vergessen die eingetrichterten Drogen!

Und was würde sein, wenn der Junge eines Tages von den Umständen seiner Zeugung und seiner Geburt erfuhr? Von einer Nonne als Mutter, die über all dem den Verstand verloren und in einer Anstalt gelandet war? Benedicta betete, dass der Junge niemals davon erfuhr, dass dieser Kelch an ihm vorübergehen mochte.

Die Tür des Krankenzimmers ging auf und Kardinal Calitri trat ein.

»Danke, nicht nötig, Schwester«, sagte er, als sie ihm ihren Stuhl anbieten wollte. In Benedictas Augen war Calitri ein außergewöhnlicher Mensch. Anders als etliche seiner Kollegen, die vor lauter Standesdünkel und Eitelkeit gar nicht mehr wussten, wie sie gehen und stehen sollten, hatte er sich Menschlichkeit bewahrt.

Benedicta erinnerte sich an ihr erstes Zusammentreffen. Es war nicht in einer Kirche oder nach einem Gottesdienst gewesen, sondern draußen an den Staatsgrenzen des Vatikans, an einem schrecklich kalten Wintertag bei den Kolonnaden. Benedicta war nicht gerade eine kräftige Frau, sondern eher der schmächtige, vergeistigte Typ. Dennoch hatte sie an diesem Tag versucht, einem schwer erkrankten, auf dem kalten Pflasterstein liegenden Obdachlosen auf die Beine zu helfen, um ihn in das nahe Wohnheim zu schaffen. Es war einer jener Momente im Leben, wo der Wille allein und die größte Anstrengung nicht genügten, doch dann war eine der schwarz gekleideten, stets zügig über den Petersplatz eilenden Eminenzen plötzlich neben ihr aufgetaucht und hatte mit angepackt.

»Warten Sie, Schwester«, hatte Calitri gesagt und seine Aktentasche einfach umgehängt. »Zu zweit schaffen wir das.«

Und sie hatten es geschafft, und Martin, der Obdachlose, hatte sich nach einigen Wochen von seiner schweren Erkältung erholt. In jener Winternacht alleine gelassen, hätte er den nächsten Morgen ganz sicher nicht mehr erlebt.

Beinahe sechs Jahre war das her, sinnierte Benedicta. Eine Erfahrung, die sie gelehrt hatte, nicht alle hochrangigen Männer der Kirche über einen Kamm zu scheren. Calitri sorgte sich nicht nur um seinen Berufsstand und um Gottes Gesetz, sondern auch um die Menschen.

»Wie geht es ihr?«, hörte sie den Kardinal nun gedämpft fragen. Er war an Francescas Krankenbett getreten und blickte bekümmert auf sie hinab.

»Sie schläft endlich, Eminenz.« Als der Blick des Kardinals auf die breiten Lederriemen an Francescas Handgelenken fiel, fügte sie hinzu: »Die Pfleger mussten sie zu ihrer eigenen Sicherheit fixieren.«

Calitri entdeckte den dunklen Fleck hinter dem Bett an der Wand und schien ihn richtig zu interpretieren.

»Hat sie etwa …?«

Benedicta nickte nur traurig und dachte: *Ja, es sind die Reste von Blut.* Francesca hatte in den frühen Morgenstunden einen weiteren Anfall erlitten und versucht, sich den Schädel einzuschlagen.

»Haben Sie die ganze Nacht hier gewacht?«, fragte Calitri leise.

»Nein, keine Sorge«, winkte Benedicta ab. Dann seufzte sie aus tiefstem Herzen. »Ich begreife einfach nicht, wie ich Francesca in diesem Park aus den Augen verlieren konnte. Und noch weniger begreife ich, was danach alles mit ihr geschah.«

»Das wird keiner von uns je wirklich begreifen, Schwester.« Calitri berührte sie tröstend an der Schulter, eine platonische Geste, die Benedicta guttat.

»Hat die Polizei inzwischen etwas herausgefunden, Eminenz?«, fragte sie leise. »Dieses Gebäude, in dem sie von dem Mann mit der venezianischen Maske festgehalten wurde, muss doch irgendwie zu finden sein.«

In einem lichten Moment – noch vor der unsäglichen Befragung durch die beiden Polizeiinspektoren – hatte Francesca in rudimentären Bruchstücken von ihrem Gefängnis erzählt. Da hatte Benedicta die Seele ihrer Mitschwester noch erreichen können.

Francesca erinnerte sich an einen Raum ohne Fenster mit nackten Steinwänden. Ein Keller. Vielleicht aber auch der Teil einer Krypta, denn in den Fußboden der Kammer waren alte, abgetretene Grabsteine eingelassen. Irgendwo glaubte sie, auch einen Altar gesehen zu haben. Vielleicht lag unter dem Steinboden des Kellers eine in Vergessenheit geratene Gruft. An Namen oder Zahlen hatte Francesca keinerlei Erinnerung, obwohl sie in dem Raum mehrere Monate verbracht hatte. Vielleicht waren die Grabplatten zu abgetreten gewesen, sinnierte Benedicta. Sehr gut in Erinnerung geblieben waren Francesca hingegen die Kälte und Feuchtigkeit, die bis in ihre Knochen vorgedrungen waren, obwohl Francescas Gefangenenlager beheizt und eigentlich auch gut eingerichtet gewesen war.

Nun ja, dachte Benedicta, vielleicht war es doch nicht so einfach, diesen verfluchten Ort zu finden, in dem sie dieser böse Mann festgehalten hatte, denn wenn es eines in Rom und Roms Umgebung wie Sand am Meer gab, dann waren es alte Paläste, Kirchen, Häuser und unterirdische Grabstätten.

»Die Polizei verfolgt eine neue Spur ...«, begann Calitri. Er wollte gerade ein klein wenig mehr berichten, als die Tür aufging und Inspektor Adamo Conte auf der Bildfläche erschien. Benedicta wusste, dass Conte einer der besten Ermittler der Questura war, vielleicht sogar der beste, aber leiden mochte sie ihn deswegen trotzdem nicht. Der Mann hatte einfach kein Gespür für den Umgang mit Menschen. Vielleicht war er deshalb so oft alleine unterwegs, ohne seinen Kollegen, diesen stets verschlafen dreinschauenden Vizeinspektor Lorenzo Zorzi.

Benedicta war davon überzeugt, dass Conte und sein unbeholfener Kollege eine nicht geringe Mitschuld an Francescas jetzigem Zustand trugen. An dem Morgen, als die jüngere Nonne von dem gottesfürchtigen Bauern auf dem Feldweg gefunden worden war, da hatte sie noch einen Seelenrest der alten Francesca gefühlt, einen Seelenfunken, den Benedicta höchstwahrscheinlich wieder zum Flammen hätte bringen können. An dem Tag ihres Wiederauftauchens hatte Benedicta Francescas Seele noch erreichen können. Doch dann hatten Conte und Zorzi, entgegen dem ärztlichen Rat, mit der Opfervernehmung begonnen. Als Folge war Francescas geistige Gesundheit, die eh schon an einem seidenen Faden hing, völlig aus dem Gleichgewicht geraten. Die Befragung der beiden Polizisten hatte, kaum dass sie das Zimmer betreten hatten, Francesca in Panik versetzt und zu einem Zusammenbruch geführt. Wie sich herausstellte, war damit jedwede Chance auf Genesung zunichtegemacht. Nicht einmal mehr die psychologisch geschulte Beamtin, die danach eingeschaltet worden war – Conte und Calitri hatten die Vernehmung im Nebenraum durch einen Einwegspiegel verfolgt – war zu Francesca durchgedrungen. Francescas Antworten waren von da an zu verworren und bruchstückhaft gewesen, als das noch irgendjemand damit etwas hätte anfangen können.

Jetzt stand Inspektor Conte in der Tür und starrte auf Benedicta und Calitri, als sähe er ein entflohenes Häftlingspärchen, das sich widerrechtlichen Zugang zum Büro des Gefängnisdirektors verschafft hatte.

»Guten Morgen, Inspektor«, sagte Calitri in trockenem, aber gemäßigtem Ton. »Auch schon hier? Wie war es in Florenz?«

Conte sah aus, als hätte er die letzten vierundzwanzig Stunden in seinem Wagen zugebracht. Sein Anzug war zerknittert, Bartstoppeln standen ihm im Gesicht und sein Haar war bestenfalls mit den Händen rasch arrangiert worden. Und das war äußerst ungewöhnlich für diesen so sehr auf sein Äußeres bedachten Mann. Benedicta schwante, dass diese neue Spur, von der Calitri ihr gerade noch hatte berichten wollen, wohl ein Reinfall gewesen und dieses Krankenzimmer Contes letzter Rettungsanker war.

Conte räusperte sich. »Eminenz, Schwester. Entschuldigen Sie mein Eindringen. Ich erfuhr gerade von der Geburt des Jungen und wollte deshalb noch einmal nach Schwester Francesca sehen.« Sein Blick ruhte kurz auf dem Krankenbett. »Aber wie es scheint, wird sie auch weiterhin keine meiner Fragen beantworten.«

»So sieht es aus«, entgegnete Benedicta brüsk, worauf Calitri sie beruhigend am Arm berührte.

»Der Inspektor macht nur seine Arbeit, Schwester.« Dann ging der alte Kardinal auf Conte zu und manövrierte diesen höflich hinaus auf den Flur.

»Auf ein Wort, Inspektor …«, war alles, was Benedicta noch hören konnte, bevor die Tür sich leise schloss.

11

Calitri ging dem Inspektor voraus zum Wartezimmer mit den Snack- und Getränkeautomaten. So früh am Morgen war der Bereich noch menschenleer. Das würde sich allerdings bald ändern, also verlor der Kardinal keine Zeit.

»Wie ich von Doktor Lamboglia erfahren habe, ist es ihr gelungen, eine der ermordeten Frauen zu identifizieren. Konnten Sie in Florenz etwas über Viola Gatti herausfinden, was uns weiterhilft?«

»Wir alle sehnen uns nach dem einen entscheidenden Hinweis, der uns endlich zum Entführer und Mörder führt, Eminenz, aber um etwas zu sagen, ist es noch zu früh.«

Mit seinem Schnauzer und dem kleinen Bärtchen an der Unterlippe erinnerte Adamo Conte irgendwie an eine ältere Version des D'Artagnan, der unter Ludwig XIV. eine solch außergewöhnliche Karriere bei den Musketieren der Garde gemacht hatte, dass es Alexandre Dumas zu seinem berühmten Roman *Die drei Musketiere* inspirierte. Nun denn, vielleicht besaß Conte den Edelmut und den Idealismus eines D'Artagnan, Teamarbeit jedoch war ganz sicher nicht sein Ding.

»Ich bitte Sie nicht um Informationen aus dem polizeilichen Geheimarchiv, Inspektor. Sie arbeiten in diesem Fall auch für den Vatikan. Also bitte!«

»Wie Sie wünschen. Hier die Kurzfassung.« Conte versicherte sich noch einmal, dass sie wirklich alleine waren, bevor er mit gedämpfter Stimme erklärte: »Ich habe mir die halbe Nacht mit den Überwachungsvideos dieses Nachtklubs um die Ohren geschlagen, in dem Viola Gatti verschwand, in der Hoffnung ihren Entführer oder Mörder zu entdecken. Außerdem sprach ich in Florenz mit dem Beamten, der den Fall nach wie vor bearbeitet, und bat ihn um Einblick in seine Unterlagen, einschließlich besagten Videomaterials. Und natürlich habe ich auch Viola Gattis Eltern und Freunde aufgesucht, um ihre Aussagen mit denen vor eineinhalb Jahren abzugleichen. Vizeinspektor Zorzi hat sich in der Zwischenzeit eine Liste aller in Italien vermissten Frauen der letzten zehn Jahre zusammenstellen lassen, die auch nur annähernd Viola Gattis Persönlichkeit ähneln. Wie Sie also sehen, hält uns diese neue Spur ganz schön auf Trab.«

»Das bezweifle ich auch keineswegs, Inspektor. Hat die Vermisstenliste, an der Vizeinspektor Zorzi arbeitet, schon etwas erbracht?«

Conte schüttelte müde den Kopf. »Noch nicht. Wie Sie sich vielleicht vorstellen können, werden seither über hundert Frauen vermisst, aber auf unser Profil passten gerade einmal vier. Wir hoffen, dass uns nun eine DNA-Analyse hilft, herauszufinden, ob diese vier zu den im *Sacro Bosco* versteckten Opfern gehören.«

Calitri zögerte kurz. »Doktor Lamboglia meinte, der Täter könnte es auf eine gewisse Makellosigkeit abgesehen haben.«

»Makellosigkeit?«

»Ja. Im Sinne von *keine besonderen Merkmale*. Vielleicht passt dieses Profil zu einigen der anderen vermissten Frauen.«

»Wir werden das überprüfen. Sonst noch etwas?«

»Im Augenblick nicht.« Der Kardinal seufzte. »Langsam habe ich das Gefühl, dieser Park ist mit einem Fluch belegt. Er zieht den Tod an wie ein Licht die Motten.«

Calitri hatte das Grundstück einem italienischen Ehepaar abgekauft, um die ungewöhnlichen, jahrhundertealten Skulpturenschätze darin für alle Interessierten zu bewahren. Jetzt beherbergte der Park nicht nur ein mittelalterliches Ritualgrab, sondern auch noch ein neuzeitliches mit Mordopfern. Und es gehörte jede Menge Geschick und Stillschweigen dazu, damit die Presse von den wahren Einzelheiten keinen Wind bekam. Doch letztendlich war wohl auch das nur eine Frage der Zeit.

»Fluch hin oder her, Eminenz. Der oder die Mörder sind ganz sicher keine Geisterwesen. Und deshalb werden wir sie über kurz oder lang zur Strecke bringen.«

»Soweit wir noch von Francesca erfahren konnten, gibt es nur den Mann mit der venezianischen Maske«, beharrte Calitri. »Mit niemandem sonst hatte sie während ihrer Gefangenschaft Kontakt.«

»Das muss nicht bedeuten, dass er der Vater des Kindes oder der Mörder ist. Er kann auch einfach nur ein Helfer sein. Ich halte es für immer wahrscheinlicher, dass Entführer, Wärter, Mörder und Bestatter nicht dieselbe Person sind. Auch wenn es auf den ersten Blick so aussieht. Hier geht es um mehr.«

Calitri seufzte. »Vielleicht haben Sie recht.«

»Hier ist jedenfalls kein einsamer Verrückter am Werk. Alles ist sehr gut organisiert und man gibt sich alle Mühe, die Taten zu verbergen. Wer immer hinter dieser Sache steckt, war sich sicher, dass die Opfer niemals gefunden würden. Das Erdbeben und die Flucht Schwester Francescas haben das nun geändert. Das Leichenversteck und damit die Gräueltaten sind ans Licht gekommen, und das setzt die Täter und deren Mitwisser gewiss unter Druck und lässt sie hoffentlich einen Fehler machen.«

Der Inspektor hielt kurz inne. »Vielleicht macht es diese Leute aber auch gefährlicher.«

Calitri starrte den Inspektor an. Das war nicht gerade das, was er hatte hören wollen, bestärkte ihn aber in seiner Entscheidung, nun einen Meister für das Böse ins Spiel gebracht zu haben. Jemanden, der nicht nur Hinweisen und Spuren folgte, sondern auch in der Lage war, die Tat und den Täter auf einer tieferen Ebene zu analysieren, seine Taktiken und Spielzüge zu studieren und womöglich vorauszusehen. Es gab nicht viele Ermittler, die die Gabe besaßen, sich in die Seele, in die Reflexionen und Assoziationen eines Serienmörders hineinzuversetzen. Doch die unergründlichen Wege Gottes hatten Calitri vor wenigen Jahren mit solch einem Wesen bekannt gemacht.

Sollte er Adamo Conte im Namen des Vatikans – auch wenn das nicht ganz korrekt war – schon jetzt vor vollendete Tatsachen stellen und ihm davon berichten? Hm, der Inspektor würde alles andere als begeistert sein. Außerdem erschien es Calitri in diesem Moment als unklug. Nein, er würde Robert Bernsteins Autorität und Einwirken lieber nicht vorgreifen. Überdies wurde ja zuerst diese Ermittlerin nach Rom entsandt, da Bernstein vorerst beruflich in Chicago gebunden war.

Wie vereinbart hatte Calitri Bernstein mit einer verschlüsselten Nachricht kontaktiert, bestehend aus einem einzigen Zeichen, dem christlichen Symbol des Fischs. Das war Calitris Notsignal. Eine Viertelstunde später hatte der Vizedirektor ihn über eine sichere Leitung angerufen.

»Wie geht es Ihnen, Eminenz?«

»Gut. Und wie schaut es bei Ihnen aus, Robert?«

»Nun, ich konzentriere mich auf die positiven Aspekte meiner Arbeit, während Ihre Gebete und Doktor Cochrans Forscherdrang meinen inneren Dämon in Schach halten. Aber Sie haben mich wohl kaum kontaktiert, um mit mir zu ergründen, weshalb ich bin, was ich bin. Wie kann ich Ihnen helfen?«

Calitri hatte ihm von dem Fall und den Vorkommnissen der letzten Monate berichtet. Von Schwester Francescas Entführung im *Sacro Bosco*, ihrer Gefangenschaft und Schwangerschaft und ihrer Flucht. Und von den schwangeren Toten, mit denen Francesca das Brandmal teilte und von denen nun eine identifiziert worden war. Ebenso berichtete er von der sehr engagierten, aber vergeblichen Liebesmühe der Polizei.

»Inspektor Conte ist ein guter Mann«, hatte er seinen Bericht schließlich beendet. »Aber er ist kein Täteranalyst. Er weiß nicht, was …« Er hatte gestockt.

»… in den finsteren Abgründen eines Serienmörderhirns vorgeht?«

»So ist es.«

Einen Moment lang hatte Stille in der Leitung geherrscht. Calitri hatte schon befürchtet, die Verbindung sei abgebrochen, doch dann hatte er zu seiner großen Erleichterung wieder Bernsteins ebenso kultivierte wie wohlklingende Stimme vernommen.

»Verfügen Sie über aussagekräftige Unterlagen des Falls, Eminenz?«

»Conte geizt zwar mit Informationen, aber ich habe dennoch einiges an Material sammeln können und für Sie zusammengestellt.«

»Gut. Können Sie mir digitale Kopien zukommen lassen?«

»Sobald Sie mir eine Adresse geben, wo ich diese sicher hinschicken kann, sofort.«

Es folgte eine kurze Pause.

»Die Adresse ist schon zu Ihnen unterwegs. Ich schaue mir den Fall näher an und rufe Sie zurück.«

Dreieinhalb Stunden später hatte Bernstein sich wieder gemeldet und als Vorhut eine Agentin angekündigt.

»Lassen Sie sich von Agent Tennants Jugend und Eigenwilligkeit nicht täuschen«, hatte er erklärt. »Sie ist eine der fähigsten Mitarbeiterinnen der ISA, und sie ist – zu unser beider großem Glück – gerade abkömmlich.«

»Wann wird sie hier sein?«, hatte Calitri fast schon gedrängt.

»Sie nimmt den nächstmöglichen Flug. Rechnen Sie morgen Vormittag mit ihr. Ich komme nach, sobald ich kann.«

Inspektor Contes raue Stimme holte Calitri wieder in die Gegenwart zurück.

»Ich werde mir jetzt erst einmal eine Dusche und ein Frühstück gönnen, dann kehre ich ins Präsidium zurück und werte die gesammelten Daten aus.«

»Tun Sie das, Inspektor. Gönnen Sie sich aber auch ein paar Stunden Schlaf. Sie müssen hellwach sein, um es mit diesen Monstern aufnehmen zu können.«

12

Eigentlich hatte Paula den Sonnenaufgang und den Anflug auf Rom genießen wollen, doch der Flug über den Atlantik hatte sich als einer der turbulentesten Flüge ihrer gesamten Laufbahn herausgestellt. Selbst die Landung auf dem *Leonardo da Vinci Airport* war aufgrund der schlechten Wetterbedingungen mit einem stattlichen Holpern verbunden gewesen. Nach außen hin marschierte Paula jetzt zwar selbstbewusst auf die Laufbänder der Gepäckausgabe zu, doch in ihrem Hirn und in ihrem Magen spürte sie noch immer das schreckliche Auf und Ab der *Boeing 777*, das sie selbst beim Landeanflug noch hatte befürchten lassen, die Maschine würde sich jede Sekunde mit dem Cockpit voran ungespitzt in den Boden rammen.

Zu allem Überdruss hatte sich so ein unverbesserlicher Klugschwätzer eine Reihe weiter vorn auch noch über die fortwährenden Farbwechsel in ihrem Gesicht lustig gemacht und gemeint, sie solle sich mal nicht so anstellen, immerhin sei das bisschen Achterbahnfahrt die beste Rosskur gegen Flugangst. Paula hätte ihn glatt erwürgen oder noch besser mit einem Tritt in den Allerwertesten beim nächsten Luftloch in zigtausend Meter Flughöhe aus der Tür kicken können. Der Typ hatte einfach keine Ruhe gegeben, nicht einmal dann, als sein Kaffee während des ein oder anderen freien Falls über den Becherrand geschwappt war.

»Keine Sorge«, hatte er süffisant gemeint. »Diese Flieger sind für weit schlimmere Belastungen gebaut.«

Und dann hatte er ihr die technischen Details erklärt, von Auf- und Fallwinden und unstabilen Luftschichten gesprochen, von den wenigen realen Metern Fallhöhe, die sich aber wie Hunderte Meter anfühlten. Hätte man aber erst einmal verstanden, was da alles so um die Maschine herum passierte, wäre die Sache mit der Flugangst ein für alle Mal vorbei. Ein echtes Problem hätten sie erst dann, wenn der Treibstofftank explodierte.

Tja, blöderweise war das alles aber Paulas Magen piepschnurzegal. Und auch ihr Gehirn unternahm keine Anstrengung, die Information dieses Wichtigtuers so zu verarbeiten, dass der Magen endlich Ruhe gab. Auch wenn die ganze Quälerei Paula nicht völlig hatte von der Arbeit abhalten können, so hatte sie sich unterm Strich ziemlich beschissen gefühlt und war zweimal wie eine Seekranke zur Toilettenkabine gewankt. Eine ziemliche Aktion, da sie die Unterlagen über den Fall nicht einmal für ein paar Minuten unbeaufsichtigt an ihrem Platz hatte zurücklassen können.

Als Erstes hatte sie sich die Berichte der italienischen Polizei vorgenommen. Ein Inspektor und ein Vizeinspektor hatten diese verfasst. Adamo Conte und Lorenzo Zorzi, das Hauptermittlerteam, wie es aussah. Contes und Zorzis Nachforschungen hatten zwar ein beeindruckendes Ausmaß angenommen, bislang jedoch nur ins Leere geführt. Als Nächstes hatte Paula sich die Berichte des kriminaltechnischen Institutes angeschaut. Dreizehn Frauenleichen, doch bei keiner hatte der zahnärztliche Befund bisher zu einem Treffer geführt, was vielleicht auch daran lag, dass alle Frauen sehr gepflegte Zähne gehabt hatten. So gut wie keine Plomben, keine Implantate oder sonstige umfangreichere Behandlungen. Die DNA-Analysen zur Identifizierung der Toten oder des Täters hatten ebenfalls zu nichts geführt.

Schon seltsam, auch was den Mörder anging, denn nach der Locard'schen Regel hinterließ jeder Täter eine Spur – seien es Finger- oder Fußabdrücke, Haare, Kleiderfasern, Blut, Sperma oder Kratzer der Werkzeuge, die er benutzt hatte. All das waren mehr oder weniger unsichtbare Zeugen der Tat und somit Beweismittel. Hatte der Mörder die Toten etwa in einem Ganzkörperschutzanzug in die Höhle transportiert? Immerhin würde in Sachen DNA noch einmal nachgefasst, da es da wohl auch ein Problem der Verunreinigung gegeben hatte. Und dann stand noch die Begutachtung durch einen forensischen Anthropologen aus. Paula hätte sich im Flugzeug noch gerne die Fotos angeschaut, doch da des Öfteren Leute an ihr vorbeigegangen waren, einschließlich Mister Oberschlau, hatte sie die Tatortbilder lieber in den Akten gelassen.

Nun aber lag der Flug gottlob hinter ihr und sie hatte wieder festen Boden unter den Füßen. Zielsicher marschierte sie mit den anderen Fluggästen und Herrn Besserwisser Richtung Ausgang, wo die Mitarbeiterin dieses Kardinals sie bestimmt schon erwartete. Und tatsächlich stand im Wartebereich für die Flugankünfte eine junge, gelangweilt wirkende Frau in Jeans und Outdoor-Jacke, die in der rechten Hand einen Pappkarton vor sich hielt, auf dem in großen Druckbuchstaben *Tennant* stand.

Paula steuerte mit ihrem Gepäck auf die dunkelhaarige Frau zu, noch immer das knarzende Geräusch im Ohr, mit dem das Fahrwerk kurz vor der Landung ausgefahren war, um dann mit einem ordentlichen Rums und mehreren Hüpfern auf dem Rollfeld aufzusetzen.

»Paula Tennant?«, fragte ihre Chauffeurin. Sie schien etwa sechs oder sieben Jahre jünger als ihr Fahrgast, etwas kleiner und gertenschlank. Und eindeutig mehr der geistige Typ, der sich in Bibliotheken, Museen und ebenso der freien Natur verlor. Über ihrem Pullover trug sie in Brusthöhe ein schlichtes silbernes Ordenskreuz.

»Die bin ich.« Paula stellte ihren Koffer ab und fragte sich, ob es unhöflich war, einer Nonne einfach so die Hand zu reichen. Egal, sie tat es einfach und es schien ihrem Gegenüber nichts auszumachen. »Entschuldigen Sie, dass ich Ihnen solch ein mieses Wetter mitgebracht habe. Es ist mir den ganzen weiten Weg hierher gefolgt.«

Die Frau lachte und winkte ab. »Willkommen in Rom. Halb so wild. Das hält nicht lange an. Ich bin Schwester Abigail aus Boston. Kardinal Calitri brennt schon darauf, Sie kennenzulernen.« Sie hielt kurz inne. »War wohl ein rauer Flug.«

»Bin ich noch immer grün im Gesicht?«

Abigail grinste auf eine sympathische Art. »Sagen wir mal, etwas blass. Kann ich Ihnen mit Ihrem Gepäck helfen?«

»Danke. Es geht schon.«

Paula hatte neben dem Rucksack ihren mittelgroßen Rollkoffer mit Kleidung für etwa eine Woche gepackt. Sollte sie länger in Italien bleiben, würde sie das ein oder andere Wäschestück nachkaufen und einen der römischen Waschsalons aufsuchen. Sie hoffte doch, dass es in einer Metropole wie Rom so etwas wie einen Waschsalon gab.

Abigail deutete hinter sich. »Unser Wagen steht gleich dort drüben auf den Kurzzeitparkplätzen. Wissen Sie schon, wo Sie wohnen werden?«

»Ja. Ich habe in Trastevere ein Zimmer gemietet.«

»Trastevere wird Ihnen gefallen, wenn Sie die gute, alte Zeit lieben. Jede Menge enge, labyrinthische Gassen, mittelalterliche

Kirchen, gute Restaurants und Cafés. Eine gute Ausgangsbasis für Ihre touristischen und archäologischen Studien. Sie werden ganz sicher auf Ihre Kosten kommen, und Seine Eminenz wird Ihnen gewiss noch den einen oder anderen Tipp geben können.«

Archäologische Studien ist gut, dachte Paula. Calitri hatte, wie es schien, einen eigentümlichen Sinn für Humor. Andererseits fiel ein Geschichtsinteressierter mehr oder weniger in einer Stadt wie Rom nicht weiter auf. Selbst wenn es um die Untersuchung von alten Ritualgräbern ging, in denen zufällig ein paar mehr oder weniger frische Leichen lagen.

Paula staunte nicht schlecht über die große, schwarze Limousine mit dem Vatikan-Kennzeichen, in die sie einstiegen. Mit frommen Sprüchen ließ sich wohl nach wie vor jede Menge Geld verdienen.

»Eine Leihgabe«, erklärte Abigail, als sie Paulas Blick bemerkte. »Kardinal Calitris Wagen ist gerade in der Werkstatt. Irgendetwas mit den Bremsen oder dem Motor. Gott sei Dank habe ich es rechtzeitig bemerkt, sonst hätten Sie am Flughafen noch eine Weile warten müssen.«

Die Fahrt zur Ewigen Stadt dauerte nur eine knappe halbe Stunde, verlief aber entlang einer furchtbar öden Autobahnstrecke. Als Abigail erfuhr, dass es Paulas erster Rombesuch war, ließ sie es sich nicht nehmen, eine kleine Rundfahrt durch die Ewige Stadt zu veranstalten. Die paar Minuten mehr oder weniger Wartezeit würde der Kardinal schon verkraften, zumal im Augenblick gerade keine Rushhour herrschte. Und so erblickte Paula beim Vorbeifahren am Kolosseum und der Engelsburg neben Tausenden von Touristen und Pilgern auch römische Legionäre, die Zigaretten rauchten und mit dem Handy telefonierten, oder Nonnen und Priester, die wie die Motten um das Gelände des Vatikans herumschwirrten. Auch ohne Berufsverkehr waren die Straßen voll mit Pkws, Lastkraftwagen, Bussen und den berüchtigten, knatternden Vespas, die wie emsige, aggressive Hummeln zwischen den größeren Wagen auf dem gefährlichen Straßenterrain herumkurvten.

Das alles war so faszinierend, dass Paula für eine kleine Weile fast vergaß, weshalb sie nach Rom gekommen war, und dass es hinter all der strahlenden Pracht und dem »dolce vita« noch immer die Kehrseite der Medaille gab. Kein Himmel ohne Hölle.

Schließlich fuhr Abigail Paula noch rasch nach Trastevere, damit sie ihr Zimmer inspizieren, ihr Gepäck verstauen und sich etwas frisch machen konnte, bevor sie dem Kardinal gegenübertrat. Noch spürte Paula keine Nachwirkungen des Jetlags, weshalb sie hoffte, ein einigermaßen ergiebiges Gespräch mit dem Mann führen zu können. Auch wenn Calitri kein Kriminalist war, so schien er doch ein natürliches kriminalistisches Gespür zu besitzen. Natürlich musste Paula darauf achten, sich von seinen Überlegungen nicht allzu sehr beeinflussen zu lassen, um eigene Ermittlungsansätze zu beschreiten, trotzdem hatte sie die von Calitri zusammengestellte Akte schon gut über die meisten Sachverhalte informiert.

Kardinal Calitris Wohnung lag in einem alten, mehrstöckigen Haus mit kunstvollem Rokokostuck an der Fassade. Ein alter eisenvergitterter Aufzug fuhr quietschend und knarrend hinauf in den dritten Stock. Als Paula und Abigail oben ankamen, öffnete der Kardinal ihnen bereits die Tür, denn er hatte den Aufzug gehört, wie er verschmitzt zugab.

Paula blickte auf einen kleinen Greis, auf dessen dichtem, schlohweißem Haar ein rotes Käppchen thronte. Der schwarze Talar mit rotem Nahtbesatz und roten Knöpfen ließ ihn zerbrechlich wirken, doch aus den Augen strahlte eine geistige Regheit, wie sie Paula nur selten begegnet war. Schlagartig dämmerte ihr, dass sie gar keinen Schimmer hatte, wie man einen

Kardinal eigentlich begrüßte – sie hatte etwas von *Ring küssen* im Gedächtnis –, doch Calitri kam ihr schon zuvor und beantwortete ihre Frage mit einem Händedruck, der seine vermeintliche Gebrechlichkeit Lügen strafte.

Calitri hingegen sah eine junge Frau in beiger Jeans und schwarzer Lederjacke, deren Augen so tiefblau strahlten, dass sie fast schwarz wirkten. Für eine Sekunde bemerkte Paula die gemischten Gefühle in seinem Gesicht, was sicher daran lag, dass ihrer Ausstrahlung zwar etwas Toughes und Kluges anhaftete, er aber wesentlich lieber einen fähigen männlichen Agenten vor sich gehabt hätte. Jemanden mit männlicher Autorität und Durchsetzungskraft. Jemanden, der auch äußerlich mehr repräsentierte, sich aber dennoch unauffällig verhielt. All das traute Calitri dieser jungen Dame, die da vor ihm stand, tatsächlich nicht zu. Andererseits hätte Robert Bernstein diese junge Mitarbeiterin seines Stabs sicher nicht zu ihm geschickt, wenn sie nicht wirklich gut wäre. Calitri lächelte verlegen, denn er war sensibel und klug genug, um zu erkennen, dass er diese althergebrachten Vorurteile wohl besser begrub. Abigail und die Gemeinschaft der Schwestern der Göttlichen Vorsehung hatten ihn schon von einigen Vorurteilen kuriert. Also geleitete er seinen Gast den hohen, langen Flur entlang zu den Wohn- und Arbeitsräumen.

Das durch und durch antik eingerichtete Wohnzimmer – gleich neben einer eindrucksvollen Privatbibliothek – lag hinter einer hohen, weißen Flügeltür. So etwas kannte Paula bisher nur aus europäischen Filmklassikern. Nicht, dass sie selbst auf alte Filme stand, aber ihre Mutter hatte sich, wann immer es ging, aus ihrem alltäglichen Elendsleben in diese Kinowelten und in die Kirche geflüchtet. Wie die Großmutter hatte auch sie es nie wirklich verkraftet, dass ihre Eltern mit ihren zwei halbwüchsigen Kindern nach Amerika ausgewandert waren. Das war nicht ihr Land gewesen und es würde zeitlebens auch nie ihr Land sein. Paulas Mutter hatte ihre alte Heimat immer vermisst, ihre Freunde, ihre Verwandten, das idyllische Dorf im Tal, die hügelige Landschaft der Toskana mit ihren zahlreichen Pinien, Zypressen, Olivenbäumen und Weinreben. Und deshalb hatte sie Paula oftmals von dieser Erinnerung vorgeschwärmt, und so hatte sich auch in ihr eine gewisse Sehnsucht nach der Heimat der Ahnen eingenistet, nach der Alten Welt, nach dem an kulturellen und historischen Gütern so reichen Europa.

»Ich habe für Sie noch etwas in der Küche kalt gestellt«, meldete Abigail sich zu Wort und holte Paula in die Gegenwart zurück. Sie verschwand, um einen Augenblick darauf mit einem vollgeladenen Tablett zurückzukehren. Sandwiches, etwas Obst, Kaffee und ein Krug Wasser zur Überbrückung bis zum Abendessen.

»Dann widme ich mich mal meinen Theologie- und Philosophiestudien und lasse Sie mit Ihrer Kunst und Archäologie allein.« Und schon machte sie sich mit dem Motorroller auf den Weg zu ihrem Seminar.

Nachdem Paula und Calitri sich gestärkt und etwas Small Talk geführt hatten – etwas, das keiner von beiden gut beherrschte –, führte der Kardinal sie in die Bibliothek und kam zur Sache.

»Inspektor Conte und Vizeinspektor Zorzi tun zwar ihr Möglichstes, aber sie sind einem Verbrechen dieser Größenordnung nicht gewachsen, und ich befürchte, je kälter die Spur wird, desto unmöglicher wird es, den Fall aufzuklären.«

Calitri schloss die Tür zur Bibliothek und entfernte per Knopfdruck einen Teil des großen Wandregals. Dahinter erschien ein massiver in die Wand eingelassener Safe von der

Größe eines Badezimmerschranks. »Wären Sie so freundlich, sich für einen Moment umzudrehen, Agent Tennant?«

»Kein Problem.«

Paula tat, wie ihr geheißen, hörte, wie sich die schwere Safetür nach ein paar Sekunden öffnete und wieder schloss und schließlich die Regalwand an ihren Platz zurückfuhr. Danach ließen der Kardinal und sie sich an dem großen Tisch vor dem Fenster nieder. Calitri zog die Vorhänge zu, als traute er den Bewohnern der gegenüberliegenden Wohnhäuser nicht, schaltete die Tischlampe ein und breitete die Akten vor Paula aus.

»Ich habe Vizedirektor Bernstein nur das Notwendigste für einen ersten Eindruck übermittelt. Das hier sind weitere Unterlagen. Berichte, Fotos, Gutachten und Analysen. Conte und Zorzi halten sich mir gegenüber zwar ziemlich bedeckt, doch ich habe meine Quellen in der Questura und der Gerichtsmedizin.«

Offensichtlich, dachte Paula beeindruckt.

»Ich werde Sie jetzt erst einmal alleine lassen«, erklärte der Kardinal, »und nebenan eine andere Recherche in diesem Fall fortsetzen. Danach können wir gerne über das Material reden. Reicht Ihnen fürs Erste eine Stunde?«

Paula zog die erste Akte zu sich heran. Anscheinend hatte Vizedirektor Bernstein sie dem alten Kirchenfürsten als eine Art Hochgeschwindigkeitsrechner vorgestellt und nun hoffte er auf den Durchbruch.

»Das werden wir in einer Stunde wissen, Eminenz. Ich lege jetzt einfach mal los, okay? Und dann sehen wir weiter.«

Calitri nickte. »Gut. Falls sich Fragen ergeben oder Sie noch etwas anderes benötigen, ich bin gleich nebenan in der Bibliothek.«

Der Kardinal zog sich in das angrenzende Arbeitszimmer zurück, in dem sich ebenfalls Akten und alte Bücher stapelten.

Noch einmal nickte er Paula durch die offen stehende Tür zu. Auch wenn er es wohl nie ausgesprochen hätte, er hoffte wirklich auf ein Wunder.

Paula spürte, wie es ihr plötzlich einen Tick zu warm in dem hohen Raum wurde. Sie zog die Lederjacke aus und hängte sie über den Stuhl.

13

Sophia Leone versuchte ihre Augen zu öffnen, doch die Lider erschienen ihr tonnenschwer. Zitternd lag sie auf einem harten, eiskalten, rumpelnden und vibrierenden Untergrund und fror sich die Seele aus dem Leib, während von irgendwoher diese schräge, altertümliche Musik an ihr Ohr drang und ihr zunehmend auf die Nerven ging.

Etwas hielt sie auf diesem kalten, unbequemen Untergrund fest. Aber nicht alleine deswegen konnte sie sich nicht bewegen. Beim nächsten Rumpeln dämmerte ihr, dass sie auf einer Metallliege festgeschnallt worden war. Nackt. Als wäre sie ein rohes Stück Fleisch auf dem Weg zur Schlachterei.

Für eine Sekunde gelang ihr das Hochziehen ihrer Lider. Nichts. Außer Dunkelheit.

Sie versuchte ihre Arme zu bewegen, den Kopf zur Seite zu drehen, wenigstens ein bisschen, doch ihr Körper gehorchte ihr nicht.

Bis auf ihr Gehör und ihren Geruchssinn.

Es war kalt und feucht und es roch modrig. Und die Metallliege holperte über den nackten Steinboden. Aber das tat sie nicht von alleine. Jemand schob das Ding!

Der widerliche Mann mit der lächelnden venezianischen Maske, dessen Finger sie überall begrapscht hatten?

Noch einmal versuchte sie, ihre Augen zu öffnen. Ein kurzes Flackern der Lider. Nichts als Dunkelheit.

Himmel! Wenn es nur nicht so verdammt kalt wäre.

Plötzlich hielt die Liege an. Sie lauschte. Sie hörte ein Atmen. Etwas klackte, knarzte und quietschte. Ein alter Türriegel? Alte Scharniere? Oh Gott, wo brachte man sie hin?

Die Liege wurde wieder bewegt, nach ein paar Metern einmal gedreht und dann stehen gelassen.

Erneut hörte Sophia das Quietschen und Knarzen der Tür. Jedoch keine sich entfernenden Schritte.

Dann das Schloss.

War sie alleine? Oder stand, wer immer die Liege geschoben hatte, noch bei ihr?

Einmal mehr versuchte sie, sich zu bewegen. Vergebens.

Etwas Schweres, Metallisches wurde bewegt, nein, vielmehr beiseitegeschoben.

Und dann spürte und hörte sie es. Das Prasseln von Feuer. Das Knistern von Glut, die jemand mit einem Schürhaken zu neuem Leben erweckte. Inmitten der Kälte berührte ein wohltuender Hauch von Wärme ihren gelähmten, frierenden Körper. Es fühlte sich so gut an.

Ihr Mund wurde geöffnet und etwas wurde ihr fest zwischen die Zähne gesteckt. Ein dicker Lederriemen?

Wenige Sekunden darauf ein Zischen und ein Schmerz, wie sie ihn noch nie zuvor erlitten hatte. Als fräße sich eine Säureklinge in ihren Oberschenkel hinein.

Sie schrie. Doch es blieb ein stummer Schrei. Und inmitten ihres stummen und verzweifelten Brüllens roch sie den Gestank ihres eigenen brennenden Fleischs.

14

Ashes to Ashes von Faith No More ertönte aus Paulas Armbanduhr, als der Timer abgelaufen war. Ihr Bewusstsein war so tief in Kardinal Calitris Ermittlungsunterlagen eingetaucht, dass ihr die vereinbarte Stunde nun wie ein halber Nachmittag vorkam. Dieses Gefühl der Zeitdehnung hatte sie immer, wenn sie sich voll und ganz auf einen Stoff konzentrierte, neues Wissen und neue Fakten in sich aufnahm oder im Außendienst auf der Spurensuche nach dem Bösen war. Die Tage im Büro dagegen zogen sich wie Kaugummi hin. Die Eintönigkeit der letzten Monate im Innendienst war die reinste Qual gewesen. Stets die gleichen Kollegen, keine echte Abwechslung auf dem Computerbildschirm, Telefonate nach Protokoll und Schema F, keine wirklichen Herausforderungen, keinerlei Ortswechsel, sah man vom Gang zum Kaffeeautomaten, zum Imbissstand oder zur Toilette ab. Langatmige Routine bis zum Verrücktwerden.

Jemand klopfte höflich an die offen stehende Tür zur Bibliothek. Calitri. Sie hatte den Kardinal über den Akten völlig vergessen.

»Wie mir scheint, teilen Sie Schwester Abigails Vorliebe für Rockmusik. Vielleicht können Sie sich ja mit ihr austauschen.«

Er betrat die Bibliothek und sein Blick fiel auf Paulas reich mit Tattoos verzierte Arme. Ihr linkes Handgelenk schmückte ein dezentes Kreuz, das rechte die Skizze einer Weltkarte, die Calitri von seiner Position aus allerdings nicht sehen konnte. Darüber befand sich auf jeder Seite ein Yin und ein Yang, die zu einem Ganzen verschmolzen, wenn man die Arme aneinanderlegte. Auf dem linken Oberarm lugte ein Christogramm, das XP eines konstantinischen Kreuzes, unter dem kurzärmeligen Shirt hervor. Sollte dem alten Kirchenfürsten eine Bemerkung dazu auf der Zunge liegen, so behielt er diese für sich. Er blieb vor dem großen Holztisch stehen und blickte auf die ausgebreiteten Fotos, Berichte und Notizen, die Paula nach eigenem Ermessen neu sortiert hatte. Nach möglichen Querverbindungen, Zusammenhängen, mehr oder weniger auffälligen Ungereimtheiten, sprich Fragen.

»Sind Sie bereit?«, fragte Calitri mehr rhetorisch. Trotz seines hohen Alters schien er vor Tatendrang regelrecht unter Strom zu stehen.

»Wir können loslegen«, sagte Paula. »Aber ich sage Ihnen gleich, Eminenz, dass es für ein Profil noch zu früh ist. Kann ich diese Unterlagen nachher mitnehmen?«

Calitri nickte. »Es sind Kopien. Hoffentlich reicht das Material aus, um diesem Monster endlich auf die Schliche zu kommen. Ich kann mir vorstellen, dass es nicht einfach ist, alleine anhand dieser Unterlagen ein Profil zu erstellen, aber ...« Er hielt kurz inne, deutete auf die von Paula neu geordneten Papierhaufen. »Verzeihen Sie einem alten Mann seine Ungeduld – vielleicht haben Sie trotzdem bereits eine Vorstellung, mit was für einem Typ Täter wir es hier zu tun haben. Das ein oder andere wird Ihnen doch sicher durch den Kopf gegangen sein?«

»Wissen Sie«, begann Paula, »die meisten dieser Typen sind im Alltagsleben erschreckend normal. Deshalb hilft uns Psychologie zu Beginn nur sehr bedingt weiter.«

»Aber in irgendein Raster muss er doch fallen?«

»Das, was mir zurzeit durch den Kopf geht, ist noch sehr unklar und weit von einem Profil entfernt.«

Sie griff nach einer Reihe von Bildern und breitete sie vor Calitri aus. Die Fotos zeigten nicht nur den aufgerissenen, düsteren Höhlenbereich, in dem die Frauenleichen gefunden worden waren, sondern auch die Umgebung, einschließlich des mittelalterlichen Ritualgrabs. Außerdem gab es Bilder, die zeigten, wie das Areal vor dem Erdbeben ausgesehen hatte. Ein idyllisches Stückchen Wald, eigentlich mehr ein Hügelplateau mit Bäumen und Büschen und einem grandiosen Blick über das angrenzende Land und den kleinen, auf einem Hügel gelegenen festungsähnlichen Ort Bomarzo, der etwa zwei Kilometer entfernt lag.

»Sie müssen wissen, dass ich immer mit der Arbeit des Gerichtsmediziners beginne, also den leichenspezifischen Befunden, falls ich mir den Tatort nicht ansehen konnte. Dabei will ich mir nicht nur über die Todesursache klar werden, sondern auch über das Verhältnis des Täters zu seinem Opfer.«

»Ich kann mir vorstellen, dass von der Qualität der Arbeit des Gerichtsmediziners sehr viel abhängt«, stimmte Calitri zu.

»Leider variiert diese Qualität bisweilen erheblich. Ehrlich gesagt sind die Protokolle von Doktor Lamboglia ein Glücksfall. Sie sind ebenso detailliert wie präzise. Wann kann ich den Doktor eigentlich sprechen?«

»Ich habe schon für Sie angefragt. Inoffiziell, versteht sich. Doktor Lamboglia ist heute und morgen den ganzen Tag im Labor. Einen Augenblick, ich geben Ihnen die Nummer.« Der Kardinal kramte kurz in seiner Soutane und zog eine Visitenkarte hervor. »Hier.«

»Danke. Ich werde den Doktor nachher gleich anrufen.«

»Er ist eine Sie«, ergänzte Calitri. »Doktor Loretta Lamboglia. Sie werden gut mit ihr klarkommen. Eine sehr kompetente Frau.«

»Das freut mich zu hören.« Paula fuhr mit ihrer Erläuterung fort. »Nach den gerichtsmedizinischen Protokollen gehe ich die Polizeiberichte durch. Der von Inspektor Conte ist besonders interessant, denn er war laut dem Chefarchäologen der erste Polizist, der den Fundort der Leichname betrat und inspizierte. Der Inspektor berichtet sehr lebendig von dem ganzen Gräberszenario. Er scheint eine literarische Ader zu haben.«

»Oh ja, die hat er zweifelsohne. Er zitiert gerne mal aus französischen Klassikern. Hugo, Flaubert, Voltaire, Stendhal, Camus … Das färbt sicher ein wenig auf seine Berichte ab.«

»Wie ich las, hat der Inspektor zwar noch keine konkrete Vorstellung vom Täter, tendiert aber dazu, dass es sich um eine Gruppe handeln könnte. Eventuell in Verbindung mit einem Menschenhändlerring.«

Calitri seufzte. »Eine üble Sache, aber in Anbetracht der ganzen Komplexität liegt der Gedanke nahe. Sozusagen einer, der entführt, einer, der mordet, einer, der die Leichen entsorgt.«

»Das wäre durchaus möglich. Ich werde mich dennoch so lange mit beiden Varianten beschäftigen, bis mir ein Durchbruch in die eine oder andere Richtung gelingt.«

»Das klingt vernünftig. Falls es jedoch ein Einzeltäter ist … wie würden Sie ihn sich vorstellen?«

»Ich weiß noch zu wenig über die Opfer. Zwar ist eine der Leichen identifiziert und eine Entführte wiederaufgetaucht, doch die Profile von Viola Gatti und Schwester Francesca liegen praktisch Lichtjahre auseinander und über die anderen zwölf Frauen wissen wir praktisch nichts.«

»Aber aus den bisherigen Berichten und Analysen speisen Sie doch sicher Ihr psychologisches Know-how und Ihre Intuition.«

Paula zog die Schultern hoch. Der Kardinal ließ wirklich nicht locker.

»Also gut. Haben wir es mit einem Einzeltäter zu tun, ist er Italiener oder lebt schon sehr lange in Italien. Er dürfte irgendwo zwischen Mitte dreißig und Mitte vierzig sein. Das ist jedenfalls die Altersgruppe des Klubs, in dem Viola Gatti verkehrte. Er ist sehr mobil, viel unterwegs und kennt sich sehr gut in der Gegend um Bomarzo aus.« Sie hielt kurz inne. »Wurden irgendwelche Reifenspuren in der Nähe des Leichenfundortes entdeckt?« Nichts dergleichen war ihr bisher in den Unterlagen aufgefallen. Auch der Hinweis auf andere Spuren fehlte.

»Wir hatten während des Bebens ein Unwetter. Wenn welche dort gewesen sind, waren sie längst fort, als die Polizei die Gräber untersuchte.«

Das erklärte natürlich die entsprechenden Lücken in den Berichten, und das war ermittlungstechnisch eine Katastrophe, doch jammern nützte nichts. Es war, wie es war. Unabänderlich. Ein Riesenglück für den Mörder, ein Riesenpech für die Polizei.

Paula wandte sich erneut den Bildern zu. »Wer immer die toten Frauen in diesen Höhlen versteckt hat, fährt keinen normalen Wagen, sondern einen geräumigen Van, einen unauffälligen Liefer- oder Geländewagen. Oder er hat freien Zugang zu solch einem Gefährt. Und er muss körperlich in guter Verfassung sein, denn er konnte mit dem Wagen nicht bis zu den Höhlen auf dem Hügel vorfahren, sondern musste die Toten die ganze Strecke hochtragen.«

»Das könnte für zwei oder mehr Beteiligte sprechen«, überlegte Calitri.

»Deshalb müssen wir für beide Varianten offen sein. Unser Mörder kennt sich jedenfalls ausgezeichnet in der Gegend aus, wusste sogar von der Existenz dieses mittelalterlichen Ritualplatzes, von dem laut Bericht nicht einmal die Vorbesitzer des Parks auch nur einen Schimmer hatten. Gab es hier früher schon mal archäologische Ausgrabungen oder Studien, Eminenz?«

»Nun ja, viele Leute sind von diesem Ort fasziniert. Wir haben jährlich zigtausende Besucher. Künstler, Forscher, Kunsthistoriker, dann ganz normale Menschen, Familien, Reisegruppen … Jeder von diesen Leuten könnte die Gräberhöhlen zufällig entdeckt und das Ganze für sich behalten haben.«

Paula schüttelte den Kopf. »Unser Mann ist ganz gewiss kein Tourist oder zeitweiliger Besucher.« Sie deutete auf einen der Berichte. »Wie ich gesehen habe, wurden die Mitarbeiter des Parks und die Einwohner von Bomarzo befragt.«

Calitri nickte. »Nicht nur von Bomarzo. Inspektor Conte und seine Leute haben jede Haustür abgeklappert. Die Angestellten des Parks stammen ja aus der Gegend.« Calitri setzte ein müdes Lächeln auf. »Ist der Mörder nicht immer der Gärtner?«

»Der Gärtner hätte jedenfalls die besten Chancen, während seiner Arbeit auf alte, längst vergessene Gräber zu stoßen.«

»Offen gesagt, denke ich inzwischen nicht mehr, dass unser Mörder ein Einzeltäter ist«, meinte der Kardinal. »Hier steckt mehr dahinter. Und haben Ritualmorde oder zeremonielle Hinrichtungen nicht immer ein irgendwie geartetes Publikum?«

Damit hatte die alte Eminenz sicher nicht unrecht, auch wenn Schwester Benedictas Gesprächsprotokoll mit Francesca etwas völlig anderes nahelegte.

»Ich habe Schwester Francescas Äußerungen unmittelbar nach ihrer Flucht und der Ankunft im Kloster studiert. Ein ziemlich verwirrendes Zeug, aber sie spricht darin nur von einem einzigen maskierten Mann, von einer einzigen Männerstimme. Über die gesamte Zeit ihrer Gefangenschaft hinweg. Dieser Mann versorgte sie, quälte sie, schwängerte sie und er hätte sie wahrscheinlich auch ermordet. Ebenso hat sie auf ihrer Flucht niemand anderen auf dem Anwesen gesehen.«

»Angeblich war sie aber auch oftmals viele Stunden und Tage alleine. Ruhiggestellt und künstlich ernährt. Von den Drogen ganz zu schweigen. Francesca weiß nicht, was in dieser Zeit mit ihr und um sie herum geschehen ist.«

»Vermutlich hat unser Täter noch andere Aufgaben zu erfüllen, als sich um seine Gefangene zu kümmern. Er hat vielleicht einen Vollzeitjob, was ihn wiederum in seinem Aktionsradius einschränken würde. Doch trotz dieses Jobs würde ich davon ausgehen, dass er in einem Radius von etwa zweihundert Kilometern operiert.« Als Calitri sie fragend ansah, erklärte sie: »Rom und Florenz liegen je achtzig und zweihundert Kilometer von unserem Leichenfundort, dem *Sacro Bosco*, entfernt. Außerdem hält er seine Opfer über einen sehr langen Zeitraum in seiner Gewalt. Dafür braucht es einen abgelegenen Ort. Sehr wahrscheinlich besitzt er ein abgeschiedenes Haus, ein Grundstück außerhalb einer Ortschaft, aber noch in der Nähe der Autobahn.«

Sie überlegte einen Moment, während sie scheinbar geistesabwesend auf das Höhlenfoto mit den dreizehn geköpften, mumifizierten Frauenleichen starrte. Calitri wartete, gab keinen Mucks von sich, da er zu erkennen schien, dass sie gerade in einer Art kriminalistischem Flow war.

»Wer immer hinter diesen Morden steckt, gibt sich sehr viel Mühe, die Leichen und damit seine Taten zu verbergen. Irgendetwas sagt mir allerdings, dass dies nicht aus Scham oder Reue geschieht, sondern aus reiner Berechnung.«

Jetzt schaltete Calitri sich ein. »Ich habe bei meinen eigenen Recherchen gelesen, dass die meisten Serienmörder ihre Opfer einfach liegen lassen oder sogar extra präsentieren.«

»Da ist was dran. Es gibt mehr als genug Narzissten und Chaoten unter ihnen. Die meisten sind nicht einmal besonders intelligent. Aber unser Mann, sofern er ein Einzeltäter ist, ist da anders.«

»Was meinen Sie?«

»Er gehört zu den Planern. Den Kontrollierten. Spontanität ist ihm eher ein Gräuel. Es sei denn, es bietet sich eine sehr gute Gelegenheit. Ich frage mich daher, welchen hervorstechenden Wesenszug all seine Opfer gemeinsam haben. Was machte diese Frauen für ihn so attraktiv? Viola Gatti gehörte nicht gerade zu den Schüchternen und Stillen, verkehrte regelmäßig in der Klubszene, hatte einen großen Freundes- und Bekanntenkreis. Es ist nicht ohne Risiko, eine solche Person zu entführen. Und Schwester Francesca, unser vierzehntes Opfer, ist wohl eher das Gegenteil.«

»Dem aber schließlich die Flucht gelang. Vielleicht ist sie sogar die einzige Überlebende.«

»Das wäre möglich. Bei Schwester Francesca frage ich mich allerdings, ob sie nicht einfach nur zur falschen Zeit am falschen Ort war. Er hat sie womöglich im Park gesehen, bemerkt, dass sie sich von ihrer Gruppe entfernte, und dann im richtigen Moment zugeschlag…« Sie stockte. »Verzeihen Sie meine Wortwahl. So war es nicht gemeint.«

Calitri winkte ab. »Ich weiß, was Sie sagen wollen. Keine Sorge. Er war an diesem Tag auf dem Gelände, treibt sich wahrscheinlich regelmäßig dort herum, und wir haben trotz unserer Listen und Vernehmungen keine Ahnung, *wer* er ist.«

»Immerhin kamen vier Männer in den näheren Verdächtigenkreis. Ich werde mir diese Liste noch einmal genauer ansehen. Außerdem treibt er sich wohl gerne in Nachtklubs herum. Die ein oder andere Frau könnte er aber auch auf einsamen Parkplätzen entlang der Autobahn aufgegriffen haben.«

»Anhalterinnen? Das wäre nicht sehr planvoll. Oder?«

»Hängt, wie gesagt, von der Gelegenheit ab. Und von der Größe seines Laderaums. In jedem Fall hat er sein Revier, in dem er nach potenziellen Opfern Ausschau hält. Er ist normalerweise wählerisch, kreist seine Wunschkandidatin nach bestimmten Kriterien ein und studiert sie, bevor er sie entführt.«

»Haben Sie meinen Bericht über Inspektor Contes Ermittlungen in Florenz gelesen?«

»Ich habe ihn überflogen und bin sehr auf den Abgleich der Vernehmungen gespannt.«

»Die Vermisstenliste der Frauen hat leider nur zu vier Übereinstimmungen geführt.«

»Und sie orientierten sich ausschließlich an Viola Gattis Profil. Sehen Sie eine Chance, an diese Überwachungsvideos aus dem Klub und die Befragungen heranzukommen? Ich möchte vorerst im Hintergrund bleiben.«

»Ich werde mein Bestes tun.«

»Da wäre noch etwas ...« Paula blätterte ihre Notizen durch. »Diese Vermisstenliste, die Vizeinspektor Zorzi zusammenstellen ließ ... ich bräuchte eine Liste aller vermissten Frauen der letzten fünfzehn Jahre, die zwischen zwanzig und dreißig Jahre alt waren und entlang der A24, A90 und A1/E35 zwischen Florenz, Rom und Napoli verschwunden sind.«

»Das sollte kein Problem sein. Ich werde das bei Zorzi anregen.«

»Danke. Wie ich las, gab es auch einen Massenspeicheltest. Sieben Männer aus der Umgebung des *Sacro Bosco* weigerten sich, daran teilzunehmen.«

»Das stimmt. Inspektor Conte ließ die DNA der Föten analysieren, um herauszufinden, ob die Ungeborenen alle vom selben Vater stammten. Das war auch tatsächlich der Fall. Fragen Sie mich nicht, wie der Inspektor es angestellt hat, aber wie ich inzwischen erfahren habe, besorgte er sich auch die

DNA der sieben Verweigerer. Leider aber gibt es keine einzige Übereinstimmung.«

Paula seufzte. Wieder eine Sackgasse. Doch eines musste sie diesem Inspektor Conte schon lassen: Er setzte Himmel und Hölle in Bewegung, um in dem Fall voranzukommen. Sie war schon sehr gespannt darauf, ihn kennenzulernen. Zum jetzigen Zeitpunkt würde sie sich jedoch erst einmal alleine und verdeckt ein Bild von der Situation machen. Sie würde zum *Sacro Bosco* hinausfahren, um sich die Gräber anzuschauen und mit den Archäologen zu reden, sie würde die Opfer in der Leichenhalle inspizieren und mit der Gerichtsmedizinerin sprechen. Außerdem würde sie mit den vorherigen Besitzern des Parks in Kontakt treten, denn Calitri hatte das Gelände erst vor drei Jahren übernommen. Dann würde sie die Leute in der Umgebung befragen. Aber vor allem und zuallererst würde sie ein Gespräch mit Schwester Francesca führen. Ganz gleich, wie zerrüttet der Geist der Nonne auch sein mochte, vielleicht entdeckte sie in dem Wirrwarr ihrer Äußerungen doch noch einen Ansatzpunkt. Selbst im Wahn konnte ein Stück Wahrheit liegen.

Doch jetzt war Paula bei Calitri und konzentrierte sich auf das, was er ihr zu berichten hatte. Und dazu gehörte auch eine Antwort darauf, was der Kardinal die letzte Stunde in seinem Arbeitszimmer recherchiert hatte. Also fragte sie ihn, und Calitri führte sie zu seinem mit alten Büchern und Papieren vollgepackten Arbeitstisch, über dem ein intensiver Modergeruch hing.

»Ich gehe Inspektor Contes Sektentheorie nach, suche nach einem Opferritus, der nach schwangeren Frauen verlangt. Wie es aussieht, haben wir es in unserem Fall mit rituellen Tötungen zu tun und nicht mit spontanen Ritualmorden.«

Paula hob eine Braue. Aufgrund ihrer strenggläubigen Mutter hatte sie das ein oder andere an religiöser Inbrunst mitbekommen, doch ihr Vater, der die Institution Kirche verachtete, hatte sie wenigstens vor einer allzu drastischen religiösen Erziehung bewahrt. »Worin liegt der Unterschied?«

»Eine rituelle Tötung folgt einem regelmäßig stattfindenden Kult und ist im gesellschaftlichen Leben verankert. Ein Ritualmord hingegen erfolgt spontan, zum Beispiel nach einer Naturkatastrophe, um die Götter milde zu stimmen. Letztendlich sind Menschenopfer aber immer eine Art Lösegeld.«

»Und nun wollen Sie herausfinden, für wen hier regelmäßig Lösegeld bezahlt wird.«

»So in der Art. Der Ritus könnte uns etwas über die Täter verraten, sofern es sich um eine Sekte handelt. Für schwarze Messen werden gerne bestimmte Örtlichkeiten genutzt, bestimmte Gegenstände verwendet. Letztendlich gibt es für alles einen Markt.«

Calitri zog einen der dicken, in Leder gebundenen Folianten näher heran. Das modrig riechende Ding, das schon ein paar Hundert Jahre auf dem Buckel haben musste, sah so abgegriffen aus, als würde es bei der nächsten Berührung auseinanderfallen. Paula blickte auf den einst sicher sehr edlen Buchdeckel und las die alte erhabene Schrift.

Ars Notoria. The Notory Art of Solomon.

Beschäftigte der alte Kardinal sich etwa mit Okkultismus?

Die Metallschließe knarzte, als Calitri den Folianten vorsichtig öffnete und das Register aufschlug.

»Es gibt sogenannte Dekrete, heilige Formeln, die ganz bestimmte Zwecke erfüllen. Sie sind wie eine Verbindung zum Quell allen Lebens und aller kosmischen Energie. Gute Dekrete beruhen auf dem Gesetz der Liebe, auf dem Christus-Prinzip. Es heißt, mit ihnen könne man Raum und Zeit beherrschen. Sie seien die Kelche des Lichts. Jedes Dekret des Lichts birgt in sich allerdings auch sein Gegenstück.«

»Und das heißt?« Wie es aussah, war Calitri von der Realität und der Wirkung solcher Dekrete überzeugt. Und hatte die Kirche in den letzten Jahren vor allem in einigen südeuropäischen Ländern nicht den Exorzismus wiederentdeckt?

»Es gibt nicht nur Gesuche an Gott, sondern ebenso an den Teufel. Vor allem Letztere sind Dekrete auf der Ebene des menschlichen Bewusstseins. Wer den Formeln des Ars Notoria folgt, dem verhilft es angeblich zu mehr mentaler Kraft, zu einem starken, klaren, konzentrations- und durchsetzungsfähigen Geist. Dazu gehört auch ein perfektes Gedächtnis. Die Folgen sind Macht und Reichtum, denn man wird zum Gestalter seiner Welt und der Welt anderer.«

»Und das alles, indem man nur den Regeln eines solchen Buches folgt?«

»Und bereit ist, während und nach der Ausbildung das entsprechende Lösegeld aufzubringen. Ein Meister kann damit sogar Geister, Heilige oder Dämonen heraufbeschwören. Und gerade der Handel mit Dämonen hat einen hohen Preis. Menschliche Seelen sind die kostbarste Währung, sie sind das wahre Edelmetall der Schöpfung.«

Paula war gerade im Begriff, eine weitere Frage zu stellen, als plötzlich der Chor von Mozarts Requiem im Raum ertönte.

»Ein Anruf. Entschuldigen Sie.«

Der Kardinal kramte sein Handy hervor, meldete sich und hörte einen Moment lang zu. Während er lauschte, wich die Farbe aus seinem Gesicht.

»Was ist passiert?«, fragte Paula, kaum dass er aufgelegt hatte.

Calitri brauchte einen Moment, um sich zu sammeln. »Schwester Francesca ist verschwunden.«

15

Paula hätte es nicht für möglich gehalten, dass sie einmal einem Mann begegnen würde, der ihr noch unsympathischer war als Dr. Drew Cochran. Doch Dr. Giordano, der Leiter der Klinik, lief Cochran an diesem Tag den ersten Rang ab. Nicht nur, dass er seine Mitarbeiter – egal ob Ärzte, Krankenschwestern, Pfleger oder Patienten – wie durchnummerierte Lakaien behandelte, er hielt sich auch noch wahrlich für einen Gott in Weiß.

»Ah, Sie sind also die aus den Vereinigten Staaten angereiste Cousine von Schwester Francesca, die Seine Eminenz mir am Telefon angekündigt hat. Nun, es tut mir leid, dass ich keine bessere Nachricht für Sie habe, Signorina Tennant«, erklärte er, nachdem er eine weitere Schwester unmittelbar vor seinem Büro abgekanzelt hatte. »Ihre Verwandte ist heute Mittag jedoch auf unerklärliche Weise aus unserer Obhut verschwunden. Ich versichere Ihnen, wir haben das gesamte Gelände nach ihr abgesucht und die Polizei informiert. Wie es aussieht, hat sich Ihre Cousine buchstäblich in Luft aufgelöst.«

Zwischen den Zeilen vernahm Paula noch ein paar andere Sätze: »Also hätten Sie bitte die Güte, den Klinikablauf nicht weiter zu stören und zu verschwinden? Umso eher können wir und die Polizei unsere Arbeit tun.« Doch weder Giordanos gönnerhafter Tonfall noch sein weißer Doktorkittel beeindruckten Paula. Da hatte sie in ihrem Leben schon mit ganz anderen Gestalten zu tun gehabt, auch wenn ihr Gegenüber sie für nichts weiter als eine junge, unkultivierte, amerikanische Hinterwäldlerin hielt. Letzteres kam ihr sogar gelegen, auch wenn sie ihm gleich klarmachen würde, dass sie nicht komplett hinterm Mond lebte.

»Wie Sie bereits bemerkt haben, Doktor, habe ich einen langen Weg zurückgelegt, um Francesca zu sehen, nach allem, was sie durchgemacht hat. Dass sie nun als Patientin in einer Klinik mit einer solch hohen Reputation verloren gegangen ist, macht mir allerdings nicht nur als Verwandte große Sorgen.«

»Und das soll heißen?«

»Dass ich für die ein oder andere Zeitung recherchiere, und dass es genug Blätter gibt, die sich für solche Fälle interessieren.«

Giordano stand da wie vom Donner gerührt. Für ein paar Sekunden fiel die Maske des Mannes von Gottes Gnaden.

»Nun, wie ich schon sagte, suchen wir seit zweieinhalb Stunden und haben von oben bis unten alles durchforstet. Selbst den Park. Außerdem haben wir die Polizei eingeschaltet. Wir tun alles, was in unserer Macht steht, um Ihre Cousine zu finden.«

»Wann genau ist Francesca verschwunden?«, hakte Paula so gelassen nach, dass es den Doktor noch unwohler stimmte. Er räusperte sich.

»Nun, den genauen Zeitpunkt weiß niemand. Irgendwann zwischen der mittäglichen Essensausgabe und dem Beginn der Nachmittagsschicht. Am besten Sie fragen die diensthabende Krankenschwester. Sie kann Ihnen sicher weiterhelfen.«

»Und wo erfahre ich, welche Schwester um diese Zeit in Francescas Fachabteilung Dienst hatte?«

»Das kann Ihnen ganz gewiss Schwester Valentina sagen. Sie macht die Dienstpläne.« Dann säuselte er: »Kann ich Ihnen sonst noch irgendwie helfen, Signorina?«

Aha, da kam es auch schon wieder zum Vorschein, das selbstgefällige, dünkelhafte Ego.

»Ich habe im Eingangs- und Wartebereich Kameras gesehen. Ebenso am Empfang und im Aufzug.«

Die Videoüberwachung?, sagte Giordanos Blick. *Gütiger Gott, was wollen Sie denn mit der Videoüberwachung anfangen, mein Kind?* Aber er antwortete: »Die Polizei kümmert sich bereits darum. Es war das Erste, was Inspektor Conte anforderte, nachdem unser Sicherheitsdienst nichts auf den Kassetten entdeckt hat.«

»Kassetten?«

»Unser Überwachungssystem ist etwas betagt, aber es tut noch seinen Job. Glauben Sie mir. Sonst noch etwas?«

Mist, wenn die Überwachung noch über Videokassetten lief und nun bei der Questura war, gab es keine Kopien, die Paula sich inzwischen hätte anschauen können.

»Nein. Das heißt doch. Hatte Francesca vielleicht eine Lieblingskrankenschwester? Oder einen Lieblingsplatz auf dem Klinikgelände?«

»Soweit ich weiß, hatte sie regelmäßig Besuch von einer Nonne. Und dann sah Kardinal Calitri ein paar Mal nach ihr. Was den Lieblingsplatz angeht, kann Ihnen die Nonne vielleicht weiterhelfen. Bei allen anderen Fragen wenden Sie sich, wie gesagt, an die Stationsschwester.«

»Danke. Sie werden sicher verstehen, dass ich mich noch etwas auf dem Gelände umschauen werde.«

»Das verstehe ich. Beachten Sie jedoch bitte die Hausregeln, Signorina Tennant. Sie arbeiten schließlich nicht für unsere Sicherheit oder die Polizei. Jetzt entschuldigen Sie mich bitte. Meine Patienten warten!«

Mit diesen Worten verabschiedete sich Dr. Giordano und eilte, als hätte er einen Stock verschluckt, zum nächsten Aufzug, ohne Paula eine Mitfahrgelegenheit anzubieten oder ihr zu erklären, wie sie Schwester Valentina am einfachsten finden konnte.

Paula tat, was sie immer in solchen Situationen tat. Sie fragte sich zum geschützten Intensivbereich der Klinik und zu Schwester Valentina durch, weil das einfach schneller ging, als sich an den nicht mehr ganz so aktuellen Klinikplänen zu orientieren. Dass diese veraltet waren, hatte sie bereits bei ihrem Eintreffen feststellen dürfen. Einige der jüngsten Um- und Ausbauten des alten Klinikgemäuers waren noch nicht verzeichnet.

Die Stationsschwester überprüfte gerade die Medikamenten-ausgabe an die Patienten und unterwies eine jüngere Frau, die wohl noch in der Ausbildung war, als Paula sie endlich in einem der Erdgeschosse fand. Valentina machte in ihrer Uniform einen recht robusten Eindruck, und da Giordano mit einem Hauch Respekt von ihr gesprochen hatte, gehörte sie wohl zu den wenigen Angestellten, die vor dem Klinikleiter nicht kuschten. Paula wappnete sich innerlich und hoffte, dass sie bei der Stationsschwester nicht auf noch mehr Granit biss, als sie plötzlich die Stimme Calitris hinter sich vernahm. Der Kardinal hatte es doch noch in die Klinik geschafft, nachdem er Paula schon mal als Cousine Francescas vorausgeschickt und ihr erklärt hatte, er würde noch an ein paar Strippen hinter den Kulissen ziehen – was immer das auch heißen mochte.

In Calitris Gegenwart taute Valentinas gestresstes Gemüt jedenfalls etwas auf, denn sie kannte die altehrwürdige Eminenz inzwischen von ihren Besuchen bei Francesca. Und ihre Aufgeschlossenheit verstärkte sich noch ein wenig, als Calitri Paula und Valentina einander vorstellte. Eine Verwandte, die eine solch weite Reise aus den USA auf sich nahm, um nach einer schwer kranken Cousine zu sehen, das verdiente einfach Valentinas Respekt und Wohlwollen, erst recht angesichts dessen, dass Francesca auf ihrer geschützten Station verschwunden war. Und das so kurz nach ihrer Entbindung. Was musste das für ein Schock für die junge Signorina Tennant sein!

Entbindung?

Paula bedachte Calitri mit einem unauffälligen Seitenblick und er signalisierte ebenso unauffällig, dass er ihr darüber noch berichten würde. Jetzt galt es erst einmal, das schlechte Gewissen der Stationsschwester für ihre Ermittlungen zu nutzen. Wie es Paula schien, hatte der Kardinal auch keinerlei Probleme mit der kleinen Cousinen-Schwindelei, schließlich waren, wie er ihr noch in seinem Arbeitszimmer erklärt hatte, alle Menschen Kinder Gottes und über tausend Ecken und Kanten miteinander verwandt.

»Es tut mir wirklich leid, dass ich Ihnen keine große Hilfe sein kann«, sagte Valentina. »Aber heute war hier die Hölle los. Wir hatten zwei personelle Krankmeldungen und alle Mühe, die Patienten auf unserer Station zu versorgen. Blutdruck, Puls und Temperatur messen, die Infusionen überprüfen. Dann die Waschungen. Ein Viertel unserer Patienten ist dazu nicht mehr aus eigener Kraft in der Lage. Und Schwester Ella, eine Pflegerin und ich waren allein.«

»Hat Schwester Ella sich um Francesca gekümmert?«, fragte Paula.

»Nein, das habe ich noch mithilfe der Pflegerin getan.«

»War Francesca da noch ans Bett fixiert?«, fragte Calitri.

»Sie stand nach ihrem letzten Anfall noch unter dem Einfluss eines starken Beruhigungsmittels. Ich hatte die Riemen deshalb gelöst, damit sie im Schlaf mehr Bewegungsfreiheit hat. Sie hätte das Bett nicht aus eigener Kraft verlassen können.«

»Gab es nach mir und Schwester Benedicta heute noch weitere Besucher?«

Valentina schüttelte den Kopf. »So früh am Morgen sind Sie und die Schwester die einzigen Besucher.«

»Aber um die Mittagszeit und danach ist doch sicher mehr in der Klinik los, oder?«, fragte Calitri.

»Das stimmt. Als ich Francescas Gesundheitszustand noch einmal überprüfte, war allerdings außer mir niemand in ihrem Zimmer. Und jeder, der hier hereinwill, muss im Eingangsbereich durch die elektronische Schleusentür.«

»Was ist mit dem Reinigungspersonal?«

»Die waren natürlich auch heute auf unserer Station. Sie müssen wissen, unser Reinigungspersonal ist direkt bei der Klinik angestellt. Wir haben schlechte Erfahrungen mit sogenannten Dienstleistern gemacht. Die verlangen einen Haufen Geld, bezahlen ihre Leute schlecht, fordern eine extreme Akkordarbeit und am Ende leiden die Sauberkeit und Hygiene darunter. Etwas, das sich keine Klinik leisten kann.«

»Dann war also niemand Fremdes auf der Station?«, kam Paula zur Ursprungsfrage zurück.

»Entschuldigen Sie, aber bei all der Arbeit, die wir hatten, könnte ich das jetzt natürlich nicht beschwören, Signorina.«

Valentina rief kurz die zweite Krankenschwester und die Pflegerin herbei. Doch keinem von beiden war während dem Umbetten, den Waschungen und den anderen Arbeiten irgendetwas Verdächtiges aufgefallen.

»Sie sagten, Sie hatten zwei Krankmeldungen«, nahm Paula diesen Punkt wieder auf. »Darf ich fragen, weshalb?«

»Eine Magen-Darm-Sache. Wir hoffen, dass sich unsere Patienten oder wir nicht schon infiziert haben. So etwas geht schnell. Deshalb ist es uns nur recht, wenn erkrankte Kollegen sich in solch einem Fall von der Klinik fernhalten und zu Hause bleiben. Eine Epidemie durch eine hoch ansteckende Durchfallerkrankung wäre das Letzte, was wir zurzeit gebrauchen könnten. Das können Sie mir glauben.«

»Würden Sie uns bitte sagen, wer alles an der Suche nach Francesca beteiligt war?«

Valentina zuckte mit den Schultern. »Also das kann ich Ihnen beim besten Willen nicht genau sagen. Jedenfalls die Mitarbeiter der Sicherheit, so viel steht fest. Dann das Hausmeisterpersonal und jede Arbeitskraft, die auf den anderen Stationen und Bereichen irgendwie abkömmlich war.«

»Was ist mit der Polizei?«

»Ach, wissen Sie, in achtundneunzig Prozent der Fälle werden verwirrte Patienten innerhalb der ersten halben Stunde in den Klinikbereichen aufgegriffen. Wenn Kliniken da jedes Mal gleich die Polizei benachrichtigen würden, hätte die kaum noch etwas anderes zu tun, als verwirrten Patienten hinterherzulaufen. Ich kann mir nicht vorstellen, dass Francesca das Gelände verlassen hat. Das Gelände ist umzäunt und ummauert. Außerdem würde eine in den Straßen herumirrende Patientin im Krankenhauskittel ganz sicher jemandem auffallen, der uns oder die Polizei informiert.«

»Das sollte man zumindest meinen«, seufzte der Kardinal.

Es sei denn, Francesca wurde entführt, dachte Paula. Calitri schien in diesem Augenblick der gleiche unerquickliche Gedanke durch den Sinn zu gehen.

»Könnte ich mir das Krankenzimmer meiner Cousine ansehen? Ihre persönliche Habe? Vielleicht fällt mir etwas auf, was uns weiterhilft.«

»Aber sicher doch. Francescas persönliche Habe befindet sich allerdings im Kloster. Hier hatte sie aufgrund ihres Zustands ja keine Verwendung dafür. Ihr Zimmer ist den Gang hinunter bis fast zum Ende. Zimmer 026 auf der rechten Seite gleich neben dem Treppenhaus. Bitte entschuldigen Sie mich, aber die Arbeit tut sich nicht von alleine, und Sie wissen ja, wir sind heute nicht gut besetzt.«

»Ist das Treppenhaus ebenfalls gesichert?«

»Nun ja, es ist der mit allen Etagen verbundene Notausgang und es führt hinaus auf den Hof.«

»Ist der Ausgang videoüberwacht?«

»Ich denke schon. Aber die Frage kann Ihnen sicher Luca von der Sicherheit beantworten. Sein Zimmer ist gleich hinter dem Empfang in dem kleinen Gang in der Nähe der Eingangshalle. Dort an der Tür hängt auch seine Nummer, falls er auf Patrouille ist.«

»Danke, Schwester«, sagte Calitri. »Wir schauen uns dann erst einmal in Francescas Zimmer um.«

16

Wie Paula die alte Eminenz gebeten hatte, stand Calitri neben der Tür und rührte sich keinen Millimeter von der Stelle. Er beobachtete, wie sie das Zimmer Meter für Meter untersuchte, wie sie mit ihren Latexhandschuhen den Beistelltisch, den Schrank, den Boden, das Bettgestell und das kleine angrenzende Badezimmer inspizierte. Als ihr Augenmerk erneut auf die Stelle mit den Reinigungsspuren an der Wand fiel, erklärte er ihr deren Ursprung und dass sie der Grund dafür gewesen seien, weshalb Francesca in der Nacht ans Bett fixiert worden war.

»Abgesehen davon, dass die Stühle wieder zurück an den Tisch gestellt worden sind, sehe ich keinen Unterschied zu heute Morgen«, meinte er.

»Hm.« Paula untersuchte die Türklinken, die Stuhllehnen, den kleinen, rechteckigen Tisch und noch einmal das Bettgestell. Dann öffnete sie erneut den Schrank, der bis auf eine Wolldecke leer war, und schaute unter das Bett. Francesca hatte tatsächlich keine persönlichen Gegenstände hier. Nicht einmal einen Kamm oder eine Brille. Vermutlich hatte man befürchtet, dass sie sich damit verletzen würde.

»Das Reinigungspersonal war schon hier«, sagte sie, als wäre es eine Antwort auf Calitris Bemerkung. »Falls die Polizei Fingerabdrücke abgenommen hat, sind davon keine Rückstände mehr zu sehen. Ebenso sind alle anderen Spuren verwischt. Hier werden wir nichts mehr finden.«

»Rückstände?«

»Ja. Zum Beispiel Kontrastpulver für Fingerabdrücke.« Paula seufzte. »Die Investition in die hauseigenen Reinigungskräfte hat sich gelohnt. Das Zimmer ist praktisch klinisch rein. Kommen Sie, Eminenz, schauen wir uns das Treppenhaus und den Hinterausgang an.«

Da sie bereits im Erdgeschoss waren, befand sich der Ausgang direkt um die Ecke. Eine abgetretene, aber gepflegte Steintreppe führte hinauf zu den oberen Klinikstationen und hinunter in den Keller. Die hintere Haustüre ließ sich nur mit einer Schlüsselkarte öffnen, über die die Patienten sicher nicht verfügten. Und laut Giordano hatte man das Gebäude vom Keller bis zum Dach durchsucht. Einmal ganz davon abgesehen, dass Francesca unter dem Einfluss eines starken Beruhigungsmittels stand und daher wohl kaum aus eigenem Antrieb das Krankenzimmer verlassen hatte.

»Würden Sie bitte einen Moment warten?«, bat Paula den betagten Kardinal und eilte die ausgetretene Kellertreppe hinunter.

Am Ende der Treppe befand sich nach einem kurzen Gang eine verschlossene Flügeltür mit zwei kleinen, runden Fensterluken. Der Bereich dahinter lag in einem kalten, bläulichen Zwielicht. Abgesehen von einem Warnhinweis, der Unbefugten den Zutritt verbot, gab es keinerlei Hinweisschild, das Paula verraten hätte, was alles hinter der Tür lag. Aber Murray hatte ihr einmal gesagt, dass die dunkelsten Geheimnisse einer Klinik im Keller lagen. Und damit hatte er damals nicht nur die Leichenhalle gemeint. Die Keller großer Kliniken bildeten das reinste Labyrinth. Hier lag auch der Heizungskeller, die Wäscherei oder zumindest die Sammelstelle für die verschmutzte Wäsche, dann lagerten hier der ganze Klinikmüll inklusive der medizinischen Abfälle, die Stromgeneratoren und Notstromaggregate und einiges mehr. Obwohl Paula hinter den kleinen Bullaugen niemanden in dem diffusen Lichtschein sah oder hörte, glaubte sie in den Schatten Ratten und Mäuse quietschen zu hören und herumhuschen zu sehen. Konnte Francesca sich trotz der ganzen bisherigen Suchaktionen irgendwo hier unten befinden?

»Und?«, hörte sie Calitri in gedämpftem Ton von oben her rufen. »Haben Sie etwas entdeckt?«

Sie kehrte zu dem Kardinal zurück und schüttelte den Kopf. »Wie die Hintertür ist auch die Tür zum Keller verschlossen. Allmählich glaube ich, Francesca wurde aus ihrem Zimmer herausgebeamt.«

»Oder jemand hat sie tatsächlich fortgetragen.«

»Zu auffällig«, meinte Paula. »Vielleicht wurde ein Rollstuhl benutzt. Davon gibt es auf dem Gelände ja einige.«

»Dann hätte er Francesca den ganzen Gang bis zu den Aufzügen an allen Zimmern vorbeischieben müssen.«

»So lang ist der Gang gar nicht. Und wer sich schon einen Rollstuhl besorgt, der macht zur Tarnung auch vor einem Pfleger- oder Ärztekittel nicht halt.« Paula stutzte. »Diese Sache mit der Magen-Darm-Infektion ist vielleicht alles andere als ein Zufall.«

Calitri starrte sie an. »Aber warum dieser ganze Aufwand ausgerechnet erst jetzt? Francesca ist seit beinahe drei Monaten in der Klinik.«

»Unser Täter ist inzwischen womöglich in Sorge, dass sie sich trotz ihres Zustandes an etwas erinnern und ihn verraten könnte. Erzählen Sie mir von Francescas Entbindung, Eminenz.

Schwester Valentina klang, als hätte es Komplikationen gegeben.«

Calitri zögerte, schien nach den richtigen Worten zu suchen. »Das Kind kam zwei Wochen zu früh zur Welt. Überstürzt. In Francescas Patientenzimmer. Schwester Benedicta sagt, es sei ein Albtraum gewesen. Das reinste Blutbad. Francesca hätte wie eine Irrsinnige getobt und den Boden und die Wände mit ihrem Blut beschmiert. Dem Kind ist Gott sei Dank nichts geschehen. Es ist jetzt bei einer Pflegefamilie. Aber Francesca wäre ohne ärztliche Hilfe ganz sicher nach der Geburt verblutet.«

»Wer hat Francesca und das Kind gefunden?«

»Der diensthabende Pfleger und Benedicta, die sie gerade hatte besuchen wollen.«

»Gibt es einen Bericht des Vorfalls? Fotos?«

Calitri schüttelte den Kopf. »Wäre Benedicta nicht zufällig zugegen gewesen, hätte die Klinik den Vorfall ganz sicher unter den Teppich gekehrt. Francesca wurde ruhiggestellt und sofort in die Intensivstation eingeliefert, erhielt eine Bluttransfusion, während das Reinigungsteam alle Spuren des Vorfalls beseitigte. Allerdings hat Benedicta aus einem Impuls heraus für mich ein Handyfoto des Zimmers gemacht. Sie war natürlich sehr aufgeregt, stand selbst unter Schock, deshalb ist es ziemlich verwackelt. Ich hätte nicht gedacht, dass es für den Fall von Relevanz sein könnte, weswegen es nicht Teil der Akte gewesen ist.«

»Ich sollte so bald wie möglich einen Blick darauf werfen.«

»Ich sorge dafür, dass Sie es noch heute in Ihren Unterlagen haben.«

»Gut. Dann lassen Sie uns jetzt noch einmal zu Valentina gehen, um die Namen der beiden Krankmeldungen zu erfahren.«

»Sie denken, der Entführer hat tatsächlich Arbeitskleidung des Klinikpersonals geklaut?«

Paula nickte. »Nebst einer Schlüsselkarte, um die Klinik und die Station unauffällig zu betreten und zu verlassen.«

Drei Minuten später hatten sie die Namen der beiden erkrankten Mitarbeiter bei Valentina in Erfahrung gebracht, eine Krankenschwester und ein Pfleger der Frühschicht, die um sechs Uhr begann. Fünf Minuten darauf standen sie vor der Bürotür des Sicherheitspersonals und warteten auf Luca Martini, der auf der Suche nach Francesca nach wie vor das Klinikgelände durchkämmte. Valentina hatte bereits mit dem Sicherheitsmann telefoniert und Calitri und Paula angekündigt.

Als Luca aus einem der beiden Aufzüge trat, wirkte er ziemlich außer Atem, was angesichts seiner extremen Leibesfülle kein Wunder war. Die Suche nach der verschwundenen Patientin verlangte ihm körperlich einiges ab, was ihn jedoch nicht daran hinderte, alles zu geben. Er steuerte auf Paula und Calitri zu, begrüßte die beiden und entschuldigte sich dafür, dass sie hatten warten müssen. An seinem Gürtel hing eine moderne LED-Hochleistungstaschenlampe, eines der Spitzenmodelle mit verstellbarem Fokus, mit dem man vermutlich noch den finstersten Raum und den hintersten Zimmerwinkel ausleuchten konnte. Paula vermutete, dass Luca durch das Labyrinth des Kellers gestreift war und die Beleuchtung dort in einigen Bereichen nicht ausreichte.

Da Schwester Valentina ihm bereits Paulas und Kardinal Calitris Anliegen erklärt hatte, bat er die beiden gleich in sein Büro. Ein junger Mann, Anfang zwanzig mit Militärhaarschnitt, saß dort vor zwei großen Bildschirmen, deren Flächen so unterteilt waren, dass je vier wechselnde Kcamerablickwinkel beobachtet werden konnten, hauptsächlich die Zugangs- und Ausgangsbereiche der Klinik.

»Keine Spur von ihr«, erklärte der junge Mann, ohne die Bildschirme aus dem Auge zu lassen.

»Gönn dir eine Kaffeepause, Beppo«, sagte Luca. »Ich übernehme die nächste Viertelstunde.«

Beppo drehte sich halb um, bemerkte die beiden Gäste seines Vorgesetzten und verstand. »Okay. Hab eh schon viereckige Augen. Bis gleich, Chef.«

Kaum dass Beppo die Tür hinter sich geschlossen hatte, nahm Luca am kleineren Nebenschreibtisch Platz und aktivierte den Rechner. Der Sessel ächzte und knarrte unter seinem Gewicht, als müsse er jeden Moment unter der Last zusammenbrechen, doch er hielt dem verblüffend agilen Bewegungsdrang des Sicherheitsmannes auch dieses Mal stand. Geschwind öffnete Luca das Programm, mit dem die Klinik die Daten der Schlüsselkarten und damit auch die Arbeitszeiten der Angestellten verwaltete. Er scrollte zu den Namen der beiden Krankgemeldeten und überprüfte deren Karten.

»Wie Sie sehen können, wurde heute keine der beiden Karten erfasst«, erklärte er schließlich und deutete auf das Display.

Calitri reagierte sichtlich enttäuscht und ließ die Schultern ein wenig hängen.

Paula fragte: »Gab es sonst noch eine Krankmeldung?«

Luca zuckte mit den Achseln. »Das kann ich hier nicht sehen. Aber ich kann die einzelnen Stationskrankenschwestern fragen und die jeweiligen Schlüsseldaten dann überprüfen. Das dauert etwas, ist aber kein Problem.«

»Ich nehme an, die Polizei überprüft das bereits?«, fragte Calitri.

»Die Adressen der beiden Krankmeldungen wurden bereits angefordert. Für weitere Anfragen soll ich mich bereithalten.«

Okay, dachte Paula, der Inspektor war also auch hierbei schon auf dem Weg. Doch es gab noch eine weitere Möglichkeit.

»Sagen Sie, Luca, wurde vielleicht eine Schlüsselkarte als verloren gemeldet?«

Luca runzelte die Stirn. »Das ist tatsächlich der Fall. Der entsprechende Zugangscode wurde von mir allerdings heute Morgen gelöscht, gleich nachdem ich über den Verlust informiert worden war. Und«, er kehrte zum Zeitverwaltungsprogramm zurück, »wie Sie hier sehen, wurde die Karte seit der Frühschicht nicht mehr benutzt. Und das ist jetzt fast zehn Stunden her.«

»Wie wir erfuhren, haben Sie inzwischen auch die Überwachungsvideos überprüft.«

»Dreimal habe ich die Aufzeichnungen der Aus- und Eingänge der betreffenden Zeit überprüft«, bestätigte der Sicherheitschef. »Nichts. Schwester Francesca taucht in keinem der Videos auf. Auch niemand, der so ausschaut, als ob er gerade im Begriff ist, unsere Patientin am helllichten Tag vom Gelände zu entführen.«

Paula starrte auf die Computerbildschirme, als müsste sie diese einfach nur intensiv genug anschauen, um die Wahrheit aus den digitalen Daten herauszupressen. Dummerweise waren die Aufzeichnungen inzwischen bei der Polizei.

»Sie haben nicht zufällig eine Kopie der Überwachungsvideos, Luca?«

Der Sicherheitschef schüttelte den Kopf. »Um es klipp und klar zu sagen, unser Überwachungssystem stammt aus der Steinzeit. Die Videokassetten werden zigmal benutzt. Ich bin froh, dass ich der Polizei überhaupt halbwegs brauchbare Bilder liefern konnte.« Er deutete auf die Bildschirme mit der Live-Überwachung der verschiedenen Ein- und Ausgangsbereiche der Klinik. »Wie in vielen Kliniken spart auch unsere Verwaltung, wo es nur geht. Unsere Arbeit hält man eher für ein lästiges Übel, auf das man am liebsten verzichten würde. Fairerweise muss man aber auch sagen, dass die Aufzeichnungen seit Jahren nicht mehr gebraucht worden sind.«

Paulas Blick wanderte über die Bilder der Überwachungskameras. Verdammt, jemand Unbefugtes war heute Morgen in das Klinikgebäude gelangt und mit Francesca wieder verschwunden. Irgendetwas übersahen sie.

»Wir danken Ihnen jedenfalls«, hörte sie Calitri sagen. »Jetzt liegt alles in Gottes Hand.«

Nein, ganz und gar nicht, dachte Paula. Sie wandte sich Luca zu. »Falls Ihnen noch etwas auffällt, würden Sie uns bitte sofort Bescheid geben?«

»Prinzipiell ja. Aber Sie werden verstehen, dass ich in solch einem Fall zuerst die Polizei informiere.«

»Selbstverständlich«, kam Calitri Paula zuvor. »Noch einmal danke für Ihre Unterstützung.«

»Gern geschehen. Und damit Sie es wissen …«, sein Blick richtete sich auf Paula, »… keiner von uns hat damit aufgehört, nach Ihrer Verwandten zu suchen.«

Als Paula und Calitri das Sicherheitsbüro verlassen hatten und ein paar Schritte den beige gestrichenen Flur hinuntergegangen waren, meinte der Kardinal leise: »Ich will Ihnen nicht auf die Zehen treten, aber wir müssen mit unserem Auftreten etwas vorsichtiger sein.«

»Wie meinen Sie das?«

»Vergessen Sie nicht, dass Sie hier als Francescas amerikanische Cousine und nicht als ISA-Agentin auftreten. Die meisten Leute werden dafür Verständnis aufbringen, dass Sie sich sorgen und sogar nach Ihrer Verwandten suchen. Die Bestimmtheit Ihrer Fragen allerdings hat nicht nur unseren Luca ein wenig irritiert.«

Paula zuckte mit den Achseln. »Keine Sorge, was die Klinik angeht, habe ich ein wenig vorgesorgt. Doktor Giordano denkt, ich arbeite freiberuflich für die Presse. Das hat ihn auch sofort kooperativer gestimmt.«

»Er könnte das überprüfen.«

»So gestresst wie er ist, bezweifle ich das in der nächsten Zeit. Und bis dahin hat mein Büro längst eine Deckidentität aufgebaut, die einer ersten Überprüfung standhält.«

Sie erreichten den hinteren Bereich der Eingangshalle, in der es mittlerweile von Besuchern und Patienten nur so wimmelte. Die Nachmittage und frühen Abende waren die Hauptbesuchszeit, wie Paula aus ihrer Kindheit nur zu gut wusste. Jetzt würde es für Luca und seine Leute besonders schwer sein, nach Francesca oder überhaupt einer verdächtigen Person Ausschau zu halten.

»Nun denn ...«, meinte der Kardinal. »Dann hoffen wir mal, dass unser kleiner Schwindel nicht auffliegt. Als Francescas amerikanische Cousine werden Sie nämlich einen erheblich leichteren Zugang zu den meisten Leuten hier haben. Trotz aller gesellschaftlichen Veränderung hat die Familie in Italien noch immer einen hohen Stellenwert.«

Sie wollte Calitris Bedenken gerade beschwichtigen, als sie unsanft mit einem großen, schweren Rollwagen, beladen mit einem Haufen bunter Säcke, zusammenstieß und dabei fast zu Boden ging. Ein junger Mann starrte mit großen, schuldbewussten Augen auf der anderen Seite des Wagens hinter den Wäschesäcken hervor.

»Entschuldigen Sie bitte, Signorina. Das wollte ich nicht!«, stammelte er und eilte sogleich herbei, um nach ihr und Calitri zu sehen.

Paula rieb sich das linke Knie und den Knöchel, weil die bei dem Zusammenprall mit dem Container am meisten abbekommen hatten. Beides tat höllisch weh, aber es war nichts gebrochen. Sie mochte sich nicht ausmalen, wie das Ganze ausgegangen wäre, hätte der Wäschewagen den betagten Kardinal erwischt.

»Junger Mann, falls es Ihnen noch nicht aufgefallen ist«, sagte Calitri schneidend, »Sie sind hier in einer Klinik und nicht bei einer Rallye.«

Der Mitarbeiter stand da wie angewurzelt, wollte Paula helfen, wagte es aber angesichts des aufgebrachten Kardinals nicht. »Es tut mir wirklich leid und wird auch nicht wieder vorkommen.« Vorsichtig näherte er sich Paula, die immer noch ihr Knie rieb. Es war, als fürchtete er Calitri wie einen zwar alten, aber immer noch wehrhaften Pitbull. »Brauchen Sie Hilfe, Signorina? Soll ich eine der Krankenschwestern holen?«

Da nichts gebrochen war, biss Paula die Zähne zusammen und winkte ab. »Ich hoffe, Sie begreifen, dass das für uns beide hätte übel ausgehen können«, sagte sie.

Der junge Mann stöhnte fast verzweifelt auf. »Es wird nicht wieder vorkommen, Signorina. Ich gebe Ihnen mein Wort. Ich brauche diesen Job. Wenn ich ihn verliere …«

Luca hatte den Vorfall offensichtlich über die Videoüberwachung verfolgt, denn er kam aus dem Gang auf sie zu.

»Verdammt noch mal«, sagte er zu dem Mann, »passen Sie in Zukunft auf, wohin Sie dieses Riesending rollen. Verstanden?«

»Das werde ich. Ganz bestimmt. Es tut mir wirklich leid.«

»Sie sollten einen Arzt konsultieren«, gab Luca zu bedenken. »Alleine schon versicherungstechnisch.«

»Danke. Aber mir ist nichts Gravierendes passiert, auch wenn es höllisch wehtut.« Sie signalisierte dem Mann vom Reinigungsdienst, dass er sich mit seinem Wäschecontainer aus dem Staub machen sollte, bevor sie es sich noch einmal anders überlegte. Das ließ der sich nicht zweimal sagen.

Paula und Calitri bedankten sich bei Luca für dessen postwendende Unterstützung.

»Die Jugend von heute. Nie hat sie Zeit«, seufzte dieser kopfschüttelnd und kehrte schließlich in sein Büro zurück.

Paula humpelte an der Seite Calitris zur automatischen Ausgangstür. Als die Flügeltür auffuhr, blickte sie noch einmal in die Halle zurück und sah, wie der Angestellte mit dem vollgeladenen Wäschewagen vor dem hinteren Aufzug hielt und eine Schlüsselkarte zückte. Das war der Moment, in dem es ihr wie Schuppen von den Augen fiel.

Sie berührte den Kardinal am Arm. »Wir müssen zurück, Eminenz.«

»Ich denke auch, dass sich ein Arzt Ihr Bein anschauen sollte.«

»Nein, das meine ich nicht.«

»Jetzt sagen Sie nur, der Zusammenprall mit dem Wäschecontainer hat bei Ihnen zu einer Erleuchtung geführt?«

»Vielleicht nicht gerade zu einer Erleuchtung, aber zu einem Gedanken, dem wir gleich nachgehen sollten.«

»Wohin zurück also gehen wir?«

»Ich bin mir sicher, Luca wird uns die Richtung weisen können.«

17

Robert Bernstein passierte die Sicherheitsschleuse.

»Alles in Ordnung, Sir«, sagte die junge Beamtin, obwohl die Apparatur für alle vernehmlich ein deutliches Warnsignal von sich gegeben hatte. Dass Bernstein dennoch problemlos weitergehen durfte, verdankte er dem Implantat-Ausweis, den er seit einigen Jahren bei sich trug.

Er nickte der strengen, jungen Dame zu, trat zum Gepäckband, steckte seinen Computer zurück in die Reisetasche und zog sich Gürtel, Armbanduhr und Jacke an. Sein Schulterhalfter mit der SIG Sauer hatte er unmittelbar nach seiner Ankunft im Flughafen bei der Sicherheit abgegeben. Eine Prozedur, die selbst für einen hohen ISA-Mitarbeiter unabdingbar war, um durch die Kontrollen zu kommen. Nach dem Flug würde er seine Dienstwaffe zurückerhalten.

Unauffällig musterte er seine Umgebung, die Menschen um ihn herum: Männer, Frauen und Kinder, Einzelgänger, Pärchen und Familien, Geschäftsleute und Touristen. Bernstein ordnete sie in seine ganz persönlichen Kategorien ein. Dabei nutzte er nicht einmal vornehmlich die Analyse- und Profilingtechniken der Kriminalpsychologie. Die Signale der individuellen Körpersprache, die Wahl der Worte, der Klang der Stimmen, all das verriet ihm mehr über seine Mitreisenden, als es diesen lieb sein konnte. Schon als Junge hatte Bernstein die Menschen seines Umfelds beobachtet und kategorisiert, auf dem Spielplatz, bei Familienfesten, in der Schule, auf der Universität und später im Beruf. Und er hatte sich dabei äußerst selten geirrt.

Die junge, penibel gekleidete Beamtin an der Sicherheitsschleuse zum Beispiel war eine überkritische Perfektionistin. Doch die Kritik richtete sich nicht nur gegen andere Menschen, sondern vor allem gegen sie selbst. Nach außen hin perfekt gestylt und unnahbar, wurde sie im Inneren von starken Selbstzweifeln gepeinigt. Sie war sich nie sicher, ob das, was sie gerade für ihre Karriere und ihr Privatleben tat, gut genug oder das Gras auf der anderen Seite des Zauns nicht doch noch grüner war. Sie studierte sehr wahrscheinlich Wirtschaftswissenschaften, Politik oder Jura, und sie hatte nicht vor, noch länger als ein, zwei Jahre in diesem Sicherheitsjob zu arbeiten. Schon jetzt hob sie sich durch ihre Kleidung und Haltung von ihren Kollegen ab, gab sich als Führungsfigur beziehungsweise als das, was sie für das Idealbild einer Macherin hielt. Vielleicht bewarb sie sich am Ende ihres Studiums sogar bei einem der Nachrichtendienste, beim FBI oder bei der Homeland Security.

Doch das, was sie wirklich von allen anderen abhob, war etwas anderes. Zweifelsohne hatte sie diese Antenne, die man brauchte, um harmlose Menschen von gefährlichen Menschen zu unterscheiden. Als kleine Angestellte bei der Flugsicherheit konnte sie nicht wissen, wer Bernstein war, doch er spürte ihren eindringlichen Blick in seinem Rücken, als er den Kontrollbereich verließ. Dieses intensive Abchecken galt nicht seiner gepflegten Erscheinung, auch wenn er bewusst relativ normal gekleidet war. Vielmehr spürte sie hinter seiner Fassade die erhöhte Wahrnehmung und Wachsamkeit, seine mentale Widerstandskraft, seinen Willen und seine Handlungsfähigkeit, und vielleicht, ja, vielleicht spürte sie tief in ihrem Inneren sogar die Reflexion des Teufels, und der konnte nun einmal sehr verführerisch sein.

Kaum hatte Bernstein seinen Platz in der Businessclass eingenommen, blieb eine Stewardess neben ihm stehen und teilte ihm leise mit, dass der Flugkapitän ein Upgrade seines Tickets vorgenommen habe und darauf bestehe, dass er in die First Class wechsle. Bernstein wäre zwar aus persönlichen Gründen lieber bei seiner unauffälligen Platzreservierung geblieben, doch wie es aussah, hatte der Kapitän die Passagierliste gecheckt und nach Fluggästen vom FBI oder anderen Diensten geschaut. Solche Upgrades wurden von den Fluggesellschaften nach 9/11 des Öfteren gerne vorgenommen, um die Arbeit ihrer Sky Marshalls, die getarnt unter den Fluggästen saßen, zu unterstützen. Davon abgesehen fühlte der Kapitän sich offensichtlich wohler, wenn Bernstein in der Nähe seines Cockpits saß. Um keine unnötige Diskussion und Aufmerksamkeit auf sich zu ziehen, nahm Bernstein den Platzwechsel an.

Die erste Klasse war nur zu knapp zwei Dritteln besetzt. Als er in der komfortablen, lederbezogenen Sitzinsel mit Arbeitsbereich Platz genommen hatte, servierte ihm ein Steward auch schon einen eisgekühlten Begrüßungsdrink nebst einer Schale mit verschiedenen Früchten und Nüssen. Gehirnnahrung, die Bernstein nach zwei durchgearbeiteten Nächten gut gebrauchen konnte.

Bis auf zwei weitere First-Class-Passagiere waren die anderen bereits in ihre Sitzliege-Inseln abgetaucht. Bernsteins Blick fiel auf das Buffet, auf die immense Auswahl an Säften, Kaffee- und Teevarianten, an Weinen und Bieren. Ein Vordermann hatte es sich in dem breiten Sessel mit Kopfkissen so bequem gemacht, als bereite er sich schon auf neuneinhalb Stunden Nonstop-Schlaf vor. In der First Class gab es den Luxus von Waschräumen und Duschen, um sich frisch zu machen. Vom

Pyjama bis zu den Badezimmerutensilien wurde den Gästen alles zur Verfügung gestellt. Wie Bernstein weiter bemerkte, hatte ein älteres orientalisches Ehepaar, das gerade Kaviar verzehrte, seine eigene Leibwache mitgebracht.

Er stellte seine Aktentasche neben sich auf den Boden und schaltete den 24-Zoll-Bildschirm an, um die aktuellen Nachrichten zu verfolgen. Für das Unterhaltungsprogramm – es hatte beinahe 1.000 Optionen mit Spielfilmen, Serien, Spielen und Sprachlernprogrammen – interessierte er sich nicht. Zum Arbeiten würde er allerdings später den Netzanschluss nutzen.

Nach zehn Minuten schaltete er die sich im Kreis drehenden Nachrichten aus und beobachtete erneut das Flugpersonal und die anderen Gäste. Die Ruhe und den Frieden in der First Class empfand er als fast paradiesische Grausamkeit. In der Businessclass und erst recht in der Economyclass herrschte das echte Leben. Dort gab es all die Menschentypen, an denen er seine Beobachtungsfähigkeit schärfen konnte. Seit er den Posten des Vizedirektors innehatte und die meiste Zeit in seinem Büro, in Sitzungen und auf Konferenzen verbrachte, kam er kaum noch dazu, sich unters Volk zu mischen.

Eine der engelhaften Stewardessen, die ihren Gästen jeden Wunsch von den Lippen ablasen, lächelte ihm gut gelaunt zu. Er schenkte ihr sein sympathisches Lächeln, was ihren Puls trotz aller Professionalität augenblicklich höherschlagen ließ. Das sah er ihren sich rötenden Wangen an. Sie ahnte nicht, dass in seinem Kopf ein seit Jahrzehnten einstudiertes Programm von unauffälligen Gesten und chamäleonhaften Mimiken und Regungen für solche Situationen ablief, dass dieser charmante, gebildete Gentleman mit den grau melierten Schläfen in Wahrheit ein emotionaler Analphabet war. Auf ihre Frage, ob er vor dem Start noch irgendetwas brauchte, antwortete er mit einem liebenswürdigen *Nein danke. Sie haben mich bereits allerbestens versorgt.* Hätte sie einen Blick in sein Handgepäck mit den Fallakten werfen können, hätte sie für den Rest des Fluges wohl einen möglichst großen Bogen um ihn gemacht.

Nachdem die Maschine gestartet war und ihre Flughöhe erreicht hatte, gönnte er sich drei Stunden Ruhe, doch zuvor schickte er Agent Tennant noch eine kurze SMS. Dann griff er nach seiner Tasche und öffnete das Computer- und Aktenfach. Die Akte, die er mit Tennant durchgegangen war, lag zuoberst, aber zuerst nahm er den Computer heraus und setzte sich so, dass keine der Stewardessen oder anderen Passagiere – trotz des Schutzglases mit dem begrenzten Gesichtskreis – einen Blick auf den Bildschirminhalt erhaschen konnten. Niemand sollte sehen, womit er aktuell seine Gehirnzellen beschäftigte. Außerdem konnte der Anblick verstümmelter, mumifizierter Leichen für normale Leute äußerst verstörend sein. Auf ihn hingegen wirkten die Fotos weder besonders grausam noch abschreckend, als er die Fundorte diesmal im Geiste erkundete, als wären die Höhlen noch intakt und er selbst der Mörder. Er fühlte sich wie ein Entdecker, wie einer dieser Archäologen, die das in der Nähe gelegene mittelalterliche Grab untersuchten, um die Biografien der fünfhundert Jahre alten Toten zu rekonstruieren und dadurch ihre rätselhaften, brutalen Todesumstände zu verstehen. Rätselhaft war schließlich auch der Tod von Viola Gatti und den anderen zwölf Frauen. Bernstein hatte inzwischen einen renommierten Anthropologen konsultiert, der sich mit der Geschichte der Menschenopferung und mit satanischen Fest- und Feiertagschroniken auskannte, doch ein Ritual, bei dem explizit im sechsten Monat Schwangere zu Ehren einer höheren Macht geopfert wurden, war dem Wissenschaftler nicht bekannt.

Nachdem Bernstein die Fotos noch einmal ausgiebig studiert hatte, nahm er sich den Bericht der Gerichtsmedizin vor. Zu neuen Erkenntnissen kam er beim Lesen des Obduktionsberichts nicht. Auch die kriminaltechnische Dokumentation verhalf ihm im Augenblick zu keinen neuen Einsichten. Dafür aber entdeckte er in den bisherigen Berichten der Questura einige Punkte, die der nochmaligen Klärung bedurften, unter anderem diese Sache mit der genetischen Rasterfahndung und der Befragung vermeintlicher Zeugen. Hier glaubte er nun einige Lücken und Unstimmigkeiten auszumachen, die sich vielleicht aber aus der mangelnden Ausbildung und Unerfahrenheit der Polizisten erklärten. Keiner dieser Männer und keine dieser Frauen hatte eine Intensivausbildung in Verhaltensforschung oder modernen Befragungstechniken absolviert. Keiner dieser Leute hatte das Gehirn des Bösen so intensiv studiert wie Tennant oder er. Selbst mit all dem Wissen und der Erfahrung an Kriminaltechnik und Profiling war es noch immer schwer genug, einen Täter zu überführen. Und gerade Zeugenaussagen konnten bisweilen äußerst verwirrend und widersprüchlich sein.

Dennoch sollte unter Hunderten Befragten und selbst nach dem umfangreichen DNA-Test kein einziger Verdächtiger mehr übrig geblieben sein? Niemand, der irgendwie mit der Mordserie hätte in Verbindung stehen können? Und sei es auch nur als eine Art Wachposten?

Nachdem er die Polizeiberichte noch einmal durchgegangen war, fiel ihm etwas Seltsames auf. Das heißt, es war eher so, als würde er diese Merkwürdigkeit nur aus dem Augenwinkel wahrnehmen. Sobald er sie in den Fokus nehmen wollte, entzog sie sich seinem Blick, löste sich auf wie ein Hirngespinst.

Die Kernfrage war *Warum?*

Zur Beantwortung dieser Frage würde er tief in die Dunkelheit seiner eigenen Seele hinabtauchen müssen.

18

Luca führte Paula und Kardinal Calitri im hinteren Teil des Gebäudes zu einem Aufzug, der nur mit einer speziellen Schlüsselkarte in den Keller fuhr. Als sich die Lifttür mit einem knirschenden Geräusch einen Stock tiefer öffnete, blickte Paula in das gleiche blau-kalte Zwielicht, das sie schon durch die Fensterluken der verschlossenen Gangtür gesehen hatte. Wasserleitungen gurgelten entlang der Decke in dem unheimlichen Licht, Ventilatoren brummten irgendwo, noch finsterere Pfade schienen rechts und links von dem Flur abzugehen.

»Nur der Hausmeister und das Reinigungspersonal haben hier Zugang«, erklärte Luca den beiden. »Kommen Sie. Die Schmutzwäsche des Krankenhauses wird dort drüben in der Nähe des Hofs gesammelt, wo sie leicht von den Wagen der Krankenhauswäscherei verladen werden kann.«

Paula und Calitri folgten ihm durch das schummrige Labyrinth, erblickten Hinweisschilder mit Richtungspfeilen oder Warnhinweise wie »Zutritt verboten«, »Hochspannung« oder »Heizungskeller«. Obwohl es hier wohl kaum so etwas wie Futterabfälle gab, hörte Paula zwischen den Mauern und den Rohren das Fiepen und Krabbeln von Ratten.

Luca hatte nicht schlecht gestaunt, als Calitri und sie unmittelbar nach dem Vorfall in der Eingangshalle wieder in seinem Büro aufgetaucht waren.

»Jetzt sagen Sie nur, Ihnen ist doch noch etwas aufgefallen?«

»Diese verloren gegangene Schlüsselkarte, die Sie gesperrt haben«, hatte Paula begonnen, »könnten Sie bitte für uns feststellen, zu welcher Station die gehörte und zu welchem Mitarbeiter?«

»Kein Problem«, hatte Luca gemeint. »Das weiß ich sogar noch aus dem Gedächtnis. Die Karte führte zu jeder Station im Westflügel und sie gehörte einem unserer langjährigen Mitarbeiter. Guido Valluzzi. Der Mann führt aber ganz gewiss nichts Schlechtes im Schilde. Schon gar keine Entführung. Außerdem ist er bereits seit zwei Stunden im Feierabend.«

Paula war bereit zu glauben, dass der Mann tatsächlich nichts mit Francescas Verschwinden zu tun hatte. Seine Schlüsselkarte aber schon.

»Signore Valluzzis Karte«, beharrte sie deshalb, »führte die auch zum geschützten Bereich?«

»Ja. Sonst könnte unser Reinigungspersonal dort nicht seine Arbeit tun.«

»Und dieser Guido Valluzzi gehört also zum Reinigungsteam«, versicherte Calitri sich noch einmal.

»Genau. Und das zuverlässig seit mehr als zehn Jahren, weswegen er auch für den geschützten Bereich eingeteilt worden ist.«

»Hat er Zugang zum Untergeschoss der Klinik?«, fragte Paula.

»Zu einigen Bereichen schon.«

»Zum Beispiel zum Wäscheraum?«

Nachdenklich nickte Luca. »Ebenso zum Heizungsraum oder der Stromversorgung. Auch diese Bereiche müssen regelmäßig gewartet und gereinigt werden. Wir haben diese Räume natürlich auch durchsucht.«

»Wir üben keinerlei Kritik an Ihrer Arbeit, Luca«, beeilte Calitri sich zu versichern, was den Sicherheitsmann wieder etwas besänftigte. »Wir gehen nur die Optionen durch.«

Paula nickte bestätigend und fragte dann: »Dürften wir einen Blick in den Raum mit den Wäschecontainern werfen?«

»Sie denken, Francesca hält sich zwischen den Wäschesäcken versteckt oder …«, er brach ab, als ob er sich daran erinnerte, dass er hier zu Francescas Cousine sprach. »Ich werde Beppo und zwei Helfer anweisen, sich den Raum noch einmal anzuschauen, sobald er von seiner jetzigen Tour zurück ist.«

»Es wäre mir lieb, wenn ich das gleich selbst tun könnte«, sagte Paula.

Luca sah sie daraufhin einen Moment lang an und fragte dann geradeheraus: »Was sind Sie, Signorina? Eine Art Miss Marple?«

»Das kann man wohl sagen«, kam Calitri Paula rasch zuvor. »Signorina Tennant hat in den USA bereits als Polizeiberaterin einige Fälle gelöst. Jetzt, wo es um ihre Cousine geht, wird sie sicher nicht tatenlos herumsitzen.«

»Das habe ich tatsächlich nicht vor«, erklärte Paula und hielt Lucas prüfendem Blick stand. Dabei rief sie sich aber auch ins Bewusstsein, dass der Sicherheitsmann nichts, aber auch gar nichts über die wahren Hintergründe von Francescas Klinikaufenthalt wusste. Weder Francescas Verschwinden im *Sacro Bosco* noch der kriminalistische Gräberfund waren bislang in die Medien gedrungen. Für Luca war Francesca einfach eine Ordensfrau mit schweren psychischen Problemen, die um die Mittagszeit aus ihrem Krankenzimmer verschwunden war. Und das konnte trotz Patienten-Medikation viele

Ursachen haben. »Wann wird die Wäschekammer geleert?«, hakte sie nach.

Luca seufzte. »In einer halben Stunde. Lassen Sie am besten Beppo und seine Leute ihre Arbeit tun, Signorina. Mit nichts, was in diesem Raum gelagert wird, möchten Sie in Berührung kommen. Das dürfen Sie mir getrost glauben.«

Paula dämmerte, wovon Luca sprach. Auch wenn die Wäsche in geschlossenen Wäschesäcken transportiert wurde, Beppo würde den Raum mit Schutzkleidung durchsuchen, denn die Säcke enthielten möglicherweise infektiöse Körperflüssigkeiten wie Blut, Eiter, Stuhl, Urin oder Erbrochenes. Kontamination war in Kliniken ein heikles Thema.

Doch schließlich war es Lucas Neugierde gewesen, die sie doch noch in den Keller geführt hatte. »Wieso glauben Sie eigentlich, dass Ihre Cousine entführt worden ist?«

»Sie stand unter einem zu starken Beruhigungsmittel, um ihr Zimmer aus eigener Kraft zu verlassen. Und sie hat etwas erlebt, das sie als Zeugin gefährlich machen könnte.«

»Könnten Sie bitte etwas deutlicher werden?«

»Francescas Verschwinden könnte in Zusammenhang mit der gesperrten Schlüsselkarte stehen. Ohne sie konnte, wer auch immer Francesca aus ihrem Zimmer geholt hat, die Klinik nicht mehr so einfach verlassen.« Sie holte tief Luft, bevor sie sagte: »Deshalb glaube ich, dass Francesca noch hier ist. Um selbst unauffällig aus der Klinik herausgelangen zu können, hat er sie zurücklassen müssen.«

Calitri starrte Paula an, denn das konnte sehr wohl bedeuten, dass Francesca tot war.

»Und jetzt vermuten Sie, der Entführer transportierte unsere Patientin in einem der Wäschecontainer durch die Flure?«

»Wüssten Sie eine bessere Möglichkeit? Schwester Valentina und ihre Leute hatten heute Morgen alle Hände voll zu tun. Niemand achtet da noch auf das Reinigungspersonal.«

»Aber warum sollte er Francesca überhaupt entführen? Er hätte sie als Zeugin … nun ja, auch einfach in ihrem Zimmer mundtot machen können.«

Ein guter Einwand, dass musste Paula Luca lassen.

»Das weiß ich nicht. Vielleicht erhoffte er sich noch irgendetwas von ihr.« *Zum Beispiel eine Antwort darauf, wo das Neugeborene abgeblieben war*, dachte sie. »Unser Entführer hat sie jedenfalls aus ihrem Zimmer geschafft, sonst läge meine Cousine noch im Klinikbett.«

Daraufhin hatte Luca kurz nachgedacht. Und dann mit Beppo telefoniert. Und nun eilten sie mit großen Schritten über den Fliesenboden im Keller – Calitris Fitness beeindruckte sie –, auf dem ihre Schritte dummerweise widerhallten, als trügen sie glatt besohlte Steppschuhe. Nicht die beste Voraussetzung für ein Überraschungsmoment, sollte sich der Entführer hier unten noch herumdrücken oder Paula sich irren und Francesca sich vor ihnen verbergen wollen. Es war verdammt schwer, jemanden zu finden, der nicht gefunden werden wollte.

Schließlich bogen sie in einen kurzen, breiten Gang, eigentlich eher eine Kreuzung, von dem eine Schwingtür in einen großen, unangenehm müffelnden Raum führte, der über und über mit unterschiedlichen einfarbigen Wäschecontainern und -säcken angefüllt war.

»Von der Bettwäsche über Operationskittel bis hin zur Patientenkleidung wird hier alles für die Klinikwäscherei gesammelt«, erklärte Luca und reichte Calitri und Paula Atemschutzmasken, während er, Beppo und zwei weitere Helfer Overalls überstreiften, als wären sie bei der Spurensicherung.

»Sie beide bleiben bitte hier stehen und behalten den Raum und den Flur im Blick«, bestimmte er. »Ich hoffe, wir erleben keine böse Überraschung.«

Die Männer hatten kaum angefangen, sich durch das Gewühl aus Containern und Säcken zu arbeiten, als Paulas Handy klingelte. Eine SMS von Robert Bernstein: *Bin auf dem Weg. Melde mich.*

19

Loretta Lamboglia starrte auf die kleinen Haufen menschlicher Überreste auf den Labortischen, winzige Mumien, die von ihr und einem Kollegen in einem der Hightech-Labore der Gemelli-Universitätsklinik seziert worden waren und deren weitere Analyseergebnisse nun vorlagen. Loretta hatte in ihrem Berufsleben, vor allem im Rahmen ihrer Untersuchungen an verunglückten Flüchtlingen, zwar schon einige mumifizierte Leichen und Skelette gesehen, doch nicht in diesem Zustand.

Die Föten waren zwischen dreiundzwanzig und vierundzwanzig Wochen alt. Die Entwicklung ihrer inneren Organe war also in vollem Gang und wäre in sechs bis sieben Wochen nahezu abgeschlossen gewesen. Bis zur Geburt hätte das Gehirnvolumen und vor allem die Knochenstruktur im Kopfbereich dann noch einmal ordentlich zugelegt, doch davon abgesehen sah ein Fötus in diesem Alter schon fast wie ein Säugling aus.

Diese dreizehn Föten aber, die Loretta seziert und deren DNA das Labor analysiert hatte, waren bereits im sechsten Schwangerschaftsmonat im Mutterleib vergreist.

»Es ist, als wären die Föten einhundertmal schneller gealtert als ein normaler Mensch«, hatte ihr der Analyst erklärt. »Aber es liegt kein Defekt bei der Bildung des Strukturproteins Lamin A vor. Oder etwas in der Art. Es handelt sich nicht um eine Form der uns bekannten Progerie.«

Bei Lamin A handelte es sich um einen wichtigen Bestandteil der inneren Zellkernmembran. Kinder, die Progerie hatten – etwa 250 gab es auf der ganzen Welt –, hatten deformierte Zellkerne, was dazu führte, dass sie kaum älter als Teenager wurden und an Alterserscheinungen wie Haarausfall, Arterienverkalkung und Kleinwuchs litten und schon im Kindes- oder Jugendalter an einem Schlaganfall oder Herzinfarkt starben.

»Keiner der Föten«, war der Analyst fortgefahren, »hätte nach der Geburt lange überlebt, falls die Säuglinge die Anstrengung der Geburt überhaupt mit ihrem deformierten, geschwächten Körper überlebt hätten.«

Dann hatte der Analyst gezögert, doch Loretta hakte sofort nach: »Reden Sie, Juan. Was geht Ihnen sonst noch in Verbindung mit diesem Fall durch den Kopf?«

Juan hatte auf die kleinen zerlegten und wieder zusammengeflickten Körper geblickt, die sie noch einmal in Augenschein genommen hatten, und Loretta hätte schwören können, dass es ihm eiskalt den Rücken hinunterlief.

»Ich weiß, es klingt verrückt und ich glaube ganz sicher nicht an solch einen Unfug wie Aliens oder Vampire, aber es scheint, als hätte man diesen Föten bereits während ihrer Entwicklung im Mutterleib das Leben ausgesaugt.«

Loretta nahm seine Worte ohne äußere Regung zur Kenntnis. »Halten Sie es für möglich, dass wir es mit einem wissenschaftlichen Experiment zu tun haben, das gegen alle ethischen Grundsätze verstößt?«

Loretta war gerade ein schockierender Gedanke gekommen: *Könnte der Mörder all dieser Frauen aus ihren eigenen wissenschaftlichen Reihen stammen?*

»So etwas macht man nicht einfach im Keller oder im Hinterzimmer. Dafür bräuchte es ein kostspieliges, hochmodernes Labor. Und in solch einem Labor hätte man die Leichen sicher spurlos entsorgt.«

Loretta war in Gedanken schon bei der nächsten Frage. Was konnte das Ziel einer dermaßen abartigen Forschung an menschlichen Föten sein?

20

Paula blickte auf den Berg von Wäschesäcken, den Luca, Beppo und die beiden Helfer von einer Hälfte des großen Raums in die andere geschafft hatten. Unangenehmerweise erinnerte sie die ganze Prozedur an eine Kindermordserie, die FBI und ISA erst vor einem knappen halben Jahr in Boston, Massachusetts, aufgeklärt hatten. Allerdings waren die kleinen Mädchen nicht in Wäschesäcken, sondern in Kunststofffässern im Keller einer stillgelegten Industrieanlage versteckt worden. Man hätte die Leichen noch in Jahren nicht entdeckt, aber eine ambitionierte Gruppe von Amateurfotografen hatte sich das Areal als magischen Anziehungspunkt für ihr Fotoshooting auserkoren und zwei der Kamerafreaks waren dabei in den gefährlichen Untergrund des Kellers vorgedrungen.

Paula war nicht direkt an diesem Fall beteiligt gewesen, hatte jedoch Bilder des Fundorts gesehen. Und das Foto von einem der über zwanzig Fässer, das von einem der Fotografen aus jugendlicher Neugierde heraus geöffnet worden war. Paula würde den Anblick der eingepferchten, nackten Kinderleiche mit dem blutverklebten, blonden Haar niemals vergessen.

Calitri holte sie mit einer vorsichtigen Bemerkung aus der Finsternis dieser Erinnerung heraus. »Es scheint, dass wir Glück haben. Dass Francesca nicht hier ist, müsste doch bedeuten, dass sie noch lebt. Oder?«

Nicht unbedingt, dachte Paula. Allerdings war sie von der aufrichtigen Anteilnahme und Hartnäckigkeit, die der greise Kardinal bei der Suche nach Francesca bewies, beeindruckt. Der Mann hing wirklich an seinen Nonnen, sah diese nicht nur als Schwestern im Geiste, sondern auch als Familienmitglieder an. Sollte es einmal hart auf hart kommen, würde Schwester Abigail sich einhundertprozentig auf diesen alten Herrn verlassen können.

Paula beobachtete, wie die beiden Helfer die letzten Säcke aus der hinteren Wand zur vorderen Ecke Richtung Verladerampe schafften. Wie Luca erklärte, würde gleich der Transportwagen der Wäscherei vorfahren, um seine Ladung für den Tag abzuholen. Beppo, er und die Helfer stopften ihre und Calitris und Paulas Schutzkleidung in dafür bereitgehaltene Säcke. Kaum, dass sie das erledigt hatten und die beiden Helfer wieder unterwegs waren, um ihre Suche nach Francesca im Keller fortzusetzen, ertönte auf der anderen Seite der geschlossenen Laderampe auch schon das Klingelsignal des Wäschereibetriebs und das sonst verschlossene und von außen videoüberwachte Rolltor fuhr auf.

»Ihre Cousine haben wir Gott sei Dank nicht hier unten gefunden. Doch was jetzt?«, fragte Luca, als sie in den Flur traten. »Der Klinikkeller wird gerade ein drittes Mal von meinen Leuten durchkämmt und praktisch jeder Klinikmitarbeiter hält Ausschau. Wenn Sie mich fragen, hat Ihre Cousine die Klinik längst verlassen. Wie immer das auch geschehen sein mag.«

Paula musste unwillkürlich noch einmal an Murrays Scherz über Klinikkeller denken. Irgendwie ließ sie der Gedanke an deren dunkle Geheimnisse nicht los. Sie fasste ihre bisherigen Überlegungen noch einmal rasch im Geiste zusammen: Francesca hatte ihr Krankenzimmer nicht aus eigenem

Vermögen verlassen können. Also musste es einen Entführer geben. Und da dieser Entführer die Nonne nicht gleich in ihrem Krankenzimmer ermordet hatte, musste er dafür einen triftigen Grund haben, der eventuell mit der Entbindung in Zusammenhang stand.

Offensichtlich war die ganze geplante Entführungsaktion misslungen. Und das hing womöglich mit der gesperrten Schlüsselkarte zusammen, die der Entführer gestohlen hatte. Das hatte ihn vor ein echtes Problem gestellt, denn es war wesentlich einfacher, wieder alleine als unbefugte Person aus dem geschlossenen Bereich einer Klinik herauszukommen als mit einer bewusstlosen Patientin im Schlepptau, die auch noch jede Minute ihr Bewusstsein wiedererlangen konnte.

Für Paula schien das Fazit relativ klar. Der Mann hatte unter hohem Zeitdruck abwägen müssen, was riskanter war: bei der Entführung aufzufliegen und entlarvt zu werden oder aber von Francesca während der weiteren Polizeiermittlungen doch noch verraten zu werden! Letzteres durfte auf gar keinen Fall geschehen. Ergo hatte er sich dafür entschieden, Francesca zu beseitigen, was er früher oder später ohnehin getan hätte, und die Leiche in der Klinik zu verstecken. Damit hatte er die schiefgelaufene Aktion nicht als völliges Desaster verbuchen müssen.

Calitri, Luca und Beppo sahen sie so erwartungsvoll an, als hätte sie den größten Trumpf noch im Ärmel.

»Es gäbe da noch eine Option.«

Sie registrierte, wie Calitri nach Luft schnappte, als ihm ein Licht aufging. »Gütiger Gott im Himmel, die Leichenhalle.«

»Dort ist sie nicht«, versicherte der mausgesichtige Beppo sofort. »Ich war bei Doktor Molinari, und der kennt jeden Toten persönlich.«

»Dennoch«, beharrte Paula. »Könnte ein Unbefugter sich dort Zutritt verschaffen?«

»Nun ja«, meinte Luca. »Möglich wäre das schon. »Die Leichenhalle liegt zwar weitab vom Publikumsverkehr und in einem anderen Gebäudetrakt, ist aber durch den Keller erreichbar.«

»Und sie ist nicht rund um die Uhr besetzt«, fügte Beppo hinzu.

»Wir sollten dort unbedingt noch vorbeischauen«, sagte Paula. »Nur um sicherzugehen.«

Luca zuckte mit den Schultern. »Warum nicht?« Doch wie Calitri fühlte er sich bei dem Gedanken nicht besonders wohl in seiner Haut. Er gab Beppo noch die Anweisung, ins Büro zurückzukehren, ehe er zu Paula und dem Kardinal meinte: »Dann mal los. Ich kenne eine Abkürzung.«

Also machten sie sich auf den Weg durch das zwielichtige Labyrinth, das weit mehr an eine Industrieanlage erinnerte als an ein Krankenhaus, bis Paula am Ende eines langen Gangs ein Schild mit der Aufschrift »Zutritt verboten – nur für Krankenhauspersonal« bemerkte.

Luca klingelte, doch niemand öffnete. Schließlich stellten sie fest, dass die breite Tür, durch welche die Krankenhausliegen problemlos passten, nicht verschlossen war. Sie traten ein und Luca schaltete das Licht an. Wie bei einem Dominoeffekt gingen die Deckenlampen der Reihe nach an.

Der Raum war um einiges größer, als Paula erwartet hatte. Die Edelstahloberflächen der beiden leeren, blank polierten Seziertische glänzten wie Spiegel. Auf Tabletts lag chirurgisches Besteck. Paula erkannte unter anderem eine oszillierende Säge und einen T-Meißel, mit denen man den Schädel eines Verstorbenen öffnete, und eine Dura-Fasszange, mit der man die Hirnhaut aus der Schädeldecke löste. Sie hatten den gefliesten Raum kaum betreten, als ein junger Mann im Arztkittel hinter ihnen zur Tür hereinschneite und sich als derzeitiger Assistent Dr. Molinaris vorstellte. Der Doktor war vor wenigen

Minuten in den Feierabend und nach Hause zu seiner Familie gefahren und dem Assistenten blieb nun die Nachtschicht.

Luca stellte Calitri und Paula vor und bat den jungen Arzt, einen Blick in die Leichenkühlfächer werfen zu dürfen. Es waren zwölf Fächer und sie befanden sich allesamt an der hinteren Wand. Von den Stahlgriffen abgesehen, wirkten sie wie die Gepäckfächer an Flughäfen oder Bahnhöfen. Zurzeit waren nur vier belegt.

Paula überlegte, Calitri anzubieten, draußen zu warten, doch ein unauffälliger Seitenblick auf den alten Kardinal machte ihr klar, dass dieser nicht daran dachte, sich jetzt zurückzuziehen. Komme, was da wolle!

»Fangen wir mit den leeren Kühlschüben an«, sagte sie.

Der Assistent wirkte im ersten Augenblick etwas irritiert, doch angesichts der Anwesenheit des Sicherheitsmanns und des Kardinals dämmerte ihm, dass für diese Art der Vorgehensweise ein besonderer Grund vorliegen musste. Seine Schicht hatte wohl auch gerade erst begonnen und so hatte er weder von Francescas Verschwinden noch von der Such- und Polizeiaktion gehört.

Die erste Reihe der Kühlfächer war leer, also fuhr der junge Arzt Tür für Tür mit der zweiten Reihe fort, die ebenfalls leer schien, bis er das letzte Fach öffnete und stutzte.

Ein Paar nackter Füße kam zum Vorschein.

Der Assistent zog den Edelstahl-Auszug komplett heraus. Darauf ruhte der Körper einer Frau, mit dem Kopf voran in den Kühlschub gelegt und in einen weißen Krankenhauskittel gehüllt. Auch wenn Paula bisher nur Fotos von Francesca gesehen hatte, so erkannte sie die Nonne sofort. Calitri neben ihr atmete hörbar aus, gewann seine Fassung aber in der nächsten Sekunde wieder.

»Mein Gott. Francesca.«

Einen Moment lang standen sie so still da, als befänden sie sich auf einer Totenmesse, als hätte keiner von ihnen wirklich mit dieser Entdeckung gerechnet. Wobei Paula sich nicht sicher war, womit sie überhaupt gerechnet hatte. Jedenfalls nicht mit diesem überraschend friedvollen Anblick, der wohl auch die anderen völlig unerwartet traf. Der Mörder hatte Francesca nicht einfach in den Kühlschub verfrachtet und war dann abgehauen, sondern er hatte sich trotz seiner Eile Zeit genommen.

Francescas Krankenhauskittel war ordentlich arrangiert. Ihre Hände lagen nicht wie in der klinischen Leichenkühlung üblich neben dem Körper, sondern waren sorgfältig über der Brust gefaltet. Ihr Kopf ruhte sogar auf einem Kissen und ihre Augen waren geschlossen, sodass es schien, als habe sie sich gerade einmal für ein paar Minuten zum Ausruhen hingelegt. All der Irrsinn und Schrecken der letzten Wochen und Monate schienen gänzlich von ihr abgefallen. Jetzt lag sie da wie jemand, der ein langes und erfülltes Leben hinter sich hatte – und einen friedlichen Tod.

Nach einem kurzen Räuspern beugte sich der Assistent vor, sah sich die Tote genauer an, berührte sie an Kopf und Hals. Und dann bestätigte er schließlich Paulas Verdacht.

»Ihr wurde das Genick gebrochen. Ich informiere die Klinikleitung und Doktor Molinari.«

Paula bemerkte, wie Calitri plötzlich wankte, als würde ihm das ganze Ausmaß von Francescas Tod in diesem Moment bewusst. Sofort sprang sie herbei und bewahrte den alten Mann in letzter Sekunde vor einem brutalen Sturz auf den harten Kachelboden.

GNADENLOS

21

»Hören Sie, es geht mir gut«, beeilte sich Calitri dem Assistenten und der Pflegerin zu versichern. »Ich brauche keinen Rollstuhl und auch keinen Rundum-Check.«

Paula hatte den zutiefst betroffenen Kardinal auf den Stuhl gesetzt, der vor dem alten Schreibtisch im Zugangsbereich stand, und ihm ein Glas Wasser geholt.

»Mir fehlt nichts«, wiederholte er. »Aber bitte, wenn es Sie und die Klinikleitung beruhigt, erkläre ich Ihnen das auch gerne schriftlich. Haben Sie inzwischen die Polizei informiert?«

»Die Klinikleitung hat das bereits getan. Auch Doktor Molinari müsste bald eintreffen.«

»Gut«, schnaubte Calitri. »Dann warte ich.«

Es war schon schlimm genug, dass Francesca tot war, doch auf gar keinen Fall würde er zulassen, dass nun vielleicht auch noch ihr Leichnam verschwand.

Dr. Molinari traf fast zeitgleich mit Inspektor Adamo Conte und dessen Partner, Vizeinspektor Lorenzo Zorzi, ein, wobei Letzterer sofort fragte, was die ganze Menschenansammlung eigentlich in der Leichenhalle zu suchen habe. Ob hier vielleicht eine Party steige?

Es war interessant, die beiden Questura-Beamten, deren Polizeiberichte Paula während des Fluges und in Calitris Bibliothek studiert hatte, leibhaftig in Aktion zu sehen. Conte und Zorzi waren ein total ungleiches Paar. Der mittelgroße Conte hatte durchaus einen gewissen Stil. Aufgrund der Haartracht wirkte er wie ein Held aus einem der alten Mantel- und Degenfilme, die Paula aus ihrer Kindheit kannte. Allerdings trug Conte nicht die Kluft eines derartigen Kämpfers für Freiheit und Gerechtigkeit, sondern einen dunklen Anzug, der vom Material und vom Sitz her gut und gerne seine zweitausend Dollar gekostet haben musste. Konnte ein Inspektor der Questura sich solch ein teures Stück Stoff wirklich leisten? Zugegeben unterstrich das elegante Design die ruhigen und bedachtsamen Bewegungen Contes und verlieh ihm sowohl etwas Athletisches als auch eine gewisse geistige Klasse. Aber auch ohne den hochwertigen Anzug wäre der Inspektor alles andere als ein Durchschnittstyp gewesen.

Alles andere als ein Durchschnittsmensch war allerdings auch sein kleinerer, stämmiger Partner, dessen Discounter-Anzug jeden Moment aus den Nähten zu platzen drohte, als hätte sein Träger in den letzten Monaten durch intensives Bodybuilding etliche Kilos an Gewicht zugelegt, ohne sich um seine Kleidergröße zu scheren. Lorenzo Zorzis Gesichtsausdruck wirkte ebenso forsch wie ungeduldig. Vielleicht nervte ihn der viel zu enge Anzug selbst. Bei einer Verfolgungsjagd zu Fuß sprengte der Vizeinspektor wahrscheinlich wie eine Miniaturausgabe des Hulk seinen Anzug, sonst konnte er vor lauter Muskelkraft noch schlechter rennen. Der von Zorzi so präzise und wohldurchdacht verfasste Polizeibericht wollte so ganz und gar nicht zur Persönlichkeit des Vizeinspektors passen. Tja, so konnte der äußere Schein also trügen.

Paula hielt sich weiter im Hintergrund, erst recht, als Conte und Zorzi Dr. Molinari zu dem Vorfall befragten. Da an diesem

Tag keine Obduktion angefallen war, hatte der Arzt in seinem Labor an einigen molekularen und DNA-Analysen gearbeitet, um die Gut- oder Bösartigkeit der Tumore von Patienten zu bestimmen. Die Leichenkammer sei in dieser Zeit natürlich nicht besetzt gewesen. Allerdings hatten zum einen ohnehin nur Befugte Zutritt zu diesem Bereich, und zum anderen hatte hier unten noch nie eine Leiche randaliert. Eine Erklärung dafür, weshalb denn nun ein Leichnam zu viel in den Kühlschüben lag, hatte Dr. Molinari nicht. Und nein, die Leichenhalle wurde nicht videoüberwacht. Wozu auch? Noch nie hatte einer der Leichname Beine bekommen. Und so war es ja auch dieses Mal. Dr. Molinari entpuppte sich als ein Mann mit einem ziemlich eigentümlichen Sinn für Humor.

Schließlich erfuhren die Inspektoren Conte und Zorzi durch Luca und Molinaris Assistenten, dass es Paula gewesen war, die beharrlich nach ihrer Cousine gesucht und die Fährte bis zur Leichenhalle verfolgt hatte. Eine Story, die von den beiden Mitarbeitern der Questura aufgenommen wurde wie das himmlische Glockengeläut einer heißen Spur. Man traf schließlich nicht jeden Tag auf Verwandte von Mordopfern, deren Spürnase zielsicher zu einem Leichenkeller führte. Solch eine Eingebung lag nicht gerade auf der Hand.

»Ah, Sie sind also die Cousine aus Amerika mit dem kriminalistischen Gespür. Guten Tag, Signorina«, kam Adamo Conte mit einem kleinen, in Leder gebundenen Notizbüchlein auf sie zu. Er musterte sie mit einem freundlichen, aber schwer zu deutenden Blick, der nicht nur eine Polizistenmasche, sondern ein Teil seines Wesens war, wie Paula sofort begriff.

Okay, dachte sie. Jetzt also kam der Stein von ihrer Seite aus ins Rollen. Sie würde so nahe wie möglich an der Wahrheit ihrer Scheinidentität bleiben, um sich nicht in Widersprüche zu verstricken, sich aber so weit davon entfernen, wie es für ihre Arbeit nötig war. Es war ihr erster Auslandseinsatz und sie hatte nicht vor, ihn zu vermasseln. »Ich bin eine entfernte Verwandte aus Chicago, ja.«

»Und was führt Sie erst jetzt nach Rom? Schwester Francesca lag immerhin schon seit einigen Wochen in der Klinik.«

Calitri rappelte sich auf und kam Paula zuvor. »Ich war so frei, Signorina Tennant über Francescas Zustand zu informieren, damit etwas Bewegung in den Fall kommt.«

Nun schenkten Contes dunkle Augen dem Kardinal seine ungeteilte Aufmerksamkeit. »Und was bitte machen Sie hier, Eminenz? Hatten wir nicht erst heute Morgen das Vergnügen?«

»Danke der Nachfrage, Inspektor. Ich hatte mir den Abend auch etwas anders vorgestellt. Aber vielleicht können Ihre Kollegen von der Spurensicherung dieses Mal etwas finden, mit dem Ihre Ermittlungsarbeit vorankommt. Zum Beispiel die Fingerabdrücke oder die DNA dieses mörderischen Scheusals.«

Das Verhältnis zwischen dem Kardinal und den beiden Inspektoren war offensichtlich nicht gerade das allerbeste. Wahrscheinlich, weil Calitri sich für deren Geschmack viel zu sehr in die Polizeiarbeit einmischte und ihnen dabei auch noch das Gefühl gab, überfordert zu sein.

»Davon gehe ich aus, Eminenz«, entgegnete Conte mit kühler Höflichkeit, ignorierte dann den alten Mann und wandte sich erneut Paula zu. »Darf ich fragen, wie Sie auf die Idee mit der Leichenhalle kamen, Signorina?«

»Ich bin ein Krimi-Fan und erinnerte mich, dass Vermisste in Krankenhäusern manchmal wieder im Keller auftauchen. Außerdem berate ich hin und wieder die Polizei.« Das entsprach den Tatsachen, denn ISA-Mitarbeiter unterstützten ja die regulären Behörden, arbeiteten jedoch in der Regel verdeckt, ähnlich wie die Mitarbeiter der CIA im Ausland.

Was immer Conte bei ihrer Antwort durch den Kopf ging, er hielt es geschickt zurück und blieb auf seinem Kurs der soliden, unverbindlichen Freundlichkeit, mit der man, wie Paula nur zu gut wusste, Menschen geschickt einwickeln konnte. Manchmal ähnelte eine Polizeibefragung eher einem Verkaufsgespräch, vor allem, wenn es um Vertrauensbildung ging. Auch Kriminalbeamte übten sich von Berufs wegen in psychologischem Geschick. »Ich bedaure Ihren Verlust, muss Ihnen jedoch die Frage stellen, wieso Sie davon ausgingen, dass Ihre Cousine tot ist.«

Zuckerbrot und Peitsche. Bingo. Conte wahrte die Form und stellte im nächsten Atemzug die richtigen Fragen, das musste Paula ihm lassen. Ohne Calitris Referenz hätte er ihr die Cousinen-Nummer sicher nicht abgekauft. Aber so ließ er die Erklärung fürs Erste gelten.

»Das tat ich nicht. Aber nachdem ich erfuhr, dass Francesca unter dem Einfluss eines starken Beruhigungsmittels stand, als sie verschwand, und es auf den Überwachungsvideos keinerlei Hinweis darauf gibt, dass sie die Klinik verlassen hat, musste sie noch irgendwo auf dem Gelände sein. Am Ende blieben nur noch der Lagerraum für die Schmutzwäsche und die Leichenhalle.«

»Mein herzliches Beileid«, hörte Paula plötzlich Vizeinspektor Zorzi im Hintergrund. Zorzi hatte bis jetzt zwar kein Wort zu ihr oder Calitri gesagt, dafür aber sehr genau zugehört. Und nun, nachdem er Luca, den jungen Assistenten und Dr. Molinari gebeten hatte, einen Moment draußen zu warten, hielt er den Zeitpunkt wohl für gekommen, seinerseits mit Calitri und Paula zu sprechen.

»Danke«, sagte Paula. »Ich hörte, Sie untersuchen gerade das Videomaterial. Gibt es eine Spur?«

Zorzi zuckte mit seinen mächtigen Schultern. »Bedaure, Signorina. Wir sind mit dem Material noch nicht ganz durch. Wie lange bleiben Sie in Rom?« Zorzi klang wie ein Freund, der sich danach erkundigte, wie lange man plante, Urlaub zu machen. Entweder hatte er sich diesen Stil bei Conte abgeschaut, oder aber er war im Kern nicht so grobschlächtig, wie er wirkte.

»Ich werde bis zur Beisetzung bleiben. Notfalls auch länger. Das ist kein Problem.«

»Gut zu wissen. Sollten Sie die Stadt verlassen, geben Sie uns bitte Bescheid. Haben Sie und Francesca in regelmäßiger Verbindung gestanden?«

»Nein. Seit vielen Jahren nicht mehr. Hätte Kardinal Calitri sich nicht ein Herz gefasst und mich kontaktiert, hätte ich nichts von Francescas Situation erfahren. Ich bin froh, dass er mich informiert hat.«

Zorzi tauschte einen kurzen Blick mit Conte aus. Was ihre Meinung über Calitris Einmischung anging, waren sie sich einig. Dummerweise aber hatten ausgerechnet Calitri und Paula die ermordete Francesca entdeckt.

»Wo können wir Sie im Falle weiterer Fragen erreichen?«, fragte Conte.

»Ich habe ein Zimmer in Trastevere gemietet. Hier meine Adresse und Handynummer.« Paula machte eine rasche Notiz.

Hinter ihnen ging die breite Flügeltür auf und das Spurensicherungsteam traf mit seiner Ausrüstung ein, zwei großen Koffern mit dem unerlässlichen Instrumentarium zur Tatortsicherung. Zorzi zeigte ihnen ihr Operationsfeld, das auch einen großen Teil des Bereichs gegenüber den Kühlschüben einschloss, also auch die Seziertische, den Kachelboden, die Aufzugsarmatur oder Teile der Eingangstür.

Conte las Paulas Notiz und runzelte leicht die Stirn. »Dann sind Sie nach der weiten Anreise nicht bei Francescas Familie untergekommen?«

»Nein. Zur Familie hatte ich nie einen persönlichen Draht. Soweit ich weiß, lebt auch nur noch der Bruder, und der ist irgendwo im Ausland. Genauso wie ich.«

»Danke, Signorina. Das wäre fürs Erste alles. Sie werden von meinem Kollegen und mir so bald wie möglich hören.«

Der Inspektor zückte sein altmodisches Notizbüchlein und ließ Paulas Adresse darin verschwinden, jedoch nicht ohne ihr gleich darauf seine eigene Karte mit den Worten zu überreichen: »Sollte Ihnen noch irgendetwas einfallen, zögern Sie bitte nicht, mich zu kontaktieren.«

»Danke. Das werde ich.«

Doch genau damit würde Paula erst einmal vorsichtig sein, außer sie fände eindeutige Beweise und bräuchte Polizeiverstärkung, weil sie dem Mörder ganz nahe auf den Fersen wäre. Zunächst allerdings würden Bernstein und sie ihre eigenen Ermittlungen anstellen und versuchen, sich so viel Unabhängigkeit wie möglich zu bewahren.

Als Calitri und sie die Klinik verlassen und in dem Wagen Platz genommen hatten, den Abigail schon am Vormittag für die Flughafenfahrt genutzt hatte, bemerkte der Kardinal: »Das haben Sie gut gemacht, Agent Tennant.«

»Danke, Eminenz. Aber Sie sollten sich daran gewöhnen, mich bei meinem Vornamen zu nennen, sonst fliegt unsere kleine Schwindelei noch auf. Da fällt mir ein, wird Doktor Lamboglia die Autopsie vornehmen?«

»Die Autopsie?«

»Ja. Francesca starb eines gewaltsamen Todes. Also wird es eine gerichtsmedizinische Untersuchung geben. Es wäre mir lieb, wenn Doktor Lamboglia mit von der Partie wäre, denn ihre Arbeit ist vorzüglich und sie ist bereits mit dem Fall vertraut.«

Paula setzte den großen Wagen vorsichtig zurück und fuhr dann zügig vom Parkplatz, während das Navigationsgerät die Route zu Calitris Appartement aufrief.

»Ich werde ein Auge darauf haben, bin mir aber sicher, dass der Inspektor das bereits aus dem gleichen Grund in die

Wege leiten wird«, meinte der Kardinal. »Er vertraut Doktor Lamboglia.«

»Es tut mir leid, dass Ihre … Ordensfrau tot ist.«

Calitri seufzte aus tiefstem Herzen. »Es ist eine traurige Geschichte, das Ganze. Wissen Sie, Francesca war für die Armen in unserem Viertel immer da. Nicht nur organisatorisch, sondern auch als Mensch. Es heißt ja immer, jeder Mensch sei ersetzbar, aber das stimmt nicht. Francesca war mit ihrer Tatkraft, Zuversicht und menschlichen Wärme etwas Besonderes. Sie war für viele vergessene und im Stich gelassene Menschen ein Anker. Ihr Tod hinterlässt eine schmerzhafte Lücke und kommt einer sozialen Verheerung gleich. Ich wüsste niemanden, der ihren Platz wirklich ausfüllen könnte. Niemanden. Sie gab den Menschen mehr als nur Brot.«

Es folgte eine Weile des Schweigens.

»Was ist mit dem Neugeborenen?«, fragte Paula schließlich.

»Dem Säugling geht es gut. Dafür habe ich gesorgt.«

»Ich frage mich, ob das Kind womöglich auch Ziel eines Mordanschlags werden könnte. Wir sollten es bewachen lassen.«

»Das Kind ist in Sicherheit. Niemand außer Benedicta und mir weiß, wo es ist. Und die Pflegefamilie, der wir es anvertraut haben, kennt sich mit der Diskretion in kirchlichen Angelegenheiten seit vielen Jahren aus. Es ist nicht das erste Kind, das sie als Familienmitglied aufgenommen haben.«

Paula verstand. Calitri sprach von einem Tabuthema der Kirche, vom Elend und den Folgen des Zölibats, von unehelichen Priesterkindern oder schwanger gewordenen Ordensfrauen, deren Nachwuchs meist in abgeschiedenen Internaten oder bei Pflegefamilien aufwuchs, sofern der Priester oder die Nonne entgegen allen Widrigkeiten die Kirche nicht verließ, um eine Familie zu gründen und fortan ein mehr weltliches Leben zu führen.

In Calitris Appartement angekommen, übergab der Kardinal Paula die aktualisierten Unterlagen, die er vorsichtshalber noch einmal in dem massiven Safe verwahrt hatte, bevor er ihr nach seinen Erledigungen in einem Taxi zur Klinik gefolgt war. Abigail sollte, wie Calitri betonte, auf gar keinen Fall von all dem erfahren. Es war viel zu gefährlich.

Während des leichten Abendessens, das Abigail auf die Schnelle zubereitete – Gnocchi mit Tomaten und Mozzarella –, fiel die Anspannung mehr und mehr von Paula ab. Dafür begann sie nun die Folgen des Jetlags zu spüren. Auf Calitris Anweisung hin rief Abigail nach dem Essen ein Taxi für Paula.

»Das war ein ereignisreicher Tag«, sagte die alte Eminenz und geleitete sie zur Wohnungstür, nach dem das Taxi vorgefahren war. »Erst recht nach Ihrem langen Flug. Widerstehen Sie der Versuchung, noch zu arbeiten, und ruhen Sie sich aus. Morgen ist auch noch ein Tag und wir haben viel vor.«

Abigail, die den Tisch abräumte und durch den Flur in die Küche eilte, fragte in ihrer aufrichtigen Neugierde und Unwissenheit: »Dann werden Sie morgen zum *Sacro Bosco* rausfahren und sich das Ritualgrab anschauen?«

»Hängt ganz davon ab«, antwortete Paula. »Es steht während meines Hierseins so einiges auf dem Programm.«

»Vielleicht kommen Sie ja dem Geheimnis der Geistererscheinungen auf die Spur.«

»Geistererscheinungen?«

»Nur so eine alte Spukgeschichte, die mir ein Student aus Bomarzo aufgedrückt hat.«

»Interessant«, meinte Calitri. »Von dieser Spukgeschichte habe ich noch nie gehört.«

»Irgendein verfluchter Geist, der keine Ruhe finden soll. Aber jetzt, wo diese Gräber entdeckt worden sind, ist es mit dem Spuk wohl vorbei.«

»Und der junge Mann, der Ihnen die Geschichte erzählt hat, stammt aus Bomarzo?«

»Ja.« Abigail grinste. »Er hat sich sogar einmal in der Nacht aufgemacht, um den Geist leibhaftig zu sehen. Aber wie das mit Geistern so ist: Sie sind selten da, wenn man sie sucht.«

Calitri mühte sich ein Lächeln ab. »Hat sonst noch jemand diesen … Geist gesehen?«

»Na ja, vermutlich schon. Die Geschichte ist ja schon ein paar Hundert Jahre alt. Und alte Geistergeschichten finden ja immer ihre Anhänger.«

»Da ist was dran.«

Paula fand es eher erstaunlich, dass Calitri die Spukgeschichte nicht kannte und diese Story bisher von niemandem als Werbe-Aufhänger für den Monsterwald genutzt worden war. Genau das war doch der Stoff, der Horror- und Gruselfans anzog wie das Licht die Motten. Hatte man etwa befürchtet, damit die falsche Klientel anzuziehen?

Während der Taxifahrt durch das abendliche, mit Touristen und Einheimischen belebte Rom blieb Abigails Spukstory weiterhin in Paulas Hinterkopf. Was der Junge da erzählt hatte, war womöglich weniger eine Geistererscheinung als vielmehr ein Indiz für eine nächtliche Beerdigung.

Als Paula ihr Zimmer betrat, fielen ihr vor Müdigkeit fast die Augen zu. Sie erfrischte sich rasch, zog den Pyjama über und fiel hundemüde ins Bett. Doch selbst nach einer halben Stunde lag sie noch immer wach. Das typische Jetlag-Symptom, wenn man gegen Osten und damit noch härter gegen den gewohnten Biorhythmus anreiste. Todmüde und trotzdem schlaflos. Sie hatte gehofft, dass die beiden gut gefüllten Gläser Rotwein, die sie zum Essen zu sich genommen hatte, ihr helfen würden, ein paar Stunden Schlaf zu finden. Fehlanzeige.

Sie griff nach ihrer Tasche und zog Dr. Lamboglias Bericht heraus. Lesen, ja selbst das Lesen einer gerichtsmedizinischen Lektüre, konnte dabei helfen, einzuschlafen.

Sie schlug den Teil mit den postmortalen biochemischen Prozessen auf. Sie wollte noch einmal die Umstände der Leichenfunde studieren. So hatte die Umgebung, in der ein Leichnam gefunden wurde, einen großen Einfluss auf die Geschwindigkeit der Fäulnis und Verwesung. Je nach den Umweltbedingungen brauchte die Skelettierung in einem Erdgrab zwischen zwanzig und dreißig Jahre. Kamen konservierende Bedingungen hinzu, blieb ein Leichnam sogar relativ gut erhalten. Die über fünftausend Jahre alte Gletschermumie Ötzi war dafür das beste Beispiel. Die natürliche Umgebung im *Sacro-Bosco*-Fall bot hingegen eher eine gute Voraussetzung für eine rasche Verwesung und Skelettierung. Dennoch waren die Leichen so vertrocknet, als wären sie weit älter und die Bedingungen weit günstiger für eine Mumifizierung. Aber das war nicht das Einzige, was Paula faszinierte.

Alle ermordeten Frauen waren zum Todeszeitpunkt in der dreiundzwanzigsten oder vierundzwanzigsten Schwangerschaftswoche gewesen, und wie sie von einem früheren Fall wusste, führte der Zersetzungs- und Fäulnisdruck bei Leichnamen zu bisweilen monströsen Veränderungen. So trieb er unter anderem das Blut aus den Augen und der Nase, schob die Zunge zwischen den Lippen hervor oder blähte die Weichteile überdimensional auf. Und bei verstorbenen Schwangeren kam es nicht selten zu einer Sarggeburt, weil der Fötus aus dem Uterus getrieben wurde. Letzteres war aber bei keiner der hingerichteten Frauen geschehen. Der Tod hatte die Ungeborenen im Mutterleib ereilt und dort waren ihre kleinen, toten Körper auch verblieben.

Dann erinnerte Paula sich, dass es da noch einen kurzen Anhang zum gerichtsmedizinischen Bericht gab, einen Nachtrag, den sie sich nun genauer ansah.

In Viola Gattis Leichnam war eine alte Münze gefunden worden, die vermutlich aus dem in der Nähe liegenden Ritualgrab stammte, denn sie war um die fünfhundert Jahre alt. Warum derjenige, der Violas Leichnam in der Höhle beigesetzt hatte, die Münze an sich genommen und diese dann bei der Toten zurückgelassen hatte, war eines der seltsamsten Rätsel in diesem Fall. Noch bizarrer allerdings war der Fundort der Münze im Leib der Toten. Die Münze hatte tief in Violas Scheide gesteckt.

Paula erinnerte sich an den griechischen Mythos des Charonpfennigs, mit dem die Toten den Fährmann zu bezahlen hatten, der sie über den Fluss Styx zum Eingang der Unterwelt brachte. Diese Geldmünze war den Toten während des Bestattungsritus extra unter die Zunge gelegt worden, damit sie in der Lage waren, ihren Obolus zu entrichten. Wer die Reise ins Jenseits ohne den Charonpfennig antrat, war dazu verdammt, einhundert Jahre am Flussufer herumzuirren. Konnte die Münze, die man in Viola Gattis Scheide gefunden hatte, von ähnlicher Bedeutung sein? Ein Ticket ins Jenseits für Mutter und Kind? Eine Sarggeburt hätte die Münze sicher nicht verhindern können.

Paula sah sich die digitale Fotografie der Münze genauer an. Ein Wappen. Darüber zwei Schwäne. Oder doch eher Kraniche? Dazwischen ein Drache. Oder irgendeine Tier-Chimäre? Die umlaufende Schrift am Rande war nur noch bruchstückhaft erhalten und zu entziffern.

Sceau prés … de … faux … fabriq …

Vermutlich beschrieb sie Währung und Wert der Münze, dann den Ort und das Jahr der Herstellung. Soweit Paula beim Fernsehen mit ihrer Großmutter einmal mitbekommen hatte, war es nur sehr hochrangigen Mitgliedern des Adels im Mittelalter erlaubt gewesen, Münzen mit eigenem Wappen zu prägen, Adeligen, die ihrem König oder ihrer Königin treu und erfolgreich gedient hatten. Die eingestanzte Sprache war allerdings nicht, wie Paula erwartet hätte, Italienisch, sondern Französisch.

Das Foto der Münze begann vor ihren Augen zu verschwimmen. Erneut spürte sie die bleierne Müdigkeit des Jetlags, mal ganz davon abgesehen, dass sie während des Fluges aufgrund ihrer Übelkeit kaum hatte schlafen können. Ihre Augen tränten vor Erschöpfung und in ihrem Kopf schien eine ganze Ameisenkolonie zugange.

Rasch machte sie sich noch eine Notiz und heftete diese an den Bericht: *Calitri fragen!*

Dann fielen ihr endlich die Augen zu.

22

Loretta Lamboglia stand mit ihrem Assistenten vor dem Seziertisch. Vor ihr lag der Leichnam jener jungen Nonne, die vor dreizehn Monaten spurlos verschwunden und dann urplötzlich wiederaufgetaucht war. Inspektor Conte und Vizeinspektor Zorzi standen auf der anderen Seite des Tisches, wobei Zorzi sich beim Anblick von Lorettas Arbeit alles andere als wohl in seiner Haut fühlte. Der Vizeinspektor kämpfte während der Autopsie zunehmend mit dem Ekel. Je nachdem, welches Organ Loretta und ihr Assistent gerade entnahmen, untersuchten, wogen, vermaßen und in eigens dafür präparierte Behälter legten, hatte die Farbe seines Gesichts von Blassgrau zu Grün gewechselt. Doch Zorzi weigerte sich, den kühlen, weiß gestrichenen Raum zu verlassen. Wenn Conte den Anblick der Obduktion ertrug, dann würde auch er sich irgendwann daran gewöhnen. Und so stand er in seinem Schutzkittel und den Latexhandschuhen da und wankte zwischen Ohnmacht und Würgen. Für den zweiten Fall stand ein großer, mit etwas Wasser gefüllter Eimer bereit.

Conte und Zorzi waren schon ein seltsames Gespann, fand Loretta. Nicht, dass sie die Familienhintergründe der beiden kannte, aber Conte schien aus einem gebildeten, eher intellektuellen Haushalt zu stammen, hatte vermutlich sogar eine Privatschule im Ausland besucht. Vielleicht in der Schweiz oder in Frankreich. Jedenfalls sprach er fließend Französisch und Englisch, und manchmal, wenn er vor lauter Ermittlungsarbeit übermüdet war, schlich sich ein leichter französischer Akzent in sein vornehmes Italienisch. Seine dunklen, abgründigen Augen faszinierten Loretta am meisten an ihm. Diese Augen mit ihrem eindringlichen, unergründlichen Blick schienen weit mehr Übles gesehen zu haben, als gut für eine Menschenseele war. Doch das hatte den Menschen Conte nicht zerstört und den Inspektor in ihm angespornt, noch hartnäckiger und härter gegen das Böse vorzugehen. Loretta hatte keine Ahnung, welchen Eindruck sie auf Conte machte. Manchmal war sie in seiner Gegenwart leicht beunruhigt, doch das verflog, sobald sie über die Arbeit sprachen.

Der massige und raubeinige Zorzi mit seinem zerfurchten Gesicht hingegen schien eher einer langen Dynastie von hart arbeitenden Hafen- oder Feldarbeitern zu entstammen. Im Grunde wirkte er auf Loretta wie ein großer, wettergegerbter Junge, der jederzeit in den Boxring steigen und dort einen Sieg nach dem anderen davontragen konnte. Tatsächlich hatte sein rustikales Äußeres in Verbindung mit den schlecht sitzenden Anzügen Loretta bei der ersten Begegnung über seine Klugheit hinweggetäuscht. Zorzis Beobachtungsgabe war gut, und die Fragen, die er stellte, zeugten von einer überdurchschnittlich hohen Vorstellungskraft. Er mochte nicht Contes Bildungshintergrund haben, aber er war eindeutig nicht nur bauernschlau. Er war intelligent. Loretta überlegte, dass der Vizeinspektor seine Klugheit ganz bewusst hinter einer schroffen Fassade verbarg. Sicher fielen etliche Leute darauf herein. So wie sie selbst beim ersten Mal.

Als Zorzis Blick einmal mehr blässlich über den aufgeschnittenen Torso, die vom Gebrauch befleckten Instrumente und die

Organbehälter schweifte, sagte Loretta beiläufig: »Wir sind hier fast fertig, Vizeinspektor. Falls Sie nach draußen gehen und eine Zigarette rauchen wollen …« Dass sie fast fertig waren, stimmte nicht ganz, denn jetzt war der Schädel dran, was bedeutete, dass nun, nachdem die Haut aufgeschnitten und wie eine Kappe zurückgezogen wurde, unter anderem die Augen entnommen wurden – und vor allem das Gehirn.

»Danke, Frau Doktor«, sagte Zorzi steif. »Ich habe bis jetzt durchgehalten, also schaffe ich auch noch den Rest.«

Conte sagte kein Wort. Über sein Gesicht huschte allerdings ein Lächeln, das Loretta als wohlmeinenden Spott interpretierte.

»Okay«, sagte sie und wandte sich wieder dem Leichnam zu.

Es war eine Weile her, seit eine dermaßen frische Leiche auf ihrem Tisch gelegen hatte. Ohne Fäulnisgas. Ohne Gewürm. Wenn Loretta etwas zu schaffen machte, dann war es nicht das Blut oder der Gestank des Todes – der konnte selbst in einem stark heruntergekühlten Autopsiesaal von übelster Natur sein –, sondern das Gewimmel dieser kleinen weißen Viecher, die nach ein bis zwei Tagen der Schmeißfliegen-Eiablage schlüpften und sofort damit begannen, einen Toten bis auf die Knochen zu verzehren. Loretta hatte schon öfter, als ihr lieb war, in die Augen von Toten geschaut, in deren Augäpfeln es von Maden nur so gewimmelt hatte. Sie versuchte den Gedanken an das Gewürm abzuschütteln, als sie die leblosen Augen der toten Nonne entnahm.

Conte hatte Loretta vor zweieinhalb Stunden angerufen und eindringlich darum gebeten, dass sie die Ermordete untersuchte. Und zwar noch heute. Das war der Moment gewesen, in dem der Inspektor ihr eröffnet hatte, dass es sich bei dieser Toten nicht nur um die verschwundene Nonne, sondern um das vierzehnte Opfer des *Sacro-Bosco*-Mörders handelte. Die Leiche war frisch, die Spur also heiß!

Als Loretta die Obduktion begann, hatte sie der Toten gegenüber beinahe ein schlechtes Gewissen verspürt, so als ob sie ihre Ruhe störe. Selten hatte sie eine so friedlich ausschauende Ermordete seziert. Als hätte man ihr im glücklichsten Moment ihres Daseins das Lebenslicht ausgeknipst. Oder als hätte sie im Augenblick ihres Todes einen Blick auf ein wahrlich verheißungsvolles Jenseits erhascht. Doch dieser erste Eindruck täuschte, denn Schwester Francescas Leib war von zahlreichen äußeren und inneren Verletzungen übersät, und zwar vom Kopf bis zu den Füßen. Schnitt- und Brandwunden. Verheilte Brüche. Narbengewebe bis hin zu den Organen oder unter den Haaren. Was immer die Ordensfrau mitgemacht hatte, diese Anzeichen waren so ziemlich das Heftigste, was Loretta während einer Obduktion jemals an einem einzigen Körper entdeckt hatte.

Conte hatte Francescas fürchterliches Schicksal, basierend auf den vorherigen medizinischen Berichten, kurz umschrieben. Loretta hätte ihm auch ohne seine Umschreibung geglaubt. Kein einziges der anderen Opfer hatte solch eine Tortur mitgemacht.

Als Loretta schließlich das Gehirn mit einem saugenden Geräusch aus dem Schädel entnahm, zog es Zorzi plötzlich doch vor, eine Zigarette rauchen zu gehen. Den Eimer mit Wasser nahm er vorsichtshalber mit.

»Tapfer«, bemerkte Conte, wobei Loretta sich nicht sicher war, ob er es wirklich ernst meinte. Die beiden Polizisten bildeten zwar ein Team, aber sie schienen bestenfalls Partner und ganz sicher keine Freunde zu sein. »Bis zum Schädel hat Lorenzo es vorher noch nie geschafft.« Dann kam er wieder zum Kern seines Hierseins. »Was können Sie mir über die Todesursache sagen, Doktor? Irgendwelche neuen Erkenntnisse?«

»Nun ja, unter der Berücksichtigung, dass der Leichnam in einem Kühlfach lag, und aufgrund der Verteilung und Konsistenz des Blutes im Körper lebte sie noch, als der Mörder mit ihr im Leichenkeller ankam. Erst dort hat er ihr das Genick gebrochen. Vermutlich von hinten, als sie noch im Rollstuhl saß.«

Der Rollstuhl war von Zorzi im Treppenhaus, genauer unter dem Treppenabsatz im Keller gefunden worden. Die auf ihm gefundenen Fingerabdrücke liefen vermutlich schon durch die entsprechende Datenbank. »Dann bettete er sie auf die Bahre und nahm sich die Zeit für seine kurze Totenzeremonie, bevor er sie in die Kühlzelle schob.«

»Und sonst kam keine Tatwaffe zum Einsatz?«

Loretta schüttelte den Kopf, deutete auf den Nacken und erklärte im Grunde noch einmal, was sie bereits während der Untersuchung geäußert und aufgezeichnet hatte. »Es ging blitzschnell. Mit bloßen Händen. Hier können Sie die Abdrücke sehen. Der Mörder wusste genau, was er tat. Dieser Typ ist ein Experte im Genickbrechen.«

Auch wenn ihre Äußerungen nichts Neues offenbarten, so nahm Conte diese aufmerksam zur Kenntnis.

Loretta deutete auf die entnommenen Abstriche und Proben. »Jetzt sind erst einmal die Analysten an der Reihe. Ansonsten unterscheidet sich das Martyrium dieses Opfers erheblich von dem der anderen. Die vielen Verletzungen und die damit verbundenen Heilungsprozesse, denen ihr Körper während der monatelangen Gefangenschaft ausgesetzt gewesen ist … unfassbar. Dafür wurde sie nicht getötet und das Ritual der Hinrichtung nicht an ihr vollzogen.«

»Was daran liegt, dass ihr die Flucht gelang«, erinnerte Conte. »Das hat sie zwar nicht vor dem Brandmarken, aber vor dem Henkersbeil bewahrt.«

»Ja, aber die Hinrichtung läuft nach einem bestimmten Schema ab, Inspektor. Schauen Sie hier …« Sie bat den Assistenten, die digitalen Aufnahmen der heutigen sowie der vorangegangenen Obduktionen auf den Wandbildschirm zu übertragen, und deutete auf einige der Fotografien.

»Wie Sie sich erinnern, weisen die Leichenflecke auf dem Rücken von neun der dreizehn, pardon … vierzehn Opfer ein ähnliches Muster auf. Als hätten die Körper nach der Hinrichtung einige Stunden lang auf dem gleichen Untergrund gelegen.«

Conte nickte. »Wir dachten, ein paar alte Steinplatten könnten die Ursache sein.«

»Was zu Ihrer Theorie einer mörderischen Sekte führte.«

Die ungewöhnliche Struktur auf den Rücken der neun Opfer hatte Conte nach weiteren Überlegungen zu der Überzeugung geführt, dass die Frauen auf einer Grabplatte oder einer Reihe von Grabplatten abgelegt worden waren. Und das hatte ihn an satanische Riten denken lassen, denn die Tier- oder Menschenopfer wurden dort in der Regel auf einem Altar oder etwas Altarähnlichem dargeboten, und das war nicht selten eine Steinplatte mit religiöser Bedeutung. In diesem Fall womöglich eine große, alte Grabplatte mit erhabener Schrift. Vielleicht handelte es sich aber auch um eine Reihe im Boden verlegter Platten, denn die Abdrücke auf den Rücken waren nicht allesamt identisch. Neun der Opfer hatten nach der Enthauptung jedenfalls mehrere Stunden lang mit dem Rücken auf solch einem Untergrund gelegen, was bedeutete, dass das Blut aufgrund der Gravitation in den tiefsten Bereich des Körpers geflossen war und die strukturell verfallende Haut so das Muster dieser Oberfläche angenommen hatte. Die Haut einer frischen Leiche nahm immer den Abdruck der Fläche an, auf der sie lag.

Und wie die Fotos der Kriminaltechnik zeigten, glich das Muster im Fall dieser neun Opfer einer hier und da unterbrochenen Symbol- und Zeichenschrift. Vielleicht, weil der Untergrund nicht mehr im Ursprungszustand war. Die Platte musste beschädigt sein, Teile weggebrochen oder anderweitig, vielleicht bei einem Transport, zerstört. Wie dem auch war, dort, wo all diese Frauen hingerichtet worden waren, musste sich eine derartige steinerne Oberfläche befinden. Und falls die Platten nicht extra für das Ritual transportiert worden waren, wies das Muster auf den Keller eines leer stehenden Palastes oder die Krypta einer alten, verlassenen Kirche hin. Nicht zu vergessen die unzähligen Keller von Häusern und Palästen, die auf römischen Ruinen erbaut worden waren. Das war zumindest Contes Theorie. Dummerweise gab es etliche *Lost Places* in Mittelitalien. Und einige davon waren seit Langem in Vergessenheit geraten und nirgends mehr registriert. Andererseits gab es nun dank der neuen DNA-Analyse vielleicht eine neue Spur, die zu den Mördern führte.

»Was denken Sie und der Vizeinspektor eigentlich über Doktor Kesslers weitere DNA-Analyse der Föten?«, wechselte Loretta das Thema, während sie damit begann, das Gesicht der Toten wiederherzurichten und die Haut zusammenzunähen.

»Was diesen extremen Alterungsprozess angeht? Lorenzo und ich hatten noch keine Zeit, viel darüber nachzudenken, Doktor.«

»Der Gendefekt wurde nicht durch Vererbung übertragen. Der stammt weder von den Müttern noch von dem mörderischen Vater. Dieser Defekt ist eine nicht erblich bedingte Mutation. Und zwar bei allen dreizehn Föten. Ein Zufall ist das sicher nicht.«

»Ja.« Conte blickte nachdenklich auf die tote Nonne. »Das wirft ein völlig neues Licht auf den Fall. Es könnte ein in einem Labor eingeleitetes Experiment sein.«

Ein Geräusch kam von der Tür. Der Vizeinspektor war trotz seiner Blässe zu ihnen zurückgekehrt und hatte die letzten

Äußerungen von Loretta und Conte noch aufgeschnappt, denn er fragte: »Aber warum sollte jemand den Alterungsprozess dermaßen beschleunigen wollen?« Ein leichter Geruch von Zigarettenqualm ging von ihm aus.

Conte drehte sich halb zu ihm um und zog schon mal seinen Kittel und die Latexhandschuhe aus. »Denken wir einmal kurz nach, Lorenzo. Die Weltbevölkerung hat sich im letzten Jahrhundert verfünffacht und wächst stärker an, als noch vor wenigen Jahren prognostiziert. Kann unser Planet so viele Menschen ernähren? Vielleicht will jemand etwas gegen diese Bevölkerungsexplosion unternehmen.«

»Verfünffacht? Heiliger Strohsack!«, entfuhr es dem Vizeinspektor. »Damit wäre die Sektentheorie aber wohl hinfällig, Adamo.«

»Vielleicht kommt beides infrage«, sagte Conte und warf den Kittel in den bereitstehenden Wäschekorb.

»Eine Sekte skrupelloser Wissenschaftler?« Zorzi wirkte zwar skeptisch, war aber trotzdem bereit, den neuen Gedanken erst einmal anzunehmen und zuzuhören.

»Für einen Wissenschaftler wäre es sicher einfacher, die Leichen mithilfe von Lauge oder Feuer zu entsorgen, stattdessen die Opferung und das Beerdigungsritual.«

Loretta und Zorzi musterten Contes Gesicht. Der Inspektor meinte es ernst. Aus irgendeinem Grund musste es am Ende des Rituals ein Erdgrab sein. Dabei fiel Loretta wieder die alte Geldmünze ein, die sie bei der Autopsie von Viola Gatti in deren Unterleib entdeckt hatte.

Schließlich sagte Zorzi: »Fragt sich eigentlich keiner von Ihnen beiden, weshalb ich wieder hier bin?«

Conte lächelte müde. »Jetzt, wo Sie es sagen …«

»Sie erinnern sich vielleicht noch an Francescas Hobby, durch das sie den Anschluss an ihre Mitschwestern verlor?«

»Das Fotografieren der Skulpturen im Monsterwald?«

Zorzi nickte und wandte sich dem Inspektor zu. »Ja, genau. Da Ihr Handy deaktiviert war, rief mich der Chefarchäologe gerade an. Einer der Grabungshelfer hat eine Kamera in den Gräbern gefunden.«

23

Paula kam völlig atemlos beim VIP-Eingang zu den Vatikanischen Museen an. Nicht, dass sie für sieben Uhr morgens eine Besichtigung im Vatikan gebucht hätte. Gott bewahre! Aber Kardinal Calitri hatte sie und Vizedirektor Bernstein dorthin zum Frühstück und zu einer Lagebesprechung eingeladen. Also war Paula – sie hatte die Nacht mehr schlecht als recht geschlafen und üble Träume gehabt – nach Calitris überraschendem Anruf unter die Dusche gesprungen, hatte sich nach dem Anziehen ihre Tasche geschnappt und war schließlich in das Taxi gestiegen, das der Kardinal für sie bestellt hatte.

Auf dem Weg von ihrem Mini-Appartement in Trastevere zur Vatikanstadt hatte sie sich das Foto genauer angeschaut, das Calitri ihr in der Frühe an ihre Handyadresse gemailt hatte. Es war das Bild, welches Benedicta nach der Entbindung von Francescas Krankenzimmer gemacht hatte. Paula hatte es sich nicht so grauenhaft vorgestellt, obwohl der Kardinal ihr das blutige Szenario bereits anschaulich geschildert hatte.

Sie zoomte in das Bild hinein, um sich die hintere Wand genauer anzuschauen, die wie der Boden dermaßen mit Blut besudelt war, dass es aussah, als hätte man mit den Händen aus einem Bassin mit frischem Schweineblut geschöpft. Überall waren Francescas Hand-, Fuß- und wohl auch Brust- und Hinternabdrücke zu sehen und geschwungene Linien, die stellenweise jedoch zu akkurat und kunstvoll erschienen, um nur ein zufälliges Produkt der blutigen Wandschmiererei zu sein. Ein wiederkehrendes Zeichen?

Am VIP-Eingang wurde Paula bereits von einem älteren Pater mit Glatze und Hornbrille erwartet, der sie aufgrund von Calitris Beschreibung – schwarze Lederjacke, schwarze Jeans und halbschräger Pagenschnitt – sofort erkannte und durch ein eindrucksvolles, mit Kunstwerken bestücktes Labyrinth aus Gängen zu einem Frühstücksraum führte, der direkt an einem riesigen, begrünten Hof lag. Der Hof des Pinecone, wie der Pater beiläufig erklärte, mit der »Kugel in der Kugel«, die inmitten einer Weggabelung stand. Die gewaltige bronzefarbene Kugel war in der Tat das Abgefahrenste an Kunst, was Paula seit Langem gesehen hatte, und schien direkt aus Gigers Alien-Universum entlehnt.

Calitri und Bernstein saßen an einem etwas abseits gelegenen Ecktisch für vier Personen mit Blick über den Hof und hatten jeder einen Kaffee vor sich stehen. Der stellvertretende ISA-Direktor wirkte nach dem langen Flug, der Rom irgendwann in den frühen Morgenstunden erreicht haben musste, wie aus dem Ei gepellt. Er schien den Jetlag in keiner Weise zu spüren und sah in seinem hellen, tadellos sitzenden Anzug und den legeren Sportschuhen vielmehr wie ein ausgeruhter, vermögender Tourist aus, der sich auf eine alsbald anstehende Exklusiv-Führung durch den Vatikan freute. Niemand hier am Frühstücksbuffet würde auch nur annähernd auf die Idee kommen, dass dieser vornehme und höfliche Mann mit dem markanten Falkengesicht und den grauen Schläfen, der wie ein Professor für Historisches aussah, ein unverbrüchlicher Kämpfer im Krieg gegen das internationale Verbrechen war. Doch Paula wusste, dass Bernstein hinter der freundlichen und sanften

Fassade kalt sein konnte wie Eis und dass seine mannigfaltigen Geschäftsbeziehungen und deren Resultate ihn bisweilen wie einen Hexenmeister erscheinen ließen.

Paula nahm an dem komfortablen Tisch Platz. Wie Calitri mit einem schelmischen Lächeln gestand, hatten er und Bernstein bereits den zweiten Kaffee. Ebenso meinte der Kardinal, es gäbe nichts Schöneres, als den Vatikan beinahe menschenleer zu erleben, und das am besten bei einem reichhaltigen Frühstück. Paula war sich nicht sicher, ob sie nach dem Anblick von Benedictas Foto noch etwas frühstücken wollte, doch ihr war klar, dass sie Energie für den Tag brauchte. Und das Buffet mit italienischer und amerikanischer Ausrichtung war eines der üppigsten, das sie je in einem Restaurant gesehen hatte.

»Stärken Sie sich«, sagte Calitri, »und genießen Sie diesen herrlichen, ruhigen Morgen, bevor die Horden hier eintreffen und sich um Gebäck, Pasteten, Pfannkuchen und all die anderen kalten und warmen Köstlichkeiten schlagen. Danach haben wir viel zu besprechen.«

Paula entschied sich für einen Mix aus italienischen und amerikanischen Speisen, zuerst würzig, dann süß, und nahm dazu Kaffee und Orangensaft. Bernstein trank noch eine Tasse Kaffee und aß ein Frühstücksbrötchen und ein Körnermüsli mit Joghurt. Calitri hielt sich zum Abschluss an die Pfannkuchen. Davon und von der Menge an Kaffee, die er konsumierte, durfte Abigail natürlich nichts erfahren.

»In Momenten wie diesen bedaure ich es, pensioniert und daher nur noch selten im Vatikan zu sein«, scherzte die alte Eminenz. »Ich hatte völlig vergessen, wie gut mir der frühe Morgen hier tut.«

»Vielleicht sollten Sie, wie es Papst Leo vorübergehend gemacht hat, in das Haus der heiligen Martha ziehen?«, griff Bernstein den Scherz ironisch auf. »Dann könnten Sie auch weiterhin ein Auge auf den ein oder anderen unliebsamen Kollegen haben.«

Calitri hätte fast laut losgeprustet. »Mein lieber Robert, Sie machen sich ja keine Vorstellung davon, was sich ein alter Beichtvater wie ich noch alles im Beichtstuhl anhören muss.« Dann wurde sein Blick traurig und ernst. »Damit meine ich nicht die aufrichtigen Büßer mit ihren Gewissensbissen, sondern jene Kandidaten, die sich mit einem Beichtgeständnis von ihren Verfehlungen freikaufen wollen, um gleich darauf weiteres Unrecht zu begehen. Manchmal fühle ich mich im Beichtstuhl wie beim Ablasshandel in der alten Zeit.«

»Wie ich Sie kenne, werden Sie diese Art von Sündern nicht so einfach davonkommen lassen, Eminenz. Es wundert mich, dass solcherart Gestalten überhaupt noch zu Ihnen zur Beichte kommen.«

Bernsteins und Calitris Umgang miteinander überraschte Paula: Die beiden schienen einander vertrauter, als sie es je erwartet hätte. Sie kannten sich ganz sicher nicht nur aus einer simplen früheren Begegnung. Da steckte mehr dahinter. *Höchstwahrscheinlich ein früherer Fall, der sie irgendwie zusammengeschweißt hat*, dachte Paula neugierig. Sollte sie je den Mut aufbringen, würde sie ihren Chef danach fragen. Doch fürs Erste begnügte sie sich damit, Zeugin dieser für Bernstein wundersamen Beziehung zu sein, die schon fast an Freundschaft grenzte. Und vielleicht würde sie zu einem späteren Zeitpunkt ja etwas mehr von Calitri darüber erfahren.

»Oh«, meinte Calitri, »jene welche kommen nicht unbedingt aus freien Stücken. Sie leisten lediglich der Anordnung oder Empfehlung einer höheren Instanz Folge.«

Bernstein hob eine Braue. »Sie meinen eine Ihrer Quellen.«

»Ja und nein. Trotzdem sind mir zunehmend Grenzen gesetzt, seit ich nicht mehr beruflich aktiv bin. Außerdem sterben meine zuverlässigen und vor allem glaubwürdigen

Informationsquellen weg, während im Verborgenen neue Seilschaften des Übels gedeihen. Es ist ein Kampf gegen Windmühlenräder. Aber wem sage ich das. Karriereleitern ziehen oftmals Leute mit den falschen Motivationen an. Zurück zu unserem Fall ...« Calitri wandte sich Paula zu. »Ich habe Ihren Chef heute Morgen rasch gebrieft, meine Liebe, und auch über das gestrige Geschehnis informiert. Francescas Verschwinden und wie Sie daran festhielten, dass sie noch irgendwo auf dem Gelände sein müsste. Kein schönes Ereignis, um einen Tag zu beschließen, und nicht die Art von Erinnerung, mit der man den nächsten Tag beginnen will. Aber es ist nun einmal, wie es ist. In meinen Augen wurde meine Schwester in Christo zweimal ermordet. Zuerst ihre Seele, dann ihr Körper. Und dieser üble Mistkerl, der ihr das alles angetan hat, läuft noch immer frei dort draußen herum und hält vielleicht schon nach dem nächsten Opfer Ausschau.« Er hielt kurz inne, seufzte und fragte dann: »Sie haben Schwester Benedictas Foto gesehen?«

»Ja. Ich habe es mir auf der Herfahrt im Taxi angeschaut«, bestätigte Paula, und sie war sich sicher, dass auch Bernstein inzwischen einen Blick darauf hatte werfen können und sich seine Gedanken machte. »Denken Sie, es könnte sich bei einem Teil der Wandschmiererei um ein Symbol handeln?«

»Ich bin mir sogar ziemlich sicher, dass es so ist«, antwortete der Kardinal. »Ich habe mir das Foto gestern Abend noch einmal genau angesehen und dabei kam mir ein Gedanke, den ich meinem Stöbern in den alten Wappenbüchern verdanke.« Er bat Paula, das Foto auf ihren Handyschirm zu holen und eine bestimmte Stelle herauszuzoomen. »Für mich sieht dies hier aus wie eine stark stilisierte heraldische Lilie. Ein großes nach oben hin zugespitztes Blatt in der Mitte, zwei äußere Blätter, die nach außen geneigt herabhängen. Dieses Symbol taucht siebenmal auf dieser Wand und siebenmal auf dem Boden auf. Wenn Sie mich fragen, ist das die stilisierte Form einer Schwertlilie.«

Jetzt, wo Calitri es erläutert hatte, begann auch Paula, eine Lilie in dem blutigen Geschmiere zu erkennen. Allerdings war ihr bewusst, dass Calitris Interpretation sie ebenso beeinflussen wie täuschen konnte. Letztendlich sah man, was man erwartete zu sehen.

Bernstein, der sich vorgeneigt hatte, um ebenfalls auf das kleine Display schauen zu können, sagte: »War die Lilie nicht ein Symbol der französischen Monarchie? Und wurde der Adel im Zuge der Französischen Revolution nicht abgeschafft?«

»Es sind keine besonderen rechtlichen Privilegien mehr mit einem Adelstitel verbunden«, erklärte der Kardinal. »Doch die Titel werden erbrechtlich als Teil des Namens anerkannt und so von einer Generation an die nächste weitergegeben. Von den *Kapetingern* zum Beispiel haben einige Herzogsfamilien überlebt, die sich bei der Königsfamilie verdient gemacht haben. Die Lilie dürfte daher bei diesen Familien ein Bestandteil des Wappens sein.«

»Warum ausgerechnet die Lilie?«, fragte Paula.

»Die Lilie ist im Christentum ein Symbol für Reinheit und Unschuld und das Sinnbild der Heiligen Maria. Ebenso steht sie für die Dreifaltigkeit Gottes. Vater, Sohn und Heiliger Geist.«

»Das könnte bedeuten, dass Schwester Francesca ein solches Symbol während ihrer Gefangenschaft gesehen hat. Möglicherweise in einem Wappen«, überlegte sie.

Der Kardinal nickte. »Es gibt da noch etwas, auf das ich gestoßen bin. Die Medici führten in ihrem Familienwappen eine Lilie, die ihnen vom französischen König Ludwig XI. als Gnadenzeichen verliehen worden ist.« Als Paula durchblicken ließ, dass sie nicht verstand, was die Medici mit den Entführungen und Morden zu schaffen haben könnten, erklärte er: »Die Medici stammten aus Florenz, von wo unser dreizehntes Opfer entführt wurde. Außerdem ist die Florentiner Lilie seit dem Mittelalter das Wahrzeichen der Stadt. Und sie taucht auf alten Münzen aus dem italienischen Mittelalter auf.«

Calitri legte eine Münze auf den Tisch. »Das ist ein *Barile* aus dem Florenz des Jahres 1506.«

Paula nahm die Münze und drehte sie zwischen den Fingern. Auf der einen Seite fand sich die Prägung einer Menschengestalt, die nur mit einem Lendentuch bekleidet war, auf der anderen das von dem Kardinal beschriebene Liliensymbol.

»In Viola Gattis Leichnam wurde eine Münze gefunden«, erinnerte Paula leise.

»Das stimmt. Aber es war nicht diese hier. Ich habe einen ansässigen Numismatiker gefragt, der ebenso ein Experte für das ausgehende Mittelalter ist, und ihm ein Foto der Gatti-Münze gezeigt. Die Münze ist zwar stark beschädigt, doch anhand der rudimentär vorhandenen Schrift war klar, dass sie aus Frankreich stammt. Anhand des bruchstückhaften Restes datierte er sie in die erste Hälfte des 15. Jahrhunderts, genauer in die Zeit von Karl VII.«

»Ist das nicht die Zeit der Jeanne d'Arc?«, bemerkte Bernstein stirnrunzelnd.

»Ja. Die Münze stammt aus dieser Zeit. Weiter konnte er sie jedoch bisher nicht zuordnen. Er arbeitet gerade daran, auf das entsprechende Adelshaus zu schließen.«

»Diese Sache mit der Lilie und Florenz«, überlegte Paula. »Sie denken, dass der Mörder aus der Gegend stammt?«

»Es wäre möglich. In der Gegend gibt es sicher einige abgelegene Anwesen, die einmal ein hohes Ansehen genossen. Uns sollten jene interessieren, bei denen die Lilie eine Rolle spielt.«

Paula dachte einen Moment nach. Die Überlegungen des Kardinals ergaben zweifelsohne Sinn, sodass sie diese Spur unbedingt verfolgen würden. Zunächst jedoch deutete ihr kriminalistischer Instinkt in eine Richtung, die sie für dringlicher hielt.

»Ohne Frage ein Punkt, den wir untersuchen sollten«, sagte sie zu Calitri. »Mir fällt da gerade noch etwas ein.« Sie wandte sich Bernstein zu. »Besteht die Möglichkeit, Satellitenaufnahmen der Autobahnstrecken zwischen Florenz und Rom und um Rom herum zu erhalten, Vizedirektor?«

»Zunächst einmal, Paula«, antwortete Bernstein gedämpft, »vergessen Sie unsere Amtsbezeichnungen. Sie sind offiziell wegen Ihrer entfernten Verwandtschaft hier. Ich bin ein harmloser Tourist. Des Weiteren sind Sie diejenige von uns, die diese Ermittlung leitet. Sie haben ein Gespür für bizarre Fälle, ausreichend Felderfahrung und verfügen über ein erstaunlich kreatives Denken, wenn es um Lösungsansätze geht. Legen Sie mir Ihre Theorien vor und ich liefere Ihnen, was Sie zur Untersuchung dieser Theorien benötigen. Auch Satellitenbilder, wenn Ihnen das weiterhilft.«

Paula starrte ihren Chef einen Moment lang an. Sie assistierte Bernstein nicht, sondern sollte die Ermittlungen leiten? Das war eine Wendung, die sie so wahrlich nicht erwartet hatte. Und wie es aussah, auch Calitri nicht. Offensichtlich wollte der Vizedirektor testen, wie sie sich in ihrem ersten Auslandsfall schlug. Nun gut, Italien konnte auch nicht um so vieles herausfordernder sein als die USA. Oder doch? Vieles war ihr hier nicht vertraut. Andererseits blieb ein Verbrechen ein Verbrechen, egal, wo es passierte.

Sie straffte ihre Haltung, um ihre kurz aufflackernde Unsicherheit in der ganzen Angelegenheit zu überspielen. Eine Geste, für die sie sich eine Sekunde darauf in den Hintern hätte treten können. Bernstein machte sie ganz sicher nichts vor. »Dann sollten wir, auch unter dem Aspekt des Liliensymbols, unser Augenmerk zunächst jener Gegend widmen, in der Schwester

Francesca nach dreizehn Monaten des Verschwundenseins wiederaufgetaucht ist.«

»Und weshalb ausgerechnet dieses Gebiet?«, fragte Calitri neugierig.

»In der Nacht, als Francesca floh, herrschte bis in den Morgen hinein ein starkes Unwetter. Sie war nur leicht bekleidet und dazu barfuß unterwegs. Laut Schwester Benedictas Beschreibung war Francesca bis auf die Knochen durchgefroren und durchnässt und ihre Füße vom Laufen wund, zerkratzt und blutig. Ich frage mich daher, wie weit kann eine verwirrte, körperlich und geistig dermaßen geschwächte Frau, die aus einem privaten Gefängnis geflohen ist, in solch einer Nacht kommen? Fünf Kilometer, zehn, fünfzehn vielleicht? Oder doch nur ein paar Hundert Meter durch Wälder und über Felder, bevor sie von diesem Bauern auf einem Feldweg aufgegriffen worden ist?«

»Sie könnte aus Florenz geflohen und dann per Anhalter in die Gegend von Rom gekommen sein«, gab Calitri zu bedenken.

Paula schüttelte den Kopf. »Das glaube ich nicht. Dafür war sie viel zu verwirrt. Hätte sie dort jemand aufgegriffen, hätte man sie zu einem florentinischen Kloster oder einer dortigen Polizeistation oder Klinik gebracht. Ich denke, sie floh von einem Anwesen, das etwa in einem Radius von drei bis zehn Kilometern um ihren Fundort herum liegt. Die Wunden und der Schmutz an ihren Füßen deuteten laut Benedictas Bericht auf einige Kilometer Querfeldeinmarsch hin. Daher müsste Francescas Kerker irgendwo in der östlichen Gegend von Rom oder im Osten Roms liegen.«

Calitri starrte sie verblüfft an und nickte dann langsam. »Ich muss gestehen, so weit habe ich noch gar nicht gedacht.«

»Das Liliensymbol könnte uns dabei helfen, die Suche einzugrenzen. Ansonsten würde uns noch eine gute Satellitenaufnahme der Gegend ganz sicher weiterhelfen.«

»Ich werde mich sofort um die entsprechenden Aufnahmen kümmern«, sagte Bernstein. »Sonst noch etwas, das Sie für Ihre Ermittlung brauchen?«

»Ja, da wäre noch etwas. Kardinal Calitri und ich hatten gestern schon davon gesprochen.« Sie wollte sich gerade Calitri zuwenden, als dieser auch schon sagte: »Ich hake nachher gleich bei meiner Quelle in der Questura wegen der Vermisstenliste entlang der Autobahnstrecken nach. Vielleicht erkennen Sie ein Muster darin, das der Polizei bisher entgangen ist.«

»Danke. Was wir ebenfalls bräuchten, wäre eine umfassendere Liste der vermissten Frauen aus den letzten drei, vier Monaten.«

Calitri überlegte einen Moment und wirkte sichtlich betroffen, als er begriff, dass Paula damit rechnete, dass der Mörder bereits das nächste Opfer in seiner Gewalt hatte.

»Ich werde Ihnen auch diese Liste schnellstmöglich besorgen.«

»Gut. Ich glaube, damit hätten wir fürs Erste alles besprochen. Ich werde mich dann mal gleich auf den Weg zu Doktor Lamboglia machen.«

»Gut, dass Sie mich daran erinnern«, sagte der Kardinal. »Doktor Lamboglia hat am Vormittag zwei zeitaufwendigere Termine, stünde Ihnen aber ab Mittag für ein Gespräch zur Verfügung, soll ich Ihnen ausrichten.«

»Kein Problem. Dann werde ich mir zuerst die Gräber im *Sacro Bosco* vornehmen und den Archäologen einen Besuch abstatten. Außerdem wollte ich ohnehin noch einen Abstecher nach Bomarzo machen, um unserer Spukgeschichte nachzugehen.«

»Spukgeschichte?«, fragte Bernstein. Calitri berichtete ihm von Abigails Geschichte, die ihr ein Kommilitone zugetragen hatte. Schließlich sagte er: »Dann werde ich Sie beide jetzt Ihre Arbeit machen lassen. Sie wissen am besten, was zu tun ist. Ich treffe mich heute Vormittag noch mit einem alten Jesuiten, der sich auf dem Gebiet des Okkultismus und Satanismus auskennt. Falls wir es mit einer Sekte zu tun haben sollten, könnte uns der Ritus mehr über ihr Motiv verraten. Vielleicht sogar über ihr Netzwerk und ihren Standort.«

»Betrifft es auch diesen alten Folianten? Dieses ...« Paula versuchte sich an den Titel zu erinnern.

»*Ars Notoria*? Ja. Meine heutige Recherche betrifft auch das Geschäft mit dem Teufel. Leider. Wir werden sehen, ob etwas Schlüssiges dabei herauskommt.«

Bevor die Wege der drei sich trennten, griff Bernstein in seine Tasche und überreichte Paula einen elektronischen Wagenschlüssel samt den Autopapieren für einen Mietwagen. »Fahren Sie vorsichtig, Paula, und halten Sie sich an die Verkehrsregeln. In Italien versteht man keinen Spaß mit Verkehrssündern. Erst recht nicht, wenn sie Ausländer oder Touristen sind.«

»Danke. Auch für den Ratschlag.«

Sie warf einen Blick auf die Papiere. Ein Fünftürer mit Allrad-Antrieb und über 200 PS? Was dachte Bernstein, wohin sie ihr nach amerikanischen Maßstäben kurzer Trip führen würde? Ins Gebirge oder in den Dschungel?

Als hätte der Vizedirektor ihre Gedanken gelesen, sagte er: »Man kann nie wissen.«

Eine Viertelstunde später verließ Paula den Autobahnring um Rom und fuhr über die E35 und 45 am Tiber entlang in den Norden. Bomarzo und der *Sacro Bosco* lagen etwa siebzig Minuten Autofahrt von der Ewigen Stadt entfernt.

Die Strecke mit ihren Hügeln, den Kraterseen, den tiefen Schluchten und den in der Landschaft versprengt liegenden Klöstern und Dörfern entpuppte sich als dermaßen schön und vielfältig, dass Paula ihre Mission für eine Weile beinahe vergaß. Sie hatte schon immer einmal vorgehabt, das Heimatland ihrer Großeltern zu besuchen, und nun begann sie mit jedem Kilometer, den sie in dem geländefähigen Wagen zurücklegte, die Traurigkeit und tiefe Sehnsucht ihrer Großmutter nach der alten Heimat besser zu verstehen. Doch es war auch eine Mordermittlung, die sie das erste Mal nach Italien führte, und diese Tatsache wiederum erinnerte sie an eine Erwachsenenunterhaltung, die sie einmal als Kind belauscht hatte, daran, weshalb ihr Großvater vor vielen Jahren beschlossen hatte, das Land mit seiner Familie für immer zu verlassen.

24

Eines musste Vizeinspektor Lorenzo Zorzi seinem vorgesetzten Kollegen und Partner lassen: Adamo Conte war überaus sportlich. Und das nicht nur, wenn es um die Verfolgung eines Verdächtigen im Laufschritt ging, sondern auch bei Kletterpartien über Mauern, Zäune, Abhänge oder sonstige unliebsame Hindernisse. Wie Conte sich da gerade geschickt mit der Seilausrüstung des Archäologenteams entlang der erdigen Wand in die Höhle hinuntergleiten ließ, hatte fast schon etwas Akrobatisches.

Aufgrund des Erdrutsches lagen einige Bereiche der *Sacro-Bosco*-Gräber mehrere Meter tief. Adamo Conte schien keine Angst vor irgendetwas zu haben, weder vor der Tiefe noch vor einem Sturz, als vertraute er voll und ganz auf seine Kraft. Vielleicht aber auch auf seine Klettererfahrung? Einmal mehr wurde Zorzi klar, dass er nicht viel über seinen Kollegen wusste, obwohl sie nun schon seit über einem halben Jahr beinahe täglich zusammenarbeiteten. Eigentlich war der Grund dafür ganz einfach: Conte hatte Zorzi noch immer nicht als seinen Partner akzeptiert.

Das bewiesen alleine schon die zahlreichen Alleingänge des Inspektors bei der Ermittlungsarbeit. So war Conte unter anderem alleine nach Florenz gereist, ohne es für nötig zu halten, Zorzi zumindest mittels SMS darüber zu informieren. Zorzi bemühte sich wirklich zu verstehen, dass Conte der Tod seines früheren Partners noch immer naheging – Vizeinspektor Giansante war vor etwas über sieben Monaten bei einer Mafia-Razzia ums Leben gekommen –, doch allmählich nervte ihn das Gefühl, in dieser Arbeitsbeziehung der ewige Eindringling zu sein und wie das fünfte Rad am Wagen behandelt zu werden. Und das hatte ihm auch einer der Kollegen jüngst nur allzu deutlich angesehen, ihn in einem unauffälligen Moment beiseitegenommen und dann zu Zorzis Verblüffung erklärt, dass Conte nicht unbedingt der beste Partner sei, wenn es darum ging, Rückendeckung zu erhalten. Der Inspektor hätte da einen gewissen Verschleiß. »Verschleiß?«, hatte Zorzi gefragt. Und darauf die Antwort erhalten, Giansante sei der zweite Partner, den Conte im Einsatz verloren habe. Der erste Fall läge fünf Jahre zurück.

Das hatte Zorzi erst einmal verdauen müssen. Dann hatte er sich die entsprechenden Akten näher angesehen. Nüchtern betrachtet traf Conte in keinem der beiden Fälle eine Schuld, doch es blieb ein gewisses Unbehagen. Auf der Fahrt zum Monsterwald hatte Zorzi schließlich versucht, zwar nicht über seine beiden zu Tode gekommenen Vorgänger, wohl aber über Contes Alleingänge zu sprechen, und nach einem unverfänglichen Anknüpfungspunkt gesucht. Dabei war sein Blick auf ein Taschenbuch auf dem Armaturenbrett gefallen, eine Simone de Beauvoir war die Autorin. Ein seltsamer Titel. *Das Blut der anderen.* Was sollte das nun wieder bedeuten? War das etwa ein französischer Kriminalroman? Bezog Conte aus solchem Schund etwa seine Ermittlerweisheiten?

Dann fiel sein Blick auf den silbernen Ring an Contes linker Hand, gleich neben dem Siegelring, auf den er ihn schon früher einmal hatte ansprechen wollen. Der Ring sah aus wie ein Verlobungsring. Die Familie war wie das Wetter immer eine gute Möglichkeit, ins Gespräch zu kommen.

»Sicher nicht leicht für Ihre Frau, mit einem Polizisten verlobt zu sein.«

Conte, der mit der Straßenkarte auf den Knien auf dem Beifahrersitz gesessen hatte, obwohl sie die Route inzwischen in- und auswendig kannten, hatte wie in Zeitlupe reagiert, so weit weg war er mit seinen Gedanken gewesen. Als er schließlich von der Karte aufsah, hatte Zorzi kurz auf den Ring gedeutet.

»Ach, der ... Nein, ich bin nicht verlobt. Der Ring ist ein Familienerbstück und stört mich nur an der rechten Hand.«

Und schon war Conte wieder in diese verflixte Karte vertieft gewesen, als könne er damit herausfinden, welches einsam gelegene Gehöft oder Anwesen sie für die Befragung womöglich übersehen hatten. Zorzi hätte ihm die Antwort geben können. Nämlich keines. Doch was hätte das bei solch einem Sturkopf schon genutzt?

Für Zorzis Geschmack ging Conte in der Regel viel zu bürokratisch vor, ein Schritt nach dem anderen wurde abgearbeitet, ohne allzu viel Fantasie, ohne seinen Partner wirklich miteinzubeziehen. Dass es dann auch noch diese junge Frau – die Verwandte der entführten Nonne – gewesen war, die deren Leichnam gemeinsam mit dem Kardinal und dem Security-Mann gefunden hatte, zeigte Zorzi noch deutlicher, wie viel mehr man mit ein bisschen Flexibilität, Intuition und Teamwork erreichen konnte. Leider machte dieser Erfolg die Amerikanerin in Contes Augen eher verdächtig.

Zorzi bezweifelte jedoch, dass diese Paula Tennant in verbrecherischer Weise mit dem Fall zu tun hatte. Sie wollte allerdings mit Recht, dass dieses Verbrechen endlich aufgeklärt wurde und die Bestie, die Francesca ermordet hatte, hinter Gitter kam. Und Zorzi hatte genug Menschenkenntnis, um ihr das zu glauben, auch wenn er spürte, dass da noch ein Tick mehr dahintersteckte. Immerhin war es dieser Kardinal gewesen, der die Cousine über den Zustand Francescas informiert und ins Spiel gebracht hatte. Und die war daraufhin sogar aus Amerika angereist.

Zorzi beobachtete, wie Conte an dem Seil weiter in die Höhle hinabglitt, um zu untersuchen, wo genau diese verflixte Kamera gefunden worden war. Doch was spielte das überhaupt für eine Rolle? Das Unwetter mit all dem Regen und Schlamm hatte das Gerät völlig zerstört. Der Speicherchip war nicht mehr zu retten gewesen und damit der Inhalt komplett verloren. Zorzi glaubte zu erkennen, wie verzweifelt und frustriert Conte sein musste, wenn er sich von einer Nebensächlichkeit wie diesem Fundort eine brauchbare Spur erhoffte. Wahrscheinlich war die Kamera ganz woanders verloren gegangen und lediglich durch die Erschütterung und Verwerfung der Erdmassen hierherbewegt worden.

Zorzi hörte, wie Conte, unten auf dem Boden angelangt, die Karabinerhaken vom Klettergurt löste und das Seil wieder hochschickte. Er zog den Schutzhelm an, denn jetzt war es an ihm, in die Tiefe hinabzuklettern, was ihm aufgrund seines zwar massigen, aber wenig athletischen Körpers mehr schlecht als recht gelang. Zweimal rutschte er aus und platschte mit dem frisch gereinigten Anzug gegen die feuchte Erde und das Wurzelwerk. Die Schuhe ruinierte er sich, als er unten in eine tiefe Schlammpfütze trat.

Tatsächlich war die Höhle nicht so finster, wie es von oben her erschien, genau genommen war sie sogar erstaunlich gut ausgeleuchtet. Irgendwo brummte ein Generator und versorgte die Scheinwerfer mit Strom. Es roch modrig, feucht und bitter, obwohl man die Frauenleichen schon vor Wochen fortgeschafft hatte. Weiter hinten waren die schattigen Umrisse einiger Archäologen und ihrer Helfer zu sehen, die mit Spateln und Pinseln an einigen Stellen in der Wand herumkratzten und fegten. Vermutlich legten sie weitere Mumien frei. Von diesen Toten aus dem ausgehenden Mittelalter lagen wohl jede Menge im Erdreich herum.

Immer wieder die Köpfe einziehend und in gebückter Haltung folgten Zorzi und Conte dem Archäologen etwa vierzig, vielleicht fünfzig Meter weit, ehe der Mann innehielt und auf eine von Schutt befreite Stelle deutete.

»Hier hat Walter, unser deutscher Student, die Kamera gefunden. Direkt neben diesem großen Erdbrocken.«

Conte ging in die Hocke und untersuchte den Fundort, als erhoffte er sich einen weiteren Kamerafund oder als suchte er nach irgendetwas anderem. Vielleicht Francescas Tasche, die ebenfalls verschwunden war. *Was für eine Energie- und Zeitverschwendung*, dachte Zorzi.

Dann fragte Conte: »Wohin führt dieser Höhlengang?«

»Nicht mehr weit«, erklärte der Archäologe und deutete in die Finsternis außerhalb des Scheinwerferlichts. »Dort hinten ist bereits alles zugeschüttet. Das frühere Höhlensystem und der Zugang sind zerstört.«

»Haben Sie eine Idee, wo der frühere Zugang war?«

Der Mann schüttelte den Kopf. »Unmöglich jetzt noch festzustellen, es sei denn, wir hätten Glück. Außerdem könnte es mehrere Zugänge gegeben haben. Vor allem größere und kleinere Erdlöcher, von Tieren benutzt.«

»Würde da auch ein Mensch durchpassen?«

»Kommt darauf an.« Der Mann deutete auf Zorzi. »Ihr Kollege wohl eher nicht. Aber ein Kind oder eine kleine, schlanke Frau ... leider kommt es immer wieder mal vor, dass Ziegen oder Kinder in Erdlöchern oder alten, vergessenen Brunnen verschwinden und nicht wiedergefunden werden.«

Zorzi ignorierte den ironischen Seitenhieb, seine füllige Bodybuilder-Statur betreffend, und dachte über die mögliche Konsequenz der Worte des Wissenschaftlers nach.

Was, wenn Francesca deshalb verschwunden war, weil sie den Zugang entdeckt hatte oder, noch wahrscheinlicher, durch ein Erdloch in das Höhlensystem gestürzt war? Ohne Hilfe wäre sie da gewiss nicht mehr herausgekommen, geschweige denn, dass jemand ihre Hilferufe gehört hätte. Nach einer Weile der Verzweiflung wäre ihr gar nichts anderes übrig geblieben, als auf der Suche nach einem Ausgang durch die Höhlen zu kriechen und dabei auf die Leichen zu stoßen. Zorzi spürte, wie ihm bei diesem Gedanken ein Schauer über den Rücken lief. Was für ein Albtraum das gewesen sein musste für die arme Nonne!

Dann dämmerte ihm, dass Francesca weder verhungert noch verdurstet noch hier unten qualvoll verrottet war. Also hatte sie jemand gefunden. Jemand, der sich hier unten bestens auskannte. Und obwohl Francesca sein fürchterliches Geheimnis entdeckt haben musste, hatte er sie nicht an Ort und Stelle getötet und im Erdreich verscharrt.

Und dafür musste es einen Grund geben. Zumal die Nonne einen Tag vor ihrer Ermordung in der Klinik dieses Kind zur Welt gebracht hatte.

25

Bis zu seinem Treffen mit dem Kardinalarchivar hatte Calitri sich einen kleinen Spaziergang durch die Vatikanischen Gärten gegönnt. Umgeben von den hohen Festungsmauern des Stadtstaats waren die Gärten im Schatten des Petersdoms eine wahre Oase der Stille im hektischen Rom. Danach hatte Calitri im Petersdom für Francescas Seele gebetet und für all die anderen Opfer dieses unvorstellbaren Grauens. Schließlich ging er durch die langen Korridore der Vatikanischen Bibliothek, eine Strecke, die er durchaus als Frühsport betrachtete. An deren Ende erwartete ihn der Kardinalarchivar vor einer massiven, von zwei Schweizer Gardisten bewachten bronzenen Tür.

Die Bronzepforte trennte die Vatikanische Bibliothek vom Geheimarchiv, in dem Dokumente aus acht Jahrhunderten lagerten. Ein Ort, um den sich allerlei Mythen rankten. Der Fall Martin Luther war hier ebenso dokumentiert wie der Prozess der Kirche gegen Galileo Galilei oder die Korrespondenz Michelangelos als Künstler und Baumeister des Petersdoms. Ebenso lagerte hier das Aktenmaterial aus der Zeit des Nationalsozialismus.

»Hallo Enrico«, begrüßte der Kardinalarchivar seinen alten Freund und führte Calitri vom bevölkerten Teil des Archivs fort. Sie gingen durch ein Labyrinth aus deckenhohen Regalen, umgeben vom muffigen Geruch alter Bücher, Dokumentrollen und Folianten. Schließlich erreichten sie einen leer stehenden Lesesaal, dessen Tür der Kardinalarchivar hinter ihnen schloss. Der alte Archivar war Calitris bester Freund und so hatte er sich ihm wegen Francesca vor einigen Tagen anvertraut.

»Hier sind wir unter uns. Es tut mir leid, was Schwester Francesca geschehen ist. Hat die Polizei inzwischen einen Anhaltspunkt?«

Calitri ließ sich auf den nächsten Stuhl sinken. Über die jüngsten Geschehnisse war der Kardinalarchivar noch gar nicht informiert. »Es ist noch weit schlimmer gekommen, Zacharias. Francesca ist tot. Sie wurde gestern in der Klinik ermordet.«

Calitri sah, wie dem Kardinalarchivar im wahrsten Sinne des Wortes die Kinnlade runterfiel. Er bekreuzigte sich. »Heilige Maria, Mutter Gottes!«

Calitri zuckte müde mit den Schultern und schilderte seinem alten Freund, was am Vortag vorgefallen war. Vorhin im Frühstückssaal, bei Robert Bernstein und Paula Tennant, hatte er sich noch voller Tatendrang und unerschütterlich gefühlt. Doch jetzt? Entschlossen war er zwar noch immer, angetrieben durch seine brennende Wut. Doch unerschütterlich? Nein, das war er gewiss nicht mehr.

»Was sagt die Polizei?«, hakte der Archivar sichtlich schockiert nach.

»Die Sache ist äußerst kompliziert, Zacharias. Und der Polizei fehlt es wie immer an Personal. Ganz davon abgesehen, dass alles unter strengster Geheimhaltung ablaufen muss, damit aus Francescas traurigem Fall keine Schlagzeile wird.«

Der Kardinalarchivar atmete tief durch. Er hatte Francesca zwar nur flüchtig gekannt, doch die ganze Angelegenheit ging auch ihm sehr nahe. Vor allem deshalb, weil sie seinen Freund Enrico Calitri betraf.

»Wer tut so etwas Unmenschliches?«, fragte er kopfschüttelnd.

Es war eine rhetorische Frage, denn Zacharias hatte die dunkle Seite in der Geschichte der Heiligen Römischen Kirche gut studiert. Und auch Calitri hätte inzwischen nicht nur gefühlt ein Buch über das Phänomen des Bösen schreiben können, denn seit seiner Begegnung mit Robert Bernstein hatte er sich recht intensiv mit dem Thema befasst, mit der Seele von Killern, deren Herz so kalt war, dass man vielleicht schon gar nicht mehr von einer menschlichen Seele sprechen konnte.

»Ein Unmensch«, griff Calitri Zacharias' Frage dennoch auf. Und dann: »Sag, Zacharias, hast du etwas herausfinden können?«

Calitri hatte dem alten Archivar ein Foto des Brandmals sowie der Münze zukommen lassen und ihm gestern am späten Abend noch am Telefon von seiner Entdeckung mit der Lilie berichtet. Wer wie Zacharias seit Jahrzehnten im für Laien undurchdringlichen Archiv-Dschungel arbeitete und lebte, der hatte seinen ganz eigenen Zugang zu diesem Wissenslabyrinth.

»Der Satanismus ist ein weites Feld, Enrico«, begann der Archivar. »Und dieser Fall ist ein wahrlich verfluchtes Puzzle. Aber dieses fragmentarische Brandzeichen und deine Lilientheorie haben mich auf eine ziemlich verrückte Sache aufmerksam gemacht.«

Calitri blieb mucksmäuschenstill und harrte der Dinge, die da kommen würden.

»Vor fünfhundert Jahren«, berichtete Zacharias weiter, »gab es mehrere nachgewiesene Fälle, in denen schwangere Frauen auf eine ähnliche Weise ermordet worden sind.« Nach einer kurzen Pause fuhr er fort: »Allerdings wurden ihnen die Föten vor der Hinrichtung entnommen und separat geopfert. Hast du schon einmal vom Werk des Satanisten Georges Bataille gehört?«

»Bataille? Nicht, dass ich wüsste.«

»Bataille war ein im 20. Jahrhundert aktiver Schriftsteller und Philosoph, ein Anhänger Nietzsches und des Marquis de Sade. Ebenso war er Mitbegründer des *Collège de Sociologie*, gehörte zum *Cercle Communiste Democratique* und verfasste etliche soziologische Essays. Bataille war ein Fan von allem Außergewöhnlichen. Dem Heiligen ebenso wie dem abgrundtief Bösen. In einem seiner Werke geht es um einen Protagonisten, der durch Drogen- und Sexualexzesse angeblich transzendiert, um in die dämonische Dimension seiner Existenz vorzudringen. Damit forderte Batailles Protagonist die Welt alles Heiligen heraus.«

Zacharias hielt kurz inne, als überlege er sich seine nächsten Worte ganz genau. Dann seufzte er.

»Du weißt ja, dass in etlichen Betonköpfen unserer Heiligen Mutter Kirche die Sexualität die Sünde schlechthin ist, auch weil es in dieser Hinsicht praktisch niemanden ohne Sünde gibt. Für einige wenige so in die Enge Getriebene kann die eigene Sexualität dann zu einer Art Mittel transzendenter Provokation werden. Irregeleiteter Glaube und Fanatismus haben viele Ursachen und Gesichter.«

»Willst du damit andeuten, der Mörder kommt aus unseren eigenen Reihen?«

»Es wäre nicht das erste Monster, das die Kirche in ihrem eigenen Inneren erschafft. Ich fürchte, dein Mörder ist ein abartiger, menschenverachtender, sadistischer Geist auf einem teuflischen Erkenntnispfad.«

Calitri starrte seinen Freund an, denn eine solch scharfe Wortwahl war er von Zacharias nicht gewohnt.

Der Kardinalarchivar fuhr fort: »Und wie es oftmals so ist, basiert Batailles beeindruckend ernüchterndes Werk über einen solch abartigen Geist des Mittelalters auf der Arbeit eines anderen. Und so stieß ich bei meinen weiteren Recherchen auf einen gewissen Abbé Bossard, der im neunzehnten Jahrhundert lebte und sich sehr intensiv mit dem mittelalterlichen Satanismus beschäftigte. Und da fiel mir eine Abbildung auf, die mich sofort an deine beschädigte Münze erinnerte.«

Zacharias holte ein altes, in Leder gebundenes Buch unter seiner Kutte hervor, öffnete es und legte es vor Calitri hin.

Das kleine Bild auf dem alten, vergilbten Papier stellte eine Münze dar mit einem auf der Seite liegenden Schild am unteren Ende, auf den ein christliches Kreuz aufgeprägt war. Darüber ein großer, flügelschlagender Vogel, der von zwei weiteren Vögeln flankiert wurde. Die Tiere sahen aus wie Kraniche.

Calitri las die Worte, die unter der Abbildung standen: *Sceau présumé de Gilles de Rais*. Irgendetwas sagte ihm der Adelsname, doch er wusste ihn im Augenblick nicht zuzuordnen.

»Gilles de Rais«, begann Zacharias, als er Calitris Stirnrunzeln sah. »Marshall von Frankreich, Kampfgenosse der Jeanne d'Arc bei der Befreiung von Orleans und in weiteren Kämpfen gegen die Engländer. An der Seite Jeannes galt er als kühn und tapfer, nach Jeannes Gefangennahme und Hinrichtung verlor er jedoch jeden Halt und offenbarte die wahre Seite seiner kühnen Tapferkeit. Er wurde schließlich wegen Massenmordes, Dämonenbeschwörung und Ketzerei verurteilt und am Galgen aufgehängt.«

»Willst du mir damit sagen, dieses Scheusal von einem Mörder, von dem ich spreche, ist ein Verehrer dieses Gilles de Rais?«

Als Antwort blätterte Zacharias eine weitere Seite in dem alten Buch um, sodass Calitri das Wappen eines alten Adelsgeschlechts sah. In der Mitte ein gelber Schild mit einem schwarzen Kreuz, umgeben von gelben Lilien auf blauem Grund.

»Ob dein Scheusal ein Anhänger de Rais' ist, weiß ich nicht. Aber wie es aussieht, mordet es nicht nur, weil es ihm

Vergnügen bereitet. Du hast mit deiner Vermutung womöglich recht.«

Calitri starrte auf das Wappen.

»Ich vermute einiges, Zacharias. Weiß aber nichts. Würdest du bitte konkreter werden?«

»Ich meine zum Beispiel Passierscheine, um Seelen freizukaufen. Du weißt, die Kirche hat im 15. Jahrhundert ein großes Geschäft damit gemacht. Mit einem Ablass konnten Verwandte selbst Seelen im Fegefeuer freikaufen. Eines der nicht gerade rühmlichen Kapitel unserer Heiligen Mutter Kirche. Seelen wurden zum Handelsobjekt. Auch auf späteren missionarischen Eroberungszügen. Und Seelen sind nun einmal das Handelsobjekt Nummer eins im Dämonengeschäft. Du weißt, Ziel ist stets die absolute Macht und Kontrolle über die Individualität und Freiheit eines Menschen.«

Zacharias tippte wie zur Bestätigung mit dem rechten Zeigefinger auf das Bild.

»Dein Mörder ist vertraut mit den alten Schriften dunkler Magie. Er programmiert die Seelen seiner Opfer um, er schwängert ihren Leib und erschafft dadurch eine weitere bis auf die Erbsünde reine Seele, über deren Leben er Macht und Kontrolle erhält. Und dann richtet er beide in einem Opferritual hin. Das ergibt aber nur Sinn, wenn er sich davon etwas verspricht, wenn er gewissermaßen einen Handelspartner hat. Eine höhere Macht, die zum Verbündeten wird. Ich denke, du hattest recht, als du vermutet hast, dass unser Mörder nicht alleine aus einem niederen Trieb heraus handelt, auch wenn du nicht gleich an eine Sekte glaubst. Ja, er ist zweifelsohne vertraut mit den alten Schriften schwarzer Magie.«

»Ich wünschte, das alles wäre purer Humbug.«

Zacharias blickte sich kurz um, als wolle er ganz sichergehen, dass ihnen niemand zuhörte. »Sag mir, alter Freund, wo liegt die Grenze zwischen Glaube und Aberglaube, sobald die

Welt dieser dunklen Magie nicht nur in der Vorstellungswelt solcher Monster real wird?«

»Und was, wenn doch nur der Trieb die zentrale Antriebsfeder ist? Das Monster könnte diesen Aberglauben ebenso gut als Vorwand und Rechtfertigung für seine verübten Gräueltaten nutzen.«

»Könnte es, ja. Aber das tut es nicht«, sagte Zacharias. »Und das weißt du. Wir reden hier von Schwester Francescas Mörder. Wir reden von einem Teufelspakt, dem Verkauf menschlicher Seelen. Ich kann mich des Eindrucks nicht erwehren, dass unser Mörder zur Erreichung seiner Ziele ein Bündnis mit Mächten eingegangen ist, die einen Blutzoll in Form von Seelen fordern. Oder zumindest glaubt er das. Das Fleisch alleine ist dieser Macht nicht genug. Und eine Doppelseele ist nun einmal mehr wert als eine allein, ganz davon zu schweigen, dass die Seele der Ungeborenen – bis auf die Erbsünde, wie schon gesagt – völlig rein ist.«

Zacharias griff in die Tasche seiner Soutane und holte eine Münze hervor. »Gestern rief mich der Chefarchäologe des Teams im *Sacro Bosco* an. Wir kennen uns aus Jerusalem und treffen uns hin und wieder im *Angelo* zum Abendessen und auf ein Glas Wein. Von dieser Sou-Münze wurde bis jetzt ein Dutzend in den Gräbern gefunden. Jede einzelne stammt aus der Grafschaft de Rais.«

Als Calitri stumm auf die Münze schaute, fügte Zacharias hinzu: »Es tut mir leid, Enrico.«

»Schon gut«, winkte Calitri schweren Herzens ab. »Ich selbst habe dich auf diese finstere Spur geschickt. Ob es mir nun gefällt oder nicht, es sieht tatsächlich so aus, als ob Francescas Mörder ein Teufelsanbeter ist.«

Zacharias schlug das alte Buch zu. »Die Frage ist: Was können wir nun dagegen tun?«

Calitri seufzte tief. »Wenn ich das nur wüsste.« Dann fiel ihm etwas ein. Wenn Zacharias schon diesen Archäologen persönlich kannte, dann hatte er vielleicht noch andere Kontakte, die für den Fall nützlich sein konnten. »Da wäre vielleicht doch etwas ...«, überlegte er laut.

Zacharias wartete.

»Francesca wurde wahrscheinlich an einem abgelegenen Ort gefangen gehalten, der irgendwo in der Nähe des östlichen Autobahnrings liegt. Vielleicht ein altes Haus, ein alter Palast, eine stillgelegte Kirche oder ein Industriegebäude mit Keller. Ist dir jemand bekannt, der sich mit solchen Orten auskennt? Vielleicht ein Historiker oder Architekt, den du unverbindlich fragen könntest?«

Zacharias dachte einen Moment lang nach. »Nicht direkt. Aber ich kenne da jemanden, der jemanden kennt, der uns vielleicht weiterhelfen könnte ...«

26

Sophia Leone fielen vor Erschöpfung die Augen zu. Doch an
Schlaf war nicht zu denken. Die elende Brandwunde schmerzte
und dieser höllische Schmerz, der eigentlich nur eine Stelle
an ihrem linken Oberschenkel betraf, breitete sich im ganzen
Körper aus und erfüllte ihr Bewusstsein, als stocherte jemand
mit einer Gabel in einer offenen Wunde herum. Die Schmerzen
der Schnitte, die ihr nach der Verbrennung auf den Brüsten und
am Bauch zugefügt worden waren, nahm sie im Vergleich dazu
gar nicht mehr wahr.

Sie riss an ihren Fesseln, das heißt, sie versuchte es, denn
sie war viel zu stramm an die Metallliege gefesselt, um die
Riemen lockern und sich bewegen zu können. Dafür konnte
sie endlich ihre Augenlider wieder heben und etwas sehen, auch
wenn es weitgehend nur die zitternden Schatten über ihr an der
Steindecke waren.

Täuschte sie sich oder spürte sie etwas in ihrem Ohr? Einen
kleinen Fremdkörper. Irgendetwas, das ihr unangenehm war.

Das Feuer im Kamin loderte noch immer. Es hatte die
ganze Nacht durchgebrannt. Hin und wieder hatte sie gehört,
wie schwere Holzscheite nachgelegt worden waren. Es musste
ein großer Kamin in ihrer Nähe sein, denn sie spürte die von

dort ausgehende unruhige Wärme. Ein geringer Trost für all ihre Angst und den Schmerz.

Sophia vermutete, dass der Mann mit der lächelnden venezianischen Maske ihr das Brandmal verpasst hatte. Er hatte wahrscheinlich auch das Feuer mit Holz versorgt und geschürt. Nicht, dass Sophia ihn gesehen hätte, aber sie hatte Schritte beim Kamin gehört und ihr Gefühl sagte ihr, dass er es war.

Sie drehte den Kopf. Wohl eine der kleinen körperlichen Erleichterungen, die er ihr gnädig gewährte. Dennoch konnte sie nur den oberen Bereich der steinernen Wände und eines schweren braunen Vorhangs sehen. Eine Tropfinfusion, die an einem Haken über ihr hing, verhinderte wohl, dass sie komplett durchdrehte und ihr Kreislauf zusammenbrach. Nach ihrem Hungergefühl zu urteilen, musste sie schon seit Tagen nichts mehr gegessen haben. Sie erschrak. War sie wirklich schon Tage hier? Sie wusste es nicht. Zu oft war sie ohne Bewusstsein gewesen.

Der kalte, feuchte Kellerraum, in dem sie sich jetzt befand, war das krasse Gegenteil des luxuriösen Schlafzimmers, in dem sie das erste Mal erwacht war. Als hätte der Maskenmann sie nach seiner ekelhaften Begutachtung direkt zur Hölle durchgereicht.

Sie versuchte sich aufzurichten, einmal mehr vergessend, dass sie an die Liege gefesselt war, dass ihre Muskeln schwer wie Blei waren und sich daher anfühlten wie gelähmt. Die Bewegungsunfähigkeit machte ihr beinahe so viel zu schaffen wie der Verbrennungsschmerz. Als würden ihre Gliedmaßen nach und nach absterben. Die Füße spürte sie schon gar nicht mehr.

Ein Luftzug ging durch den Raum, bewegte den schweren, undurchsichtigen Vorhang mit der gelben Lilie. Sie spürte die wehende Kühle durch die kratzige Decke auf ihrem Leib. Die Schatten an der Decke und den Wänden flackerten plötzlich auf wie Geister, die nach ihr griffen.

Sie lauschte, soweit es das Knistern des Kaminfeuers zuließ, hörte aber weder eine sich öffnende oder schließende Tür noch Schritte. Dennoch stieg Panik in ihr auf, pochte es in ihren Schläfen, hämmerte ihr Herz wie wild. Erneut riss sie vergebens an ihren ledernen Fesseln.

Wieso hatte sie keinerlei Erinnerung an ihren letzten Arbeitstag? Wieso wusste sie nichts über ihre Entführung oder ihren Entführer? Hatte er da schon die Maske getragen? Fieberhaft überlegte sie, wie sie überhaupt in diese Situation hatte kommen können. Aber ihr fiel nichts ein, wodurch sie sich in Gefahr gebracht hätte. Stets fuhr sie zügig nach der Arbeit im Reisebüro zu ihrem kleinen Haus bei Monterotondo Scalo zurück, ohne einen Zwischenstopp, ohne einen der vielen Anhalter mitzunehmen. Sie war viel zu vorsichtig für so einen Leichtsinn. Schließlich musste man das Schicksal ja nicht noch herausfordern.

Und trotzdem war sie Opfer einer Entführung geworden.

Ob sie ihren Entführer von der Arbeit her kannte? Womöglich ein Kollege? Oder ein Kunde? Hatte der Mann sie etwa in ihrem Haus erwartet? Sophia war klar, dass das alte Gemäuer über keinerlei besondere Sicherheitsvorkehrungen verfügte. Weder über Sicherheitsschlösser an den Fenstern und Türen noch über eine Alarmanlage oder ein Überwachungssystem. Das alte Haus wirkte von außen dermaßen ärmlich, dass sich wohl nur ein Verrückter die Arbeit machen würde, dort einzubrechen.

Andererseits fiel Sophia keine andere Möglichkeit ein. Ihr Haus lag am Ende einer schmalen Seitenstraße, und gleich dahinter befand sich ein Wäldchen, das zu den Hügeln und Feldern am Tiber führte. Falls sie von dort jemand ausspioniert hätte, wäre es ihr nicht einmal aufgefallen.

War ihr Entführer womöglich ein Nachbar oder ein Einwohner von Monterotondo? Zitternd vor Schmerz, Kälte und Angst versuchte sie, einen Anhaltspunkt zu finden. Sie ging alle ihr bekannten männlichen Personen durch, selbst Männer, die ihr nur hin und wieder im Supermarkt oder an der Tankstelle begegneten, ohne dass es je zu einem persönlichen Kontakt oder auch nur einem kurzen Hallo gekommen wäre.

Hatte sie sich in der letzten Zeit irgendwann einmal in ihrem Alltag beobachtet gefühlt? Nicht, dass sie wüsste. Und sie hatte eigentlich einen guten Instinkt.

Tränen traten ihr in die Augen, rannen ihr seitlich übers Gesicht. Erneut zerrte sie schwach an den verdammten Riemen.

Was hatte der Maskenmann ihr da bloß eingeflößt, dass es ihr Erinnerungsvermögen der letzten Tage komplett gelöscht hatte? K.-o.-Tropfen? Sie hatte einmal in einer Nachrichtensendung aufgeschnappt, dass dieses Zeug solch eine Wirkung auf das Gehirn haben sollte, weshalb sie ihre Drinks, sofern sie alle Schaltjahre einmal mit ihrer Freundin ausging, nicht eine Sekunde lang aus dem Auge ließ.

Sie versuchte sich wieder zu beruhigen, ihre Atmung zu kontrollieren, um ihre Panikattacke in den Griff zu bekommen und klarer denken zu können. Wenn sie es schaffte, ruhig zu werden, gelang es ihr bestimmt, sich besser zu konzentrieren und vielleicht einen Ausweg aus ihrem Dilemma zu finden.

Dann geschah etwas, das ihr Herz für ein paar Sekunden stillstehen ließ, als wollte es alles Blut zurückstauen, bis es wie eine Bombe explodierte.

Die freundliche, eiskalte Stimme des Maskenmanns direkt in ihrem Kopf!

»Hallo Sophia!«

Sie lag da wie gelähmt, unfähig zu denken, zu atmen oder auch nur an ihren Fesseln zu reißen.

»Heute wird es etwas später, kleiner Spatz …«

Es jagte ihr einen Stich mitten durchs Herz. *Kleiner Spatz* war der Kosename ihres Vaters für sie gewesen, als sie noch zur Grundschule ging. Sie begann, am ganzen Leib zu zittern.

»Aber mach dir keine Sorgen, ich komme noch rechtzeitig nach Hause, um dir eine Gutenachtgeschichte zu erzäh…«

Die Stimme des Maskenmannes verstummte plötzlich, als würde er von jemandem unterbrochen und müsste sich auf etwas anderes konzentrieren.

Sophia glaubte ein Rauschen zu hören, vielleicht das Pfeifen von Wind in einem Wald – und Stimmengemurmel im Hintergrund. Die Lilie auf dem dunklen Vorhang flackerte im Luftzug des Kamins wie eine Flamme.

Dann glaubte sie ein Wort herauszuhören, bevor es ganz still wurde, doch sie wusste nichts damit anzufangen.

Spektor oder Spectre.

Dann ging ihr ein Licht auf und sie begann erneut zu zittern. »Spectre« war das englische Wort für Schreckgespenst!

27

Paula reihte sich in die Besucherschlange für die Eintrittstickets zum *Park der Ungeheuer* ein. Die letzte Stunde war sie als Studentin und Besucherin getarnt durch die engen Gassen von Bomarzo gestreift, hinauf zur Kirche gewandert und zum Orsini-Palast, hatte ein paar zum Plaudern aufgelegten Bewohnern erzählt, dass sie in Latium unterwegs sei, um auf den Spuren ihrer verstorbenen Großeltern zu wandeln, denen sie ihre italienischen Sprachkenntnisse verdanke, und dass sie an einem Reiseführer schrieb. Und das hatte zu einigen interessanten Gesprächen geführt.

Bomarzo lag auf einem Tuffhügel an den Ausläufern einer Gebirgskette mit einem grandiosen Blick auf das Umland. Wie ihr ein altes, aber noch immer geschäftstüchtiges Mütterlein auf dem Marktplatz erzählte, hätte es vor vielen, vielen Jahren sogar Ausgrabungen gegeben, die belegten, dass es in der Region einst eine Etruskersiedlung gegeben hätte. Leider waren die Ausgrabungsstätten seither längst wieder zugewachsen und die jüngeren Funde für die Besucher nicht mehr interessant genug.

Für die knapp zweitausend Menschen, die hier lebten, war der *Sacro Bosco* daher ein wahrer Segen, sorgte er doch außerhalb des Winters neben der Landwirtschaft für zusätzliche Jobs, ohne dabei allzu weit von Rom entfernt zu liegen, von woher nun mal die meisten Tagesausflügler kamen. Wie Paula nun erlebte, war der Monsterwald bei Reisegruppen und Familien sehr gefragt. Die Leute liebten es, sich zu gruseln und Wunderliches zu sehen, folgten den dicht bewaldeten Pfaden und Lichtungen von Skulptur zu Skulptur und stöberten im Anschluss in den Souvenirläden, besuchten den kleinen Zoo und machten es sich auf den Picknickplätzen bequem.

Nach dem Dorfbesuch hatte Paula sich – der Park lag etwa zwei Kilometer außerhalb Bomarzos – in einem kleinen Café-Restaurant in Eingangsnähe niedergelassen und war mit einer redseligen Kellnerin ins Gespräch gekommen, die für ihren Tisch zuständig war.

Wie Paula mit jedem weiteren Small Talk klar wurde, wusste die Dorfbevölkerung zwar von dem durch das Beben freigelegten mittelalterlichen Ritualgrab im hinteren Teil des Waldes, der seither abgesperrt worden war, jedoch nichts vom wahren Ausmaß des zweiten Höhlengrabs. Von zwei Frauenleichen war im Dorf die Rede. Frauen, die jedoch nicht zur Dorfgemeinschaft gehört hatten und daher vermutlich Prostituierte gewesen waren.

Das Dorfklima habe in den ersten Wochen natürlich sehr unter den Ermittlungen der Polizei gelitten. Misstrauen hätte sich breitgemacht, doch letztendlich hatte sich niemand vorstellen können, dass einer der ihren für die Morde oder das Verschwinden der Nonne verantwortlich war. Gott sei Dank waren die Besucherzahlen nicht eingebrochen und inzwischen hätte sich ja wohl alles wieder normalisiert. Die Polizei hatte den Mörder sicher längst geschnappt und der saß nun hinter Gittern. Sicher einer dieser verrückten, verkorksten Großstädter. Die waren zu so etwas ja noch am ehesten fähig.

»Da könnte etwas dran sein«, hatte Paula gesagt, um den Redefluss der jungen Frau nicht abzuwürgen, die offensichtlich gar nicht wissen wollte, welch diabolisches Grauen bisweilen in ländlichen Gegenden geboren wurde. Schließlich war Paula unter Hinweis auf ihren geplanten Reiseführer auf die Spukgeschichte des Monsterwaldes zu sprechen gekommen.

»Gespenstergeschichten?«, hatte die Kellnerin lachend gemeint. »Davon weiß ich nichts. Aber manchmal spuken menschliche Geister im Park herum. Halbwüchsige, die zu irgendeiner ihrer dummen Mutproben antreten.«

Paula hatte lachend zugestimmt und der Kellnerin ein gutes, aber noch unauffälliges Trinkgeld gegeben. Wie hätte die Frau auch schon anders über die Gespenstergeschichte denken sollen? Die Vorstellung eines nächtlichen, in den Höhlen herumkriechenden Besuchers, der Frauenleichen versteckte, war nicht gerade besonders naheliegend oder das, womit man sich seine alltägliche Gedankenwelt versüßte.

Auch wenn die Gespräche Paula zu keinem ermittlungstechnischen Durchbruch oder Aha-Erlebnis verhalfen, so erhielt sie doch ein wenig mehr Gespür für den Ort und die Menschen. Außerdem war sie in der Kirche und auf dem Marktplatz mit dreien der sieben Männer kurz ins Gespräch gekommen, die den DNA-Test verweigert hatten und deren DNA Conte sich dann auf anderem Weg besorgt hatte. Einen Treffer hatte er allerdings in Hinsicht auf die Vaterschaft der Föten nicht gelandet. Natürlich hatte sie keinen der drei auf die Mordfälle angesprochen, sondern bei dem ersten ein paar besondere Kerzen und bei den beiden anderen regionales Obst und Brot gekauft. Keiner der drei erschien ihr sonderlich sympathisch, sie hatte aber auch nicht den Eindruck gewonnen, es mit satanistischen Serienmördern zu tun zu haben.

Laut Polizeibericht war keiner der Männer aus Bomarzo in den Vorstrafenregistern der Polizei aufgetaucht. Keiner war auf irgendeine Weise unangenehm aufgefallen. Die Männer waren fleißige Arbeiter und Bauern, dazu regelmäßige Kirchgänger, wie Vizeinspektor Zorzi in seinen Berichten festgehalten hatte. Keiner machte den Eindruck eines religiösen Fanatikers. Dafür wäre dieser Menschenschlag zu bodenständig. Sie gingen vielmehr aus religiöser und sozialer Gewohnheit zur Kirche, was in einem katholischen Land wie Italien nichts Ungewöhnliches war.

Paula sah darin allerdings auch gerade die Tücke. Serienmörder fielen so gut wie nie in ihrem näheren Umfeld auf, waren ganz im Gegenteil bestens angepasst. Das Monster in der Nachbarschaft, im Freundeskreis oder am Stammtisch in der Kneipe, das sich zusätzlich daran ergötzte, dass niemand auch nur einen Schimmer hatte, zu welchen Gräueltaten es fähig war und wie viele Leichen es im finsteren Keller verscharrt hatte, war eher die Regel als die Ausnahme.

Dummerweise konnten etliche der Männer aus Bomarzo schon rein physisch der Entführer oder der Leichen-Transporteur sein. Etwa gut die Hälfte war fit genug, um den Leichnam einer Frau in stockdunkler Nacht durch den Monsterwald zum Höhlengrab zu tragen. Berücksichtigte man dann noch die benachbarten Dörfer, hatte man es gut und gerne mit Hunderten von möglichen Verdächtigen zu tun. Kein Wunder, dass dieser Aspekt Conte und Zorzi frustrierte, zumal die DNA-Analysen bisher trotz Datenbank-Recherche nichts weiter ergeben hatten.

Paula wollte sich jedoch nicht entmutigen lassen, auch wenn ihr klar war, dass die meisten Serienmörder lediglich durch einen dummen Zufall dingfest gemacht wurden. Manche wurden mit der Zeit einfach zu selbstsicher, einige sogar größenwahnsinnig, und dann begingen sie Fehler, wichen von ihrem Muster ab oder hinterließen verräterische Spuren. Nur sehr wenige ließen etwas zurück, weil das schlechte Gewissen sie plagte, weil sie entdeckt werden wollten, damit ihr Morden beendet wurde.

Mit dem Ticket und einer Landkarte des *Sacro Bosco* in der Hand verließ sie das Café und trat durch ein steinernes Eingangstor, hinter dem sich ein herrlich duftender Obstgarten verbarg, durch den ein Bach Richtung Wald fröhlich dahinplätscherte. Eigentlich hätte Paula gar kein Ticket gebraucht, da Calitri der Eigentümer des Geländes war und sie sich bei dem Chefarchäologen angekündigt hatte, doch sie wollte sich vorab einen unabhängigen Eindruck von dem Flecken Erde machen, in dem Francesca mir nichts, dir nichts verschwunden war.

Schon bald erreichte sie die ersten alten, markanten Bäume und einige mannshohe Felsbrocken aus Vulkangestein. Sie dachte an das Erdbeben, das die Gräber im hinteren Bereich des Waldes zwar freigelegt, den Gruselwald jedoch verschont hatte. Ein religiös eingestellter Mensch mochte darin eine Art göttliche Fügung sehen, ein weniger religiöser würde sich wohl eher die Frage stellen, weshalb der allwissende und allmächtige Gott sich nicht schon viel früher eingeschaltet und die Gräber bloßgelegt hatte.

Paula folgte dem Weg über den dicht bewaldeten Hügel, vorbei an kämpfenden Steingiganten, einer Frauengestalt auf einer riesigen Schildkröte und weiteren grotesken Skulpturen, bis sie über eine bemooste Treppe ein kleines, antikes Theater erreichte. Auf dem weiteren Weg sah sie ein schiefes Haus, eine Terrasse, umgeben von griechischen Vasen, und sogar einen Drachen. Doch das gruseligste Objekt auf halber Strecke war schließlich Orcus, der Gott der Unterwelt, mit seinem weit aufgerissenen finsteren Rachen, durch den sie hinab auf eine kleine Lichtung mit einer riesigen griechischen Vase trat. An der etruskischen Sitzbank machte sie Halt, obwohl der Weg Richtung Westen zu einer weiteren Terrasse, zu weiteren Skulpturen und einem Tempel führte, wie sie auf der Karte sah.

Irgendwo hier war Schwester Francesca vor dreizehn Monaten verschwunden. Einer der Leute des Suchteams hatte den Schleier ihrer Ordenstracht im Geäst eines der Büsche entdeckt, doch die weitere Suche war trotzdem ergebnislos verlaufen. Und auch als Paula den Strauch schließlich fand, an dem man Schwester Francescas Ordensschleier gefunden hatte, und die Umgebung vorsichtig untersuchte, stieß sie weder auf bisher verborgen gebliebene Kleiderreste noch auf ein Bodenareal, das vor dem Beben einmal eine Erdspalte oder ein höhlenartiger Zugang hätte gewesen sein können.

Als plötzlich eine kleine Gruppe von Besuchern durch das Maul des Orcus auf die freie Fläche trat, zuckte sie vor Schreck fast zusammen. Auf diesem Gelände eine Nacht zu verbringen, musste mindestens ebenso unheimlich sein wie auf einem der alten viktorianischen Friedhöfe in London, wo einst Szenen von *Dracula* und anderen Horrorstreifen verfilmt worden waren. Trotz des strahlenden Wetters ließ die Atmosphäre des Parks sie frösteln.

Die kleine Besuchergruppe schoss ein paar Fotos und schlenderte dann fröhlich plaudernd davon, sodass Paula sich in Ruhe weiter umschauen konnte. Etwas tiefer im Wald, vielleicht hundert Meter vom Rundweg entfernt, musste das abgesperrte Gebiet der Ausgrabungen liegen. Kurz entschlossen lief Paula querfeldein.

Seit sie in Rom den Leonardo-da-Vinci-Flughafen betreten hatte, strömten jede Menge neuer Eindrücke auf sie ein, und das nicht nur visuell, sondern auch in Form von Gerüchen und Geräuschen. Das hatte schon mit dem Reinigungsmittelduft in den Hallen der Warteräume und der Gepäckausgabe begonnen. Und nun wirkten die ungewohnten Düfte der Pflanzen und die andersartigen Stimmen und Geräusche der Menschen und Tiere auf sie ein. Mit Chicago und dem Land an den großen Seen sowie einigen anderen US-Bundesstaaten war Paula vertraut, doch hier war so vieles anders. Die vielfältigere alte und neue Architektur, überhaupt die ganzen sichtbaren

Zeugnisse jahrhundertealter Geschichte auf jedem Meter. Auch die Mentalität der Menschen, die lautstarke Herzlichkeit, ließ Paula sich fühlen, als wäre sie Teil eines alten italienischen Filmklassikers. In so vielem schien sich die Zeit trotz Computer- und Handyzeitalter hier nicht weitergedreht zu haben. Nur die Antennen auf den alten Ziegeldächern machten ihr klar, dass dem nicht wirklich so war. Dennoch fühlte sie sich wie ein Forscher in früherer Zeit, der ein neues Land, einen neuen Kontinent entdeckte und erforschte. Im Moment bedeutete dies, dass Paula sich unter dem dichten Blätterdach durch Gestrüpp und Unterholz kämpfte, bis sie schließlich auf einen hohen, langen Zaun mit ersten Hinweis- und »Betretenverboten«-Schildern stieß, die auf gefährliche Erdlöcher und Erdspalten hinwiesen, in denen Menschen verschwinden und sogar zu Tode kommen konnten.

Hier war Francesca also herumgeirrt, bevor sie verschwand. Wenn man, ohne sich auszukennen, tiefer in den Wald vordrang, war es so sicher wie das Amen in der Kirche, dass man die Orientierung verlor, erst recht, wenn es abends immer finsterer wurde.

Paula kam in den Sinn, dass manche Mörder gerne an den Tatort zurückkehrten. Prompt nach diesem Gedanken fühlte sie sich beobachtet. Automatisch tastete sie nach ihrer SIG Sauer unter der Lederjacke. Es war zwar unwahrscheinlich, dass Francescas Entführer sich ausgerechnet jetzt hier herumtrieb, doch man konnte nie wissen. Vielleicht gehörte er ja zu diesem Typus, der zurückkehrte, um sein mörderisches Erlebnis noch einmal mit allen Sinnen nachzuempfinden. Für etliche Täter war das ein Hochgenuss. Einige traten sogar als Zeugen auf und ließen sich von der Polizei befragen, was den Nervenkitzel erhöhte. Das Grab mit den Frauenleichen war zwar kein Tatort, übte aber möglicherweise eine ähnliche Anziehungskraft auf den Mörder aus.

War der Mörder zufällig an jenem Tag im Park gewesen, als Francesca sich verirrte? Sollte er gerade jetzt hier herumschleichen, würde das Team der Archäologen ihn vermutlich nicht einmal bemerken, so vertieft waren sie in ihre Ausgrabungen. Auch die Spurensicherung der Polizei war schon seit einer ganzen Weile abgeschlossen.

Irgendwo vernahm Paula durch das dichte Grün die Stimmen von weiteren Besuchern. Staunende, freudige, aber auch mahnende Stimmen von Männern und Frauen, dazwischen das fröhliche Lachen und Quieken von Kindern, die sich hier fühlen mussten wie Alice im Wunderland. Sehr wahrscheinlich hatten gerade zwei befreundete Familien den Rachen des Orcus betreten und die Kinder tollten nun durch die finstere, hallende Kammer, bevor sie auf die Lichtung hinaussprangen. Paula verhielt sich still, lauschte und wartete eine Weile, bis die Stimmen sich wieder entfernten.

Dann ließ sie den Blick noch einmal über den scheinbar endlos langen Zaun schweifen und entschied sich, auf den Hauptweg zurückzukehren und dem Rundweg weiter zu folgen. Nach einem strammen Fußmarsch von ein paar Minuten erreichte sie auch schon den auf einer kleinen Anhöhe gelegenen Oktogontempel, stieg hinauf und blickte über die Felder und Wiesen des Umlands sowie auf das festungsgleiche, in der Sonne schimmernde Bomarzo. Alles wirkte so unwirklich, so traumhaft und viel zu friedlich, um der Schauplatz eines solch schrecklichen Verbrechens zu sein.

Sie blickte auf die Uhr. Es war Zeit, dem Grund ihres Hierseins ins Auge zu sehen. Sie holte ihr Handy aus der Jackentasche und rief den Leiter der Grabung an. Der Wissenschaftler ging schon beim ersten Klingeln ans Telefon. Ein Amerikaner mit italienischen Vorfahren, der seit mehr als elf Jahren in Rom lebte, wie Calitri am Vortag erklärt hatte.

»Petrocelli.«

»Hallo Herr Professor. Mein Name ist Paula Tennant. Kardinal Calitri bat Sie, mich den Fundort der Ritualgräber besichtigen zu lassen.«

»Ah, Signorina Tennant. Ja, ich weiß Bescheid. Sie forschen für den Kardinal nach Francescas Entführer.« Offensichtlich wusste der Wissenschaftler von Calitri etwas mehr, jedoch nicht, dass Francesca inzwischen tot war. »Sind Sie im Eingangsbereich?«

»Nein. Ich habe mich bereits im Park umgeschaut und stehe jetzt vorm Oktogontempel.«

»Dann schicke ich Ihnen einen meiner Studenten. Der holt Sie in etwa fünf Minuten ab. Zwei Kollegen von Ihnen sind übrigens auch vor zwanzig Minuten eingetroffen.«

»Kollegen?«

»Ja. Inspektoren von der Questura. Die arbeiten an dem Fall.«

Das konnten nur Conte und Zorzi sein. Auch das noch.

»Kardinal Calitri hat Ihnen aber erklärt, dass ich nicht offiziell als Ermittlerin auftrete?«

»Pardon. Das hatte ich glatt vergessen«, sagte Petrocelli verlegen. »Aber keine Sorge, ich habe denen nichts gesagt und halte von nun an meinen Mund«, versicherte er. »Also, dann bis gleich.«

Dass der zerstreute Professor so entgegenkommend war, musste bedeuten, dass Calitri die Archäologen auf seinem Gelände nicht nur mit wohlmeinenden Worten unterstützte, schätzte Paula. Bernstein hatte zwar einmal kurz angedeutet, dass Calitri das Anwesen gehörte und er ziemlich vermögend war, doch Paula war gar nicht auf den Gedanken gekommen, dass der Kardinal seinen finanziellen Einfluss nach guter, alter italienischer Sitte spielen lassen könnte. Sie hatte den Gedanken kaum zu Ende gedacht, als ihr Handy klingelte. Etwa wieder Petrocelli? Sie blickte aufs Display. Bernstein!

»Tennant hier. Was gibt's, Boss?«

Sie konnte sich die Boss-Anrede nicht verkneifen. Im Geiste sah sie, wie Bernstein eine seiner Brauen hob, da sie ja auf Titel und ähnliche Anreden während dieser Mission verzichten wollten. Aber wer sollte Paula hier oben auf dem Tempelplateau, von wo aus sie alles gut überblickte, schon hören?

»Es gab einen Zwischenfall«, sagte der Vizedirektor. »Wie ich gerade von Calitri erfahren habe, kam Schwester Abigail mit Calitris Wagen aus der Werkstatt, wo man ihr erklärte, dass die Reparatur keine Verschleißsache war. Jemand hat sich am Bremssystem des Wagens zu schaffen gemacht.«

Ein Anschlag auf Calitri? Das hatte ihnen gerade noch gefehlt. Dann war der Kardinal dem Mörder bereits dichter auf den Fersen, als ihnen allen bewusst war. Wer wusste davon, dass Calitri an dem Fall arbeitete? Da fielen ihr auf Anhieb einige Leute ein. Die Gerichtsmedizinerin, mit der Paula sich nachher noch treffen wollte, und vermutlich ihr Assistent. Dann einige Beamte der Questura, Zorzi und Conte allen voran, denen Calitris Einmischung grundsätzlich ein Dorn im Auge war. Vielleicht hatte Schwester Benedicta mehr mitbekommen, als Calitri klar war. Dann das Klinikpersonal. Ja, Calitri hatte bereits einiges an Staub aufgewirbelt, bevor er mit Robert Bernstein in Verbindung getreten war.

»Verdammt«, entfuhr es Paula, noch bevor sie sich auf die Zunge hätte beißen können. Erst Francesca und nun auch noch Calitri. Wobei sie sich klarmachte, dass Calitris Bremssystem schon vor einigen Tagen sabotiert worden sein musste. »Hat Calitri eine Idee, wer dahinterstecken könnte?«

»Nein. Er sagt, inzwischen sieht er den Wald vor lauter Bäumen nicht mehr. Deshalb will er seine Fallunterlagen heute Nachmittag noch einmal mit uns gemeinsam durchgehen. Vielleicht fällt uns etwas auf.«

»Okay. Dann werde ich jetzt mit den Archäologen sprechen und im Anschluss Doktor Lamboglia treffen. Ich melde mich dann bei Ihnen.«

»Gut. Bis dahin sollte ich auch wissen, wo und wann sich Calitri mit uns treffen will.«

»Gibt es sonst noch etwas, Boss?«

»Ja. Lassen Sie das *Boss* weg.«

»Schon passiert, Bo… Sorry.«

»Und checken Sie Ihren Wagen, bevor Sie nachher damit über die Hügel und Täler Latiums rasen.«

»Das werde ich«, sagte sie, hellhörig geworden. »Wie hat Calitri eigentlich darauf reagiert?«

»Gefasst. Er ist sich dessen bewusst, dass es nicht bei diesem einen Versuch, ihn zu beseitigen, bleiben könnte.«

»Das sind ja schöne Aussichten. Und was ist mit Abigail?«

»Calitri hat sie sicherheitshalber in einer Pension des Vatikans untergebracht. Er selbst ist ins vatikanische Gästehaus gezogen. Vordergründig wegen einer Veranstaltung, die gerade in der Nervi-Halle stattfindet. Calitri hat übrigens mit einem befreundeten Kardinal über das Liliensymbol und die Münze gesprochen …«

Bernstein fasste Calitris Bericht für Paula zusammen, erzählte ihr von den Werken zweier Männer aus dem neunzehnten und zwanzigsten Jahrhundert, die sich intensiv mit mittelalterlichem Satanismus beschäftigt hatten. Ebenso berichtete er Paula, wohin diese Nachforschungen in Verbindung mit der alten Münze und dem Liliensymbol Calitri geführt hatten.

»Calitri fragt sich, ob unser Mörder eines der alten Hexenwerke dieses de Rais' entdeckt hat und nun dessen satanistische Beschwörungsmessen mit allem Drum und Dran nachfeiert.«

»Hm, findet man solch ein Buch nicht am ehesten in einem alten Archiv? Zum Beispiel in der Vatikanbibliothek?«

»Im Internet gibt es sicher ebenfalls einen Schwarzmarkt für solche Objekte.«

Da ist was dran, dachte Paula. Der Handel hätte dann aber schon gut fünfzehn Jahre zurückliegen müssen, denn so lang war die älteste der Frauenleichen in dem Höhlengrab in etwa tot. Außerdem konnte der Mörder das Werk ebenso gut schon früher in seinem Besitz gehabt haben, um es zunächst ausführlich zu studieren und erst Jahre oder Jahrzehnte später aktiv zu werden. Eines schien Paula aber klar: Wer immer hinter diesen Morden steckte, musste in der Lage sein, die alten Texte, die höchstwahrscheinlich in Latein abgefasst waren, zu verstehen. Und so etwas konnte am ehesten noch ein Archivar, ein Historiker, ein Archäologe, ein Kirchenmann oder aber ein Mediziner. Und dies sagte sie Bernstein und fügte hinzu: »Unser Mörder wusste sogar von den Gräbern. Vielleicht gehörte er zu einem der früheren archäologischen Teams, die hier nach den Etruskern gegraben haben. Er könnte den Fund einfach für sich behalten haben.«

»Ein interessanter Gedanke«, sagte Bernstein anerkennend. »Ich werde schauen, was ich über die früheren Teams herausfinden kann.«

»Okay. Dann werde ich jetzt mal ein Auge auf das aktuelle Team werfen.« Paula sah, wie ein junger Mann in kurzen Arbeitshosen, Baumwollhemd und Cowboyhut aus dem nordöstlichen Gebiet des Waldes auf den Tempel zukam. Das musste ihr Führer durch den Dschungel sein. »Ich werde gerade von einem der Studenten abgeholt.«

»Gut. Dann also los. Und Paula …«

»Ja?«

»Passen Sie auf sich auf.«

»Das werde ich, B…« Rasch legte sie auf, verstaute ihr Handy und ging dem jungen Cowboy entgegen.

»Signorina Tennant?«

»Die bin ich. Danke, dass Sie mich hier abholen.«

Der Student setzte ein sympathisches Grinsen auf. »Was soll ich sagen, wenn der Meister befiehlt, gehorchen wir.«

Paula entging nicht, dass er versuchte, sie unauffällig zu mustern. Was er sah, schien ihm zu gefallen.

»Ich bin Walter. Bitte hier entlang.« Sein Blick fiel auf ihre Schuhe. »Dass Sie festes Schuhwerk tragen, ist schon mal gut. Die Höhlen sind nämlich nicht ganz trocken. Notfalls hätten wir aber noch ein paar Gummistiefel irgendwo herumstehen. Einen Helm gibt's gratis dazu.«

Sie ließen den Tempel hinter sich, auf den schon die nächste Besuchergruppe zusteuerte, und marschierten in den Wald.

»Ist das Spätmittelalter Ihr Spezialgebiet?«, fragte er.

»Nicht wirklich«, antwortete Paula. »In diesem Fall geht es mir mehr um den Kultaspekt. Außerdem arbeite ich an einem Reiseführer.«

»Ach so. Nun ja, über den Kultaspekt ist der Professor sich noch nicht im Klaren, und ich bezweifle, dass diese Gräber je für den Tourismus freigegeben werden. Wir transportieren die Mumien unter Ausschluss der Öffentlichkeit ab, sobald wir sie ausgegraben und einer ersten Untersuchung vor Ort unterzogen haben. Es ist, als buddelten wir uns mit jeder Mumienschicht durch ein neues Zeitalter.«

»Ich dachte, die Mumien stammten alle aus dem 15. Jahrhundert?«

»Zu Beginn unserer Grabungen ja. Inzwischen haben wir auch das 16., 17. und frühe 18. Jahrhundert dabei. Wie es aussieht, wurde dieser Ort über Generationen als Ritualfriedhof genutzt. Diese Gräber künden von einer langen und grausamen Geschichte.«

»Dann war es also kein Massaker, wie zuerst angenommen?«

»Nein, kein Massaker. So viel steht fest. Das Ganze erinnert mich eher an eine Menschenopfer-Begräbnisstätte der Maya oder Azteken. Sie wissen schon, Menschenopfer für den Sonnengott.«

Paula fragte sich, ob Walter etwas von den jüngst entdeckten Frauenleichen wusste. »Dann wurden keine Leichen aus dem 19. Jahrhundert oder später gefunden?«, tastete sie sich vor.

»Nicht, dass ich wüsste.«

Entweder wusste der Cowboy tatsächlich nichts von den Mordopfern oder aber es war ihm und allen anderen Grabungsteilnehmern strikt untersagt, über die Frauenleichen zu reden.

Sie verließen das dicht bewachsene Waldstück und folgten einem schmalen, verwilderten Pfad. Hier und da konnte Paula gerade noch zwischen den Baumwipfeln die weiß-blauen Tupfer des Himmels ausmachen. Walter ging ihr voraus und hielt ihr ritterlich die peitschenden Äste vom Leib.

»Wir sind gleich da. Aber erwarten Sie keine große aufgerissene Grube. Es ist eher ein langer, schmaler, an etlichen Stellen unterbrochener Erdspalt, der in ein eingestürztes Höhlensystem reicht, zwischen drei und sechs Metern tief. Dort, wo wir einsteigen, sieht es ein bisschen aus wie eine zuerst aufgebrochene und dann wieder zusammengequetschte Schlucht. Die Wände haben es allerdings in sich ... ich meine, an Mumiengebeinen.«

Paula trat auf eine ovale Lichtung. Ein paar gebündelte Lichtstrahlen fielen durch das Blätterdach wie durch die hohen Fenster eine Kirche. Der aufgerissene Boden lag wie die Kruste eines langen, überdimensionalen Brotleibs vor ihr. Zwei mannshohe Zelte standen auf der linken Seite nahe einer Baumgruppe, vermutlich als Unterstand für archäologische Apparaturen und speziellere Arbeiten. Eine Plane schützte den hinteren Teil des Areals vor den Einblicken Fremder.

Ein halbes Dutzend Männer und Frauen arbeiteten an der krustigen Oberfläche. So viele Wissenschaftler und Helfer sah

Paula jedenfalls auf den ersten Blick. Sie hatte keine Ahnung, wie viele Menschen sich noch in den Zelten und hinter der Plane verbargen, geschweige denn im Untergrund mit ihren Kellen und Pinseln schaufelten und wühlten. Aber alle an der Oberfläche trugen zum Schutz vor der Sonne Hüte und die typisch zweckmäßige Kleidung für Ausgrabungsarbeiten.

Etwa zehn Meter vor der Plane erblickte Paula Vizeinspektor Zorzi mit einem Handy in der Hand. Doch anstatt zu telefonieren, begutachtete er seine ledernen Schuhe, als überlege er, ob er diese nicht am besten gleich zurück in die Erdspalte werfen sollte. Wie es aussah, war Zorzi in die Höhlen hinabgestiegen. Doch weshalb? Gab es etwa neue Hinweise? Oder schlimmer, waren weitere Leichen in den Tunneln entdeckt worden? Nein, Letzteres war wohl eher nicht der Fall, sonst wäre Zorzis Gesichtsausdruck ganz gewiss ein anderer gewesen und seine versauten Schuhe hätten ihn nicht dermaßen bekümmert.

Als Paula näher trat, bemerkte sie, dass der Vizeinspektor sich nicht nur seine Schuhe ruiniert hatte. Da war auch ein neuer Anzug fällig. Als Zorzi sie bemerkte, schien er peinlich berührt. Anscheinend wollte er nicht, dass Paula oder irgendwer sonst ihn für eitel hielt. Eine Sekunde darauf wurde ihm klar, wer da eigentlich auf ihn zukam.

Walter entschuldigte sich kurz, um für Paula nach dem Professor zu sehen.

»*Sie* hier?«, sagte Zorzi ungläubig.

»Hallo Vizeinspektor. Gibt es etwa neue Spuren im Fall meiner Cousine?«

»Weiß Inspektor Conte, dass Sie hier sind, Signorina Tennant?«

»Wohl eher nicht. Kardinal Calitri und Professor Petrocelli haben mich eingeladen, mir den Park anzuschauen. Francesca ist hier immerhin verschwunden. Schöne, aber unheimliche Gegend.« Paula ließ ihren Blick über den Grabungsort schweifen und schaute dann Zorzi an. »Und was hat Sie in die Höhlen getrieben?«

»Calitri hat Ihnen wohl alles erzählt. Wenn das so weitergeht, wird der Inspektor ihn noch wegen Behinderung der Ermittlungen drankriegen. Wir sind hier nämlich nicht in den USA.«

»Calitri liegt es fern, Ihre Arbeit zu behindern, Vizeinspektor. Und ich lege darauf ebenso wenig Wert.« Sie deutete in die Erdspalte, von deren Rand ein Kletterseil in die Tiefe ging. »Ist Ihr Kollege noch dort unten?«

»Nein. Conte ist sich nur mal kurz die Hände waschen.«

»Haben Sie etwas Neues herausgefunden?«

Noch bevor Zorzi antworten konnte, hörte Paula im Hintergrund jemanden nach dem Inspektor rufen. Dann tauchte der Professor mit Walter an seiner Seite im Eingangsbereich des hinteren Zeltes auf und steuerte auf sie und den Vizeinspektor zu. Petrocelli erinnerte Paula mit seinem weißen, watteartigen Haar und den großen, lebhaften Augen sofort an Doc Brown aus der Zeitreisekomödie *Zurück in die Zukunft*. Er begrüßte Paula, als wäre diese eine seiner großzügigsten Gönnerinnen an der Universität.

»Da sind Sie ja, meine Liebe. Und? Bereit für ein kleines Höhlenabenteuer?«

»Danke, Professor. Aber heute werde ich mir lediglich von hier oben ein Bild der Grabung machen. Beim nächsten Mal vielleicht.«

Zorzi blickte nun noch misstrauischer drein. Und als wäre das nicht schon genug, tauchte jetzt auch noch Adamo Conte am anderen Ende des Grabungsareals mit dem Handy in der Hand aus den Büschen auf. Anscheinend war er nicht nur für kleine Jungs verschwunden gewesen, sondern hatte auch telefoniert. Doch im Gegensatz zu Zorzi reagierte der Inspektor nicht nur neugierig und interessiert, als er Paula erkannte, sondern eröffnete seine Begrüßung auch mit einem Schuss schneidender Ironie.

»Wer oder was hat Ihnen dieses Mal verraten, dass hier Leichen zu finden sind, Signorina? Ihr untrüglicher weiblicher Instinkt?«

Petrocellis Blick ging leicht irritiert zwischen den beiden Beamten und Paula hin und her, die Frage auf dem Gesicht, was das denn nun zu bedeuten hätte. Paula blieb jedoch ruhig, dachte nicht daran, sich von Contes oder Zorzis Kompetenzgerangel und Imponiergehabe provozieren zu lassen. Es war doch immer das Gleiche, egal, wo sie verdeckt oder als Agentin ermittelte, stets fühlte sich irgendjemand auf die Füße getreten.

»Um offen zu sein, glaube ich nicht, dass Sie zufällig hier sind, Signorina«, fuhr der Inspektor fort. »Hat Kardinal Calitri Sie geschickt?«

»Wenn Sie glauben, dass irgendjemand mich daran hindern könnte, Francescas Tod auf den Grund zu gehen, muss ich Sie enttäuschen, Inspektor. Ich bin aus freien Stücken hier.« Ihr Blick wanderte über Contes mit Erdresten verschmutzten Anzug sowie die verdreckten Straßenschuhe. »Haben Sie etwas entdeckt?«

Ihr unbeugsames Auftreten schien Conte immerhin so weit zu imponieren, dass er sagte: »Einer von Professor Petrocellis Leuten fand eine Kamera, die in den Höhlen lag. Leider ist der Apparat völlig zerstört, aber sehr wahrscheinlich gehörte er Ihrer Cousine.«

»Was sollte Francesca mit ihrer Kamera in den Höhlen gesucht haben?«

»Keine Ahnung. Vielleicht entdeckte sie einfach nur den Zugang, ging hinein und fand nicht wieder heraus«, sagte Conte. »Oder sie stürzte hinein. Erdspalten und Löcher soll es hier schon vor dem Beben gegeben haben.«

Das würde natürlich erklären, weshalb die Suche nach der Nonne an der Oberfläche erfolglos verlaufen war. Dann überlegte Paula, dass der Suchtrupp vielleicht doch erfolgreich gewesen war, dies aber nie erfahren hatte, weil einer der Mitwirkenden über sein Finderglück schwieg. Sie hoffte, dass es eine Teilnehmerliste des Suchtrupps gab. Soweit sie sich erinnerte, hatte Calitri später sogar noch einen eigenen Trupp nach Francesca suchen lassen, als die Suche offiziell bereits eingestellt worden war.

»Wenn Ihnen gerade etwas eingefallen ist, raus mit der Sprache«, forderte Conte sie in einem ein wenig versöhnlicheren Tonfall auf.

Auch Zorzi und der Professor sahen Paula erwartungsvoll an.

Paula wandte sich Petrocelli zu. »Lag die Kamera bereits vor dem Erdbeben dort, oder ist sie erst durch das Beben hineingelangt?«

»Schwer zu sagen. Aber so wie sie aussah, lag sie eher etliche Monate in den Höhlen als an der Oberfläche. Außerdem wurden nicht weit davon die Leichen der Frauen entdeckt.«

»Dann denke ich, Francesca ist tatsächlich in eines der tiefen Erdlöcher gestürzt und hat ihre Kamera auf der Suche nach einem Ausgang verloren.«

»Warum sollte sie ihre Kamera verloren haben?«, fragte Petrocelli.

»Weil ansonsten derjenige, der Francesca wieder aus den Höhlen herausgeholt hat, die Kamera sicher mitgenommen hätte. Wer immer das auch war …«

28

Robert Bernstein blickte durch das entspiegelte Superzoom der Kamera, als hätte er ein auf einem Stativ ruhendes Scharfschützengewehr angelegt. Das Zimmer mit dem groben Eisengitter vor dem Fenster lag in einem schmalen, fünfstöckigen Steingebäude im Nordwesten Bomarzos und bot einen ausreichenden Blick über den *Sacro Bosco* und das Areal, in dem das Massengrab gefunden worden war. Ein leichter Wind wehte den Duft des Frühherbstes herein. Es roch fremd und doch irgendwie vertraut. Hier und da konnte Bernstein das helle, sonnenbeschienene Vulkangestein einiger Skulpturen und die Säulen und Kuppen einiger Bauwerke in dem dichten Wald ausmachen, doch im Großen und Ganzen lagen die Schätze des Monsterwaldes unter dem Blättermeer verborgen.

Getarnt als amerikanischer Tourist mit Baseballkappe und Kapuzenpullover war Bernstein eine halbe Stunde vor Paula Tennant in Bomarzo eingetroffen. Das Zimmer hatte er schon vor dem Flug gebucht, das heißt, er hatte Calitri gebeten, sich um einen geeigneten Raum mit Blick auf die Grabungsstelle zu kümmern. Paula war in diesen Teil seines Plans nicht eingeweiht. Sie sollte unabhängig von ihm ermitteln, wie ein eifriger Beagle, der das Wild aufschreckt, das sein Herr schließlich erlegt. Bernstein beobachtete die Reaktionen um Paula herum. So war er ihr unauffällig gefolgt, als sie ihren Streifzug durch die engen Gassen von Bomarzo gemacht und ihre scheinbar belanglosen Gespräche geführt hatte. Zweimal hätte sie ihn aufgrund ihres Instinkts fast dabei ertappt. Auf dem Markt war er gerade noch rechtzeitig hinter einem Andenkenständer verschwunden, in der Kirche war er rasch in eine der Seitenkapellen abgetaucht.

Nicht, dass er Paula zu bespitzeln gedachte, er beobachtete vielmehr, wofür sie keine Aufmerksamkeit mehr erübrigen konnte. Es war interessant zu sehen, wie sich die Haltung und Mimik der Menschen veränderte, sobald man ihnen den Rücken zukehrte und sie sich unbeobachtet wähnten.

Gleichzeitig zelebrierte Bernstein mit dieser Reise in gewisser Weise eine Art Jahrestag, und zwar den seiner Entlassung vor acht Jahren aus der JESA-Klinik, in der Dr. Drew Cochran nachhaltig seine Forschung an Gewaltverbrechern begonnen hatte, und seine Rückkehr als Agent in der Verbrechensbekämpfung. Aber das war noch nicht alles. Nach diesen acht Jahren versuchte Bernstein, sich selbst eine wichtige Frage zu beantworten: Stand er noch immer dort, wo Cochran und Calitri ihn seit seiner Entlassung sahen? Oder hatte er sich weiterentwickelt? Und falls ja, in welche Richtung? Wie sollte er mit seiner künstlich eingeleiteten und gleichzeitig ganz persönlichen Evolution umgehen?

Bernstein schwenkte das Zoom etwas höher. Nun konnte er das Gebiet der Ausgrabungen sehen, das seit dem Erdbeben auf einer neu geschaffenen Lichtung lag. Er machte zwei Zelte aus, eine grünbraune Plane sowie einen Zaun, die beide als Absperrungen errichtet worden waren. Der Zaun reichte jedoch weiter in den Wald hinein, um den Fundort der Gräber vom Rest des Parks zu trennen. Als Bernstein mit Paula Tennant telefoniert hatte, konnte er sie noch zwischen den hellen Steinsäulen des höher gelegenen Oktogontempels sehen, als nähme sie an einer Exkursion im Dschungel Mexikos teil. Dann war sie mit dem Archäologiestudenten losgegangen und zwischen den Bäumen verschwunden, um ein paar Minuten später im vorderen Bereich des Ausgrabungslagers wiederaufzutauchen. Jetzt standen Petrocelli, Zorzi und Conte bei ihr.

Paula Tennant war Bernsteins Entdeckung. Und vielleicht war sie sogar sein Geschöpf. Als niemand in ihr mehr gesehen hatte als eine gute Polizistin – das FBI hatte ihre Bewerbung aufgrund einiger kleinerer Verfehlungen im Polizeidienst noch während des ersten Testverfahrens abgelehnt –, hatte er ihr höheres Potenzial und ihre Weitsicht erkannt. Paula hielt sich zwar nicht immer strikt an die Regeln, doch gerade das zeichnete sie aus, wenn es darum ging, jene zur Strecke zu bringen, die nichts auf Regeln – es sei denn ihre eigenen – gaben.

Schon als Paula eines seiner Grundlagen-Seminare an der Universität besucht und ihm mit ihrer außergewöhnlichen Kombinationsgabe ihre cleveren Fragen gestellt hatte, war Bernstein klar geworden, dass er sie im Auge behalten würde. Aber da war noch etwas anderes gewesen, das ihn schon damals an ihr fasziniert hatte, und dieses Etwas hatte er in ihren klaren, blauen Augen gesehen. Auf einer tieferen Ebene ihrer Wahrnehmung hatte sie erkannt, wer er war. Doch sie war trotzdem nicht vor ihm zurückgeschreckt und hatte sich auch nicht wie die anderen Studenten von seiner imposanten Erscheinung und seinem autoritären Auftreten einschüchtern lassen, als er von der Schattenseite des Menschen und der Anziehungskraft des Grauens sprach. Oder darüber, wie sich das Böse am besten durchschauen und überführen ließ.

Keiner der jungen Leute im Hörsaal hatte die tiefe Finsternis in seiner Seele erkannt, geschweige denn ihn durchschaut. Bis auf Paula. Aber solange er für sie auf der richtigen Seite stand, auf der Seite des Guten, war sie zu jedem Deal mit ihm im Kampf gegen das Verbrechen bereit. Das hatte er ihr angesehen.

Ein Fakt, dem sie sich ebenso bewusst war, wie sie diesen verdrängte. Verdrängung war in diesem Fall sicher auch die beste Medizin.

Bernstein zoomte das Archäologencamp noch ein wenig näher heran. Nacheinander nahm er Petrocelli, Zorzi, Conte und Paula ins Fadenkreuz, las die Worte, die sie sprachen, von ihren Lippen ab. Auch das hatte er während seiner Kindheit gelernt, als er insgeheim angefangen hatte, gegen den ein oder anderen gesellschaftlichen Kodex zu verstoßen. Selbst den Pastor hatte er so ausgehorcht und dabei herausgefunden, dass dieser trotz seiner frommen Sprüche von der Kanzel nicht immer bei der Wahrheit blieb.

Erneut nahm er Paula durch das Zoom ins Visier. Sie machte ihre Sache wirklich gut. Sie ließ sich weder von Zorzi noch von Conte am Nasenring durch die Manege ziehen. Ganz im Gegenteil. Jetzt hörten die beiden alten Hasen der italienischen Polizei ihr zu.

»Dann denke ich«, erklärte sie ruhig, »Francesca ist tatsächlich in eines der tiefen Erdlöcher gestürzt und hat ihre Kamera auf der Suche nach einem Ausgang verloren.«

»Warum sollte sie ihre Kamera verloren haben?«, fragte Petrocelli sichtlich verwirrt.

Noch bevor Paula antwortete, ahnte Bernstein die Antwort: Weil, wer immer Francesca aus den Höhlen herausgeholt hatte, die Kamera niemals als Beweisstück zurückgelassen hätte.

Kein schlechter Gedanke.

Petrocelli nickte anerkennend. Zorzi schien Paulas Gedanken lieber noch einmal zu hinterfragen, als könnte es sich um eine Finte handeln. Conte wurde auf einmal mehr als nachdenklich. Wie es aussah, hatte Paula für ihn nun schon das zweite Mal mit ihren Theorien ins Schwarze getroffen. Da er in dem Fall nicht gut vorankam, sollte er ihr eigentlich dankbar sein.

Bernsteins Handy klingelte. Er checkte das Display und nahm Calitris Anruf an, ohne Paula und die anderen aus dem Auge zu lassen.

»Hallo Eminenz. Gibt es Neuigkeiten?«

»Ich habe Ihnen und Paula gerade die Listen der vermissten Frauen meiner Questura-Quelle geschickt. Alle entlang der gewünschten Autobahnstrecken. Die Liste, die das letzte Vierteljahr umfasst, dürfte Sie besonders interessieren, denn es ist eine junge Frau darunter, die sehr stark an Viola Gatti erinnert.«

»Wann ist sie verschwunden?«, fragte Bernstein.

»Vor knapp drei Wochen. Übrigens auch an einem Freitag, wie bei Francesca und Viola Gatti. Der Name der Vermissten ist Sophia Leone. Sie hat ein kleines Haus in Monterotondo Scalo und leitet ein kleines Reisebüro in Rom. Sie ist nicht zur Arbeit erschienen und war nicht erreichbar. Als eine Freundin und Kollegin sie auch zu Hause nicht antraf, gab sie eine Vermisstenanzeige auf. Was denken Sie, Robert? Könnte Sophia Leone das nächste Opfer sein?«

»Das wäre möglich.«

»Ziemlich riskant für unseren Mörder, jetzt wo die Polizei den Platz kennt, an dem er seine Opfer bisher versteckt hat.«

»Wer sagt uns, dass der *Sacro Bosco* der einzige Friedhof unseres Mörders ist?«

»Sie scherzen.«

»Keineswegs.« Als Calitri auf der anderen Seite der Leitung still blieb, fragte Bernstein: »Hat man Sophia Leones Haus schon untersucht? Ihren Wagen?«

»Ja. Es gibt weder Spuren eines Einbruchs noch eines Kampfes noch wurde etwas entwendet. Selbst ihr Auto steht unberührt vor dem Haus. Eine Nachbarin sagt, sie hätte ihr noch kurz zugewunken, als sie Sophia Leone vor drei Wochen von der Arbeit nach Hause kommen sah. Seither ist sie wie vom Erdboden verschluckt.«

»Sie könnte das Haus später wieder verlassen haben. Vielleicht wurde sie von einem Freund abgeholt und niemand hat es bemerkt.«

»Das wurde bereits überprüft. Keiner ihrer Freunde hatte an diesem Abend eine Verabredung mit ihr.«

»Einer könnte lügen.«

Calitri seufzte. »Ich weiß.«

»Vielleicht gibt es einen neuen Verehrer?«

»Davon weiß niemand etwas. Aber jetzt haben wir zwei Frauen, die in der Nähe Roms verschwunden sind. Francesca und diese Sophia. Wobei Francesca wieder bei Rom aufgetaucht ist. Da fällt mir ein, was machen die aktuellen Satellitenbilder? Schon etwas gehört?«

»Noch nicht. Aber keine Sorge, die werde ich innerhalb der nächsten Stunden noch bekommen. Ich frage mich nur, wieso sich weder Zorzi noch Conte mit der aktuellen Vermisstenliste und Sophia Leones Verschwinden beschäftigt haben.«

»Ja, das ist seltsam. Sie haben recht. Andererseits hatten die beiden in den letzten Wochen sehr viel um die Ohren. Conte arbeitet sogar die Nächte durch und ist vor zwei Tagen nach Florenz gefahren, um mehr über Viola Gatti herauszufinden.«

»Haben Sie diesbezüglich schon einen Bericht?«

»Der ist noch nicht geschrieben. Sonst hätte meine Quelle bereits eine Kopie angefertigt. Conte hängt mit dem Papierkram hinterher. Zorzi ebenfalls.«

»Ich werde die Notizen aus Ihrem Gespräch mit Conte noch einmal durchgehen und schauen, was ich selbst über Florenz und Viola Gatti herausfinden kann.«

»Sie reisen hin?«

»Nein. Ich habe einen Kontakt bei der dortigen Polizei. Apropos, ich bräuchte eine Auskunft Ihres Kontaktes zur Archäologenszene.«

»Worum geht's?«

»Paula denkt, dass unser Mörder sich höchstwahrscheinlich mit alten Sprachen auskennt, wenn er sich schon mit den alten Schriften schwarzer Magie befasst. Er könnte Mitglied eines der Archäologenteams gewesen sein, die hier früher schon mal nach den Etruskern geforscht haben. Vielleicht wurde die Höhle auf diese Weise entdeckt. Dass die älteste Leiche vor etwa dreizehn bis fünfzehn Jahren dort abgelegt wurde, könnte ein Anhaltspunkt sein.«

»Nun ja, fünfzehn Jahre sind eine lange Zeit. Archäologische Mitarbeiter sind ja mehr wie Wanderarbeiter.«

»Unser Mörder fällt eher in die Kategorie sesshaft. Der ist nach wie vor hier. Das vereinfacht die Suche hoffentlich.«

»Da haben Sie allerdings recht. Ich werde sehen, was ich über meine Kontakte herausfinden kann.«

»Wie leben Sie sich eigentlich im St.-Martha-Haus ein?«

»Es geht«, meinte Calitri etwas müde. »Mein Zimmernachbar ist nicht gerade einer von den Stillen, hat ein ziemlich lautes Organ und ständig Besuch …«

Während Bernstein dem alten Kardinal zuhörte, beobachtete er, wie Paula und Petrocelli sich von den Inspektoren verabschiedeten. Paula wollte sich den Fundort der Leichen nun wohl doch noch etwas näher anschauen.

Als Paula dem Professor zum vorderen Zelt folgte, wo sie vermutlich die Schutzkleidung erhalten würde, bemerkte Bernstein eine subtile Veränderung in Contes Gesichtsausdruck und Blick. Man hätte diese winzige Modifikation sicher auch für ein gewisses Entnervtsein über die Einmischung einer Zivilperson in die polizeilichen Ermittlungen halten können, doch Bernstein kannte diesen Augenausdruck nur zu gut. Das war nicht der Blick eines entnervten Staatsbeamten, der für Frieden und Gerechtigkeit eintrat und eine Mordserie aufklären wollte. Das war der Blick eines Mannes auf der Hut.

Bernstein erinnerte sich, dass ihm während des Fluges irgendetwas an den Polizeiberichten nicht ganz schlüssig erschienen war, jedoch hätte er den Finger nicht darauflegen können. Jetzt würde er sich Contes Berichte noch einmal unter diesem neuen Aspekt vornehmen.

»… sind Sie noch da, Robert?«, holte Calitris Stimme ihn in die Gegenwart zurück.

»Ja. Selbstverständlich, Eminenz. Wissen Sie inzwischen, wo wir uns heute Nachmittag treffen werden?«

»Schwester Benedicta stellt uns einen Raum in ihrem Kloster zur Verfügung. Sie weiß, dass ich den Mann dingfest machen will, der Francesca auf dem Gewissen hat. Mehr weiß sie allerdings nicht. Ich möchte Benedicta nicht noch mehr beunruhigen. Ich sende Ihnen und Paula die Adresse und Uhrzeit. Es ist nicht weit von meinem Appartement entfernt, jedoch weit genug, um unauffällig zu sein, falls jemand mein Appartement beschatten sollte. Außerdem hat das Kloster einen Hintereingang über eine parallele Gasse.«

»Gut. Wir sehen uns dann nachher.«

»Bis später.«

Bernstein legte auf und beobachtete, wie Conte und Zorzi sich anschickten, das Ausgrabungsgebiet zu verlassen, während Paula in dem Zelt verschwunden war.

Dann fasste er einen Entschluss, packte die Kamera rasch zusammen und machte sich auf den Weg zu seinem Wagen, der über mehr Pferdestärken verfügte, als es der Marke nach den Anschein hatte. Paula würde mit den Archäologen und Helfern des Ausgrabungscamps schon alleine klarkommen. Inzwischen würde er Sophia Leones Arbeitsplatz und Haus einen Besuch abstatten.

Und ein paar Nachforschungen über Inspektor Adamo Conte und Vizeinspektor Lorenzo Zorzi anstellen. Vielleicht hatten sie bei ihren Ermittlungen nicht so sauber gearbeitet, wie es aussah, und die Berichte enthielten mehr Geschichtenstoff als kriminalistische Fakten.

Nicht nur Kardinal Calitri schien den Wald vor lauter Bäumen nicht mehr zu sehen.

29

Das dunkelblaue Materialzelt war innen um einiges größer, als es von außen den Anschein hatte. Ein rechteckiger Tisch mit zwei Stühlen stand in der Mitte, ein hoher schmaler Schrank, etliche Kleincontainer, Plastikbehälter und Koffer standen an den Zeltwänden aufgereiht. Eine Hälfte des Tischs war vollgepackt mit kleinen, etikettierten Klarsichttüten, ähnlich den Beweismitteltüten, die die Spurensicherung verwendete. In einer Ecke stand ein hohes, tiefes Regal mit Stiefeln, orangefarbenen Schutzanzügen und weißen Schutzhelmen mit Helmlampen.

Walter schätzte Paulas Größe ab und stellte ihr die passende Kleidung zusammen. »Das dürfte Ihnen passen. Nicht zu eng und nicht zu weit. Welche Schuhgröße?«

»Je nachdem, zwischen neununddreißig und vierzig«, sagte Paula.

»Gut. Dann nehmen Sie die hier. Die dürften sitzen, ohne zu klein zu sein.«

Er wuchtete einen kiloschweren Rucksack mit Kameraausrüstung und Grabungsgerät aus dem unteren Regalfach eines grauen Spinds und machte so für Paulas Sachen ein Eckchen frei.

»Was Sie nicht mit nach unten nehmen wollen, können Sie in meinem Spind einschließen. Schloss und Schlüssel stecken an der Tür. Ist es das erste Mal, dass Sie eine unterirdische Grabung besichtigen?«

Rein theoretisch hätte Paula ihm erklären können, dass sie während ihrer Ermittlungsarbeit schon für mehrere Leichen tief in das Tunnelsystem unter den Straßen Chicagos hinabgeklettert war, dass dort unten in den stillgelegten U-Bahn-Tunneln und den Untergrundschächten des Kanalisationssystems vor allem im Winter ganze Kommunen Obdachloser lebten, um sich vor der tödlichen Kälte aus dem hohen Norden zu schützen. Einer von Paulas früheren Kollegen bei der Polizei hatte diese Ausgestoßenen unter den Ausgestoßenen abfällig *Kanalratten* genannt. Murray hatte ihm dafür einmal ordentlich eins auf die Schnauze gegeben.

Die Arbeiter und Techniker, die das sogenannte Gedärm Chicagos funktionsfähig hielten, fanden immer wieder mal Tote, und nicht immer waren diese eines natürlichen Todes gestorben. In diesen Abgründen ging keine Polizei Streife und es gab auch kein rechtsstaatliches System. Und wie es unter Menschen nun einmal so war, gab es neben den Friedfertigen stets auch Verzweifelte und Irre, die für einen Vorteil, und sei er noch so gering, über Leichen gingen. Und selbstverständlich gab es auch unter den Menschen in der Kanalisation jene Spezies mit dem gewissen Killerinstinkt.

Das alles hätte Paula dem jungen Cowboy – rein theoretisch, versteht sich – erklären können und es hätte ihn sicher fasziniert, doch zum einen hätte das ihre Mission gefährden können – niemand durfte wissen, wer sie wirklich war –, und zum anderen waren diese Erfahrungen nur bedingt mit archäologischer Höhlenforschung vergleichbar. Also sagte sie einfach nur: »Ich bin zwar keine Kletterkünstlerin, aber für eine normale Höhlenerkundung dürfte es reichen.«

»Oh, gut.« Walter setzte sein breites Grinsen auf. »Dann werden Sie sich nicht so unbeholfen anstellen wie der Polizist, der sich seine Klamotten komplett ruiniert hat. Das hier ist nicht so viel anders, als sich verschlammt durch eine römische Siedlung in Süddeutschland zu wühlen. Ich warte dann mal draußen, bis Sie umgezogen sind.«

Als Paula kurz darauf in voller Montur vor dem Zelt erschien, erwartete sie dort allerdings nicht mehr Walter, sondern Petrocelli, der sich für den Höhlenabstieg gerüstet hatte und es sich nicht nehmen lassen wollte, ihr den Fundort der Frauenleichen selbst zu zeigen. Und kaum, dass sie die grüne Plane, hinter der das Areal lag, erreicht hatten, schloss sich ihnen überraschend auch noch Adamo Conte an.

»Sollten Sie dort unten zu irgendwelchen bahnbrechenden Erkenntnissen kommen, möchte ich sofort davon erfahren«, erklärte er, als wäre ein solches Ereignis das Selbstverständlichste von der Welt.

Zorzi wartete mit einem langen Gesicht neben dem Materialzelt, und obwohl er dieses Mal nicht mit in die Tiefe steigen musste, schien er alles andere als begeistert davon zu sein, noch länger an diesem Ort bleiben zu müssen. Aber was sollte er machen, wenn sein Boss so entschied?

Da Conte lediglich einen Schutzhelm und ein paar Überschuhe trug, konnte Paula es sich nicht verkneifen zu sagen: »Entschuldigen Sie, Inspektor, aber ist Ihr Anzug dafür nicht einen Tick zu teuer?«

»Das täuscht«, meinte Conte, streifte sich daraufhin aber doch noch rasch einen der bereitliegenden, mit Erde verkrusteten Overalls über.

Auf der anderen Seite der Plane erwartete Paula dann eine Überraschung. Sie wusste nicht, weshalb, aber sie hatte sich den Höhleneingang wesentlich größer, eigentlich sogar mannshoch vorgestellt, tatsächlich aber war der Zugang nur ein schräg abfallendes Loch im Boden, durch das ein erwachsener, schlanker Mann gerade noch so hindurchpasste.

»Nur ein Teil des Mittelaltergrabs wurde durch das Beben freigelegt«, erklärte Petrocelli. »Bei der Erkundung entdeckten wir dann diesen Zugang. Als wir dem Tunnelgang folgten, fanden wir schließlich die mumifizierten Frauen. Vor dem Beben muss es eine Verbindung zwischen den Gräbern gegeben haben. Die Kamera fanden wir dort drüben.« Er deutete auf das Ende der Lichtung, dort wo der Monsterwald begann. »Das unterirdische Höhlensystem muss einmal viele Hundert Meter lang gewesen sein. Vielleicht sogar Kilometer. Leider sind die Tunneldurchgänge durch die verrutschten Erdmassen stellenweise unpassierbar geworden. Einen kleinen Teil haben wir inzwischen freigelegt.«

Paula spürte, wie ihr Pulsschlag sich beim Anblick des engen Zugangs beschleunigte. Eigentlich litt sie nicht unter Klaustrophobie, aber dieser Schacht war um einiges enger als die Tunnel, durch die sie sich im Kanalisationssystem Chicagos hatte hindurchschlängeln müssen. Außerdem sah er nicht so stabil aus wie die Betonröhren der Kanalisation.

Petrocelli schien ihr den Gedanken vom Gesicht abzulesen. »Keine Sorge. Die Schächte sind stabil und fast komfortabel. Noch einen Moment. Wir gehen rein, sobald das andere Team draußen ist.«

Wenige Minuten später waren die anderen zurückgekehrt und wie behäbige Faultiere mit gegenseitiger Hilfe – keiner war besonders sportlich – aus dem Erdloch hervorgekrochen. Paula rutschte, wie von Petrocelli empfohlen, auf dem Hintern durch die schmale Öffnung, die bald breiter wurde, und ließ sich dann mit gegen die Wand gestemmten Füßen am Kletterseil in den Schacht hinabgleiten. Petrocelli, der ihr vorausgeklettert war, nahm sie am Boden in Empfang. Conte folgte ihr mit ein paar eleganten Schwüngen. Wie es aussah, hatte er im Seilklettern einige Übung.

Obwohl Paula es nicht wollte und die Kletterpartie sie nicht besonders angestrengt hatte, ging ihr Atem trotzdem rasch und keuchend. Um sie herum war nichts als Erde und Schlamm, außerhalb des Lichtkegels der Helmlampen tiefe Schwärze. Über sich in der Höhe machte sie durch das wenige einfallende Licht die winzige Öffnung des Höhleneingangs aus. Ohne Seil würde sie vermutlich nie wieder dort hinaufkommen. Dennoch hielt sich das Gefühl des Eingesperrtseins in Grenzen. Kurz kam ihr in den Sinn, wie Francesca sich wohl gefühlt haben musste, als sie höchstwahrscheinlich durch solch ein Erdloch in die Tunnelgrube gestürzt war. Es mussten mindestens fünf, wenn nicht sogar sechs Meter sein. Vielleicht rührten einige ihrer schweren Verletzungen ja gar nicht von einer Folter her, sondern waren die Folge des brutalen Sturzes.

»Folgen Sie mir«, sagte der Professor. »Und den Kopf immer schön geduckt halten.«

Die Lichtkegel der Helmlampen leuchteten den stockdunklen Tunnel vor ihnen aus. Petrocelli hatte nicht zu viel versprochen. Der Höhlengang war tatsächlich breiter und höher, als es von der Einstiegsöffnung her erschienen war. Aufrecht stehen oder gehen konnten sie dennoch nicht. Der Gestank des säuerlich riechenden Schlamms, des Moders und der Feuchtigkeit raubte Paula fast den Atem. Leicht gebeugt ging sie hinter Petrocelli her. Trotz Helmlampe stolperte sie hin und wieder, und dann irrte der Lichtkegel über die braune, erdige Wand, aus der an einigen Stellen Äste und Wurzelwerk und andere Gegenstände, vielleicht alte Tonscherben, herausragten. Überall um sie herum tanzten finstere Schatten.

In regelmäßigem Abstand hingen kleine, funzelige Lampen an der Decke, lagen Knieschoner, Kellen oder Pinsel an der Seite. Die Luft war dick und stickig, je weiter sie in den

Tunnel krochen. Petrocelli erlaubte es sich, den Scherz von der komfortablen Gemütlichkeit fernab der Großstadt und dem *Sacro-Bosco*-Touristen-Trubel zu wiederholen, während sie in geduckter Haltung, teils auch auf allen vieren, durch das jahrhundertealte Erdgrab krochen. Adamo Conte quittierte den Scherz des Professors lediglich mit einem kurzen Schnauben. Fast hatte Paula vergessen, dass der Inspektor hinter ihr durch den Tunnel kroch, um mitzuerleben, was sie über Francescas Höhlenmartyrium wohl herausfinden würde.

Francesca ... Was für ein schreckliches Gefühl es für die junge Nonne gewesen sein musste, ganz alleine in diesen schlammigen Tunneln herumzuirren, ohne zu wissen, ob sie wieder herausfinden würde. Und wie groß musste der Schock gewesen sein, als ihr schließlich klar geworden war, dass sie durch ein Massengrab kroch, ganz davon zu schweigen, dass sie ja irgendwann auch noch auf die Leichen des Serienmörders gestoßen war. Und wie lange es wohl gedauert hatte, bis die Energie aus den Batterien ihrer Kamera und ihres Handys – beides musste sie ja als Lichtquelle genutzt haben – versiegt war?

Paula watete weiter mit schweren, schmatzenden Schritten hinter Petrocelli her, der trotz seines Alters überraschend behände war. Erd- und Schlammklumpen machten ihre Gummistiefel zunehmend schwerer. Einmal rutschte sie aus und griff reflexhaft in die Erde, wobei sie glaubte, in Massen von Würmern gefasst zu haben. Wenn sie etwas nicht ausstehen konnte, dann war es dieses schleimige Getier. Ein Schaudern lief ihr über den Rücken, während sich ihr Magen hob. Nichtsdestoweniger riss sie sich zusammen, denn Conte kroch ja nur einen Meter hinter ihr her, und sie wollte sich vor ihm keine Schwäche anmerken lassen.

»Der Hauptzugang zur Höhle mit den Frauenleichen ist durch das Beben leider zerstört worden«, erklärte Petrocelli und hielt kurz an. »Dort hätten wir aufrecht gehen können. Wir nähern uns dem Fundort praktisch von der gegenüberliegenden Seite.«

Aber natürlich, dachte Paula. Francesca war ja aus dem Skulpturenwald hierhergekommen. Und Petrocelli näherte sich mit ihnen dem Grab von der Ausgrabungsstätte her.

Plötzlich stolperte der Inspektor über eine der Kellen. Paula zuckte innerlich zusammen. Sie wusste nicht, weshalb, aber es war ihr nicht wohl dabei, den Inspektor in ihrem Rücken zu wissen. Sie fand es merkwürdig, dass Conte sich ausgerechnet wegen ihr noch einmal der Mühe unterzogen hatte, hier unten herumzukriechen. Was erwartete er von ihr? Dass sie aus den Gebeinen der Toten und den schlammigen Erdklumpen wie aus Teeblättern las und den Fall im Handumdrehen löste?

Oder traute er ihr nicht?

Womit er nicht einmal unrecht hätte, denn sollte Paula etwas entdecken, würde sie es ihm und Zorzi nicht unbedingt als Erste auf die Nase binden.

Unwillkürlich musste sie an Contes Sektentheorie denken.

Ursprünglich hatte Walter sie zu dem Fundort führen wollen. Doch dann hatte der Professor es sich auf einmal nicht nehmen lassen wollen, mit ihr durch den Höhlenschacht zu kriechen. Und der Inspektor hatte sich kurz entschlossen hinzugesellt. Der Gedanke war vielleicht völlig abwegig, doch was, wenn sowohl der Professor als auch der Inspektor Mitglieder einer solchen Sekte waren? Was, wenn man die lästige Verwandte Francescas aus den Vereinigten Staaten schnellstmöglich loswerden wollte?

Blödsinn!, maßregelte sie sich.

Die stinkende, düstere Atmosphäre des Höhlenfriedhofs machte sie allmählich wohl paranoid!

Ganz davon abgesehen, dass die beiden Männer den Fall selbst geklärt wissen wollten, hatten etliche der anderen

Archäologen und Grabungshelfer gesehen, wie Paula mit den beiden in das Höhlensystem gekrochen war.

Trotzdem blieb ein Teil in ihr auf der Hut. Höhlenunfälle ereigneten sich nun mal immer wieder. Stollen brachen ein oder Leute stürzten plötzlich in noch tiefere Tiefen.

Reiß dich zusammen!, fuhr sie sich selbst an. *Versetz dich lieber in Francescas Lage hinein. Was hat sie gefühlt und gedacht, als sie hier unten um ihr Leben fürchtete?*

Paula hatte kaum einen weiteren Meter zurückgelegt, als sie plötzlich zur linken mit Helm und Schulter gegen etwas Größeres stieß. Als der Lichtstrahl ihrer Helmlampe darauf fiel, schrak sie entsetzt zurück und prallte mit dem Rücken gegen Conte. Die leeren, mumifizierten Augen eines Toten, dessen Oberkörper aus dem Erdreich ragte, starrten sie an.

»Verdammt!«, entfuhr es ihr. Auch wenn sie ihr eigenes Gesicht nicht sah, spürte sie, dass es aschfahl war.

Petrocelli kam eilig zu ihr zurück.

»Entschuldigen Sie. Wo war ich bloß mit meinen Gedanken! Ich bin inzwischen wohl schon betriebsblind.«

Seine Stimme klang aufrichtig.

Conte machte nicht den Eindruck, als ob ihn Paulas Schrecken irgendwie etwas anging oder die aus der Wand herausragende Mumie ihn besonders entsetzte. Vermutlich hatte er, seit er an dem Fall arbeitete, schon genug mumifizierte Tote im Erdreich gesehen.

Paula wandte den Blick von der Mumie ab. »Es geht schon wieder. Wie weit ist es noch?«

»Nicht mehr weit. Noch etwa zwei Minuten, wenn wir unser Tempo beibehalten.«

Bei dem Gedanken, die ganze Strecke noch einmal zurückkriechen zu müssen, wurde Paula mulmig.

»Okay, Professor. Dann weiter. Verlieren wir keine Zeit.«

Sie rappelte sich wieder auf und kroch wieder hinter Petrocelli her. Conte ließ sich noch einen Moment Zeit, sah sich die Mumie nun doch noch etwas genauer an. Schließlich hörte sie wieder das schmatzende Geräusch seiner Stiefel im Schlamm, als er zu ihr und Petrocelli aufschloss.

Nach knapp zwei Minuten wurde der Gang tatsächlich höher und sie konnten alle aufrecht gehen. Paula passte genau auf, wo sie hintrat, um nicht noch einmal in einen Toten zu laufen. Und dann erreichten sie die Höhle, in der die dreizehn Frauenleichen gefunden worden waren.

Der Raum war überraschend groß und eher breit als lang, hatte die Ausmaße eines Zimmers von vielleicht sechzehn oder achtzehn Quadratmetern. Paula rief sich die Fotografien mit den Toten ins Gedächtnis. Sehr viel mehr Leichen hätte der Mörder hier nicht mehr unterbringen können, es sei denn, er hätte angefangen, sie übereinanderzustapeln. Paula wusste genau, wo die Toten gelegen hatten und wie sorgfältig sie zu ihrer letzten Ruhe nebeneinandergebettet worden waren. Beinahe wie in einer Familiengruft.

Reglos stand sie da, schaute sich ruhig und konzentriert in der nun leeren Höhle um. Hier ragte so gut wie kein Wurzelwerk oder Sonstiges aus den Wänden. Die Decke war im Gegensatz zu den Gängen fast glatt. Petrocelli stellte den Dimmer der Lampe an der Decke heller, doch die Lampe war einfach zu schwach. Doch jetzt sah Paula auf der gegenüberliegenden Seite einen Gang, der wieder hinausführte.

Wie Petrocelli erklärte, war das der verschüttete Zugang, der vom *Sacro Bosco* herführte, wo das Grabungsteam die Kamera gefunden hatte.

Schließlich riss Paula sich aus ihrer Betrachtung los und rief sich noch einmal das penible Arrangement der ermordeten Frauen ins Gedächtnis. Sie überlegte, was sowohl der

Fundort als auch diese Sorgfalt bei der fast schon zeremoniellen Bestattung über den oder die Täter aussagen mochten.

Steckte, wie Calitri und Conte vermuteten, wirklich eine Satanismus-Sekte dahinter?

Nach den bisherigen Recherchen war das zwar eine Option, und natürlich gab es solche teufelsanbetenden Gruppen mit ihren schwarzmagischen Schriften und Ritualen, die an diesen ganzen Humbug glaubten und versuchten einen Pakt mit Dämonen oder gar dem Teufel selbst zu schließen. Doch je mehr Conte und Calitri davon überzeugt schienen, desto mehr zweifelte Paula daran.

Insbesondere, wenn sie an Francescas Aussage gegenüber Schwester Benedicta dachte. Egal, wie lange oder oft Francesca während ihrer Gefangenschaft auch bewusstlos gehalten worden war, in allen Belangen hatte sie ausdrücklich nur von einer einzigen männlichen Stimme und Person gesprochen.

Dem Mann mit der venezianischen Maske.

Dem Maskenmann.

Und seit mindestens dreizehn, vielleicht sogar fünfzehn Jahren – genauer hatte der Todeszeitpunkt des ersten Opfers nicht bestimmt werden können – trieb dieser Mann nun schon sein Unwesen, entführte, quälte, schwängerte und köpfte er junge Frauen.

Paula war sich so gut wie sicher, dass er keiner Sekte angehörte, sondern ein Einzelgänger war.

Aber nicht vom Typ *einsamer Wolf*, sondern lediglich extrem vorsichtig, was Mitwisser anging, denn einer quatschte immer, wurde leichtsinnig oder beging einen blöden Fehler, wenn man bereits seit so vielen Jahren aktiv war.

Und der Erfolg gab dem Mann mit der Maske recht. Nur weil er alleine handelte, war er all die Jahre unentdeckt geblieben. Auf seiner Jagd selbst in Metropolen wie Florenz, in seinem

Folterkeller, der irgendwo in der Nähe liegen musste, und beim Verstecken der Leichen im Monsterwald.

Außerdem führte er das Bestatten seiner Opfer selbst noch nach all der Zeit mit einem auffälligen Respekt aus. Die Fotos des Fundortes zeugten davon und waren für Paula der Beweis. Ebenso die respektvolle Art und Weise, wie Francesca, trotz des Zeitdrucks des Täters, im Kühlschubfach der Leichenhalle zurückgelassen worden war.

Der Maskenmann tat den Frauen Schreckliches an, doch er ging dabei auch eine tiefe Bindung mit ihnen ein, ehrte sie auf seine kranke Weise im Leben und über den Tod hinaus. Deshalb machte er sich die Mühe, die Frauen hier beizusetzen. Der Friedhof in diesem Höhlenlabyrinth war für ihn der angemessenste Ort, ausgezeichnet durch die Toten, die hier bereits seit Jahrhunderten ruhten. Für den Maskenmann war dies ein heiliger Ort und für lange Zeit die beste Tarnung. Hier sollten seine Opfer, die ja seine Frauen gewesen waren und ihm in gewisser Weise Kinder geschenkt hatten – zu welchem Zweck auch immer –, ihren Frieden finden. Ebenso vollzog er auf diese Art die Trennung von einer Frau, die ihr Soll erfüllt hatte, bevor er sich dem nächsten Opfer zuwandte.

All das schoss Paula binnen weniger Sekunden durch den Kopf, während ihr Blick über die Wände und den hier leicht ansteigenden, trockenen Boden glitt.

Nein, dieser Mann wollte keine Mitwisser. Dieser Mann gab sich verdammt viel Mühe, sein Geheimnis für sich zu behalten. Und er kannte sich sehr gut in der Gegend um Bomarzo aus.

Und das konnte nur eines bedeuten: Inspektor Conte und sein Team hatten bei ihren Recherchen und Befragungen irgendeine Verbindung übersehen. Vielleicht stimmte auch etwas mit den DNA-Tests nicht.

Plötzlich glaubte Paula, etwas auf dem Boden im hinteren Bereich des Raums wahrzunehmen. Einen gespenstischen Schatten oder eine Kontur. Sie richtete den Lichtstrahl ihrer Helmlampe genauer darauf. Viel konnte sie trotzdem nicht erkennen, also trat sie näher.

»Meine Herren«, forderte sie Petrocelli und Conte auf, »würden Sie bitte zu mir kommen und Ihre Helmlampen ebenfalls auf diese Stelle richten?«

»Jetzt sagen Sie nur, Sie haben etwas entdeckt?«, fragte Conte mit einem gewissen Spott in der Stimme.

Petrocelli kam neugierig näher und folgte Paulas Blick, wobei seine Helmlampe auf die Stelle fiel, die Paulas Lampe bereits bestrahlte. Als der Lichtschein von Contes Helmlampe hinzukam, konnten sie Paulas Entdeckung identifizieren. Doch nur Paula hielt den Atem an.

Drei stilisierte Blätter, von einem Band zusammengehalten. Das mittlere Blatt oben und unten zugespitzt. Die äußeren Blätter herabhängend und nach außen gebogen.

Das Symbol einer vermutlich mit einer Kelle in den Boden geritzten Lilie.

»Die war vorher nicht da«, erklärte Petrocelli verdattert. »Da bin ich mir ganz sicher.«

Paula fragte sich, wer außer ihr, Bernstein und Calitri noch von der Lilie wissen konnte. Ihr fiel nur noch Calitris Kontaktmann in der Vatikanbibliothek ein, der allerdings auch zur Archäologenszene Verbindungen unterhielt.

Erlaubte sich etwa jemand mit ihr einen dummen Scherz?

Sie erinnerte sich an Calitris Wagen, an das sabotierte Bremssystem. Der Mörder wusste, dass der Kardinal ihm auf der Spur war. Also wusste er vermutlich inzwischen auch, dass Calitri Verstärkung aus den USA angefordert hatte und Paula bereits in der Klinik aktiv gewesen war. Das erklärte allerdings noch immer nicht das Liliensymbol, das hier nun etliche Meter unter der Erde in den Boden geritzt worden war.

»Ich verstehe nicht«, hörte sie Conte neben sich sagen.

Petrocelli zeichnete das Symbol der Lilie mit dem Finger nach. Doch Conte stand noch immer auf dem Schlauch.

»Jemand hat diese Schwertlilie in den Boden geritzt. Vermutlich der dumme Scherz eines meiner Studenten. Die Schwertlilie ist das Symbol für Verbrecher im Mittelalter.«

Paula zog ihr Handy hervor und machte von dem Kunstwerk mehrere Fotos. Was Petrocelli da sagte, klang beim ersten Hören zwar interessant, doch sie glaubte, dass das mehr war als nur eine Referenz an die mittelalterlichen Toten.

Der Mörder hatte eine Botschaft hinterlassen.

Er forderte Paula heraus.

Ein Schaudern durchfuhr sie.

Als sie ihr Handy wieder einsteckte und das Licht ihrer Helmlampe dabei über Contes Miene glitt, sah es für eine Sekunde so aus, als stünde da jemand völlig anderes neben ihr. Aber Paula wusste, wie das grelle Licht einer Helmlampe in der Finsternis einen phänomenal täuschen konnte, wie es Schatten, Figuren und Fratzen erschuf, die nichts mit der Realität zu tun hatten. Selbst ihr Freund Murray hatte bei einer der Missionen im Abwassersystem des Chicagoer Untergrunds mit seinen inzwischen rundlicheren Gesichtszügen bisweilen gewirkt wie der Teufel in Menschengestalt.

Conte holte sein Handy heraus und machte seinerseits drei Fotos für die Akten, wie er sagte.

Als sie endlich wieder zur Oberfläche des Camps zurückgekehrt waren – schmerzhaft spürte Paula beim Aufrichten jeden verdammten Nacken- und Rückenmuskel –, versuchte sie, dem Rätsel der Lilie auf den Grund zu gehen, doch keiner der Grabungsteilnehmer, die am Morgen in diesem Teil des Höhlengangsystems gewesen waren, wollte für den kleinen

Scherz, wie es Petrocelli weiterhin nannte, verantwortlich sein oder hatte irgendetwas Verdächtiges gesehen.

Tatsächlich konnte die Lilie auch in der Nacht dort hinterlassen worden sein, meinte Walter, der zwar die letzte Nachtwache gehalten, aber nichts Ungewöhnliches bemerkt hatte.

Paula subtrahierte in Gedanken die weiblichen Grabungshelfer von den männlichen und sortierte dann von den Männern die jüngeren aus. Wenn das älteste Opfer dieses Henkers seit fast fünfzehn Jahren in der Höhle gelegen hatte, sollte der Mörder älter als Mitte dreißig sein, denn Paula bezweifelte, dass der Täter schon als Teenager mit seinen ausgefeilten Ritualmorden begonnen hatte. Und wenn sie diese Überlegung weiterführte, blieben nicht mehr viele Kandidaten übrig. Dann kamen nur noch Professor Petrocelli und sein stellvertretender Doktorkollege, der mit drei Studenten vor Paula in der Höhle gewesen war, infrage.

Auch Inspektor Contes Überlegungen schienen in diese Richtung zu gehen, so wie er den Professor aus dem Augenwinkel heraus musterte. Sicher würde er sich noch heute den Lebenslauf des Archäologen genauer anschauen. Paula würde Calitri mit seinen Kontakten darauf ansetzen.

Nachdem Paula sich im Materialzelt umgezogen hatte, sah sie sich einige der Objekte auf dem Tisch an. Eines der Stücke erregte dabei ihre besondere Aufmerksamkeit. Vor allem, da es nicht wie die anderen eingetütet worden war. Ein Wappen- oder Siegelring. Ohne den Ring zu berühren, sah sie sich das Schmuckstück genauer an. Im oberen Bereich in der Mitte befand sich ein triumphierender Kranich mit kampfbereit schlagenden Flügeln, von zwei Lilien flankiert. Darunter ein Schild mit einem Kreuz. Sie wollte gerade die umlaufende Schrift entziffern, als Walter das Zelt betrat.

»Was man nicht im Kopf hat, hat man in den Beinen«, meinte er und nahm den Ring mit einem Grinsen vom Tisch. »Der gehört nicht zu unserer Sammlung.«

»Dann stammt der nicht aus dem Mittelaltergrab?«

Walter schüttelte den Kopf. »Nein, dieser Modeschmuck sieht auf den ersten Blick nur täuschend echt aus. So einen Ring können Sie heutzutage in jedem gut sortierten Laden oder im Internet kaufen. Ich selbst habe auch einen, lege ihn aber während der Höhlenexkursionen ab.«

Paula beobachtete, wie er durch den Zeltausgang verschwand und hinüber zu den beiden Polizisten eilte, die schon auf dem Weg zu ihrem Wagen waren.

»Einen Moment noch!«, rief er den beiden hinterher. Und dann legte er Conte den Ring in die Hand. »Ihr Ring, Inspektor. Ich habe ihn wiedergefunden. Das Materialzelt verliert nichts.«

RITUAL

30

Sorgfältig trat Vizedirektor Robert Bernstein sich die Schuhe an der Fußmatte mit der Aufschrift *Shoes Make Me Smile* ab, bevor er an der eichefarbenen, von zwei großen Blumentöpfen flankierten Eingangstür klingelte.

Während der Fahrt nach Monterotondo Scalo hatte er auf einem Rastplatz eine ausreichend lange Pause eingelegt, um eine Kleinigkeit zu essen und sich für sein weiteres Vorhaben umzuziehen. Dann hatte er sich die von Calitri organisierten vorläufigen Polizeiberichte zum Fall Sophia Leone angeschaut, die er per Mail erhalten hatte, und danach einen Agenten bei der italienischen ISA – der Mann hatte den Großteil seiner Ausbildung in Chicago absolviert – darauf angesetzt, sich die Personalakten der Inspektoren Adamo Conte und Lorenzo Zorzi zu besorgen, außerdem eine ausführliche Vita über Professor Petrocelli und einige andere Grabungsteilnehmer, die von Geschlecht und Alter her vielleicht als Verdächtige infrage kommen konnten.

Unmittelbar bevor er schließlich Monterotondo Scalo erreichte, hatte er endlich die Nachricht mit den Satellitenaufnahmen erhalten und diese sofort an Paula und Kardinal Calitri weitergeleitet. Vielleicht fanden beide

Gelegenheit, sich die Aufnahmen noch vor dem späteren Treffen in Benedictas Kloster anzuschauen.

Bernstein blickte kurz die Straße hinunter und klingelte dann ein zweites Mal. Es war Mittagszeit, und obwohl längst keine hochsommerlichen Temperaturen mehr herrschten, zeigte sich niemand auf den Dorfstraßen. Auf dem Weg in dieses Viertel war er an einigen tristen Wohnblöcken und Häusern vorbeigefahren und an einem Industriegebiet. Selbst dort hatte alles wie ausgestorben gewirkt. Schließlich war er in die etwas abgelegene Via Allia eingebogen, an deren Ende Sophia Leones Haus lag. Doch er hatte ihr Haus nicht betreten, sondern sich zunächst auf das Nachbarhaus gegenüber konzentriert, an dessen Frontfenster sich einer der Vorhänge bewegte. Am helllichten Tag in Sophias Haus einzusteigen, schien ihm keine gute Idee. Also hatte Bernstein seinen ursprünglichen Plan revidiert, um nicht zu sagen in der Reihenfolge umgekehrt, damit die überaus neugierige Nachbarin nicht noch auf Idee kam, die Polizei zu informieren.

Jetzt wartete er geduldig, bis sich der Vorhang des Fensters beruhigte und Sophias vorsichtige Nachbarin zur Tür kam. Es war lange her, seit er sein Italienisch gebraucht hatte, aber es war immer noch um einiges aktueller als sein Französisch, Deutsch oder Spanisch. Seine Mehrsprachigkeit war einer der Gründe für seinen Spitzenjob bei der ISA.

Er hörte, wie ein Schlüssel im Türschloss gedreht wurde. Nur einen Spalt weit ging die Tür auf, gerade so weit, wie es die Schutzkette erlaubte. Der grauhaarige Kopf einer kleinen, älteren, ziemlich grimmig dreinschauenden Dame erschien. Die Fußmatte mit der Behauptung, dass der Anblick von Schuhen ein Lächeln auf ihr Gesicht zauberte, wollte so gar nicht zu ihr passen.

»Was immer Sie uns andrehen wollen, Signore, wir sind nicht interessiert.«

Die ältere Dame mit dem hochtoupierten Haar musterte Bernstein von oben bis unten. Was sie sah, war ein gut gekleideter Mann Mitte oder Ende vierzig mit grauen Schläfen, groß und schlank, dessen Augen ihr irgendwie Vertrauen einflößten.

»Guten Tag, Signora Moretti.« Er hatte den Familiennamen vom Türschild abgelesen. »Mein Name ist Mailo Wayne ...«, er zeigte ihr einen behördlich ausschauenden Ausweis, »... und ich arbeite für Interpol. Ich hätte ein paar Fragen zum Verschwinden von Sophia Leone.«

Die Augen der grauhaarigen Signora wurden groß. »Interpol?« Ganz ohne Zweifel hatte sie über die Medien schon mal von der internationalen, kriminalpolizeilichen Organisation gehört. Doch sie blieb vorsichtig. »Ich habe der Polizei bereits alles gesagt.«

»Ich weiß. Ich kenne den Bericht«, log er. »Trotzdem möchte ich Sie bitten, mir alles noch einmal zu erzählen, auch wenn Sie Ihre Beobachtungen schon mehrmals der Polizei berichten mussten.«

»Sie sind Amerikaner, nicht wahr? Ich höre das an Ihrem Akzent.«

Bernstein nickte. »Ja. Es geht um einen international agierenden Menschenhändlerring. Ihre Informationen könnten uns dabei helfen, Sophia Leone aus den Fängen dieser Kriminellen zu befreien und ihnen endgültig das Handwerk zu legen.«

Die Aussicht darauf, ihre arme Nachbarin zu retten, legte sichtbar einen Schalter im Bewusstsein der kleinen Italienerin um. Doch ganz so leicht ließ sie sich dann doch nicht um den Finger wickeln.

»Darf ich noch mal Ihren Ausweis sehen?«

»Sicher.«

Er reichte ihr den Ausweis durch die Tür und sie betrachtete ihn ganz genau. Vorder- wie Rückseite.

»In Ordnung«, sagte sie schließlich, schob die Kette zurück und bat ihn, ihr in die Küche zu folgen.

»Wollen Sie einen Espresso oder einen Kaffee, guten italienischen?«

Fast hätte er »Danke, nein, ich bin nicht durstig« gesagt, besann sich aber in letzter Sekunde darauf, dass das Annehmen solcher Höflichkeiten Vertrauen schuf. »Sehr freundlich von Ihnen. Ein Kaffee wäre gut.«

Er folgte ihr durch einen schmalen Gang in die Küche, deren Fenster, wie er bereits vermutet hatte, zur Straße hinaus lag. Der Geruch von frisch gebackenem Kuchen hing in der Luft. Der Herd, die Spüle und die Küchenschränke waren alt, aber solide und sehr gepflegt. Vor dem Fenster stand ein rechteckiger, weißer Tisch, auf dem eine Zeitung aufgeschlagen lag, mit zwei modernen, frei schwingenden Stühlen. Signora Moretti deutete höflich auf einen davon und begab sich zum Kaffeeautomaten. Der allerdings war hochmodern und brandneu und der einzige Anachronismus in dem kleinen Raum. Sie holte zwei weiße Tassen mit Blumenmuster aus dem Schrank. Kein Billiggeschirr, vermutlich war das Service ein Erbstück.

Aus dem hinteren Bereich des Hauses hörte Bernstein ein Radio oder vielmehr einen Fernseher.

»Mein Mann«, erklärte Signora Moretti. »Er schaut sich gerade eine seiner geliebten Rateshows an.« Kurz verschwand sie über den Flur und sagte ihrem Ehemann Bescheid.

Bernstein warf währenddessen einen Blick durch die weißen Vorhänge aus dem Fenster. Von hier aus hatte man einen ausgezeichneten Blick auf die Straße und das gegenüberliegende Haus. Eigentlich wirkte alles total friedlich, wenn dort drüben nur kein Mensch auf Nimmerwiedersehen verschwunden wäre.

Als der heiße Kaffee auf dem Tisch stand, nahm Bernstein einen vorsichtigen Schluck. Signora Moretti hatte nicht zu viel versprochen. Der frisch geröstete Kaffee war von ausgezeichneter Qualität. »Der ist wirklich gut«, sagte er.

»Das will ich meinen. Wir gönnen uns nicht viel, aber ein guter Kaffee ist unser Lebenselixier.«

Nach einem weiteren Schluck kam Bernstein zum Anlass seines Besuchs. »Signora Moretti, wie es aussieht, sind Sie die letzte Person, die Sophia Leone vor ihrer Entführung noch gesehen hat. Bitte erzählen Sie mir, *was* Sie genau gesehen haben.«

»Es ist nicht viel, Signore Wayne. Sophia kam wie immer um neunzehn Uhr von der Arbeit und parkte ihren Wagen vor der Tür. Ich war gerade dabei, die beiden Blumenstöcke vor unserem Haus zu gießen, und winkte ihr zu, fragte, wie ihr Arbeitstag gewesen war, und wünschte ihr einen schönen Abend. Das Übliche eben, wenn man einen seiner Nachbarn sieht.«

»Und danach ging Signorina Leone alleine in ihr Haus.«

»Zuerst ja. Aber alleine blieb sie an diesem Abend nicht. Wissen Sie, ich bin nicht neugierig und mich interessiert auch kein Klatsch und Tratsch, aber wenn man älter wird und in Rente ist, hat man viel freie Zeit, und so bin ich oft hier in der Küche statt drüben im Wohnzimmer vor dem alten Fernseher, koche, backe, lese und schaue ein bisschen aus dem Fenster. An diesem Abend jedenfalls erhielt Sophia seltenen Besuch.«

»Seltenen Besuch?« Calitri hatte Bernstein doch erklärt, dass Sophia laut vorläufigem Bericht an diesem Abend niemanden mehr getroffen hätte.

»Na ja, Besuch von einem Mann. Sie müssen wissen, dass Sophia eine sehr selbstständige und hart arbeitende Frau ist. Sie lebt sogar regelrecht für ihre Arbeit in diesem Reisebüro. All die vielen Überstunden. Da bleibt natürlich kaum Zeit für Freundschaften oder eine Beziehung, geschweige denn das Gründen einer Familie. Außerdem tun sich die meisten Männer mit beruflich ehrgeizigen Frauen schwer.«

»Um wie viel Uhr klingelte der Mann an Sophia Leones Tür?«

»Das war ein paar Minuten nach einundzwanzig Uhr. Das weiß ich noch, weil ich mich kurz darauf ins Bad begeben habe, um mich für die Nachtruhe fertig zu machen.«

»Können Sie den Mann näher beschreiben?«

»Eigentlich nicht. Wir hatten dichte Wolken am Himmel und so war es um diese Zeit schon recht dunkel. Und ich habe ihn nur sehr kurz gesehen. Aber er machte einen guten Eindruck, trug einen schicken, hellen Anzug und fuhr einen dieser großen, schwarzen Wagen.«

»Wissen Sie zufällig, welches Modell?«

Signora Moretti schüttelte den Kopf. »Diese modernen Automobile sehen alle so gleich aus. Es könnte ein französisches oder deutsches Fabrikat gewesen sein. Es war in jedem Fall ein schwarzer Kombi mit vier Türen.«

»Und dieser Wagen stand vor Sophia Leones Tür?«

Signora Moretti nickte. »Genau. Der Mann klingelte an ihrer Tür und sie öffnete ihm. Doch er blieb wohl nicht lange, denn als ich eine halbe Stunde später aus dem Bad kam, um noch den Frühstückstisch zu decken, war der Wagen bereits wieder fort.«

»Konnten Sie einen Blick auf das Nummernschild erhaschen?«

»Darauf habe ich nicht geachtet. Ich konnte ja nicht wissen, dass das später einmal so wichtig sein würde …« Die alte Dame hielt kurz inne, legte die Stirn in tiefe Falten und dachte über etwas nach. »Aber wenn ich es mir jetzt so überlege, würde ich meinen, es war ein ähnliches Modell wie der Wagen des Inspektors, der mit mir über Sophias Verschwinden gesprochen hat.«

Bernstein, der gerade einen weiteren Schluck des köstlichen Kaffees genoss, während sein Geist verdaute, dass all dies mit keiner Silbe im vorläufigen Polizeibericht erwähnt worden war, setzte die Tasse ab. »Ein Renault?« Der Fuhrpark der Questura war zu einem guten Teil mit dieser französischen Automarke bestückt.

»Gut möglich. Wie gesagt, ich hab's nicht so mit Automobilen. Aber so einer könnte es gewesen sein. Denken Sie, es war ein nicht uniformierter Herr von der Polizei, der Sophia besucht hat?«

Das war seitens der älteren Dame eine Assoziation, die Bernstein so verblüffte, als hätte sie seine Gedanken gelesen. Andererseits wurden schwarze Renault-Limousinen und -Kombis aber auch sehr gerne von Privatleuten und Firmen benutzt, die weder etwas mit der Polizei noch mit sonst einer Behörde zu tun hatten.

»Das halte ich eher für unwahrscheinlich«, antwortete er kopfschüttelnd, während er sich im Hinterkopf eine Notiz machte, die Automarken der verdächtigsten Personen zu überprüfen.

»Sie erinnern sich nicht zufällig noch an den Namen des Inspektors, der mit ihnen sprach, Signora?«

»Er hat ihn genannt, das weiß ich noch ganz genau. Es war ein kurzer Name.«

»Conte?«

Signora Moretti schüttelte den Kopf. »Nein.«

»Zorzi?«

»Es tut mir leid, aber ich erinnere mich nicht. Es ging alles sehr schnell.«

»Danke, Signora. Sie haben mir schon sehr weitergeholfen.«

Eine Minute später verließ Bernstein Signora Morettis Haus, nachdem er sich für den Kaffee und das aufschlussreiche Gespräch bedankt hatte.

Kaum hatte er Monterotondo Scalo hinter sich gelassen, klingelte sein Telefon. Es war Paula. Er schaltete die Freisprechanlage an.

»Tennant hier. Ich bin jetzt auf dem Weg zu Doktor Lamboglia und habe Ihnen von meiner Höhlenexkursion noch ein Foto geschickt. Jemand war so frei, eine Lilie in den Boden unseres Serienmördergrabs zu ritzen. Der Professor und die Grabungshelfer schwören, dass dieses Kunstwerk heute Morgen noch nicht da war.«

»Dann sind Calitri und Sie dem Täter bereits dichter auf die Pelle gerückt, als wir dachten.«

»Ich frage mich, ob vielleicht Calitris Wohnung oder Kleidung verwanzt ist. Oder sein vatikanischer Informant und Lilien-Experte nicht so verschwiegen ist, wie er glaubt. Der Täter spielt mit uns. Er fordert uns heraus.«

»Und damit begeht er seinen ersten großen Fehler«, sagte Bernstein. »Calitri hat uns übrigens eine aktuelle Vermisstenliste besorgt. Es sieht so aus, als ob unser Täter bereits das nächste Opfer in seiner Gewalt hat. Vor zweieinhalb Wochen verschwand eine junge Frau aus Monterotondo Scalo.«

Einen Moment lang herrschte Stille in der Leitung. Bernstein glaubte zu spüren, wie in Paula bei dem Gedanken daran, was die junge Frau inzwischen wohl schon alles hatte erleiden müssen, die Wut aufstieg. Wut und Zorn waren Paulas Hauptantrieb, nicht Angst oder Mitleid. Davon war Bernstein überzeugt.

»Conte und Zorzi arbeiten sicher bereits hinter den Kulissen an dem Fall«, sagte sie schließlich.

»Das und mehr versuche ich nun herauszufinden.«

Kurz fasste er zusammen, was er von Signora Moretti über Sophia Leones Verschwinden erfahren hatte, erzählte von dem unbekannten Mann mit der schwarzen Kombi-Limousine, der mit keinem Wort in dem vorläufigen Bericht erwähnt worden war.

»Und wer hat diesen vorläufigen Bericht geschrieben?«, fragte Paula.

Das war mehr oder weniger die Preisfrage.

»Laut Unterschrift ein gewisser Guerra, dem ich gleich mal auf den Zahn fühlen werde«, erklärte er. »Viel Erfolg in der Gerichtsmedizin.« Atmete seine toughe Agentin etwa gerade tief durch? Bernsteins Mundwinkel verzogen sich zu einem knappen Lächeln.

31

Paula bedauerte einmal mehr, dass Leichenhallen und gerichtsmedizinische Labore meist im Keller von Kliniken und Krankenhäusern lagen. Auch Dr. Loretta Lamboglias fensterlose Räumlichkeiten bildeten da keine Ausnahme. Sie lagen sogar zwei Stockwerke unter dem Erdgeschoss am Ende eines langen, tristen und grauen Gangs. Warum auch etwas Farbe an die Toten verschwenden oder an die Menschen, die hier unten tagein, tagaus arbeiteten?

Als Paula das Zutrittsschild über der stählernen Eingangstür sah, dachte sie, sie sei im falschen Film. *Willkommen im Paradies* lautete die Aufschrift. Und irgendein Scherzkeks hatte mit rotem Filzstift *auf Erden* dahintergeschrieben. Sollte das tatsächlich ein Spiegel des schwarzen Humors der Ärztin sein, so hatte Paula die Frau anhand ihrer nüchternen und präzisen Berichte bislang völlig falsch eingeschätzt. Doch dann bemerkte sie beim Näherkommen, dass das Schild aufgrund der Patina schon viele Jahre dort an der Wand hängen musste und der sinnige Nachtrag mit dem roten Stift ebenfalls nicht mehr ganz taufrisch war. Soweit sie von Calitri erfahren hatte, arbeitete Dr. Lamboglia erst seit wenigen Jahren in Rom.

Paula drückte die Klingel und wartete darauf, dass jemand die Tür öffnete und sie hereinbat. Sie musste nicht lange warten, da hörte sie auch schon das Summen des automatischen Türöffners.

Es war, als beträte Paula einen großen Kühlschrank. Sie war heilfroh, ihre Jacke schon alleine wegen der Dienstwaffe, die sie darunter trug, nicht im Auto gelassen zu haben. Dr. Lamboglia trat aus einem Laborraum hinter Glas, der neben dem großen Autopsieraum lag. Zurzeit lag kein Leichnam auf den beiden Stahltischen. Alles war picobello sauber. Die Ärztin kam mit einem freundlichen Gesichtsausdruck auf sie zu und zog die Latexhandschuhe aus, die sie bei ihrer Laborarbeit getragen hatte.

Ihr kurz geschnittenes, weißblondes Haar und ihre schlanke Gestalt in dem weißen Kittel ließen sie wie eine überirdische Superheldin aussehen, die sich hierher verirrt hatte, um ein paar verrückt gewordene, hungrige Untote das Fürchten zu lehren. Was natürlich völliger Blödsinn war, doch so abgehoben wirkte Dr. Lamboglia in diesem Moment auf Paula.

»Hallo. Ich bin Doktor Lamboglia. Kardinal Calitri hat Sie bereits angekündigt. Sie helfen ihm dabei, diesen Mistkerl zu schnappen, der Francesca und all diese anderen Frauen ermordet hat.«

Paula erwiderte ihren Gruß und reichte ihr die Hand. »Es wäre gut, wenn das unter uns bliebe.«

»Keine Sorge. Wir sind hier unter uns. Und die Toten …«, die Medizinerin deutete auf die Kühlzellen an der hinteren Wand, »… werden uns nicht verraten.« Lamboglia musterte Paula. »Verzeihen Sie mir, wenn ich das sage, aber Sie sehen nicht gerade wie eine … Ermittlerin aus.«

»Danke. Das werte ich mal als Kompliment für meine Tarnung.« Paula hielt sich nicht mit Small Talk auf. »Auf dem

Flug hierher habe ich Ihre Berichte gelesen und hätte noch ein paar Fragen.«

»Kommen Sie. Wir gehen am besten in mein Labor. Dort sind wir ungestört und können besser sehen, ob einer meiner Assistenten oder Studenten hereinkommt.«

Paula folgte ihr in den Glaskasten, der mit allen möglichen Apparaturen gespickt war, und holte die gerichtsmedizinischen Unterlagen aus ihrer Tasche hervor. Geduldig ging Dr. Lamboglia alle Fragen mit ihr durch. Zur Todesursache, zu den Todeszeitpunkten, den Mumifizierungs- und Verwesungsprozessen sowie den DNA-Analysen. Schließlich kam sie zu den Fotos, die die seltsamen Abdrücke auf den Rücken einiger Frauenleichen zeigten.

»In Ihrem Bericht steht, dass die Toten nach ihrer Hinrichtung für mehrere Stunden auf einem mit Ornamenten verzierten Untergrund gelegen haben müssen.«

»Ja, genau. Am ehesten kämen dafür Grabplatten infrage. Das wird Ihnen in einer Umgebung wie Rom allerdings wenig weiterhelfen, schätze ich. Inspektor Conte denkt seither, eine Sekte könnte hinter den Morden stehen. Da fällt mir ein, ich habe inzwischen bessere Fotos von unserer Technik erhalten. Die hier sind nicht mehr auf dem neuesten Stand. Warten Sie einen Moment.«

Dr. Lamboglia zog ein langes, schmales Schubfach auf, in dem ansonsten wohl Röntgenbilder aufbewahrt wurden, und holte einen großen Umschlag heraus. »Diese sind nachbearbeitet und detailreicher. Der Inspektor und ich haben zwar nichts Neues entdecken können, aber Ihnen fällt vielleicht noch etwas auf.«

Paula zog die Fotos aus der Hülle und ging sie der Reihe nach durch. Der Anblick der Bilder erinnerte sie an die bisweilen bizarren Schaufensterdekorationen unappetitlicher Tattoostudios. Sie hatte gerade drei Bilder durch, als sie auch schon stockte und dann alle neun Fotos auf der Arbeitsplatte ausbreitete. Es gab nicht den geringsten Zweifel, auch wenn auf jedem der Bilder nur ein Teilabdruck zu sehen war: Paula konnte sie beinahe wie ein Puzzle zusammenfügen und das Ergebnis war die fragmentarische Struktur einer Lilie. Und das zeigte sie Dr. Lamboglia.

»Jetzt, wo Sie es sagen«, meinte die Ärztin. »Es sieht tatsächlich danach aus. Aber wie kamen Sie überhaupt darauf?«

»Durch eine Zeichnung Francescas …«, sie verzichtete darauf zu erwähnen, dass diese aus Francescas eigenem Blut entstanden war, »… und durch eine Recherche, die Kardinal Calitri daraufhin angestellt hat.« Sie erklärte Dr. Lamboglia, was sie bis jetzt über das Zeichen wussten: »Das Symbol der Lilie taucht immer wieder in diesem Fall auf. Es gibt irgendeine Verbindung zwischen diesem Symbol und dem Mörder. Vielleicht ist er ein Adliger oder er hat vielleicht ein altes, abgelegenes Anwesen erworben, einen Ort, wo man ungestört Verbotenes tun kann, bei dem die Lilie irgendwie eine Rolle spielt. Sie hätten nicht zufällig eine Idee? Oder ist Ihnen vielleicht irgendetwas aufgefallen?«

Dr. Lamboglia schüttelte den Kopf. »Es tut mir leid. Nichts dergleichen ist mir aufgefallen, aber ich werde von nun an danach Ausschau halten.«

Paula seufzte. »Wissen Sie, wir sind die Vermisstenlisten der letzten Wochen durchgegangen und es sieht ganz danach aus, als hätte er bereits das nächste Opfer in seiner Gewalt.«

»Verdammt«, entfuhr es Lamboglia. Dann sagte sie: »Im Gegensatz zur Questura wissen Sie es sicher noch nicht, aber es gibt da einen Aspekt, der den Fall inzwischen in einem völlig anderen Licht erscheinen lässt.«

Ein neuer Aspekt? Paula folgte Lamboglia zu einem der Computerbildschirme. Die Ärztin öffnete eine Datei mit wissenschaftlichen Abbildungen und den Bildern von einigen Föten. Die Ergebnisse von Labortests.

»Als die Mütter ermordet wurden, waren sie alle ungefähr im sechsten Monat schwanger, doch die Ungeborenen im Mutterleib waren zu diesem Zeitpunkt längst alle vergreist.«

»Progerie?«, fragte Paula, die schon einmal von der seltenen und grausamen Krankheit, die Kinder wie im Zeitraffer altern ließ, in einer Reportage gehört hatte. Soweit sie wusste, kam auf mehrere Millionen Geburten ein solcher Fall, und es gab bislang keine Heilung, da jede einzelne Körperzelle vom Alterungsprozess betroffen war.

»Genau das dachte der Analyst zunächst auch. Doch bei der Progerie verändert das mutierte Gen erst ab der dreißigsten bis vierunddreißigsten Woche die Körperzellen. Die Körperzellen dieser Ungeborenen waren jedoch schon in einem viel früheren Entwicklungsstadium gestört.«

»Wollen Sie damit sagen, jemand hat mit den Schwangeren und den Föten wissenschaftlich experimentiert?«

»Ich wüsste keine andere Erklärung. Zuerst dachte ich noch, beim Vaterschaftstest hätte es vielleicht eine Verunreinigung der DNA mit dem Erbgut einer der mittelalterlichen Leichname gegeben, aber jetzt mit dem Wissen, dass die DNA des Vaters praktisch seit fünfhundert Jahren nicht mehr existiert, sieht die Sache noch einmal ganz anders aus. Finden Sie nicht?«

Paula starrte die Ärztin an. »Dann hat irgendein verrückter Genetiker Gott gespielt und die modernen Gene der Mütter mit dem Erbgut einer der männlichen Mittelalter-Leichen gekreuzt?«

»So etwas könnte man zum Beispiel vermuten.«

»Was sagt Conte dazu?«

»Er lässt mittels Rasterfahndung nach einem entsprechenden Forscher suchen. Vielleicht ist unser Mörder in früheren Zeiten schon einmal durch eine mehr oder weniger extravagante Art der Forschung aufgefallen.«

»Aber wozu dann der ganze rituelle Zirkus?«, dachte Paula laut nach. »Wozu das Köpfen und die anschließende Beisetzung in diesem Höhlengrab?«

Lamboglia zuckte die Achseln. »Das könnte auch rein praktische Gründe haben. Vielleicht hatte unser Doktor Frankenstein mit den Köpfen noch etwas vor. Oder er ist auf eine abstruse Weise doch noch irgendwie religiös. Gewissermaßen hat er ja einem mehrere Hundert Jahre alten Leichnam Leben entnommen und bringt die Toten vielleicht deshalb zum Ausgleich dorthin zurück.«

Paula runzelte die Stirn. »Und worin läge der Gewinn einer dermaßen abartigen Forschung? Ich habe von Wissenschaftlern gehört, die das Altern aufhalten und das Leben verlängern wollen. Aber das hier? Das ergibt doch irgendwie keinen Sinn.«

»Conte brachte da einen sehr interessanten Gedanken ins Spiel.«

»Und der wäre?«

»Die globale Bevölkerungsexplosion. Es mag Interessengruppen geben, die eine derartige Forschung insgeheim gutheißen und finanziell unterstützen. Die Lilie, die Francesca erwähnte, könnte also auch das Markenzeichen eines im verborgenen agierenden Forschungsinstituts sein.«

Paulas Blick ging zum Bildschirm, zu den Testreports, den Diagrammen sowie den Bandenmustern der Föten. Ob sie es wollte oder nicht, dieser neue Blickwinkel ergab weit mehr Sinn als Kardinal Calitris abstruse Recherche in einem alten, magischen Beschwörungsbuch mit dem Titel *Ars Notoria*.

»Ich frage mich, wo sich ein solch skrupelloser Wissenschaftler sein Labor wohl einrichten würde«, sagte sie.

»In früherer Zeit ganz sicher in der Nähe einer zuverlässigen Stromversorgung, also in der Nähe einer größeren Stadt. Aber heutzutage, wo nahezu alles möglich ist, vor allem, wenn man über die notwendige finanzielle Unterstützung verfügt ...«, überlegte Lamboglia. »Schwer zu sagen.«

Paula war weiterhin davon überzeugt, dass der Mörder irgendwo in der Gegend von Rom lebte. Francesca war dort mitten in der Pampa wiederaufgetaucht. Und Sophia Leone war vor knapp drei Wochen ganz in der Nähe der Metropole verschwunden. Das war sicher kein Zufall.

Und sollte an Lamboglias Theorie tatsächlich etwas dran sein, dann fiel praktisch jeder bisher Verdächtige aus dem Raster heraus. So gesehen war es auch kein Wunder, dass der Vaterschaftstest am Ende nicht einen einzigen Treffer bei den Lebenden erzielt hatte.

»Danke, Doktor. Ich werde mir das alles jetzt erst einmal durch den Kopf gehen lassen und mich dann mit Kardinal Calitri beraten.«

»Ich hoffe, es hilft Ihnen, dem Kardinal und der Polizei, diesen Mistkerl weiter einzukreisen.«

32

Als Paula in ihrem Wagen auf die andere Seite des Tibers fuhr, um endlich ihr kleines Appartement in Trastevere aufzusuchen, gingen ihr die Ereignisse des Tages und insbesondere das Gespräch mit Dr. Lamboglia noch immer durch den Kopf. Die Testresultate der Analysen deuteten tatsächlich darauf hin, dass mehr hinter dem Fall steckte, als es auf den ersten Blick schien. Vor dem Treffen mit der Ärztin hatte sie noch geglaubt, es mit einem Mörder zu tun zu haben, der lediglich seine sexuell-schwarzmagischen Perversionen auslebte, und nun ermittelte sie gegen eine Art Dr. Frankenstein. Es gab einige Forschungsunternehmen und Technologiekonzerne, die fragwürdige und ethisch sehr kontroverse Experimente und Studien durchführten. *Re-Source* gehörte darunter zu den international einflussreichsten.

Paula lenkte den Wagen in ein Parkhaus in der Via Orti und stellte ihn in der Nähe des Ausgangs ab. Ihr Zimmer war von hier knapp vier Minuten Fußweg entfernt. Der kleine Spaziergang würde ihr guttun und Körper und Geist erfrischen. Danach würde sie sich etwas Ruhe gönnen, eine heiße Dusche nehmen, um weitere Energie zu schöpfen, sich umziehen und schließlich den ganzen Input aus dem Labor noch einmal am Computer sortieren.

Doch jetzt genoss sie erst einmal ihren Spaziergang durch Trastevere. Sie mochte den Anblick der alten, schmalen und verwinkelten Pflastersteingassen und der verwitterten Fassaden der Wohnhäuser mit ihren kleinen Handwerksläden, Geschäften, Cafés und Restaurants. Hier und dort standen Schwätzchen haltende Einheimische und genossen den sonnigen Nachmittag, und kurz zuckte Paula erschrocken zusammen, als die berittene Polizei plötzlich flotter als gedacht um eine der krummen Ecken kam. Calitri hatte ihr erklärt, Trastevere sei ein uraltes Dorf, in dem jeder jeden kannte und in dem man selbst als Besucher die Hektik der modernen Zeit vergaß. Unter normalen Umständen traf das auch bestimmt zu, doch im Augenblick schaffte der mittelalterliche Stadtteil es nicht, die Realität des Mordfalls auch nur für ein paar Sekunden wirklich aus Paulas Bewusstsein zu verdrängen.

Sie betrat ihr Zimmer und verriegelte die Tür hinter sich. Dann legte sie die Tasche auf das Bett und die Waffe in den Nachttisch. Eine Viertelstunde später kam sie geduscht und wieder halbwegs munter aus dem kleinen Badezimmer und zog sich frische Sachen an. Sie wollte gerade damit anfangen, ihre Recherchen und Überlegungen für Calitri und Bernstein in einem Bericht festzuhalten, als der Kardinal wie auf ein Stichwort anrief.

»Hallo Paula. Ich habe Ihnen und Robert gerade die Daten für unser späteres Treffen bei Benedicta geschickt. Nehmen Sie unbedingt den Weg über die Hinterhöfe. Das ist sicherer.«

Paula checkte die SMS mit der Karte und bestätigte den Empfang. Dann berichtete sie dem Kardinal von ihrer Höhlenexkursion im *Sacro Bosco* und ihrem mittäglichen Besuch in der Gerichtsmedizin.

»Das klingt sehr ernst«, sagte Calitri, als er die Geschichte von der eingeritzten Lilie im Höhlenboden erfuhr. »Jetzt spielt er mit uns beiden Katz und Maus.«

»Das könnte ihn aber auch zu einem Fehler verleiten, Eminenz. Was halten Sie von Doktor Lamboglias wissenschaftlichem Aspekt?«

»Nun ja, die Alchemie als Zweig der Naturphilosophie ist ja gewissermaßen die Mutter der heutigen Chemie. So gesehen müssen sich die wissenschaftliche und die abergläubische Komponente im Bewusstsein des Mörders nicht unbedingt ausschließen.«

»Mit anderen Worten, Ihre ominöse Quelle in den vatikanischen Archiven hat etwas entdeckt?«

»Meine Quelle ist auf ein sehr interessantes Material aus dem dreizehnten Jahrhundert gestoßen, das Ihnen jedoch angesichts Doktor Lamboglias Entdeckung äußerst suspekt erscheinen wird.«

»Und was hat Ihre Quelle in den Archiven gefunden?«

»Eine Schrift mit dem Titel *Civitas Diaboli. Unter der Herrschaft des Teufels.* Darin ist von einem Dämon die Rede, der sich selbst *Legion* nennt und viele Gesichter hat. Ein Seelenhändler, der für den Teufel arbeitet und seinen menschlichen Dienern in gewisser Weise auf Raten Unsterblichkeit gewährt.«

»Das klingt wirklich sehr fantastisch.«

»Das habe ich nach den ersten Seiten dieser Lektüre auch gedacht. Doch dann las ich, dass der menschliche Unterhändler für den Pakt zwei durch das Blut zusammengeschweißte Leben opfern muss. Eine Seele ist für den Teufel bestimmt, die andere wird genommen, um das Leben des menschlichen Dieners zu verlängern. Aber eine dieser beiden Seelen muss bis auf die Erbsünde frei von Sünde sein. Also kommt für ein solches Opfer nur die Blut- und Seelenverbindung von

Mutter und Kind infrage. Und nun kommt es: Um die Reinheit der Kinderseele zu gewähren, wird der Unterleib der Mutter mit einer dem Teufel geweihten Münze versiegelt. Und damit keine sündhaften Gedanken in den Geist des Ungeborenen eindringen, wird die Mutter drei Monate vor der Geburt geköpft. Das Abkommen zwischen dem Dämon und dem menschlichen Diener währt für die Dauer von dreizehn Monaten. Spätestens dann ist die nächste Rate an Seelen fällig. Liefert der Unterhändler diese nicht, vergreist sein Körper binnen eines Tages und seine Seele fährt direkt in die Hölle.« Calitri atmete tief durch, bevor er weitersprach. »Soweit wir wissen, opfert unser Täter seit etwa fünfzehn Jahren Doppelseelen.«

Schweigen folgte auf die Worte des Kardinals, als wäre die Leitung tot. Paula spürte, wie ihr heiß und kalt wurde. Und sosehr die Überlegung, die ihr nun kam, jedem gesunden Menschenverstand entbehrte, sosehr drängte sich ihr dieser Gedanke nun auf. Wie hatte Dr. Lamboglia es noch einmal formuliert?

... mit dem Wissen, dass die DNA des Vaters praktisch seit über fünfhundert Jahren nicht mehr existiert, sieht die Sache noch einmal ganz anders aus. Finden Sie nicht?

Konnte es sein, dass der Vater der Kinder inzwischen mehrere hundert Jahre alt war? Dass er seine Gene innerhalb des Ritus an die Ungeborenen weitergab und sie dann samt Mutter opferte?

In diesem Fall brauchte er ganz sicher kein exklusives, geheimes Gentechniklabor. Aber er brauchte noch immer ein verdammt gutes Versteck für sein Tun und Treiben. So etwas machte man nicht über Monate und Jahre hinweg in einem Gästezimmer. Dafür musste schon so etwas wie ein schalldichtes Kellergefängnis her, dessen Zugang sehr wahrscheinlich auch noch getarnt war.

Calitri ergriff wieder das Wort. »Auch wenn es zynisch klingt, so sollte unser Mörder nach diesen fünfzehn Jahren doch inzwischen festgestellt haben, dass dieser Dämonenpakt nicht wirkt.«

»Was, wenn er doch wirkt, Eminenz?«

»Wie bitte?«

Der Kardinal konnte offensichtlich kaum glauben, dass diese Worte gerade aus Paulas Mund gekommen waren.

Sie erklärte ihm, wie sie auf diesen Gedanken kam, was ihm für weitere dreißig Sekunden die Sprache verschlug.

»Was wissen Sie eigentlich über Professor Petrocelli, Eminenz?«, fragte Paula schließlich.

»Petrocelli?« Calitri war noch immer darüber verblüfft, dass Paula es in Erwägung zog, an dem ganzen Hexenzauber könne etwas dran sein.

»Ja. Ich hatte den Eindruck, dass Sie beide sich ganz gut kennen. Was wissen Sie über seinen Hintergrund, seine Ausbildung, seine Lebensweise, seine Gewohnheiten, die Aufenthaltsorte seiner archäologischen Arbeit? Ist er ein regelmäßiger Kirchgänger? Ist er verheiratet? Hat er Familie?«

Calitri ließ die Flut an Fragen einen Moment auf sich einwirken und dachte darüber nach.

»Soweit ich weiß, studierte er hier in Rom an der La Sapienza, arbeitete dann einige Jahre in Griechenland und Ägypten, bevor er nach ein paar Jahren in Alexandria wieder nach Italien zurückkehrte. Er verfasste etliche anerkannte Papiere. Auch mehrere Bücher. Eines davon über die Etrusker.«

»Wann kehrte er nach Italien zurück?«

»Das weiß ich nicht genau. Es ist aber schon eine Weile her.«

»Hat er Familie?«

»Soweit ich weiß, ist er zeit seines Lebens Single gewesen. Vielleicht ist er einfach kein Familienmensch.«

»Sie wissen nicht zufällig, was er so alles in den letzten fünfzehn Jahren gemacht hat?«

»Abgesehen von seiner dokumentierten beruflichen Laufbahn bin ich da überfragt. Aber das lässt sich sicher herausfinden. Denken Sie denn wirklich, er könnte unser Mann sein?«

»Ich weiß es nicht, aber er ist für sein Alter erstaunlich gut beieinander, kennt sich mit Geschichte, alten Texten und der Gegend um Bomarzo und Rom aus. Außerdem steht er in gutem Kontakt mit Ihrem Informanten in den Archiven. Mag sein, dass ich mit dem Professor völlig falschliege, aber wir sollten seine Person einer genaueren Überprüfung unterziehen. Und wir sollten damit keine Zeit verlieren.«

»Ich werde schauen, was ich bis zu unserem Treffen noch herausfinden kann.«

»Haben Sie seine Adresse?«

»Er hat ein Appartement in der Nähe der Spanischen Treppe. Ich schicke Ihnen die genaue Adresse zu. Aber Paula ... ich kann verstehen, dass der Fall Ihnen inzwischen auf der Seele brennt, aber machen Sie trotzdem auch mal eine Pause. Bis zu unserem Treffen sind es noch mehr als zwei Stunden. Inzwischen dürfte Robert auch schon mehr über den vorläufigen Bericht dieses Inspektor Guerra herausgefunden haben.«

Guerra! Den hatte Paula fast vergessen. Schlagartig wurde ihr wieder bewusst, dass der Maskenmann mit Sophia Leone höchstwahrscheinlich sein fünfzehntes Opfer seit fast drei Wochen in der Gewalt hatte. Und Guerra schien wie Conte und Zorzi völlig im Dunkeln zu tappen.

»Gut. Wir sehen uns dann in zwei Stunden, Eminenz. Senden Sie mir noch die Adresse?«

Calitri seufzte. »Ich suche sie Ihnen gleich raus.«

Sie hatten das Gespräch kaum beendet, als Calitri ihr auch schon Petrocellis Anschrift zuschickte. Sie googelte sofort danach. Das Appartement lag in der Via Mario de' Fiori im Erdgeschoss und schien ein eher ungeeigneter Ort für das Wirken des Maskenmannes. Doch diese Wohnung musste ja nicht Petrocellis einziges Refugium sein. Und falls sie es doch war, verfügte sie vielleicht über einen Zugang zu Roms Untergrund. In dieser jahrtausendealten Stadt war eine Epoche über der anderen erbaut worden. Paulas Großmutter hatte ihr einmal von den Katakomben und unterirdischen Höhlensystemen erzählt. Das war eine Welt für sich und niemand kannte sich dort unten wirklich aus. Andererseits erschien es Paula unwahrscheinlich, dass Francesca von dort nach Torre Angela geflohen war, nicht nur aufgrund der Entfernung, sondern schlichtweg, weil eine verwirrte Frau im Ordenskleid in der Stadt sehr schnell die Aufmerksamkeit auf sich gezogen und Hilfe gefunden hätte.

Als Nächstes nahm Paula sich die gestochen scharfen Satellitenaufnahmen vor, die Bernstein ihr zugemailt hatte. Anders als die oftmals ein bis zwei Jahre alten Bilder von Google waren diese aktuell und hatten eine höhere Auflösung. Nachdem sie die Bilder rasch durchgeblättert hatte, konzentrierte sie sich auf die Luftbilder von Torre Angela, jene Region, in der Francesca von dem Bauern in den frühen Morgenstunden aufgefunden worden war. Bernstein hatte den Punkt wohlweislich bereits auf der Karte markiert. Natürlich hatte der Vizedirektor sich gemerkt, worauf es Paula gerade bei dieser Satellitenaufnahme besonders ankam. Paula zog den Zeiger der Maus über das Bild und zoomte in das weitläufige, östlich von Rom gelegene Gebiet hinein.

Welcher Standort würde sich für einen Einzeltäter besonders dazu eignen, einen Menschen ungestört über viele Monate hinweg einzusperren, zu foltern, zu ermorden und schließlich unauffällig wieder fortzuschaffen?

Paula zoomte so weit in das Bild hinein, bis der Feldweg, auf dem Francesca gefunden worden war, und alles in einem Umkreis von zunächst drei Kilometern darum herum den Bildschirm abdeckte.

Torre Angela. Ein Ort ohne besondere Merkmale. Ein paar Wohngebiete, die sich vor allem in der westlichen Richtung nach Rom hin ausbreiteten, und östlich davon, sowohl im Norden als auch im Süden, kilometerweite Felder, unterbrochen von einigen schmalen Streifen Wald.

Paula registrierte, dass nur wenige Kilometer nordöstlich von Francescas Fundort entfernt ein Einkaufszentrum lag. Hier würde ein Entführer wohl so ziemlich alles bekommen, was er für sich und seine Gefangene für den täglichen Bedarf benötigte. Zwischen den Feldern lagen hier und da einsame Gehöfte mit ihren Haupt- und Nebengebäuden, vor denen Autos, Traktoren oder andere landwirtschaftliche Maschinen parkten. Verlassene oder scheinbar stillgelegte Gebäude entdeckte Paula nicht.

Im Südosten stieß sie auf ein Universitätsklinikum in der Nähe eines Industrie- und Wohngebiets. Ob Dr. Lamboglia mit ihrer Frankenstein-Theorie am Ende doch richtiglag?

Sie bewegte den Mauszeiger zu jener Stelle zurück, wo Francesca an dem Morgen nach dem Unwetter unter ein paar Bäumen schutzsuchend gestanden hatte. Barfuß, mit aufgerissenen Fußsohlen, blutig und verdreckt bis über die Waden. Es konnte kein einfacher Fluchtweg gewesen sein. Aus welcher Richtung mochte sie inmitten des heftigen Regens bei schlechter Nachtsicht gekommen sein? Wenn Paula sich den Zustand von Francescas Füßen und Beinen auf den Fotos in Erinnerung rief, musste sie ein gutes Stück über die Felder gelaufen sein, bevor sie auf den Feldweg stieß. Trotz des Unwetters musste sie aber auch einen Orientierungspunkt entdeckt haben. Etwas, auf das sie zugesteuert war. Ein Licht oder viele Lichter. Zum Beispiel die Wohngebiete oder die Lichter des Klinikums.

Paula ging auf die Website von Google Earth, in den 3-D-Modus, doch wie befürchtet gaben die Bilder viel zu wenige Informationen her. Wenn Paula auch nur halbwegs sehen wollte, was Francesca gesehen hatte, musste sie sich vor Ort umschauen.

Sie blickte auf die Uhr. Noch fast zwei Stunden bis zum Treffen mit Calitri und Bernstein. Das sollte mehr als genug Zeit für eine kleine Spritztour nach Torre Angela sein. Sie packte ihre Tasche mit der Kamera und holte ihre SIG Sauer aus der Nachttischschublade heraus, schlüpfte in ihre Stiefel und zog die Lederjacke über. Noch auf dem Weg zu ihrem Wagen schickte sie Bernstein zur Information eine kurze SMS.

Im Parkhaus angekommen, gab sie die Daten in das GPS ein. Nach einem Moment Berechnungszeit sah sie die Route und fuhr los. Es brauchte mehr Zeit, aus der City mit ihren engen, verstopften Straßen herauszukommen, als für die restliche Strecke durch die Vororte an Hochhauswohnsiedlungen, Tankstellen und Reihenhäusern vorbei. Doch schließlich bog sie mit ihrem geländefähigen Wagen von der Via dell'Archeologia auf eine schmale Seitenstraße, die zu einem größeren Landwirtschaftsbetrieb führte. Dahinter ging ein holpriger Sand- und Steinweg zu den weitläufigen Feldern. Hätte sie in einer normalen Limousine gesessen, hätte sie aufgrund der Schlaglöcher längst aussteigen und zu Fuß weitergehen müssen, aber so wurde sie lediglich ein wenig durchgeschüttelt.

Nachdem sie dem Feldweg eineinhalb Kilometer weit gefolgt war, gab ihr die Stimme des GPS Bescheid, dass sie an ihrem Zielort angekommen sei. Sie stieg aus und blickte auf die Blätterkronen einiger Kastanienbäume. In der Ferne sah sie die Dächer einiger Dörfer oder Ansiedlungen, dann einen Hochsitz, der vielleicht aber auch ein kleiner Wasserturm war. Noch weiter in der Ferne eine Burg- oder Kirchenruine. Sie nahm die Kamera zur Hand und zoomte in das Gelände hinein, schoss ein paar Bilder und überlegte sich, aus welcher Richtung Francesca gekommen sein könnte.

Paula stieg in den Wagen, checkte die Satellitenbilder noch einmal und beschloss, noch ein Stück weiter entlang des Feldwegs zu fahren, von dem schließlich ein unwirtlicher Pfad Richtung Norden in ein unübersichtliches Waldstück führte. Ging man von hier ab querfeldein Richtung Westen, kam man in der Nähe des Bauernhofs heraus. Die Kastanienbäume lagen auf dieser Strecke.

Paula fuhr um das Waldstück herum. Der Feldweg setzte sich durch verwilderte Wiesen auf der anderen Seite fort, schien aber regelmäßig benutzt zu werden. Auch hier führte ein sich schlängelnder Pfad in den abgelegenen, dschungelartigen Wald hinein, dem Paula im Schritttempo folgte. Sie passierte ein altes Eisentor und plötzlich stand sie nach einer Rechts- und einer Linkskurve vor einer alten, zugewucherten, einstöckigen Miniaturvilla, deren runder Turm eingestürzt und deren Fassaden von Ranken bedeckt waren. Die umliegenden Bäume hatten einige der Fenster mit ihren Ästen durchstoßen. Es war kein Wunder, dass sie auf den Satellitenbildern kein Gebäude entdecken konnte: Die hohen, dichten Baumkronen hatten das kleine Anwesen völlig verdeckt. Das Gebäude lag da, als befände es sich in einem tiefen Dornröschenschlaf.

Paula parkte den Wagen an der Westseite und stieg aus. Der Himmel fing an sich zu verdunkeln. Erste graue Wolken zogen vor das strahlende Blau. Die Regenfront, die eigentlich erst für den späten Abend angekündigt worden war. Nun, bis die Regengüsse losbrachen, würde Paula längst wieder von hier verschwunden und in Rom sein.

Sie stieg die Eingangstreppe hoch, die voller Äste und Blätter war. Die Hauptzugangstür war verriegelt, doch obwohl das Gebäude seit Langem verlassen schien, war das Türschloss in einem guten Zustand. Sie ging um das Gebäude herum, auf der Suche nach einer weiteren Zugangsmöglichkeit, spähte hier und da durch die Fenster, denn es konnte nichts schaden, schon mal einen Blick in das Innere zu werfen. Einige der Einrichtungsgegenstände waren noch da, Schränke, Tische, Stühle, wenn auch verdreckt und verstaubt oder mit Laken abgedeckt.

Soweit sie sich erinnerte, wurde das verwaiste Haus mit dem eingestürzten Turm in keinem der Berichte erwähnt. Entweder wusste niemand von seiner Existenz, was sie für höchst unwahrscheinlich hielt, oder aber man hatte es überprüft, dann jedoch als irrelevant eingestuft. Nun gut, im Umland von Rom musste es etliche leer stehende Anwesen und Ruinen geben. Aber vielleicht konnte Calitri ihr bezüglich des Anwesens einen Tipp geben. Sie zog ihr Handy hervor und musste feststellen, dass sie keinen Empfang hatte. Verdammt! Wie es aussah, stand sie hier auf den Feldern in einem Funkschatten.

Sie blickte auf die Uhr. Noch fünfzehn Minuten blieben ihr, wenn sie pünktlich zum Treffen erscheinen wollte. Also warum nicht noch rasch nach einer Einstiegsmöglichkeit suchen? Dann konnte sie das Gebäude von der Liste möglicher Verstecke streichen. Um sich mit der Zeit nicht zu verzetteln, stellte sie den Timer ihrer Uhr auf 15 Minuten ein.

Auf der Hinterseite entdeckte sie zwei niedrige, ovale Fenster, von denen eines zerbrochen war. Als könne sie vielleicht doch jemand beobachten, schaute Paula sich noch einmal um.

Friedhofsstille.

Sie stemmte sich auf den Fenstersims und entfernte mit dem durch die Lederjacke geschützten Ellbogen das restliche Glas aus dem beschädigten Fenster. Die Splitter fielen klirrend auf den Boden im Gebäudeinneren. Die Öffnung war gerade so groß, dass sie hindurchschlüpfen konnte. Es dauerte einen Moment, bis sich ihre Augen an die Dunkelheit gewöhnt hatten, dann erkannte sie, dass sie sich in einem alten Badezimmer befand. Ihr eigenes Spiegelbild, das ihr aus einem staubigen, fast blinden Spiegel entgegenstarrte, bescherte ihr beinahe einen Herzinfarkt.

Eine Sekunde lang stand sie erschrocken da, blickte auf den staubigen Boden und die daraufliegenden, hereingewehten Blätter. Sollte sie weitergehen? Etwas spät, sich diese Frage zu stellen.

Die Tür zum Flur stand halb offen.

Erneut zog sie ihr Handy aus der Jackentasche. Nach wie vor keine Verbindung. Nun denn, wenn schon keine Verbindung, dann doch wenigstens etwas Licht. Sie schaltete die Taschenlampen-Funktion ihres Handys an.

Sie folgte dem Flur, in dem einige abgedeckte Bilder hingen, und trat in die Eingangshalle. Es roch nach Staub und Moder. Moos wuchs an einigen Stellen auf dem Boden, Äste reichten wie Klauen durch das linke Fenster herein. Der Putz bröckelte von der Decke und von den Wänden, sodass in der einst kostbaren Wandtapete regelrechte Wunden klafften. Er lag in großen Brocken wie Schutt herum. Paula fühlte sich wie an einem unheimlichen, verwunschenen Ort.

Nicht nur, dass das Gebäude seit Langem verlassen war, es hatte in seiner Vergangenheit so manchen Ruinentouristen erdulden müssen. Ebenso Vandalismus. An den Wänden prangten etliche nicht mehr ganz taufrische Graffiti.

Zügig durchstreifte Paula den Eingangsbereich und die benachbarten Räume. Den Wohnraum, in dem noch ein altes, verschimmeltes Sofa stand. Dann das anschließende Zimmer, das einmal ein Arbeitsraum mit Bibliothek gewesen sein musste. Jetzt war es bis auf den Schreibtisch und ein paar herumliegende Bücher und Aktenordner leer. Einen der Ordner hob sie auf. Wie es aussah, hatte hier einmal ein Arzt gelebt. Doch weshalb so weit außerhalb der Dörfer?

Zügig durchkämmte sie die restlichen Räume, die Küche, zwei weitere Bäder, dann die Schlaf- und vermutlich Gästezimmer. Die Treppe zum Turm endete bereits nach zwei Kurven abrupt in den Baumkronen, doch auf dem Rückweg ins Erdgeschoss entdeckte Paula hinter der Zugangstür zum Turm eine weitere Tür. Wohin die wohl führte?

Ihr Herzschlag beschleunigte sich, als sie die Hand auf den Türgriff legte und diesen mit einem leisen Quietschen hinunterdrückte – doch die massive Eichentür war verschlossen. Es handelte sich um ein recht modernes Schloss. Mit ihrem Dietrichset würde sie hier nicht weit kommen. Mucksmäuschenstill lauschte sie, ob von der anderen Seite irgendein Geräusch herkam. Sie glaubte, das Rauschen von Wind zu hören, spürte auch einen Luftzug. Mehr allerdings nicht. Das musste der Zugang zum Keller sein. Doch wer nutzte und verschloss den Keller in einem verwaisten Haus?

Plötzlich vibrierte ihre Armbanduhr und erinnerte sie daran, dass die Viertelstunde um war. Mist. Ob sie trotzdem noch eine Viertelstunde für den Keller herausschlagen sollte? Nein, nicht jetzt. Aber sie würde am nächsten Morgen zurückkehren und sich den Rest des Anwesens anschauen. Mit einer besseren Ausrüstung und Verstärkung.

Vorsichtig bewegte sie sich Richtung Eingangsbereich, um zurück zum Bad und dem kaputten Fenster zu gelangen. Ein schwacher Lichtschimmer fiel durch eines der beiden hohen

Frontfenster auf die letzten Glassplitter eines Spiegels und von dort auf den Steinboden. Paula hatte die Diele fast durchquert, als sie schemenhaft aus dem Augenwinkel einen inzwischen vertrauten Umriss auf dem Boden wahrnahm. Sie zögerte, doch dann blieb sie stehen und schaute sich den Umriss im spärlichen Nachmittagslicht genauer an.

Sie blickte auf ein altes, abgewetztes Bodenmosaik, auf ein Wappen mit einem Schild. In dem Schild befand sich ein Kreuz und über diesem zwei Vögel und das Symbol der Lilie.

33

Eine geschlagene Minute stand Paula im Zwielicht der Diele und starrte auf das Bodenmosaik, während ihr zig Dinge durch den Kopf gingen. Sie war am richtigen Ort. Das war jetzt klar. Und irgendwo hier auf dem Gelände wurde Sophia Leone unter Qualen gefangen gehalten.

Paula traf eine Entscheidung, machte ein Foto des Steinbilds und zog ihre SIG Sauer aus dem Halfter unter der Lederjacke. Sie trat den Rückweg an, aber nicht zum Fenster, durch das sie eingestiegen war, sondern zurück zum eingestürzten Turm und dessen verschlossener Eichentür. Sie hatte den Flur halb hinter sich gebracht, als sie plötzlich ein Knirschen vernahm, als wäre jemand auf Glas getreten.

Sie verharrte auf der Stelle, die Wand im Rücken, und hielt den Atem an, um besser lauschen zu können. Sie war sich nicht sicher, glaubte aber, dass das Geräusch vom Eingangsbereich gekommen war. Jetzt herrschte absolute Stille. Nichts. Kein Laut. Selbst das Rauschen der Blätter im Wind schien verstummt zu sein.

Ein Luftzug hatte vermutlich eine der inneren Türen über den Schutt oder die herumliegenden Glassplitter bewegt, mehr nicht, und ihre Fantasie machte nun aus einer Mücke einen Elefanten.

Dennoch wartete sie mehrere Minuten, bevor sie sich wieder rührte und ihren Weg Richtung Turm fortsetzte. Zügig huschte sie an den offen stehenden Türen vorbei, mied dabei alle Stellen mit Schutt und Glas, um selbst kein Knirschen zu verursachen, auch wenn sie sich wieder sicher war, alleine zu sein. Und Gott sei Dank hatten sich ihre Augen inzwischen an das Zwielicht gewöhnt.

Plötzlich flatterte etwas aus der Richtung des eingestürzten Turms über Paula hinweg. In der ersten Schrecksekunde hätte sie fast darauf geschossen, doch das Etwas entpuppte sich als eine Taube, die hier irgendwo ihren Brutplatz hatte.

Reiß dich zusammen. Du hast schließlich schon in weit gefährlicheren Situationen gesteckt!

Sie bog in den Zugangsbereich des Turms ein, in dem es durch das eingestürzte Dach wenigstens einen Schimmer von Tageslicht gab, und stand wieder vor der Eichentür.

Wieder wartete sie und lauschte. Außer ihr, den Tieren und dem Wind war niemand hier. Also fackelte sie nicht länger, trat einen Schritt zurück und öffnete mit einem gezielten Schuss das Schloss.

Ein Schwarm Vögel stob auf und flatterte in die Baumkronen.

Hinter der nun offenen Tür führte eine überraschend breite Treppe hinab in absolute Dunkelheit. Es gab keinen Lichtschalter. Paula nahm all ihren Mut zusammen, trat in die Finsternis und tastete sich mit vorsichtigen Schritten, die Waffe in der einen, das Handylicht in der anderen Hand, die Stufen hinunter.

Die Treppe bog schließlich in einem Neunziggradwinkel nach links und ging dann nochmals etliche Meter in die Tiefe, um am Ende in einen ebenso breiten Gang zu münden.

Hier war auf der rechten Seite ein Lichtschalter.

Obwohl es ihr unwahrscheinlich schien, dass das alte Gebäude noch an eine Stromversorgung angeschlossen war, versuchte Paula ihr Glück und drückte den Schalter.

Sie zuckte zusammen, als das Licht sofort anging.

Vor ihr erstreckte sich ein langer, weiß gekachelter Gang, der nach etlichen Metern um die Kurve führte. Auf beiden Seiten gingen Metall- und Gittertüren ab. Die Lagerräume des Kellers? Der Boden war sauber. Kein Staub. Kein Unrat. Kein Schutt oder Sand.

Ein extrem muffiger Geruch lag in der Luft. Vielleicht sogar der Geruch von Körperschweiß. Feuchtigkeit und Kälte gingen von den Wänden aus. Von irgendwoher kam ein leises Summen.

Paula hielt inne, lauschte sowohl nach oben Richtung Ausgang als auch in den Gang hinein, zwang sich, ruhig und konzentriert zu bleiben. Außer Ratten und Mäusen sollte hier unten eigentlich nicht viel sein, doch da die Kellertür verschlossen gewesen war, rechnete sie mit allem.

Hinter der ersten Tür auf der linken Seite lag ein etwa acht Quadratmeter großer Raum, ausgestattet wie eine Notunterkunft oder wie eine Zelle. Im Raum schräg gegenüber lagerten ein paar Lebensmittelvorräte in Metallregalen. In einem Kühlschrank befanden sich Medikamente und Infusionsbeutel ohne Etikett, lediglich mit zweistelligen Zahlen beschriftet. Im Wandschrank über dem Kühlschrank lagerten Verbandszeug und -päckchen, Pflaster und Fixierbinden. Darüber befand sich eine Schachtel mit verpackten Einwegspritzen. All das verhieß nichts Gutes und regte Paulas Fantasie noch mehr an.

Zügig ging sie den Gang hinunter, vorbei an zwei vergitterten leeren Zellen, in denen Pritschen und daneben Eimer standen. Obwohl die Eimer leer waren, strömte aus diesen Zellen der üble Geruch.

Paula sammelte sich und öffnete die letzte Tür. Sie hatte mit vielem gerechnet, von einem Generatorraum über eine Folter- bis hin zu einer Leichenkammer, aber nicht mit einem weiteren Gang, der erneut in unbestimmbare Dunkelheit führte.

Da es keinen Lichtschalter gab – zumindest fand Paula keinen –, schaltete sie die Handylampe wieder ein. Der Gang war ein langer, breiter Schlauch, von dem weder eine Tür noch ein Nebengang abzugehen schien. Nach etwa fünfzehn Metern hätte Paula den in die Wand eingelassenen Lichtschalter fast übersehen. Sie drückte darauf und in einer Ecke, etwa zehn Meter entfernt, leuchtete eine einsame, schwache Funzel auf. Die Lampe spendete zwar zu wenig Licht, um gut sehen zu können, war in dieser Dunkelheit aber immer noch besser als das Licht der Handylampe und bot wesentlich mehr Orientierung.

Paula ging auf die Funzel zu und folgte dem Gang nach rechts um die Ecke. Die Luft wurde spürbar wärmer, allerdings auch irgendwie fettiger. Trotzdem glaubte Paula, besser atmen zu können. Vielleicht hing das mit dem leisen, aber intensiver werdenden Summen zusammen, einem, wie Paula vermutete, irgendwo hier unten verborgenen Klimaanlagensystem.

Nach etwa zehn weiteren Metern tat sich zur Linken plötzlich ein Raum vor ihr auf. Wie es aussah, ein großer Raum, dessen linke Hälfte in der Dunkelheit verschwand. Auf der hinteren rechten Seite prasselte ein Feuer in einem großen Kamin vor sich hin. Ein dickes Abzugsrohr verschwand in der Decke. Daher kam also die Wärme. Wieso aber hatte sie bei der Hausumrundung keinen rauchenden Schornstein gesehen? Hatte das Ding etwa einen Filter?

Paula blickte sich um, suchte vergebens nach einem Lichtschalter, obwohl sie sicher war, dass es einen gab. Als sie dennoch tiefer in den Raum hineintrat, entdeckte sie zwei metallene Türen, die auf der Kaminseite von dem Raum abgingen. Nur langsam spielten sich ihre Augen auf das Zwielicht ein, doch schließlich nahm sie einen diffusen, monströsen Schatten wahr und aktivierte erneut die Handylampe. Das schwarze Monstrum entpuppte sich als ein auf einem höhenverstellbaren Podest stehender gynäkologischer Stuhl. Paula lief ein eiskalter Schauer über den Rücken, denn sie verband mit der Liegeposition keine guten Erinnerungen. Neben dem Stuhl standen ein Spülbecken und ein Instrumententisch. Das ganze Arrangement hatte etwas Altargleiches.

Paula versuchte den Rest des Raums auszuleuchten, um ein Gesamtbild zu erhalten, doch die kleine Handylampe war zu schwach. Sie kehrte zu den beiden Metalltüren zurück und beschloss nachzusehen, was sich dahinter verbarg. Im ersten Raum, keine sechs Quadratmeter groß, befand sich ein kleines Labor mit diversen Instrumenten und Geräten, darunter ein Sterilisationsapparat für die Skalpelle. Sie versuchte, nicht daran zu denken, wozu all diese Instrumente dienten, doch der andere, weit größere Nebenraum sollte ihr diese Frage beantworten.

Paula starrte in dem begrenzten Licht der Lampe auf mehrere Regale und Vitrinen, in denen Einmachgläser unterschiedlicher Größe mit konserviertem Inhalt standen. Ihr Gefühl warnte sie, näher zu treten und sich die Sammlung anzusehen, schrie *Hau ab!*, doch ihre Neugierde und ihr Verstand wollten wissen, was da in den mit Konservierungsflüssigkeit gefüllten Gläsern schwamm. Sie musste es sehen!

Wie unter Zwang trat sie näher, während ihr Herz schneller schlug, und versuchte sich für das zu wappnen, was sie gleich zu Gesicht bekommen würde. Einige der Behälter waren sehr alt, ihr Glas ebenso trüb wie die Flüssigkeit darin. Sie waren noch per Hand hergestellt worden, denn man konnte die Nähte sehen, an denen die einzelnen Glaselemente zusammengefügt worden waren. Paula leuchtete in den flüssigen Nebel einiger der Gläser hinein, doch sie konnte nur schemenhafte Umrisse sehen. Doch dann kam eine Reihe von modernen und neueren

Gläsern, in denen die Flüssigkeit klar wie Kristallwasser war. Und da erkannte sie es. Und Schrecken, Ekel, Angst und Zorn brachen alle gleichermaßen in einer Flut über sie herein.

In unterschiedlichen Entwicklungsstadien schwebte in jedem der Gläser ein kleiner Organismus – oder ein Teil davon. In der Regel jedoch so stark deformiert und missgestaltet, dass nur wenige als heranreifende menschliche Wesen erkennbar waren. Bei einigen der winzigen Föten schienen Teile des Leibes von innen nach außen gestülpt, wie entsetzliche Wunden, die aufgebrochen und nie wieder verheilt waren. Und jene, bei denen so etwas wie ein menschliches Antlitz erkennbar war, schienen bereits im Mutterleib vor lauter Qual gealtert zu sein.

Es kostete Paula alle Willenskraft, sich in diesem Kabinett des Grauens nicht zu übergeben, und mit derselben Willenskraft riss sie sich schließlich von dem grausigen Anblick los und kehrte wie benommen in den Hauptraum zurück. Es dauerte ein paar Minuten, ehe sie sich wieder halbwegs gefangen hatte. Dann inspizierte sie den angsteinflößenden, gynäkologischen Stuhl, der nicht so alt war, wie es auf den ersten Blick schien. Er war sowohl in der Sitz- als auch Liegeposition verstellbar, wenn auch nur manuell.

Paula sah sich weiter in dem Raum um, trat nun mehr in die Dunkelheit des links gelegenen Bereichs. Und da bemerkte sie ihn, einen schweren, dunklen Vorhang, auf dem wie ein gelber Schatten ein Liliensymbol prangte. Vorsichtig näherte sie sich dem Bereich und nutzte das Knistern des Kaminfeuers als Tarnung. Schatten und Licht huschten über die Wände, die, wie Paula nun sah, mit zahlreichen Zeichen und Symbolen versehen worden waren. Doch das größte Symbol war hinter dem gynäkologischen Stuhl an die hintere Wand gemalt, Rot auf Weiß, wie mit einem dicken Pinsel. Ein großer Kreis, so groß, dass man ihn fast übersah, darin ein aufgebrochenes Dreieck, aus dem ein Winkel mit zwei Kugeln ragte. Eine große und eine kleine Kugel, wobei die kleinere Kugel Bestandteil der größeren Kugel war.

Paula musste spontan an die Mutter-Kind-Verbindung denken, von der Calitri in Zusammenhang mit dem Seelenhandel gesprochen hatte. Vielleicht war dies das Symbol, mit dessen Hilfe man die Macht des Dämons heraufbeschwor. In dem Kreis befanden sich zahlreiche Linien-Quadrate mit je zwei Diagonalen darin. Doch das letzte Quadrat war nicht vollendet, denn es bestand lediglich aus seinen vier Eckpunkten.

Während Paula darauf starrte und das flackernde Licht des Kamins mit seinen bizarren Schattenspielen darauf fiel, nahm sie plötzlich ein leises, schweres Atmen wahr. Sofort riss sie die SIG Sauer hoch und zielte auf den Vorhang. Nein, das war keine Einbildung gewesen, auch wenn ihr das weit lieber gewesen wäre. Hinter dem Stoff war etwas. Oder jemand.

Leise trat sie näher, ging aber nicht direkt auf die Stoffwand zu, sondern in einem Bogen an der Wand entlang, darauf bedacht, selbst keinen allzu verräterischen Schatten zu werfen. Dann huschte sie in einem engen Winkel um die Vorhangecke herum und was sie sah, verschlug ihr die Sprache.

Das ist alles nur ein übler Traum, schoss es Paula durch den Sinn. Doch sie wusste, dass es aus dieser Art Traum kein Erwachen gab, ganz einfach, weil es die Realität war.

Die Waffe im Anschlag starrte sie auf einen Operationstisch, der als Liege diente und über dem eine deaktivierte Lampe hing. Darauf lag ein regloser Körper, vermutlich nackt, der Torso von einer groben Decke verhüllt. Einen Kopf oder ein Gesicht konnte sie von ihrer Position aus nicht sehen, aber da es unter der Decke plötzlich zuckte, musste der Mensch, der dort lag, noch am Leben sein. Die Füße, die sie sehen konnte, wurden von stramm sitzenden Gurten festgehalten.

Paula trat von der Wandseite her näher und warf immer wieder auch einen Blick auf den Vorhang. Das Liliensymbol schimmerte bis auf die Rückseite durch. Dann sah sie das Antlitz einer Frau mit zugeklebtem Mund und schierer Panik in den Augen. Schmerz hatte sich wie eine grässliche Maske in ihr Gesicht eingebrannt. Ihr Körper hing an einer Infusion, und was immer da in einem langsamen Takt in ihre Venen hineinträufelte und sie womöglich am Leben hielt, es tat ihr nicht wirklich gut.

»Sophia?«, flüsterte Paula. Sie steckte die Waffe zurück ins Halfter und begann, einen der Fußgurte aufzumachen.

Die Frau rührte sich zunächst nicht, doch dann nickte sie, jedenfalls soweit sie in der Lage war, ihren Kopf zu bewegen. Tränen schossen ihr in die Augen und flossen zu beiden Seiten das Gesicht hinunter. Sie konnte es nicht fassen, dass jemand gekommen war, um sie aus diesem Kellerloch zu befreien. Doch dann fing sie an, an ihren Handfesseln zu reißen.

»Bitte beruhigen Sie sich! Bleiben Sie ganz still!«, mahnte Paula leise. Dann öffnete sie die Riemen an den Handgelenken. »Ganz leise«, wiederholte sie noch einmal, gab der Frau ein Signal, wartete auf deren Nicken und riss das Klebeband mit einem Ruck von den Lippen. Sophia wimmerte kurz auf, unterdrückte ansonsten aber jeden Laut.

Vorsichtig half Paula der am ganzen Körper zitternden Frau auf. Die grobe Stoffdecke verrutschte. Sophia war darunter tatsächlich nackt. Aber sie schien weniger vor Kälte als vielmehr vor Furcht zu zittern. Paula spürte, wie ihr das eigene Herz bis zum Halse schlug. Und sie glaubte, das hektische Herzklopfen Sophias zu hören. Sie zog die Lederjacke rasch aus und der jungen Frau über. Dann wickelte sie Sophia die Decke um die Hüften. Während sie das tat, fragte sie sich, wie Sophia, die kaum in der Lage war, ohne Hilfe zu stehen, den ganzen Weg, vor allem die Treppen hinauf, zum Wagen schaffen sollte. Gleichzeitig wusste sie instinktiv, dass sie so schnell wie möglich aus diesem Höllenloch verschwinden mussten.

Sie legte Sophias rechten Arm über ihre Schulter, um sie beim Gehen zu stützen. Die ersten Schritte waren für die Frau die reinste Tortur. Vermutlich hatte sie ihre Muskeln und Gelenke seit ihrer Entführung nicht mehr bewegt. Es dauerte eine gefühlte Ewigkeit, bis sie den großen Raum an dem grässlichen Stuhl mit seinen Beinstützen vorbei durchquert hatten und den Gang erreichten. Paula mochte sich gar nicht vorstellen, welch grauenhafte Behandlungen Sophia hier hatte über sich ergehen lassen müssen.

Dann fiel ihr Blick auf den Kamin und das daneben in einer Halterung hängende Kaminbesteck. Eine Sekunde dachte sie daran, dort nach dem Brenneisen zu schauen, verwarf den Gedanken aber sofort wieder. Jeder zusätzliche Ballast würde ihre Flucht gefährden.

Sie bogen in den Gang. Die funzelige Lampe an der Biegung wirkte plötzlich wie ein weit entfernter, strahlender Stern. Ein Schritt nach dem anderen, immer schön gleichmäßig. Und schon waren sie um die Ecke und Paula sah in etwa fünfzehn Metern Entfernung die Tür zu dem Gang mit den Seitenkammern und Zellen, der einzige Weg zur Treppe und hinaus aus diesem Verlies.

Und da brachen Sophias Beine unter ihr weg und beide stürzten gegen die Wand und zu Boden. Paula zwang sich, ruhig durchzuatmen, steckte ihre Waffe ein, um Sophia aufzuhelfen, und flüsterte ihr Mut zu.

»Wir werden es schaffen! Wir kommen hier raus!«

Doch dann bemerkte sie etwas Klebriges auf dem Steinboden und entdeckte Sophias Wunde im Unterleib und all das Blut, das ihr an den Beinen hinuntergelaufen war und im Gang hinter ihnen eine Spur des Grauens hinterlassen hatte.

Doch da lag nicht nur Blut auf dem Weg, da lag auch Körpergewebe. Verdammt! Was hatte das Scheusal mit Sophia gemacht?

Paula bettete Sophia auf den Boden. Der Atem der Frau ging ganz schwach. Als Sophias Kopf leicht zur Seite kippte, sah Paula den kleinen Knopf in ihrem Ohr. Und sie wusste sofort, dass das kein Hörgerät war, sondern ein winziger Kopfhörer.

Das Monster sprach zu Sophia!

Sie hatte den Gedanken kaum ausgedacht, als das Licht ausging und sie und Sophia in tiefster Finsternis zurückblieben.

34

Das war kein Zufall, wusste Paula sofort. Die Funzel war nicht einfach nur kaputtgegangen, sondern jemand war hier und hatte den Strom abgedreht. Sophia und sie durften auf gar keinen Fall hierbleiben. Im Gang hatten sie keinerlei Schutz. Sie mussten in den Operationsraum zurückkehren und sich dort irgendwie verbarrikadieren.

Sie mobilisierte all ihre Muskelkraft, hob die Frau vom Boden auf und trug sie mit dem Rücken an der Wand entlang langsam die Strecke zurück.

Sie legte Sophia wieder auf den Tisch – das war immer noch besser, als sie auf den nackten, kalten Steinboden zu legen – und zog den Vorhang so weit zurück, dass er hoffentlich hing wie zuvor. Dass ihre Kleidung und ihre Arme und Hände voller Blut waren, registrierte sie nur am Rande, denn ihr ging Wichtigeres durch den Kopf. Lebenswichtigeres.

Wer immer den Strom abgedreht hatte – mit hoher Wahrscheinlichkeit der Entführer –, wusste, dass jemand Fremdes in seinen Keller eingedrungen war und sein Geheimnis entdeckt hatte. Und das bedeutete, er würde sofortige Maßnahmen ergreifen.

Paula blieb neben Sophia stehen und lauschte in die Stille. Das Kaminfeuer verwandelte die Wände in lebendige, zuckende Monsterschatten. Was würde als Nächstes passieren? Sie zog ihre SIG Sauer aus dem Halfter und spielte im Geiste einige der möglichen Szenarien durch. So konnte er ihnen neben dem Strom auch das Wasser abstellen und sie einfach in diesem Kellerloch mit den Einmachgläsern und dem gynäkologischen Stuhl verrotten lassen. Kein Mensch überlebte ohne Wasser länger als drei Tage. Vielleicht schaffte Paula auch vier Tage, sofern in den Leitungen noch genug Wasser war. Sophia hingegen würde in ihrem üblen Zustand kaum die nächsten Stunden überleben, geschweige denn die Nacht.

Eine andere Möglichkeit war, dass der Maskenmann mit erbittertem Widerstand rechnete, mit Waffengewalt und sogar der Zerstörung seines geheimen und tödlichen Refugiums. In diesem Fall würde er so schnell wie möglich handeln, um den Eindringling zu beseitigen und sein scheußliches Geheimnis zu bewahren. Paula hoffte inständig, dass der Gegner kein Nachtsichtgerät besaß. Andererseits konnte er damit zwar den finsteren Gang durchqueren, doch im Operationsraum brannte noch immer das Kaminfeuer, auf dessen Lichtverhältnisse Paulas Augen sich inzwischen halbwegs eingestellt hatten. Sie würde ihn zwar nicht in dem finsteren Gang sehen können, aber sofort wahrnehmen, sobald er auch nur einen Fuß in den Raum setzte. Und hier nutzte ihm ein Nachtsichtgerät nichts mehr.

Dann fiel ihr ein, dass sie zwar nur einen kurzen Blick auf das Ende des Gangs hatte erhaschen können, dessen Türe aber nicht verschlossen war. Auch hatte sie auf dem Rückweg kein Klicken gehört, das darauf hingedeutet hätte, dass jemand die Tür verriegelte. Vielleicht stand der Maskenmann jetzt ratlos und ängstlich in dem Bereich mit den Vorratslagern und den Zellen.

Ratlos? Blödsinn. Er hatte ihnen sofort den Strom abgedreht!

Paula hörte Sophias stockende Atmung. Sie beugte sich zu der Frau hinunter und tastete nach dem Puls, der viel zu schwach war. Sophia musste mehr Blut verloren haben, als sie angenommen hatte. Blut und Gott weiß was noch. Und Paula konnte nicht das Geringste tun.

Sie lauschte in die Stille. Dummerweise übertönte das Knistern im Kamin so ziemlich jedes andere Geräusch, auch jenes, dass derjenige verursachen würde, der sich durch den finsteren Gang anschlich.

Paula blieb auf der Hut und ließ den Zugang zum Operationsraum nicht aus dem Blick. Wenn der Maskenmann kam, musste er da durch, und sie würde ihn in dem Zwielicht am Eingang bemerken. Und das wahrscheinlich schneller, als er sie bemerken würde. Diesen einen Moment galt es zu nutzen.

Die Minuten vergingen, und plötzlich wurde Paula bewusst, dass sie außer dem Knistern des Holzes nichts anderes mehr wahrnahm. Entsetzt wandte sie sich Sophia zu und fühlte ihren Puls, suchte ihren Atem. Doch da war nichts mehr. Schließlich aktivierte sie ihre Handylampe für zwei, drei Sekunden. Sophias Augen standen weit offen und ihr Blick war unendlich leer.

Das fünfzehnte Opfer des Maskenmanns war tot.

35

Paula schloss Sophias Augen. Regungslos starrte sie auf den Leichnam, der eben noch ein lebendes, atmendes menschliches Wesen gewesen war. Das flackernde Zwielicht schien sich plötzlich in rabenschwarze Dunkelheit zu verwandeln und die kalten Steinwände um sie herum rückten näher wie Wände einer überdimensionalen Schrottpresse. Neben Trauer und Furcht stieg Wut in Paula auf, ein glühender Zorn, der die Angst rasch überlagerte und von dem sie wusste, dass er sie auf gar keinen Fall beherrschen durfte. Doch es fiel ihr schwer, dieses brennende Verlangen nach Vergeltung in ihrer Seele in den Griff zu bekommen, trotz ihrer ISA-Ausbildung. Und das lag nicht alleine an ihrem Wesen, sondern auch an ihrer Vergangenheit im Getto. Sie verabscheute Gewalt, ja hasste sie regelrecht, doch wenn sie ihr begegnete, wenn sie ihr selbst widerfuhr, dann erwachte da dieser Funke in ihr, der im Bruchteil einer Sekunde zur Flamme und schließlich zur Feuersbrunst werden konnte. In diesem Zustand wurde Paula zu einer glühenden Verfechterin des Rechts auf Rache. Und davor fürchtete sie sich. Denn verlor sie an diesem Punkt einmal die Beherrschung, dann kannte sie kein Pardon, dann wurde der Drang nach Vergeltung zur Besessenheit.

Und das war es, woran Dr. Cochran sie in den Sitzungen jedes Mal erinnerte. Paula hatte ihm erklärt, dass ihr Schuss diesen Mr. White, der mit Kindern gehandelt hatte und im Begriff gewesen war, den kleinen Mickey zu massakrieren, nur außer Gefecht hatte setzen sollen, doch eigentlich war sie sich in diesem Augenblick nicht mehr sicher gewesen. Tief in ihrer Seele verborgen hatte sie White ausschalten wollen. Endgültig vernichten wollen. Für jetzt und alle Zeit. Weder Mickey noch ein anderes Kind sollte je wieder unter ihm leiden müssen. Dafür war White am Ende auf dem Weg in die Klinik krepiert.

Plötzlich riss ein Krachen sie aus der Starre ihres ansteigenden Zorns. Ein entferntes, kämpferisches Geräusch. Und es wiederholte sich! Ein andauerndes Dröhnen, Poltern und Schmettern wie bei einem brutalen Zweikampf.

Sie lauschte angespannt auf die körperliche Auseinandersetzung. Der Kampf konnte Hilfe bedeuten, sofern der Maskenmann den Kampf nicht gewann. Oder aber es war eine Falle, um sie aus ihrem Versteck herauszulocken in den stockdunklen Gang. Nein, sie würde nicht so töricht sein, ihre wenn auch schlechte Deckung aufzugeben. Sollte der Helfer den Zweikampf gewinnen, würde er hier unten nach dem Rechten sehen und früh genug auf sie stoßen. So lange würde sie warten. Und sollte der Maskenmann die Oberhand gewinnen, dann empfing sie ihn ohnehin am besten hier.

Es polterte noch eine Weile lang. Regale schienen zu Bruch zu gehen, Liegen zusammenzubrechen, und nach dem, was alles zu Bruch ging, vermutete Paula, dass der Zweikampf sich von der Vorratskammer nahe der Treppe zu den Zellen und auf die Tür zu ihrem Gang zubewegte.

Und dann herrschte abrupt Stille.

Paula blieb mucksmäuschenstill, widerstand der Versuchung, sich dem finsteren Gang zu nähern, da ihr klar war, dass sie von hier aus die im Augenblick beste Verteidigungsposition hatte.

Von hier aus konnte sie den Eingang aus einer guten Distanz im Auge behalten. Wer immer den Kampf gewonnen hatte, würde sich durch die stockfinstere Dunkelheit auf sie zubewegen müssen.

Und dann ging plötzlich das Licht an, die volle Beleuchtung, sowohl im Gang als auch im Operationsraum, und Paula starrte auf die Blutspur, in der sich ihre Stiefel- und Sophias Fußabdrücke abzeichneten. Die Spur führte natürlich zum Vorhang und damit zu ihrem Versteck. Und durch das Blut an ihren Stiefelsohlen würde sie auch nirgendwo sonst unbemerkt Deckung suchen können. So viel zu ihrem Plan, hier unten das Überraschungsmoment auf ihrer Seite zu haben. Verdammter Mist!

Doch dann fiel ihr ein, wie sie die zum Vorhang führende Blutspur auch zu ihrem Vorteil nutzen konnte. Sie zog die Stiefel aus, verbarg sie hinter dem Operationstisch und schlich sich auf die andere Seite, um hinter dem Instrumententisch in Deckung zu gehen.

Und dann glaubte sie etwas zu hören, über das Knistern des Feuers hinweg. Schritte. Gleichmäßige, vorsichtige, leise Schritte. Schritte von Schuhen mit einer Ledersohle. Paula schätzte, dass, wer immer da durch den Gang kam, in zehn Sekunden im Eingang erscheinen würde.

Und dann sah sie ihn. Conte!

War ihr der Inspektor etwa vom *Sacro Bosco* heimlich hierher gefolgt?

Der Zweikampf hatte ihn ganz schön mitgenommen. Er sah furchtbar aus. Eine Platzwunde am Kopf, blutige Hände und eine blutige Lippe. Die Jacke zerrissen und das Hemd zerfetzt, hielt er seine Dienstwaffe in der Hand und suchte den Raum ab. Kurz glitt sein Blick prüfend über den gynäkologischen Stuhl und den Instrumententisch mit dem Waschbecken hinweg, dann kehrte seine Aufmerksamkeit auch schon zu der Blutspur zurück, klebten seine Augen förmlich an dem Vorhang.

»Signorina Tennant? Sind Sie verletzt?«

Irgendetwas sagte Paula, dass die Gefahr noch nicht vorüber war. Und wieso ging Conte eigentlich davon aus, dass in diesem Raum keine Gefahr mehr für ihn drohte, dass hier unten kein Komplize war? Erst schlich er sich an, und jetzt gab er durch seine lautstarke Suche nach Paula seine Position preis? War das sinnvoll?

Sie blieb in Deckung und beobachtete ihn.

»Signorina Tennant? Keine Angst, ich habe den Mistkerl erledigt. Ich bin hier, um Ihnen zu helfen.«

Conte ging vorsichtig auf den Vorhang zu. Mit einem Ruck riss er den Stoff zurück und starrte einen Moment schockiert auf Sophia. Dann beugte er sich über den Operationstisch, um festzustellen, ob die Frau in der mit Blut durchtränkten Decke noch am Leben war. Betroffen schüttelte er den Kopf. Dann erkannte er, dass die Tote Paulas Lederjacke trug.

Erneut blickte er sich um und rief nach Paula. »Signorina Tennant? Sind Sie okay? Ich bin es, Inspektor Conte. Ich bin Ihnen hierher nachgefahren.«

Nun gut. Was soll's. Paula atmete tief durch und kam aus ihrer Deckung. »Ich bin hier, Inspektor. Alles okay.«

Conte drehte sich zu ihr und wirkte erleichtert, was jedoch im Nu verging, als er die SIG Sauer in ihrer Hand bemerkte. Demonstrativ hob er seine Hände. »Hören Sie, ich stecke meine Waffe jetzt ein. Sie sollten das Gleiche tun. In Ordnung?«

Paula steckte ihre SIG ins Halfter und trat auf ihn zu. »Ich bin froh, Sie zu sehen, Inspektor, auch wenn ich es gar nicht mag, wenn man mir hinterherspioniert.«

»Sie ließen mir keine andere Wahl, Signorina. Sie sind eine gute Fährtenleserin und ich hoffte, Sie bringen mich auf die richtige Spur. Was Ihnen offensichtlich gelungen ist.«

Seine Geste umfasste nicht nur den Raum, sondern das ganze Anwesen.

Sie traten vor den Operationstisch. Wäre das viele Blut nicht gewesen, es hätte ausgesehen, als ob Sophia schliefe.

»Ich hatte gehofft, sie hier herausholen zu können«, sagte Paula. »Und jetzt ist sie tot.«

Der Inspektor deutete auf den monströsen Stuhl mit den Fesseln, der auf dem Podest hinter ihnen stand. »Ja. Aber das hat er ihr angetan. Nicht Sie.«

Paula hätte das verdammte Ding am liebsten mit einer Granate in die Luft gesprengt. Dann fiel ihr Blick auf das wandhohe Symbol, Rot auf Weiß, ein Kreis mit dem Winkel, aus dem zwei weitere Kreise oder Kugeln ragten. »Was halten Sie davon?«, fragte sie und deutete auf den Vorhang und auf die Wand hinter dem Stuhl. »Sollten Sie mit Ihrer Sektentheorie und dem ganzen Hexenzauber recht behalten, wäre der Spuk noch nicht vorbei. Dann hätten Sie vielleicht nur den Aufpasser niedergestreckt.«

»Das glaube ich nicht«, erwiderte Conte.

»Und wieso nicht?«

Verblüfft über seine Antwort, wandte sie sich ihm zu und plötzlich glaubte sie zu erkennen, dass mit seinen Verletzungen im Gesicht etwas nicht stimmte. Das war gar keine Platzwunde, das war vermutlich nicht einmal Adamo Contes Blut.

»Ganz einfach«, sagte er, »weil ich es weiß.«

Noch während er den Satz sprach, zog er die rechte Hand aus der Hosentasche, holte mit der Faust aus und traf Paula mit einem Schlagring voll an der Schläfe.

36

Es war warm. Wohlig warm. Und es war auf der linken Seite sogar einen Tick zu warm.

Langsam glitt Paula aus ihrer Bewusstlosigkeit in einen Dämmerzustand, der zunehmend von einem scharfen, hämmernden Kopfschmerz dominiert wurde. In ihrem Gehirn herrschte ein heilloses Chaos ohne jede Orientierung in Zeit und Raum. Einen Moment lang glaubte sie, das windgepeitschte Prasseln des Feuers in dem alten, gusseisernen Küchenherd ihrer Großmutter zu hören, den Geruch von brennender Kohle und brennendem Holz und den Duft von Gebratenem und gekochtem Gemüse. Die wenigen glücklichen Augenblicke ihrer Kindheit. Doch je wacher sie wurde und je zusammenhängender ihr Geist anfing zu denken, desto mehr musste sie erkennen, dass dieses wohltuende Kleinod aus ihren Kindertagen ihrem Unterbewusstsein einzig und alleine dazu diente, aus der Gegenwart zu fliehen.

Und dann war die Erinnerung an die jüngste Vergangenheit mit einem Schlag wieder da. Sophia, die Frau, die Paula aus diesem Höllengefängnis hatte befreien wollen und die am Ende ihren schweren Verletzungen erlegen war. Dann der lautstarke, vorgetäuschte Zweikampf im Vorhof der Hölle, als hätte man in den Zellen und Lagerräumen alles kurz und klein geschlagen. Und schließlich Conte, der mit etlichen Blessuren am Leib im finsteren Zentrum des Anwesens aufgetaucht war und Paula in die Irre geführt hatte.

Paula riss die Augen auf, wollte aufspringen, zuschlagen, sich verteidigen, doch die Lederriemen an ihren Armen und Beinen waren so stramm gezogen, dass sie sich nicht einmal einen einzigen verdammten Zentimeter weit bewegen konnte.

»Sie sind hungrig … die Flammen.«

Die gelassen klingende Stimme kam von links, vom Kamin.

Paula drehte den Kopf und sah den Rücken von Adamo Conte. Er trug noch immer die zerfetzten Klamotten und darunter Sophias inzwischen getrocknetes Blut, mit dessen Hilfe er die Verletzungen vorgetäuscht hatte.

Er legte Holz nach, schürte das Feuer in dem großen Kamin, hantierte mit dem Haken in der Glut, als wären die goldleuchtenden, unruhigen Flammen ein geliebtes, aber gefährliches Wolfsrudel, das es wieder und wieder zu füttern galt. Der Kamin lief auf Hochtouren und der Anblick erinnerte Paula irgendwie an den flammenden Hunger von Hochöfen in Krematorien, wenn man die Luke öffnete und den Leichnam eines Menschen in die Feuersbrunst hineingleiten ließ.

Paula stemmte sich erneut gegen die Riemen, zerrte daran, als gäbe es den Hauch einer Chance, sich aus der Umklammerung zu befreien. Sie wusste natürlich, dass das Unsinn war, doch es war die einzige Möglichkeit, zumindest etwas Dampf und Wut über die eigene Dummheit und ihre Hilflosigkeit abzulassen. Ihr Herz hämmerte dabei, als wollte es mit dem hämmernden Schmerz in ihrem Schädel um die Wette laufen.

Diesem Wahnsinnigen, den sie gejagt hatte, nun ausgeliefert zu sein, Francescas und Sophias schreckliches Schicksal nun zu teilen, das war etwas, das sie einfach nicht ohne erbitterten Widerstand hinnehmen konnte. Auch wenn ihr letztendlich klar war, wie utopisch dieses andere Szenario – geboren aus ihrer Angst und Wut – vor ihrem geistigen Auge war, nämlich eine Paula, die vor lauter Schmerz und Zorn in einer übermenschlichen Kraftanstrengung ihre Fesseln sprengte, Conte den Schürhaken aus der Hand riss und dem verdammten Mistkerl damit seinen irrsinnigen, perversen Schädel einschlug.

Du musst die Kontrolle über deine Gefühle wiedergewinnen! Atme tief und langsam durch. Nicht aufgeben. Denke lieber darüber nach, wie du aus diesem verfluchten Hexenkessel rauskommst.

Nicht einfach angesichts dessen, dass Sophias blutiger Leichnam mit über der Brust gefalteten Händen nur ein paar Meter entfernt noch immer auf dem Operationstisch lag.

»Was haben Sie Sophia angetan?«, presste sie zwischen den Lippen hervor, als müsste sie gegen einen Knebel ankämpfen.

»Das wollen Sie gar nicht wissen.«

Conte rückte ein paar Holzscheite mit dem Haken zurecht. Dann drehte er sich kurz zu ihr um. Sophias Blut in seinem Gesicht hatte er sich inzwischen weggewischt. Paula bemerkte das blutige Handtuch auf der Spüle.

»Ich war so frei, Ihre Jacke und Ihre Hose zu durchsuchen. Und natürlich auch Ihren Wagen. Reisen Amerikaner immer ohne Papiere, aber mit einer Pistole im Handgepäck?«

Paula wollte ihm entgegnen, dass er sich seine Frage sonst wohin stecken konnte, doch die Trockenheit in ihrem Mund und in ihrem Hals ließ nur ein krächzendes Husten zu, was ihn sichtlich mit Genugtuung erfüllte.

Conte hängte den Schürhaken in die Halterung zurück, füllte ein Glas mit Wasser und leerte es in einem Zug, ohne ihr auch nur einen einzigen Tropfen anzubieten.

»Wie lange sind Sie und Calitri schon miteinander bekannt?«, fragte er und setzte das Glas auf der Spüle ab, wo auch das Tablett mit dem blitzblanken Operationsbesteck lag.

Auf der Ablage daneben konnte Paula ihr Handy sehen, das heißt, die Reste davon. Conte hatte das Gerät zertrümmert. War der Empfang von hier aus etwa doch nicht so schlecht, wie sie geglaubt hatte? Hätte man sie orten können?

Plötzlich fiel ihr der winzige Kopfhörer in Sophias Ohr wieder ein. Und ihr Leihwagen mit dem GPS-System, der neben dem alten Gebäude stand. Mit dem Tracking-System der Diebstahlsicherung konnte man sicher ihren letzten Standort noch bestimmen, bevor sie in das Funkloch gefahren war. Aber Conte schien das keine Sorge zu bereiten. Wer sollte schon so bald nach einer amerikanischen Cousine suchen, die sich in die Ermittlungsarbeit der Polizei einmischte? Dieser Gedanke bescherte ihr eine Woge der Hoffnung, denn Conte wusste nichts von Bernstein und der ISA oder von dem geplanten Treffen in dem alten Kloster. Er konnte unmöglich den Zugangscode ihres Handys geknackt haben. Vielleicht musste sie einfach nur etwas Zeit gewinnen. Also beschloss sie, auf Contes Frage zu antworten.

»Francesca hätte Ihnen diese Frage sicher beantworten können«, behauptete sie.

Conte musterte sie, sagte aber kein Wort. Dann trat er aus ihrem Gesichtsfeld und hinter den Stuhl.

Das Geräusch einer ratternden Kurbel übertönte das Prasseln und Knistern des Feuers und beförderte Paula von ihrer halb sitzenden in eine liegende Position. Ihre Beine blieben dabei gespreizt.

Jetzt blickte sie auf die Decke und auf ein Symbol, das größer als das Kreissymbol an der Wand hinter ihr war. In diesem Kreis befanden sich mehrere sich kreuzende Dreiecke oder Pentagramme, sodass es den Anschein hatte, als ob man in einen tiefen Tunnel hineinsah. In den Feldern zwischen den Kreuzungspunkten standen Worte in einer fremden Schrift. Und Zeichen, die Paula noch nie zuvor gesehen hatte. Aber das Bemerkenswerteste war das Symbol, das sich am Ende des Tunnels befand, als schwebte es inmitten von Schmerz, Blut und Finsternis wie ein surreales Fotonegativ von Francescas wahnwitziger Blutmalerei.

Im Zentrum von Paulas Blickfeld prangte eine rabenschwarze Lilie auf blutrotem Grund.

37

Robert Bernstein folgte dem schmalen Kiesweg an halb verwilderten Hecken und bröckelnden Mauerwerksfassaden vorbei. Der Himmel über Rom hatte sich dunkelgrau eingetrübt und immer schwerere Wolken sammelten sich über der Stadt. Schon auf dem Weg über die Piazza di Spagna mit ihrer weitläufigen Treppe, den historischen Gebäuden, Kirchen und Denkmälern hatte er die ersten kräftigen Böen einer aufkommenden Schlechtwetterfront zu spüren bekommen. Jetzt trommelten die ersten, schweren Regentropfen geräuschvoll auf den Kies und Bernstein spannte den kleinen, massiven Taschenschirm auf, den er sicherheitshalber bei sich trug.

Die letzten beiden Stunden hatte er vor allem damit zugebracht, diesem Inspektor Guerra auf den Zahn zu fühlen, der an Sophia Leones Fall arbeitete und Signora Moretti befragt hatte. Der Mann hatte tatsächlich keine Verbindung zwischen Sophia Leones Verschwinden und dem Schicksal der Serienmordopfer hergestellt. Und Bernstein konnte ihm deswegen nicht einmal einen Vorwurf machen, denn Guerra gehörte nicht dem Sonderermittlungsteam an und hatte daher keinen Schimmer, was im *Sacro Bosco* wirklich gefunden worden war. Um keinen unnötigen Wirbel zu verursachen und weder Zorzi noch

Conte hellhörig zu machen, hatte Bernstein daher beschlossen, Guerra nicht über den wahren Hintergrund seiner Fragen zu informieren, und sich stattdessen selbst mit Zorzis und Contes Background beschäftigt, während Paula Tennant sich auf den Feldern Torre Angelas umsah.

Lorenzo Zorzis Lebenslauf zu durchleuchten, war so langweilig gewesen, wie eine Seifenoper beim Bügeln zu verfolgen. Grundschule, Schule, Sportvereine, Berufsakademie, Sport- und Kampftraining. Doch obwohl Zorzi so viel Wert auf seine Kraftpaket-Erscheinung legte, hatte er doch mehr vom Wesen eines friedfertigen Golden Retrievers.

Adamo Contes biografische Historie hingegen wies etliche Ungereimtheiten auf. Vor allem weiße Flecken auf der Landkarte seiner Jugendjahre. In dem lombardischen Dorf, in dem er angeblich geboren worden war, waren weder seine Familie noch er selbst registriert. Und auch die Schulen, in denen er angeblich gewesen war, hatten nie einen Adamo Conte in ihre Verzeichnisse aufgenommen, weder als vorübergehenden Schüler noch als Abschlussstudenten. Die erste nachvollziehbare Registrierung stand im Verzeichnis der Polizeiakademie von Venedig. Von da an war Contes achtzehnjährige Polizeikarriere und somit seine berufliche Laufbahn lückenlos dokumentiert.

Einschließlich der Todesfälle seiner beiden Partner.

Partner Nummer eins war fünf Jahre zuvor in einer dunklen Gasse in Rom erstochen aufgefunden worden. Und Partner Nummer zwei vor sieben Monaten während einer Nachtklub-Razzia durch einen Schuss ins Herz ums Leben gekommen. Auch wenn es ein Untersuchungsverfahren gegeben hatte, so waren die Todesfälle nie wirklich aufgeklärt worden. Es gab weder Zeugen, noch wurden die Tatwaffen je sichergestellt.

Bernstein hatte daraufhin seitens eines Mitarbeiters des italienischen Zweigs der ISA weitere Recherchen anstellen lassen. Ebenso bei der venezianischen sowie florentinischen Polizei.

Vielleicht brachte sogar Viola Gattis Fall noch Licht ins Dunkel. Bis zum nächsten Morgen rechnete er mit einem entsprechenden Rückruf.

Gerade als der Regen heftiger wurde und der kleine Taschenschirm die aus dem Himmel herabstürzenden Wassermassen kaum mehr bewältigen konnte, erreichte er die von Calitri beschriebene Hintertür. Er betätigte den schwarzen Klingelknopf, hörte aber kein Signal. Er wollte gerade ein weiteres Mal klingeln, als das freundliche Gesicht einer Ordensfrau hinter der Sichtluke erschien, ihn offensichtlich sofort erkannte und hereinbat.

»Signore Bernstein. Ich bin Schwester Benedicta«, stellte sie sich vor. »Ich weiß Bescheid und bringe Sie zu Seiner Eminenz.«

Bernstein hatte die Ordensfrau bisher nicht persönlich kennengelernt, doch Calitri hatte sie im Rahmen der Ermittlungen mehrmals erwähnt. Er hielt große Stücke auf sie. Benedicta wirkte wesentlich jünger, als Bernstein sich eine Schwester Oberin vorgestellt hätte. Unter ihrem Schleier lugte eine dunkle, wellige Haarsträhne hervor und die kleine Brille auf ihrer Nase ließ sie wie eine äußerst gebildete Person aussehen. Und so betrübt Benedicta auch über Francescas Tod und die jüngsten Ereignisse war, so sehr strahlte sie doch auch Tatkraft und Zuversicht aus und jene menschliche Wärme, die kein Mensch vortäuschen konnte, der sie nicht aus tiefstem Herzen empfand.

Auch Rebecca, Bernsteins Frau, hatte diese Stärke und Mitmenschlichkeit ausgestrahlt, ganz im Gegensatz zu vielen ihrer Ärzte-Kollegen, und damit in gewisser Weise das emotionale Vakuum ihres Mannes kompensiert. Wie sehr das tatsächlich zutraf, hatte Bernsteins kühle Seele an jenem Tag zu spüren bekommen, an dem seine Frau von der Nachtschicht in der Klinik nicht mehr nach Hause zurückgekehrt war. Ein ehemaliger Patient, den Rebecca nach einer Schießerei davor bewahrt hatte, für den Rest seines Lebens querschnittsgelähmt zu sein, hatte sie in den frühen Morgenstunden auf dem Nachhauseweg abgefangen und sie in einer Bretterbude in den Wäldern am Lake Michigan – wie er es genüsslich in einer persönlichen Nachricht an Bernstein formuliert hatte – zu Tode gevögelt.

Doch das war Vergangenheit, ermahnte Bernstein sich. Lag viele Jahre zurück. Der Mann lebte nicht mehr. Genau genommen hatte er Rebeccas brutales Sterben nur wenige Tage überlebt. Die Fische im Michigansee hatten seine Genitalien verzehrt. Sein Tod war auch ansonsten kein friedvoller gewesen. Bernstein hielt nicht viel vom Mythos der Vergebung.

»Bitte hier entlang«, holte Schwester Benedictas Stimme ihn aus der Erinnerung zurück, noch bevor er sich gezwungen sah, die Erinnerung selbst zurückzudrängen.

Er folgte ihr durch einen Säulengang an einem kleinen, liebevoll gepflegten Garten vorbei, und ihm wurde einmal mehr klar, weshalb ein alter und distanzierter Mann wie Calitri die kleine Gemeinschaft der Nonnen in sein Herz geschlossen hatte. Dass der Kardinal das Treffen nun hier abhielt, zeigte des Weiteren, wie sehr er diesen Nonnen vertraute.

An einer kleinen Kapelle vorbei und noch einen Flur hindurch erreichten sie schließlich einen Raum, der sich als die Bibliothek des Konvents entpuppte.

Calitri, der in einer Leseecke saß, blickte von einem der Bücher auf, die er sich herausgesucht hatte, und erhob sich. Bernstein ahnte, dass der alte Kardinal durch das Lesen versucht hatte, seine Ungeduld zu zügeln und seinen Geist zu beschäftigen. Doch jetzt, wo Bernstein eingetroffen war, hielt es den alten Herrn mit der durch so manches Grübeln zerfurchten Stirn nicht mehr länger in seinem Sessel.

Benedicta bat um Bernsteins Schirm, um ihn draußen im Gang zum Trocknen aufzuspannen. Auf einem kleinen Tisch am Fenster standen eine Karaffe mit Wasser und eine Kanne

Tee, ein paar Gläser und Tassen, dazu zwei Schalen mit süßem sowie würzigem Gebäck. Eine kleine Stärkung, wie Benedicta meinte, bevor sie sich zu ihrer Arbeit zurückzog, aber auch um die junge Signorina, die noch erwartet wurde, in Empfang zu nehmen, sobald diese an der Pforte klingelte.

Bernstein entschuldigte sich bei Calitri für seine Verspätung und stellte seine Tasche neben das Bücherregal. Der Kardinal winkte ab und schenkte ihm von dem dampfenden, heißen Tee ein.

»Die stürmische Regenfront hat uns früher erreicht, als von den Wetterfröschen prophezeit«, meinte er mit Unbehagen in der Stimme. »Aber Signorina Tennant ist sicher schon auf dem Weg hierher.«

»Sie ist nach ihrem Besuch bei Doktor Lamboglia noch nach Torre Angela rausgefahren«, erklärte Bernstein. »Sie wollte sich die Gegend noch einmal genauer anschauen, in der Schwester Francesca gefunden worden ist.«

»Kein schlechter Gedanke. Francesca kann in der Tat zu Fuß nicht allzu weit gekommen sein.« Calitri reichte ihm die Tasse. »Leider wird sie es auf der Rückfahrt mit dem römischen Berufsverkehr zu tun bekommen. Der führt am Abend zwar hauptsächlich aus der Stadt heraus, verstopft aber dennoch die Straßen.«

Sie nahmen in der Fensternische Platz. Bernstein nahm einen Schluck Tee und verzog sein Gesicht.

Calitri grinste, was dem Glanz seiner gutmütigen Augen einen Hauch von Bosheit verlieh. »Salbei. Schwester Benedicta schwört darauf und ich wage es bis heute nicht, ihren Lieblingstee abzulehnen. Immerhin soll er keimtötend sein. Gut gegen Halsschmerzen. Also genau das Richtige für einen alten Knaben wie mich.«

Bernstein nahm einen zweiten Schluck und verzog erneut das Gesicht. »Bisher waren meine antibakteriellen Getränke von eher hochprozentiger Natur.«

Calitris Grinsen wurde einen Tick breiter. »Einen solch edlen Tropfen werden Sie in Benedictas Refugium vergebens suchen.« Dann wurde sein Blick ernst und nachdenklich, und Bernstein wusste, die Plauderstunde war vorbei. Der Kardinal kam zum eigentlichen Anlass des Treffens.

»Ich habe mich etwas näher mit Professor Petrocelli befasst und ich denke, wir können ihn getrost von unserer aktuellen Verdächtigenliste streichen. Er bringt zwar das intellektuelle Know-how mit, auch die notwendige Körperkraft, und er hätte sicher auch die Ausdauer, über so viele Jahre hinweg einem derartigen Verbrechen nachzugehen, aber ich vermisse bei ihm einfach den erforderlichen Irrsinn und, wie soll ich sagen …«

»Den erforderlichen Killerinstinkt.«

Calitri wirkte fast schon dankbar, dass Bernstein ihm dieses üble Wort aus dem Mund genommen hatte. »Ich kann in Petrocelli beim besten Willen nicht unseren gesuchten Massenmörder sehen. Aber vielleicht liegt ja gerade darin seine Finesse. Wer weiß. Dafür finde ich andererseits Doktor Lamboglias aktuellen Bericht sehr interessant. Hatte Signorina Tennant schon Gelegenheit, mit Ihnen darüber zu reden?«

»Noch nicht. Bitte fahren Sie fort, Eminenz.«

Calitri berichtete von Paulas Besuch bei Dr. Lamboglia, von der Entdeckung jahrhundertealter Gene, die im Erbgut der Föten gefunden worden waren, und Lamboglias daraus resultierender Theorie von einem skrupellosen Forschungsprojekt, das den Alterungsprozess von Ungeborenen auf eine perfide Weise beschleunigte.

»Conte recherchiert bereits mittels Rasterfahndung in Wissenschaftskreisen«, beendete er seinen Bericht.

Bernstein musterte den weißhaarigen Kardinal. Etwas in der Art, wie Calitri von dieser neuen Spur berichtet hatte, machte ihn stutzig. »So plausibel Doktor Lamboglias Theorie auch klingen mag, Sie bezweifeln, dass diese zu unserem Mörder führt.«

Calitri nickte. »Ich werde Ihnen auch gleich mehr davon berichten. Doch zunächst würde ich gerne erfahren, was Sie inzwischen herausgefunden haben.«

Bernstein öffnete seine Tasche und reichte Calitri eine Akte mit drei Lebensläufen, und zwar die von Guerra, Zorzi und Conte.

Der Kardinal schnappte nach Luft und blickte mit großen Augen von der Akte auf. »Wollen Sie damit sagen, unser Mörder könnte ein Polizist sein?«

»Lesen Sie bitte, Eminenz. Ich werde mich in der Zwischenzeit Schwester Benedictas Lieblingstee widmen.«

Einige Minuten später beendete Calitri das Studium der Akte. »Das mit Contes Partnern wusste ich nicht. Und Sie denken wirklich, er könnte der Mörder seiner Kollegen sein?«

Bernstein füllte Calitri und sich Tee nach. »Ich schließe es nicht aus.«

»Lorenzo Zorzi wäre dann Contes dritter Partner …«

»Eigentlich der fünfte. Die ersten drei leben aber noch. Sie wurden in andere Städte oder Abteilungen versetzt.«

»Aber es gibt keine Beweise. Nicht einmal Indizien. Auch keines der Mordwerkzeuge wurde entdeckt.«

»Leider nein. Mandelli wurde nur zweihundert Meter von seiner Haustür entfernt erstochen. Eigentlich war es schon mehr eine Hinrichtung. Die Halsschlagader wurde ihm mit einem sehr scharfen Messer durchtrennt. Vielleicht einem Rasiermesser oder sogar einem Skalpell. Und Giansante wurde angeblich von einem Mafioso erschossen, dessen Waffe auf wundersame Weise verschwunden ist. Laut Ballistik wurde sie bereits bei zwei früheren Verbrechen eingesetzt.«

»Aber Conte …?« Calitri war sprachlos.

»Ich habe seine Polizeiberichte im *Sacro-Bosco*-Fall noch einmal studiert und bin bei der Überprüfung auf einige Seltsamkeiten gestoßen. Darunter Zeugenbefragungen, die zwar protokolliert wurden, jedoch nie stattgefunden haben. Die jeweiligen Befragten in Bomarzo wussten jedenfalls nichts davon.«

Calitri starrte Bernstein stumm an, während er im Geiste die letzten Begegnungen mit dem Inspektor noch einmal nach einem verdächtigen Hinweis durchzugehen schien.

»Contes Polizeiberichte sind sehr ausgefeilt und detailliert«, fuhr Bernstein fort. »Um nicht zu sagen vorbildlich. Auf den ersten Blick bleiben keinerlei Fragen offen, andererseits lassen sie aber auch keinerlei Spielraum für Theorien und Interpretationen. Und Sie selbst, Eminenz, wissen nur zu gut, intelligente Psychopathen verfügen über ein außergewöhnliches Manipulationstalent. Sie sind sprachgewandt, das Lügen wird ihnen zur zweiten Haut und so etwas wie Reue ist ihnen gänzlich fremd.«

Calitri gefiel der Gedanke nicht, dass ausgerechnet Conte Francesca gefoltert und ermordet haben könnte. Letzteres quasi beinahe vor seinen Augen. Er schüttelte den Kopf.

»Tut mir leid. Ich kann mir beim besten Willen nicht vorstellen, dass Adamo Conte auch nur einen dieser Morde begangen haben soll. Weder als Satanist noch aus reinem Vergnügen. Ich verstehe nicht, wie Sie ihn überhaupt verdächtigen können.«

»Nun, dafür gibt es mehrere Gründe«, entgegnete Bernstein ruhig. »Aber vor allem ist der Inspektor für seine ermittlerischen Alleingänge bekannt, aus denen dann seine beeindruckenden

Fantasieberichte entstehen. Mandelli und Giansante haben das mit der Zeit sicher entdeckt und ihm daraufhin nachspioniert.«

»Aber für ein paar gefälschte Berichte bringt man doch keine Menschen um.«

»Für ein paar gefälschte Berichte vielleicht nicht, aber was ist, wenn sie seinem eigentlichen Geheimnis auf die Spur gekommen sind?«

Calitri saß eine Weile stumm da und ließ Bernsteins Schlussfolgerungen auf sich wirken. Dann ging er zu seiner Leseecke und kehrte mit einer Aktenmappe zurück, auf der das Siegel des Vatikanarchivs prangte.

»Bruder Zacharias hat womöglich herausgefunden, welchem Dämon unser Mörder huldigt.«

Bernstein klappte den Aktendeckel auf und las den Titel des Deckblatts.

Civitas Diaboli. Unter der Herrschaft des Teufels.

»Offen gesagt«, begann er und reichte Calitri die Mappe wieder, »halte ich Adamo Contes ganze Sektentheorie ebenfalls für einen Teil seines Ablenkungsmanövers.«

Calitri musterte ihn mit einem herausfordernden Blick und nahm die Mappe nicht zurück. »Ziehen Sie keine voreiligen Schlüsse, Robert. Lesen Sie. Vielleicht sagt Ihnen dieser Text mehr über das wahre Motiv unseres Mörders, als Sie jetzt noch für möglich halten. Ich schaue inzwischen mal, wo unsere junge Agentin bleibt.«

Ohne ein weiteres Wort zog sich Calitri mit dem Handy in seine Leseecke zurück, und Bernstein fragte sich, was Zacharias wohl dieses Mal in den Archiven an altem Aberglauben ausgegraben hatte.

Doch bereits eine Minute darauf war er in das Archivmaterial vertieft, erfuhr er von einem Dämon mit dem Namen Legion und seinen menschlichen Unterhändlern, die für die eigene Unsterblichkeit einen Pakt mit dem Teufel eingingen und dafür spätestens alle dreizehn Monate zwei durch das Blut miteinander verbundene Leben zu opfern hatten. Eine der beiden geopferten Seelen diente dem Teufel als Quelle der Kraft. Die Energie der anderen, die bis auf die Erbsünde frei von Sünde zu sein hatte, diente dem Unterhändler als lebensverlängernde Nahrung. Und damit diese Rechnung aufging, waren die Opfer stets Mutter und Kind. Sogenannte Doppelseelen. Und ihre Leiber durften als Beweis für den Dämon nicht eingeäschert werden.

Bernstein erfuhr von dem Zweck der geweihten Münze, mit der man den Mutterleib versiegelte, und davon, weshalb die Mütter schließlich im sechsten Monat der Schwangerschaft hingerichtet wurden. Die Seele des Kindes wurde von da an für die Erfahrungswelt der Mutter empfänglicher, doch es sollte möglichst rein bleiben. Auch um das Sterben möglichst rein und schmerzbewusst zu erleben. Schmerzempfinden war nämlich ab der vierundzwanzigsten Schwangerschaftswoche möglich, wie Bernstein sich noch von Rebeccas Schwangerschaft erinnerte.

Er hielt einen Moment lang inne, nahm am Rande das Trommeln des Regens gegen die Fensterscheiben wahr und Calitris nochmaligen Versuch, Paula Tennant zu erreichen.

Nein. Es brauchte keine skrupellose Wissenschaft, um solch ein mörderisches Elend heraufzubeschwören. Dafür reichte schon ein skrupelloser, religiös irregeleiteter Mensch, der an diesen ganzen Hexenzauber glaubte!

Bernstein nahm sich die letzten beiden Seiten von Bruder Zacharias' Recherche vor, die allerdings nur noch zwei Abbildungen enthielten. Die erste Abbildung zeigte ein Familienwappen mit einem Schild in der unteren Hälfte, darin ein Kreuz. In der oberen Hälfte befanden sich drei Kraniche und das Symbol der Lilie. Unter der Abbildung stand der Name des dazugehörigen Adligen. Gilles de Rais.

Bernstein verfügte über genug Geschichtskenntnisse, um zu wissen, dass dieser de Rais im 15. Jahrhundert ein gefürchteter und respektierter Kampfgefährte Jeanne d'Arcs gewesen war, der nach der Hinrichtung der Heiligen Jungfrau aber erst sein wahres Naturell offenbarte. Bei Gilles de Rais handelte es sich genau genommen um den ersten dokumentierten Serienmörder, der sich zudem auch noch an schwarzer Magie versucht hatte. Alleine wegen seines mörderischen Täterprofils hatte Bernstein ihn seinen Studenten in den Seminaren vorgestellt.

Die zweite Abbildung schien direkt aus einem okkultistischen Lehrbuch kopiert. Ein Kreis mit einem Siebeneck und darin ein Pentakel in einem Pentakel und so fort, die den Blick unweigerlich ins Zentrum lenkten, auf ein Symbol, das Bernstein inzwischen nur zu gut kannte. Eine schwarze Lilie.

Plötzlich bemerkte Bernstein, dass jemand vor ihm stand. Calitri hatte seinen Sessel verlassen und die Miene des Kardinals wirkte ziemlich besorgt. Ein Blick auf die alte vor sich hin tickende Standuhr verriet Bernstein, dass inzwischen fast eine halbe Stunde vergangen war. So viel zu seinem Zeitgefühl, wenn er in eine Recherche vertieft war.

»Es hat vielleicht nichts zu bedeuten«, sagte Calitri. »Vielleicht liegt es auch am Wetter, aber ich habe es jetzt mehrmals versucht und bekomme einfach keine Verbindung.«

Bernstein legte die Mappe beiseite und versuchte es seinerseits mit dem Handy.

Ohne Erfolg.

Dann holte er seinen Computer aus der Tasche, gab seine ID ein und versuchte den Standort von Paulas Handy zu ermitteln.

Vergebens.

Wie es aussah, befand Paula sich in einem Funkloch. Über das GPS-Signal des Leihwagens ließ er sich ihren letzten Standort geben. Das letzte Mal war ihr Wagen in der Nähe von Francescas Fundort registriert worden.

»Was machen wir jetzt?«, fragte Calitri.

Bernstein packte den Rechner wieder ein. »Sie bleiben hier, Eminenz. Falls Paula auftaucht, geben Sie mir Bescheid.«

Er wollte gerade zur Tür, als sein Handy klingelte. Paula Tennant? Calitri blickte schon hoffnungsvoll zu ihm. Doch wie das Display zeigte, kam der Anruf von dem italienischen Mitarbeiter der ISA.

Bernstein nahm das Gespräch an und hörte, was der Special Agent zu berichten hatte. Als er auflegte, bemerkte er, dass Calitri ungeduldig näher getreten war und noch besorgter dreinschaute.

»Und?«

»Es ging um Contes Ermittlungsarbeit in Florenz. Er hat der dortigen Questura tatsächlich einen Besuch abgestattet, jedoch mit keiner Silbe nach Viola Gattis Fall gefragt.«

»Was hat er denn dann dort getan?«

»Die Nummer zwei seiner ehemaligen Partner besucht und ein wenig herumgehorcht.«

»Aber dann war alles, was er mir in der Klinik über seine dortige Recherche erzählte, eine Lüge.« Calitri schlug die Hände vors Gesicht. »Mein Gott … Wie konnte ich nur so dumm sein!«

»Was meinen Sie?«, fragte Bernstein, schon den Türgriff in der Hand.

»An diesem frühen Morgen in der Klinik … Conte war so verblüfft, Benedicta und mich in Francescas Krankenzimmer zu sehen. Jetzt weiß ich, weshalb. Er war aus Florenz in aller Frühe zurückgekehrt, um an Francesca heranzukommen!«

38

»Sie sind also der Vater der Kinder.«

Paulas Stimme klang durch die Trockenheit in ihrer Kehle so rau, als hätte sie die letzten Wochen in einer Tour Kette geraucht. Außerdem spürte sie seit einer Weile kaum noch ihre Arme und Beine. Ihr Blutkreislauf schien zum Erliegen gekommen zu sein und die daraus resultierende Müdigkeit in ihren Gliedern, überhaupt im ganzen Körper und vor allem in ihrem Gehirn war geradezu unermesslich. Dabei hielt der hämmernde Schmerz in ihrem Kopf gnadenlos an, ja, er schien sogar noch heftiger zu werden. Es war beinahe ein Unding, in diesem Zustand klar zu denken, und trotzdem musste sie genau das irgendwie schaffen. Aber vielleicht bildete sie es sich ja nur ein, dass sie halbwegs klar dachte. Gehirne waren echte Meister, wenn es darum ging, ihrem Besitzer etwas vorzugaukeln, wie zum Beispiel, dass bequem vor dem Fernseher sitzen zu bleiben und Snacks zu knabbern nicht schädlich für die Figur wäre.

»Kinder?«, erwiderte Conte, als hätte er keinen Schimmer, wovon sie sprach. Er hatte den flammenden Kamin inzwischen in den reinsten Glutofen verwandelt. Paula begann, sich wie in der Sahara zu fühlen, nur ohne Sand.

Mit den Augen deutete sie auf die Tür neben dem Spülbecken, hinter der sich die grauenvolle Ausstellung der in Gläsern konservierten Föten befand. Dieses Kabinett des Grauens passte ebenso wie das satanistische Kreis- und Pentagramm-Symbol, das an der Decke prangte, zu Kardinal Calitris Nachforschungen und der überaus unkonventionellen Geschichte vom dämonischen Seelenhändler.

Conte lächelte, und es war das kalte Lächeln eines Reptils.

»Sie haben sich meine kleine Sammlung also angesehen und versuchen, sich nun einen Reim darauf zu machen. Was hat Ihnen der eminente Chorknabe von einem Kardinal wohl so alles erzählt? Dass es bei dem Fall mit dem Teufel zugehen muss?«

Er trat vor das Tablett mit dem Operationsbesteck und schien die Instrumente im Geiste durchzuzählen.

»Ihre Sektentheorie hat Calitri sehr fasziniert.«

Conte nahm eines der Skalpelle auf und drehte es so hin und her, dass sich die Glut des Kaminfeuers darin spiegelte und einen Teil seines Gesichts beschien. Für einen Moment wirkte es, als brenne seine Haut von innen heraus.

»Wissen Sie, Paula … ich darf Sie doch Paula nennen … das Leben ist eine Einbahnstraße in den Tod. Wenn wir jung sind, glauben wir, wir hätten alle Zeit der Welt. Doch in Wahrheit beginnt mit dem Tag unserer Geburt ein gnadenloser Countdown.«

Paula war klar, dass sie Conte besser nicht reizen sollte, doch sie wäre lieber auf der Stelle krepiert, als sich in diesem Moment zurückzuhalten.

»Für Ihre ungeborenen Kinder verläuft dieser Countdown eindeutig noch gnadenloser.«

Er schaute sie durchdringend an, als versuchte er in ihrem Gesicht, ihren Augen zu lesen. Dann beugte er sich vor, zog einen Riemen aus der Nackenstütze hervor und fixierte Paulas

Kopf, sodass sie nur noch auf das Symbol an der Decke starren konnte. Paula widerstand dem Drang, vor Angst und Wut ihre Hände zu Fäusten zu ballen. Doch so stramm, wie ihre Gelenke an den Stützen festgeschnallt waren, und so taub, wie ihre Hände waren, hätte das wohl ohnehin nicht funktioniert.

Conte erklärte ihr, dass er das Skalpell nun in Höhe ihrer Hüfte ansetzen würde, da er beabsichtige, Paula nach und nach aus ihrer Jeans herauszuschälen.

»Bitte ganz ruhig. Ich werde Sie sonst noch verletzen.«

Paula hörte das Lachen in seiner Stimme.

Und dann schlitzte er den Hosenstoff am linken Bein entlang seelenruhig auf, und Paula spürte einen scharfen, brennenden Schmerz, jedes Mal, wenn er sie – trotz seiner beteuerten Vorsicht – verletzte. Ebenso spürte sie die warme Nässe der Blutrinnsale auf der Haut. Es war, als stimmte er sie auf den Schmerz ein, der noch kommen sollte. Paula weigerte sich, auf die Schnitte zu reagieren, ihm zu zeigen, dass sie diese sehr wohl fühlte. Ihre Kindheit unter einem brutalen Vater hatte sie die Flucht aus dem Schmerz gelehrt. Und wie es aussah, hatte sie nichts mehr zu verlieren. Wenn dieses Monster sie schon zu foltern und töten gedachte, wollte sie wenigstens wissen, wofür.

»Dann haben Sie also Zorzi und Doktor Lamboglia all die Monate hinweg an der Nase herumgeführt. Ihre ganze Ermittlungsarbeit, die Gespräche mit Verdächtigen, mit möglichen Zeugen, Ihre Sektentheorie … all das war von Anfang an nichts weiter als ein Täuschungsmanöver.«

Ohne eine Antwort zu geben, entfernte er das komplette linke Hosenbein ihrer Jeans und ließ den Stoff wie ein Stück Segeltuch zu Boden fallen. »So, das hätten wir. Das war doch gar nicht so schlimm.«

Sie hörte, wie Conte das blutige Skalpell zurück in die Schale legte und sich für den nächsten Akt die Hände wusch.

Sie fuhr fort: »Selbst den Vaterschaftstest haben Sie geschickt genutzt, denn Sie wussten ja, dass Ihr DNA-Profil in keiner der Datenbanken ist.«

Er drehte den Wasserhahn zu, trocknete sich die Hände und antwortete ihr weiterhin nicht.

Ein neuer Gedanke kam ihr. »Verursacht Ihr Erbgut bei den Föten den extremen Alterungsprozess und die Missbildungen? Vergiftet Ihre DNA als Erbgut eines lebenden Toten die Mütter und die Kinder?«

Keine Antwort.

»Und was ist mit dem Ring, den Walter Ihnen im Archäologencamp zurückgegeben hat?« Sie spürte, wie ihre Augen plötzlich zu tränen anfingen, ohne dass sie es hätte verhindern können. »Das Zeichen der Lilie im Höhlengrab …«, krächzte sie, »… das stammt von Ihnen, oder?«

Conte trat an den zur Liege umfunktionierten Stuhl heran, sodass er Paula in die Augen sehen konnte. Sein Blick war so kalt, so bodenlos unmenschlich, dass die Angst sie zu überwältigen drohte.

39

In größter Eile verließ Bernstein das Kloster und eilte zu dem Wagen, den er für seine Zeit in Rom gemietet hatte. Als er in die Fahrerkabine einstieg und seine Tasche auf den Beifahrersitz legte, war er nach dem Sprint über den Kiesweg und die Piazza di Spagna nass bis auf die Knochen. Rasch gab er die GPS-Koordinaten für die alternative Route vorbei am römischen Berufsverkehr ein, die Calitri ihm empfohlen hatte. Calitris Route führte über Nebenstraßen, die zwar auf den ersten Blick einen erheblichen Umweg bedeuteten, am Ende aber nichtsdestoweniger schneller zum Ziel führten. Der Regen war inzwischen so heftig geworden, dass die Scheibenwischer es selbst auf höchster Stufe gerade so schafften, die Sicht freizuhalten. Bernstein startete, fädelte sich in den Straßenverkehr ein und folgte den Anweisungen der Computerstimme, die so gelassen klang, als begäbe er sich auf eine Kaffeefahrt.

Schließlich bog er auf die breitere Via Casilina und nach elf Kilometern nach links in die Via di Torrenova, fuhr an Wohnhausanlagen, Reihenhäusern und einem Industriegebiet vorbei, bis er schließlich die Via dell'Archeologia erreichte, eine schmale Seitenstraße, die zu den großen Feldern und einer großen Farm führte. Immer wieder flackerte der von Blitzen zerrissene Himmel auf. Die Atmosphäre vibrierte unter tiefem Donnergrollen.

Der holprige Feldweg, der hinter dem Bauernhof weiterging und normalerweise nur mit Traktoren befahren wurde, hatte sich in einen kilometerlangen, braunen Schlammweg mit tiefen Pfützen verwandelt. Bernstein schaltete den Offroad-Modus ein und hob dadurch das Bodenniveau des Wagens an. Da er weder Paulas Handy noch Wagen hatte orten können, fragte er sich, ab wann wohl sein Handysignal aufgrund des möglichen Funklochs verloren ging. Das Signal war bereits schwächer geworden. Bald würde ein Empfang wohl zu einem Glücksspiel werden, aber bis jetzt war er noch nicht vom Funknetz abgeschnitten.

»Sie haben Ihr Ziel erreicht!«, teilte ihm die monotone Stimme des Navigationssystems nach weiteren eineinhalb Kilometern mit.

Im Scheinwerferlicht tauchten ein paar große Kastanienbäume auf. In der Ferne schimmerten im Gewitterzwielicht die Lichter einiger Dörfer und Straßen. Das also war die Stelle, wo Francesca in ihrer Fluchtnacht vor dem Unwetter Zuflucht gesucht hatte. Doch von Paula und ihrem Wagen war weit und breit nichts zu sehen. Ob sie aufgrund des Wetters und der schlechten Sichtverhältnisse vielleicht irgendwo weiter hinten ohne Handyverbindung im Graben gelandet war?

In der Ferne Richtung Norden konnte Bernstein gerade noch so eine Burg- oder Kirchenruine ausmachen. Vielleicht war Paula dorthin gefahren, um das Gelände von dem Hügel aus besser zu überblicken.

Bernstein hielt kurz an, um sich über die Satellitenbilder auf seinem Rechner einen neuerlichen Geländeüberblick zu verschaffen. Zwischen seinem Standort und der Kirchenruine lag ein Waldstück, das ihm bislang nicht weiter aufgefallen war. Bernstein prägte sich das Gelände gründlich ein und setzte seine Fahrt dann über den holprigen Schlammweg fort, bis er schließlich einen Pfad erreichte, der in den abgelegenen, verwilderten Wald führte. Im Schritttempo lenkte er den Wagen hinein, vorbei an einem alten rostigen Eisentor, und folgte dem kurvigen Weg. Als er schon dachte, dass der Pfad die Erkundung nicht lohnte, und den Wagen wieder zurücksetzen wollte, erblickte er inmitten der Hecken, Sträucher und dicht beieinanderstehenden Bäume im aufflackernden Zucken eines Blitzes ein altes Gemäuer.

Er fuhr nicht näher heran, sondern schaltete sofort die Scheinwerfer aus, parkte unter einer Reihe von dichten Büschen, schnappte sich Handy und Taschenlampe und ging auf die unwirklich anmutende Fassade zu. Es brannte kein Licht, das Haus schien völlig leer zu stehen. Einige der Fenster hatten dem Druck der Äste der nächststehenden Bäume nicht mehr standgehalten und waren zerbrochen. Das obere Drittel des Turms war eingestürzt. Die dichten, hohen Baumkronen überdeckten das Anwesen nahezu komplett, sodass das Unwetter hinter einem Vorhang aus Blattwerk stattfand.

Bernstein stieg über Äste und Steintrümmer die verwahrloste Treppe hoch. Das verwitterte Hauptportal war verschlossen, das Schloss selbst war jedoch in überraschend gutem Zustand. Bernstein zückte seinen Spezial-Dietrich und hatte es nach kurzer Zeit geknackt. Die Tür öffnete sich überraschend lautlos, quietschte kein bisschen in den Angeln. Obwohl es nach außen hin nicht so aussah, wurde es offensichtlich regelmäßig benutzt. Leise trat er ein und schloss die Tür sofort wieder hinter sich. Dann verharrte er eine Weile an der Wand neben der

Tür, lauschte, ob jemand sein Eindringen bemerkt hatte und darauf reagierte, und gab seinen Augen die Möglichkeit, sich an die spärlichen Lichtverhältnisse zu gewöhnen.

Als sein Blick über den Boden des Eingangsbereichs schweifte, erkannte er zwischen den Geröll- und Schutthaufen im Staub einige Schuhabdrücke. Einmal kleinere Stiefelabdrücke, vermutlich die einer Frau. Er wusste, dass Paula hin und wieder wetterfeste Stiefel trug. Sie konnte also sehr wohl welche in ihrem Gepäck gehabt und für ihre Exkursion angezogen haben. Der andere Abdruck stammte von den Lederschuhsohlen eines Mannes.

Bernstein untersuchte die Schuhabdrücke genauer. Ganz ohne Zweifel waren beide relativ frisch. Die Spur der Frau kam zuerst von einem kleinen Gang auf der rechten Seite zur Halle. Sie war also irgendwo auf einem anderen Weg ins Haus gelangt. Dann führten beide Spuren vom Eingangsbereich fort und in den dunklen Flur auf der anderen Seite. Aber die Schritte waren nicht zur gleichen Zeit zurückgelegt worden. Die Schritte des Mannes deuteten vielmehr darauf hin, dass er auf der Hut gewesen war und weniger den Eingangsbereich des Anwesens selbst, sondern vielmehr die Spur der Frau erkundet hatte, bevor er ihr schließlich gefolgt war.

Bernstein spürte, wie Neugierde und Ungeduld ihn in Erregung versetzten und wie das daraus resultierende Fieber die finsteren Schatten seiner Vergangenheit heraufbeschwor. Einen Moment verharrte er in der Dunkelheit, um sich zu sammeln. Es war lange her, seit er dieses Verlangen in sich gespürt hatte. Seit der Therapie hatte er sein Leben praktisch wieder im Griff. Doch nun war der alte Jagdtrieb wieder in ihm erwacht.

Als er sich leise erhob und schon im Begriff war, in das Hausinnere zu schleichen, bemerkte der Jäger in ihm, dass an einer anderen Stelle Staub weggewischt worden war. Kurz schaltete er die Taschenlampe auf schwacher Stufe ein und richtete den Lichtkegel auf den Fleck. Ein altes Bodenmosaik, genauer ein Wappen mit einem Schild und einem Kreuz, darüber zwei Vögel und eine Lilie.

Schlagartig wurde ihm klar, dass Paula diese Spur entdeckt haben musste und dass sie noch irgendwo auf dem Anwesen war.

Mit dem Mann, der ihr gefolgt war.

40

Die Hitze des Kaminfeuers wurde für Paula ebenso unerträglich wie ihr Durst. Das letzte Mal hatte sie etwas in dem kleinen Café in Bomarzo getrunken. Nein, das stimmte nicht. Ein halbes Glas Wasser in ihrem Hotelzimmer mit einer Kopfschmerztablette, während sie sich die Satellitenbilder angeschaut hatte. Das Trinkwasser schien jedoch längst in ihrem Körper verdunstet zu sein, so als läge sie bereits seit Stunden auf einer Sonnenbank und jemand hätte vergessen, das verdammte Ding auszuschalten. Jede einzelne Zelle ihres Körpers schrie nach Wasser.

»Waren Sie schon mal im Krieg, Signorina Tennant?«, fragte Adamo Conte im Plauderton.

Ob sie im Krieg gewesen war? Wie kam der Irre denn auf diesen Gedanken? Glaubte er etwa, weil sie eine Waffe bei sich trug, musste sie zwangsläufig auch eine Militärausbildung hinter sich gebracht haben? Auf den Gedanken, dass sie eine Agentin war, kam er wohl nicht.

»Nein ...«, krächzte sie mit trockenem Hals und rauer Stimme. Schwindel und Müdigkeit machten sich in ihr breit.

Nicht einschlafen! Denk nach! Konzentriere dich!

Sie fuhr sich mit der Zunge über die trockenen Lippen. Der Durst war fürchterlich. Wie viel Zeit inzwischen wohl vergangen war? Bernstein und Calitri würden sie längst vermissen und nach ihr suchen. Sie musste Zeit gewinnen, und das bedeutete, Conte irgendwie in Plauderlaune zu halten, während sie schmerzhaft spürte, wie er ihr mit dem Skalpell das andere Hosenbein entfernte. Natürlich vorsichtig, wie er beteuerte, dennoch schnitt er ihr immer wieder mit der feinen, extrascharfen Klinge in die Haut. Sie biss die Zähne zusammen und quetschte schließlich eine Gegenfrage auf seine seltsame Frage heraus, auch wenn sie die Antwort darauf wenig bis gar nicht interessierte. »Nein, ich war nie im Krieg. Warum fragen Sie?«

»Krieg ist eine faszinierende Erfahrung. Er stählt den Charakter, erweitert unsere persönlichen Grenzen. Wie ich gehört habe, gehen viele Amerikaner zum Militär. Auch Frauen.«

Das stimmte. Die Motivation für den Militärdienst wurde bei vielen jedoch eher aus der Not heraus geboren. Wer in den USA zum College oder zur Universität gehen wollte, ohne sich für den Rest seines Lebens zu verschulden, dem blieb oft nur der Umweg über das Militär. Nach einigen Jahren Dienst – auch im Ausland – bezahlte das Militär nämlich für seine Veteranen die horrenden Studiengebühren und das Wohngeld. Sofern man die Auslandseinsätze überlebte und nicht als völliges Wrack zurückkam.

»Ich muss Sie enttäuschen, Inspektor. Ich war nie im Krieg. Jedenfalls in keinem militärischen.« Paula hatte als Jugendliche zwei wilde Schießereien aufgrund von Bandenkriegen miterlebt. Hatte Halbwüchsige in blutdurchtränkten Klamotten auf dem Boden liegen sehen, mit ein paar Kugeln im Bauch. Ereignisse, die sie schon damals als Warnung verstanden hatte, sich mit gewissen Leuten niemals abzugeben. Doch der Mensch denkt, und Gott lenkt.

»Und was für ein Krieg hat Sie dann geprägt, Signorina Tennant?«

Der Krieg innerhalb der eigenen, kaputten Familie, dachte Paula, sagte aber: »Es gibt viele Kriege im Alltag.«

Er schaute sie mit einem kalten Grinsen an, das so viel sagte wie: *Natürlich, die vielen kleinen Kriege des Alltags.* Diese Art Kriege waren für ihn bedeutungslos. Mit solchen Lappalien hielt er sich nicht weiter auf.

»Meine wahre Feuertaufe erhielt ich vor langer Zeit bei der Erstürmung einer von den Engländern besetzten Stadt. Damals gab es noch keine Gewehre, Pistolen, Panzer oder Raketen. Wir kämpften noch in der Rüstung hoch zu Pferd. Mit dem Schild und dem Schwert. Mann gegen Mann. Wissen Sie, es ist keine Kunst, einen Menschen mit der Pistole in den Leib oder in den Kopf zu schießen, aber in der Schlacht mit dem Schwert einen Gegner von oben bis unten zu spalten, das ist ein wahrer Sinnenrausch.«

Paula spürte, wie sich ihr angesichts der Vorstellung, auch nur Zeuge eines solchen Schlachtengemetzels zu sein, der Magen umdrehte. Gleichzeitig wurde ihr klar, dass Adamo Conte, einer der besten Inspektoren der Questura, ihr gerade gestanden hatte, mehrere Hundert Jahre alt zu sein.

»Haben Sie deshalb Ihre schwangeren Gemahlinnen enthauptet?«

»Der Tod auf dem Richtblock ist ein sehr rascher und gnädiger Tod, sofern man sein Handwerk versteht.«

»Und Teil des Rituals, wie mir scheint.«

Conte hielt damit inne, sie genüsslich aus ihren Kleidern herauszuschneiden. »Ist Calitri tatsächlich auf die alten Schriften über den Seelenhandel gestoßen? Das hätte ich dem alten Knaben gar nicht zugetraut. Aber vermutlich hat er seine Quellen. Wie bei der Questura.« Er legte das Skalpell nahezu geräuschlos in die Metallschale. »Entschuldigen Sie mich für einen Moment. Ich bin gleich wieder da.«

Obwohl Paula es nicht sehen konnte, wusste sie, er verschwand in dem kleinen Labor, das neben dem Schreckenskabinett mit den verstümmelten Föten lag. Sie glaubte zu hören, wie Conte einen Schrank oder eine Schublade öffnete und kurz darin herumkramte. Sie starrte auf das Deckensymbol, auf die Zeichen und die Schrift, die vor ihren Augen verschwammen, und irgendwie starrte das Zentrum des Bildes, die Lilie, zu ihr zurück, als griffe sie in ihren Geist. Dann kehrte Conte aus dem Labor zurück und erschien in ihrem Gesichtsfeld mit einer Spritze und einer Ampulle.

»Sie schwitzen zu sehr, meine Liebe. Das ist gar nicht gut. Gleich werden Sie sich besser fühlen.«

Dann stach er die Nadel durch das Siegel und zog die Spritze mit einer klaren, gelblichen Flüssigkeit auf.

»Was ist das?«, brachte Paula mühsam hervor.

»Es wird Ihnen helfen, sich zu entspannen. Wir wollen doch möglichst viel Spaß miteinander haben, oder?«

»Haben Sie Francesca auch mit diesem Zeug vollgepumpt?«

Sie spürte einen schmerzhaften Stich im Arm, dann etwas Brennendes unter der Haut, das sich in ihren Adern wie ein Lauffeuer ausbreitete. Was hatte er als Nächstes mit ihr vor?

Rede mit ihm. Lenke ihn ab!

»Was ist dran an diesem Märchen vom teuflischen Seelenhändler? Wer ist dieser *Legion*?«

Conte legte die Spritze auf den Beistelltisch. »Hat die alte Schrift, die Calitri fand, Ihnen diese Frage nicht längst beantwortet?«

Paula hütete sich davor, von Calitris Quellen in den Vatikanarchiven zu erzählen. Die schienen Conte im Moment ohnehin nicht zu interessieren. Viel zu sehr war er in sein Folterspiel vertieft.

Er lächelte sein Reptilienlächeln, die Augen so ausdruckslos wie die eines Alligators. »Sie wissen nicht zufällig, wo der alte Herr das Kind versteckt hält?«

»Selbst wenn ich es wüsste, würde ich es Ihnen gewiss nicht sagen«, brachte Paula mühsam hervor. An die Decke und auf das Symbol zu starren, half ihr auf seltsame Weise dabei, stark zu bleiben, auch wenn sie spürte, wie ihre Müdigkeit sich aufgrund der Droge in ihrem Blut in eine bleierne Erschöpfung zu verwandeln begann. Wenn sie jetzt die Augen schloss, wachte sie vermutlich nicht wieder auf.

»Ich sehe, Sie sind dem alten Kirchenfürsten gegenüber loyal. Das gefällt mir. Loyalität ist selten unter den Menschen. Sehen Sie, Karl, der Siegreiche, war ein undankbarer Bastard. Nachdem wir die Engländer vertrieben hatten und er in Reims gekrönt worden war, ernannte er mich zwar zum Marshall von Frankreich und ich durfte die königliche Lilie als Zeichen meiner Verdienste für sein Haus im Wappen tragen, aber Karl ließ tatenlos zu, dass man die Jungfrau auf dem Marktplatz von Rouen bei lebendigem Leib verbrannte.« Conte nahm das Skalpell und fuhr fort, ihr jeden Fetzen Stoff vom Leib zu schneiden, während er sprach. »Dabei verdankte er ihr alles. Seinen neu gewonnenen Mut, Frankreichs Freiheit, die Krone … Irgendwie zahlt Loyalität sich am Ende nicht aus.«

Er hielt inne und grinste wie ein Wolf, als er Paulas Arm-Tattoos begutachtete. Das Kreuz auf dem linken Handgelenk, auf dem anderen die Skizze einer Weltkarte, dann das Yin und Yang und schließlich das Christogramm. »Kann es sein, dass Sie eine Schwäche für das Religiöse und Mystische haben?«

»Ich habe eine Schwäche für … interessante Kriminalfälle …«, lallte sie schwach. Ihr Bewusstsein versank mehr und mehr in einem schemenhaften, rotorange flackernden Raum. Es fiel ihr immer schwerer, einen Gedanken zu fassen, egal, wie einfach er auch gestrickt war.

Conte sah mit einem besorgten Blick auf sie herab. Sie wusste, dass die Sorge nur geschauspielert war. Nicht vorgetäuscht schien ihr jedoch der restliche Wandel in seinem Gesicht. Es erinnerte sie an eine Maske, aber nicht an jene, die Francesca beschrieben hatte. Das hier war mehr eine teuflische Fratze. Ob es an der Wirkung der Droge lag?

»Ich weiß, Sie sind ein wirklich kluges und interessantes Mädchen, Signorina Tennant. Deshalb hat der alte Chorknabe Sie ausgewählt, um herauszufinden, was mit seiner geliebten Francesca geschehen ist.« Seine Finger berührten das Kreuz auf ihrem Handgelenk und sie hatte das Gefühl, dass ihre Haut an dieser Stelle verbrannte. »Wissen Sie«, fuhr er fort, »Francesca stand gar nicht auf meinem Plan. Sie war wie ein Geschenk des Himmels, als ich sie halb tot in meiner kleinen Gräberstadt fand. Außerdem entpuppte sie sich als ein ganz besonderer Mensch. Ich habe sie aufrichtig gemocht und mich auf das gemeinsame Kind gefreut. Aber ...«, er seufzte und zuckte mit den Schultern, als wäre er zutiefst enttäuscht, »... dann brannte mir diese Hure vor dem Herrn bei der erstbesten Gelegenheit mit dem Balg durch, als wäre ihr unsere gemeinsame Zukunft keinen Sou wert.«

Paula starrte Conte mit halb offenen Augen an. Sie kämpfte gegen die einsetzende Dunkelheit der Droge an, vernahm ein zähes, monotones Dröhnen und stellte fest, dass es ihr sich verlangsamender Herzschlag war. Sie blickte zurück zur Decke. Das Kreissymbol verschwamm vor ihren Augen und begann, ein unheimliches Eigenleben zu entwickeln. Die Dreiecke in dem Kreis fingen an, sich wie die Rotoren eines großen Windrads zu drehen. Und je mehr das Windrad sich drehte, desto schwereloser und schwindeliger fühlte sie sich.

»Wie ich schon sagte, Paula, Sie sind eine kluge und interessante Frau. Und deshalb ist Ihnen sicher bewusst, dass Sie

Francescas und Sophias Nachfolge antreten werden, damit ich als Unterhändler meinen Verpflichtungen nachkommen kann.«

»Wer zum Teufel sind Sie?«, fragte Paula mit allerletzter Kraft.

Conte lachte, und dieses Mal erreichte sein überhebliches Lachen sogar die eiskalten Augen. Er ging zum Kamin und stocherte hörbar in der Glut herum. Und er lachte noch immer, als er mit einem glühenden Eisen zu Paula zurückkehrte.

»Ich werde dir sagen, wer ich bin, mein Herz. Ich bin der Mann, der dich liebt, und der Mann, der dich hasst. Ich bin der Mann, der dich ehrt bis in den Tod. Und ich werde der Mann sein, der dich opfert.«

Ein paar Sekunden lang hielt er Paula das glühende Brandeisen vor das Gesicht, sodass ihr die Augen schmerzten und tränten, und dann presste er ihr das Ende des Eisens in das Fleisch und Blut ihres Oberschenkels.

Paula verkrampfte sich und schrie wie von Sinnen, riss an den Fesseln, bis ihre Kraft völlig erlahmte. Doch bevor sie das Bewusstsein verlor, hörte sie noch ein Flüstern an ihrem Ohr.

»Jetzt bist du mein.«

41

Draußen blitzte und donnerte es noch immer heftig, als Bernstein sorgfältig die Zimmer inspizierte und dabei den beiden Fußspuren bis zur Turmruine folgte. Den Spuren zufolge war Paula bereits im Begriff gewesen, die alte Villa zu verlassen. Dann war sie jedoch auf das Bodenmosaik in der Eingangshalle aufmerksam geworden und hatte es sich anders überlegt. Und dafür konnte es nur einen Grund geben. Sie war sich sicher gewesen, den Ort gefunden zu haben, an dem Francesca gefangen gehalten worden war und an dem nun Sophia Leone versteckt wurde.

Vermutlich hatte sie keine Handyverbindung bekommen, um Bernstein zu informieren und Hilfe anzufordern, und hatte das alte Anwesen nicht ohne Sophia Leone wieder verlassen wollen. Also hatte sie sich zur Kellertür in der feuchten Diele des Turms zurückbegeben, um im Untergrund nach der Entführten zu suchen.

Während die Wassermassen des Regens über das Blätterdach und das Loch im Turm in die kleine Diele fielen und den Boden in eine nasse und glitschige Oberfläche verwandelten, starrte Bernstein nun auf das zerschossene Türschloss. Die Tür war halb angelehnt und dahinter brannte Licht. Steinerne, relativ saubere Stufen führten in die Tiefe. Vor allem die nassen Abdrücke des Lederschuhpaares waren noch gut zu sehen.

Die Spur des Mannes, der Paula gefolgt war.

Mit gezückter Dienstwaffe schob Bernstein sich leise durch die Öffnung. Die Türangeln gaben ein schwaches Ächzen von sich, das vom Regen weitgehend übertönt wurde. Nach all den letzten Jahren in den Büroräumen der ISA fühlte sich dieser Moment überaus lebendig an, aber auch irgendwie unwirklich. Stufe für Stufe stieg Bernstein die Treppe hinunter, folgte ihr nach einem rechten Winkel noch tiefer in den Untergrund, bis sich ein überraschend hoher und breiter Gang vor ihm auftat.

Ein Gang, in dem das pure Chaos herrschte.

Bernstein blieb stehen und lauschte. Doch weder aus dem Flur noch aus den angrenzenden Räumen kam ein Geräusch. Der Mann und Paula schienen sich also nicht in diesem Teil des Kellers aufzuhalten. Leise ging er durch den Gang, ein zertrümmertes Bettgestell und einen teilweise zerlegten Schrank als Deckung nutzend. Diverse Vorräte – Lebensmittel und Medikamente – lagen auf dem Boden verstreut herum. Ein Blick in die Zellen und Räume bestätigte seine Vermutung, dass das erst kürzlich zerschlagene Interieur aus ihnen stammen musste. Seltsam allerdings war, dass es keinerlei Kampfspuren gab. Vielmehr sah es aus, als hätte jemand die Möbel schon in den Kammern mit einem großen, schweren Werkzeug zerlegt und den Rest dann im Gang gespalten. Vermutlich mit einer Axt.

Doch wieso? Blinde Zerstörungswut? Ein Zornesausbruch?

In der Mitte des Gangs nahm der staubig-muffige Geruch zu, der Bernstein bereits am unteren Drittel der Treppe entgegengeströmt war. Ebenso der Geruch von männlichem

Körperschweiß. Von den verputzten Wänden strahlte kalte Feuchtigkeit ab. Während er behutsam weiterschlich, hielt er immer wieder mal wenige Sekunden inne, um auf verdächtige Geräusche zu achten. Sah man von der Verheerung des Mobiliars ab, erinnerte der Keller mit seinen Vorräten eher an einen Überlebensbunker für Kriegszeiten als an ein Gefängnis mit Folterkammer.

Er wandte seine Aufmerksamkeit wieder den Fußspuren zu. Seltsam. Die feuchten Spuren der Ledersohlen und das zertrümmerte Mobiliar schienen zeitlich zusammenzugehören. Das ergab doch keinen Sinn! Welcher Verfolger wäre so verrückt, seine Ankunft durch solch ein lautstarkes Theater anzukündigen?

Sein Blick fiel auf das Ende des Gangs. Auf die rechte Seite. Auf die einzige geschlossene Tür.

Leise trat er näher, presste sich daneben an die Wand und horchte. Als kein Geräusch von der anderen Seite zu ihm drang, prüfte er, ob die Tür abgeschlossen war. Sie war es nicht. Also öffnete er sie einen Spalt und riskierte einen Blick. Ein leerer, dunkler, aber beheizter Gang, an dessen Ende – vielleicht zwölf oder fünfzehn Meter entfernt – ein diffuses Licht auf der kalkweißen Wand flackerte.

Das Flackern ließ seiner Erfahrung nach nur einen Schluss zu. Weiter hinten befand sich ein Raum mit einem offenen Feuer. Interessant, denn er hatte über dem Anwesen keinen Rauch aufsteigen sehen.

Er öffnete den Spalt ein wenig mehr, schlüpfte rasch hindurch und zog die Tür sofort wieder hinter sich zu, damit möglichst kein Luftzug seine Anwesenheit verriet. Dann wartete er eine Minute, lauschte und nahm wahr, wie sich seine Augen auf die Dunkelheit einstellten. Hörte er irgendwo am Ende des Ganges Stimmen?

Es schien vor allem die Stimme des Mannes zu sein.

Dicht an der Wand entlang schlich Bernstein bis zur nächsten Biegung. Die Reflexion auf dem Verputz stammte tatsächlich von einem großen, unruhigen Feuer. Und ein nur allzu vertrauter Geruch stieg ihm in die Nase.

Der Duft von menschlichem Blut!

Vorsichtig spähte er um die Ecke. Weiter vorne fiel Licht von rechts durch eine Öffnung und erhellte den restlichen Gang. Und da sah er eine weitere Spur, schleimig und blutig zog sie sich bis zu dem Raum, aus dem die Stimmen kamen und in dem das Kaminfeuer brannte.

Bernstein konzentrierte seine Sinne auf diese letzten Meter und spürte, wie trotz des Implantats das Verlangen des Jägers in ihm wuchs. Bei den meisten anderen Männern mochte das in solch einer Situation ein gutes Zeichen sein. Nicht aber bei ihm. Aber er war jetzt und in dieser Stunde auf den finsteren Teil seines Wesens angewiesen.

Er folgte dem Gang und der blutigen Spur mit den menschlichen Geweberesten. Der Anblick ließ sein Herz nur geringfügig schneller schlagen. Während seiner Militärzeit hatte ihm einer seiner Kameraden einmal anvertraut, dass dessen Herz beim Kampfeinsatz stets wie das Triebwerk einer Dampflok hämmerte, sodass der Soldat kaum mehr als das Dröhnen des eigenen Blutes hatte wahrnehmen können. Bernstein hörte und empfand nichts dergleichen. Als hätte er Eiswasser in den Adern, zählte er nur die Spuren in Schleim und Blut. Es waren drei Spuren. Eine barfuß, zwei beschuht. Und er ging davon aus, dass das Blut nicht von Paula Tennant stammte.

Dann sah er den Gegenstand, der sich ein paar Meter vor ihm an die Ecke zwischen Wand und Boden schmiegte. Als er erkannte, was es war, durchstach die erste kurze, emotionale Spitze seine Gefühlskälte, und es verlangte ihn nach mehr.

Leise steckte er die Pistole ins Halfter zurück und packte den langen Griff des Richtbeils. Mit diesem Beil musste der Mann, der Paula gefolgt war, das Mobiliar im vorderen Gang zerlegt haben. Und Paula konnte das unmöglich überhört haben. Dass der Mann die Axt dann aber hier deponiert hatte, konnte nur eines bedeuten: Trotz der lautstarken Aktion war er sich sicher gewesen, noch immer Paulas Vertrauen gewinnen zu können. Und das bedeutete, der Mann kannte Paula, und Paula kannte den Mann.

Bernstein wog die Waffe in der Hand. Er spürte die Faszination und den Nervenkitzel, die schiere destruktive Kraft. Das Beil war perfekt ausbalanciert.

Irgendwo ganz tief in seinem Inneren hörte er eine Mahnung, erinnerte ihn eine kühle Stimme eines Teils seiner selbst an die noblen Gespräche mit Kardinal Calitri über die Macht der Liebe und der Moral und die Kraft der guten Tat. Das Problem dabei war jedoch, dass Bernstein kein Mensch im Zwiespalt war wie die meisten Menschen. Er war die Kraft des Bösen, der Abgrund der Finsternis. Er liebte die Jagd vom Anfang bis zum Ende. Also schlich er, bewaffnet mit dem Beil, bis kurz vor den Eingang zu diesem Raum und verhielt sich ganz still.

»Wer zum Teufel sind Sie?«, hörte er Paula mit rauer Stimme fragen. Sie klang müde, erschöpft, aber kein bisschen ängstlich.

Ein überhebliches, spöttisches Lachen war die Antwort und ein hörbares Stochern in der Glut des Kamins. Doch dann vernahm Bernstein die vom Knistern des Feuers überlagerten Worte des Mannes.

»Ich werde dir sagen, wer ich bin, mein Herz. Ich bin der Mann, der dich liebt, und der Mann, der dich hasst. Ich bin der Mann, der dich ehrt bis in den Tod. Und ich werde der Mann sein, der dich opfert.«

Stille. Bis auf das Lodern und Knistern im Kamin.

Dann ein leises, kaum hörbares Wimmern.

Bernstein rührte sich nicht, lauschte auf die Stimme des Mannes und versuchte, dessen genaue Position zu bestimmen. Und gerade als er seinen endgültigen Schlachtplan gefasst hatte und seine Deckung verlassen wollte, hörte er diesen gequälten, gellenden Schrei! Und in diesem Moment fühlte er sich dem Wahnsinn des Mörders und seinem eigenen finsteren Selbst ganz nah.

42

Der Schmerz brannte sich wie Säure in Paulas Oberschenkel und raste von dort mit Höchstgeschwindigkeit so allumfassend durch ihren ganzen Leib, dass er selbst die Wirkung der Droge hinwegfegte. Tränen liefen ihr seitlich am Gesicht hinab. Tränen des Schmerzes und des Zorns. Wäre ihr Körper nicht an diesen Drecksstuhl geschnallt gewesen, sie wäre aufgesprungen, hätte sich Conte und das Brenneisen geschnappt und diesem verdammten Irren mit Genugtuung sein perverses Hirn aus dem Schädel gebrannt. Doch sie war diesem Scheißkerl auf Gedeih und Verderb ausgeliefert. Sie konnte sich nicht einmal einen Millimeter weit bewegen. Alles, was sie tun konnte, war die Pein zu erdulden und Contes sardonisches Lächeln und irgendwie gegen ihre Panik anzukämpfen.

Wie oft schon hatte sie sich ihren eigenen Tod ausgemalt, die Todesarten, die ihr endgültiges Schicksal bei der ISA besiegeln mochten. Versenkt werden mit einem Betonsockel an den Füßen im Lake Michigan war fast schon ihr Favorit, denn es gab weit grausamere Todesarten im Dienst. Wahrscheinlicher aber war es, trotz Schutzweste in einem Kugelhagel umzukommen. Dass sie jedoch einmal im Folterkeller einer verlassenen, italienischen Villa sterben würde, hätte sie nie gedacht.

Plötzlich spürte sie eine Art Taumeln und Torkeln in ihrem Bewusstsein. Die Klarheit, die ihr der durch Schmerz und Zorn hochgepeitschte Adrenalinstoß beschert hatte, ließ schlagartig nach und die Wirkung der Droge gewann wieder die Oberhand. Der schreckliche Schmerz wurde dadurch zwar vernebelt, doch beängstigenderweise verlor sie dadurch auch wieder die Kontrolle über sich. Alles in ihrem Kopf und um sie herum begann sich erneut zu drehen, zu verschwimmen, als würde die Welt insgesamt wieder und wieder wie in einer Ursuppe durcheinandergerührt. Hätte sie jetzt ohne Fesseln dagelegen, hätte sie das Gleichgewicht verloren und wäre sonst wohin gestürzt. So aber rauschte das Blut wie im Schleudergang durch ihre Adern und durch ihr Herz und verursachte einen noch größeren Schwindelanfall in ihrem Gehirn.

Conte verschwand mit einem Grinsen aus ihrem Gesichtsfeld und kehrte mit dem Skalpell in der Hand zurück. Mit zwei raschen, ungeduldigen Schnitten entfernte er den Rest des Shirts und legte ihren Oberkörper frei. Dann setzte er das Instrument zwischen ihren Brüsten an, machte einen feinen, schmerzhaft brennenden Schnitt und begutachtete sein Werk. Wie durch einen Nebel bemerkte Paula, wie das Blut über ihren Brustkorb floss. Sie stöhnte. Doch es war etwas anderes, das ihr einen weit größeren Schrecken bescherte.

Contes Gesicht … Das Gesicht, das sie eben noch mit ihm in Verbindung gebracht hatte, verwandelte sich unter dem Einfluss der Droge in einen weißen Schädel mit schwarzer Kappe und tiefen Augenhöhlen. Und über diesem Schädel – sie klappte den Mund langsam auf – senkte sich wie in Zeitlupe eine schwere, massive Klinge herab und spaltete sein spöttisches Lächeln in zwei Hälften. Reflexhaft zog sich ihr nackter Bauch zusammen, als auch schon ein Schwall von Blut und Hirnmasse auf ihre Brust und auf ihr Gesicht platschte. Ohne auch nur einen einzigen Schrei sackte Contes Körper in sich zusammen und schlug mit einem dumpfen Aufprall auf den Boden.

Ein anderes Gesicht erschien in Paulas Blickfeld. Eine emotionslose weiße Maske mit pechschwarzen Augen wie aus einem Halloweenfilm. Fremd und doch irgendwie vertraut. Sie spürte, wie eine der Fußfesseln gelöst wurde, dann etwas zögerlicher die zweite. Dann geschah einen Moment lang gar nichts, und sie begriff, die Befreiung, auf die sie gerade gehofft hatte, würde nicht stattfinden. Die Fußfesseln wurden ihr wieder angelegt. Sorgfältig, jedoch nicht mehr so stramm. Sie rebellierte mit aller verbliebenen Kraft, weinte und schrie vor Zorn, in Wahrheit war es mehr ein raues Krächzen, doch es hatte keinen Sinn. All ihr Widerstand war kaum mehr als ein hoffnungsloser Versuch.

Sanft wurde ihr nackter Oberkörper mit einem feuchten Schwamm gereinigt, während sich die Welt weiterhin auf schwindelerregende Weise um sie drehte und alles verzerrte. Und dann spürte sie diesen scharfen, gleißenden Schnitt an der Spitze ihres Brustbeins. Bei Gott, wie oft schon hatte sie diese Prozedur in der Gerichtsmedizin miterlebt, gesehen, wie das Skalpell zustach und dann das Fleisch eines Leichnams am Brustkorb y-förmig aufschnitt, um an die inneren Organe zu gelangen. Ohne hinsehen zu können – ihr Kopf war nach wie vor in der Schlinge fixiert –, kannte sie das Bild nur zu genau.

Und dann hörte sie sich flehen. »Bitte, nein.« Und sie hasste sich dafür, auch wenn ihr Flehen irgendwie auch zornig klang.

Für einen winzigen Moment glaubte Paula in den rabenschwarzen Augen der weißen Maske die Bitte um Verzeihung zu sehen. Beim zweiten Schnitt öffnete sie ihren Mund zu einem gellenden Schrei, doch die Maske erstickte ihr Krächzen mit einem leidenschaftlichen Kuss.

43

Paula hörte in der Dunkelheit leises, fernes Stimmengewirr. Waren das überhaupt Stimmen oder bildete sie es sich nur ein? Irgendetwas in ihr ließ sie wissen, das sei alles nur ein Traum und sie solle einfach weiterschlafen. Der Schlaf sei ihr Freund. Er sei friedlich und schmerzfrei, und er beschütze sie. Und sie war tatsächlich so müde. So unendlich müde. Als hätte man sie jeglicher Lebensenergie beraubt.

Dann blitzte es in der Dunkelheit kurz auf, und noch einmal. Es fühlte sich an wie ein heftiger Stich mitten in ihren Kopf, der sie eigentlich an etwas erinnern sollte, doch sie wusste nicht, an was.

Lag sie im Sterben?

War das der Übergang vom Leben zum Tod?

Sie spürte, wie jemand oder etwas sie berührte. Es war keine angenehme Berührung. Und dann fiel sie wieder in den tiefen Schlaf. Für Minuten? Für Stunden? Sie wusste es nicht.

Irgendwann hörte sie, wie jemand ihren Namen rief und ihren Arm drückte.

»Paula ... Paula?«

Sie wollte den Kopf in die Richtung drehen, aus der die Stimme kam, doch es blieb bei dem vergeblichen Versuch. Sie hatte noch immer keine Kontrolle. Also fiel sie wieder in den Schlaf.

Als sie das nächste Mal aus der tiefen Bewusstlosigkeit auftauchte, empfand sie Zorn. Großen Zorn. Aber es war ein Zorn ohne erkennbaren Ursprung und ohne jeden Fokus, und deshalb verstand sie ihn nicht.

Allmählich kehrte die Kontrolle über ihren Körper zurück. Sie öffnete die Augen, und das schmerzhaft von der schneeweißen Decke reflektierende Licht verschlug ihr fast den Atem.

Jemand bewegte sich neben ihr. Sie drehte den Kopf, wobei ihr sofort schwindelig wurde, und sah einen Schatten vor dem Fenster.

»Signorina Tennant? Sind Sie wieder da?«

Sie kannte die Stimme. Doch woher? Alles in ihrem Kopf, ihre ganze Erinnerung war verwirbelt und vernebelt.

Der Schatten trat näher, sodass ihr das schmerzhafte Licht nicht mehr direkt in die Augen fiel, und sie erkannte Kardinal Calitri.

»Was ... ist ... passiert? Wo ... bin ... ich?« Ihre Stimme krächzte, als hätte sie in den letzten Stunden auf dem Marktplatz gegen einen Konkurrenten angeschrien. Außerdem hatte sie einen Geschmack im Mund, als hätte sie auf einem Radiergummi herumgekaut. Aber das war sicher nicht der Grund für ihren unerklärlichen, unterschwelligen Zorn.

War sie etwa auf Calitri wütend? Nein. Das ergab keinen Sinn, denn sie freute sich, ihn zu sehen. Außerdem war da neben dem Zorn noch diese unerklärliche Angst, die Calitris Anwesenheit jedoch spürbar abmilderte. Sie versuchte sich zu erinnern, einen Sinnzusammenhang herzustellen, doch da war nur diese furchtbare innere Leere und die Müdigkeit.

Aber vielleicht konnte der Kardinal ihr alles erklären.

»Sie sind in der Gemelli-Klinik«, antwortete er ihr. Er reichte ihr etwas Wasser, damit sie ihren Mund befeuchten konnte. »Sie hatten sehr viel Blut verloren. Doch jetzt wird alles wieder gut.«

Sie hatte sehr viel Blut verloren? Wobei? Einem Unfall? Einer Schießerei?

»Was ist passiert?«, fragte sie.

Calitri zögerte, wirkte ein wenig nervös, doch das freundschaftliche, verständnisvolle Lächeln in seinen Augen blieb.

»Robert und ich dachten uns schon, dass Sie sich erst einmal an nicht allzu viel erinnern werden. Sobald Sie wieder mehr bei Kräften sind, reden wir über alles. In Ordnung?«

»Aber …«

»Ich gebe Ihnen mein Wort«, sagte Calitri bestimmt, ohne dass die wohltuende Wärme in seinem Blick nachließ.

Paula seufzte benommen, ihr Blick schweifte durch das spärlich eingerichtete Zimmer. »Wie lange war ich weg?« Das war eine Frage, die er ihr sicherlich beantworten würde.

»Drei Tage … heute ist Freitag.«

»Freitag …«

Das Letzte, woran sie sich erinnerte, war die Autofahrt nach Torre Angela, zu dem Ort, wo Francesca gefunden worden war. Dann die Fahrt über den holprigen Feldweg und das alte, teilweise verfallene Gemäuer in dem Waldstück. Sie erinnerte sich noch, wie sie durch eines der Fenster eindrang, es durchsuchte und dann wieder hatte verschwinden wollen. Sie war auf der Suche nach dem Tatort des Maskenmörders gewesen und auf der Suche nach der vor Kurzem entführten Frau. Hatte sie diese vielleicht sogar gefunden?

»Was ist mit Sophia Leone?«

Calitris Blick wurde traurig, aber nicht so traurig, dass darüber die Freude über Paulas Genesung verschwand.

»Es tut mir leid. Aber Sophia Leone ist tot.« Als er Paulas entsetzten Blick sah, fügte er rasch hinzu: »Aber das Monster ist es auch.«

Das Monster!

Paula schloss die Augen und atmete ruhig und gleichmäßig durch. Dass die junge Frau, die sie versucht hatte zu retten, tot war, tat ihr unendlich leid. Doch dass sie den Mörder endlich erledigt hatten, verlieh ihr neue Kraft. Auch wenn sie sich kein bisschen daran erinnerte, wie das alles geschehen war. Wieso hatte sie diesen kompletten Filmriss? War das Geschehene etwa so schrecklich?

»Robert ist bei der Questura«, erklärte Calitri. »Zorzi hat jede Menge Fragen.«

So wie ich, dachte Paula. Ihr Blick fiel auf den Infusionsschlauch, an dem sie hing. Das war mehr als nur eine einfache Kochsalzlösung. Als der Stationsarzt und die Krankenschwester hereinkamen, zog Calitri sich mit dem Versprechen zurück, später noch einmal nach ihr zu sehen.

»Ich bin Doktor Russo. Das ist Schwester Adwiah. Wie fühlen Sie sich?«, stellte der Arzt sich und die Krankenschwester vor, während er anfing, sie zu untersuchen. Er war in den Fünfzigern, hatte kurzes, mausgraues Haar, doch seine Gesichtshaut war so glatt wie ein Babypopo.

»So müde, als wäre ich durch den kompletten Atlantik geschwommen.«

Der Arzt und die Schwester lachten über ihren kleinen Scherz, doch irgendetwas an ihrem Lachen bereitete Paula Unbehagen.

»Ihre Müdigkeit wird bald vergehen. Machen Sie sich keine Sorgen. Sie sprechen sehr gut auf die Bluttransfusion an. Ihr Körper wird keinen dauerhaften Schaden erleiden. Auch die Schnitte verheilen exzellent. Bald wird man nicht mehr viel davon sehen.«

Schnitte? Paulas rechte Hand ging unwillkürlich zu ihrem Brustkorb. In diesem Moment wurden ihr die Schmerzen am

Oberkörper und entlang ihrer Beine bewusst, die durch die Medikamente gedämpft wurden.

»Was ist passiert?«, fragte sie und versuchte dabei nicht zu ungestüm zu wirken. Dr. Russo würde ihre Fragen vielleicht endlich beantworten. Zumindest den medizinischen Teil.

»Um ehrlich zu sein, hielt unser Notfallteam Sie für verloren, Signorina Tennant. Doch Ihr Freund gab Sie nicht auf.«

Es dauerte einige Sekunden, bis die Tragweite des Gehörten für Paula einen Sinn ergab. Doch dann sprudelte es aus ihr heraus. »Sie hielten mich für *tot*?«

»Der Blutverlust war sehr hoch. Und wir hatten in Rom vor drei Tagen während des Unwetters eine Massenkarambolage, die unsere Blutreserven nahezu aufgebraucht hat. Ihr Freund konnte Ihnen das noch fehlende Blut spenden.«

Paula überlegte benommen, wer mit Freund gemeint sein konnte. Dann dämmerte ihr, dass eigentlich nur Robert Bernstein infrage kam. Paula hatte die Blutgruppe AB negativ. Entweder war Bernstein eine Art Universalspender oder er teilte mit ihr eine Blutgruppe, die nur ein Prozent der Weltbevölkerung besaß.

Paula machte Anstalten, aus dem Bett zu steigen.

»Einen Augenblick bitte«, mahnte die Krankenschwester sofort. »Wo wollen Sie hin?«

»Ins Badezimmer. Ich will meine Verletzungen sehen.«

Russo und Adwiah versagten es sich, einen Blick auszutauschen, realisierten aber, dass es Paula mit ihrem Vorhaben überaus ernst war.

»Ihre Wunden sind zwar vernäht und heilen gut, doch für solch eine Besichtigungstour ist es noch viel zu früh«, erklärte Russo.

»Könnte ich dann bitte einen Spiegel haben?«

Der Arzt nickte und die Krankenschwester kehrte kurz darauf mit einem Schminkspiegel zurück.

»Vorsicht. Langsam, Signorina. Wir wollten ohnehin Ihren Verband wechseln«, sagte Adwiah. Sie schob das Nachthemd beiseite und der Arzt entfernte den alten Verband und begutachtete den Heilungsprozess.

»Das sieht wirklich sehr gut aus.«

Paula nahm den Spiegel und betrachtete die feine rot-weiße Linie der Y-Narbe, die von einer Schulter zur anderen verlief und zwischen ihren Brüsten verschwand. Die Narbe setzte sich allerdings nicht bis zu ihrem Bauch fort. Der verheilende, zusammengenähte Schnitt wirkte wie eng zusammengeschweißt.

»Sie sagten, man hielt mich für tot …«

»Sie wurden mit dieser Schnittverletzung eingeliefert, Signorina«, erklärte Russo mit der Ruhe des Arztes, während er ihr den neuen Verband anlegte. »Sehr viel mehr wissen wir nicht. Sie sollten in den nächsten Tagen jede hastige Bewegung vermeiden. Am besten bleiben Sie erst einmal im Bett. Ihr Freund wird Ihnen sicher bald alles erklären.«

Was Bernstein dem Klinikpersonal wohl erzählt hatte, dass sie ihn für einen Freund hielten?

»Das will ich hoffen, denn ich erinnere mich an nichts.«

»Verständlich. Sie standen unter Drogen. Und jetzt stehen Sie unter einem starken Schmerzmittel.«

»Drogen?«

»Man hat Ihnen unter anderem Ketamin gespritzt.«

»Was in K.-o.-Tropfen enthalten ist?«, entfuhr es Paula. Sie wusste, dass diese Partydroge Menschen eingeflößt wurde, um sie bewusstlos oder gefügig zu machen. Außerdem löschte Ketamin oftmals die Erinnerung von bis zu zwei Tagen aus.

»Ja. Die Droge ist höchstwahrscheinlich für Ihre Amnesie verantwortlich.«

Als könnte sie die Erinnerung dadurch herbeizwingen, starrte Paula in den Spiegel und berührte die Narbe oberhalb ihrer Brüste. Und tatsächlich blitzte für den Bruchteil einer

Sekunde ein verschwommenes Bild vor ihrem geistigen Auge auf, ergab aber keinen Sinn. Sie befand sich in einem dämmrigen Raum, vielleicht in einem Keller, und an der Decke rotierten ineinandergreifende Räder oder Dreiecke. Und da war jemand an ihrer Seite, und sie fühlte sofort wieder diesen schieren Zorn in sich aufsteigen. Und diese unglaubliche Angst … Und dann löste das Hirngespinst sich auch schon wieder in ihrem Bewusstsein auf.

»Ruhen Sie sich aus. Lassen Sie Ihrem Körper Zeit, die Reste der Droge auszuscheiden«, sagte der Arzt. »Erholen Sie sich. Das ist das Beste, was Sie jetzt tun können, um wieder auf die Beine zu kommen.«

Paula gehorchte widerstrebend, fiel aber schon bald wieder in tiefen, traumlosen Schlaf. Es sollte Samstagfrüh werden, ehe sie wieder erwachte. Sie fühlte sich schon etwas stärker und klarer und bat nach der Untersuchung und einem leichten Frühstück darum, dass das Fenster ein wenig geöffnet wurde. Die Sonne war inzwischen aufgegangen und der Wind wehte angenehm kühl. Sie zog die Decke enger um sich und genoss die morgendliche Ruhe und den Blick auf den Himmel und das wenige Grün. Was immer vor mittlerweile vier Tagen geschehen war, sie hatte es überlebt, und das war es, was fürs Erste zählte.

Es klopfte an die Tür und Bernstein kam herein. Er trat neben das Bett und folgte ihrem Blick. »Ein wunderschöner Morgen. Es tut mir leid, dass Sie ihn nicht draußen genießen können. Wie fühlen Sie sich?«

»Besser. Viel besser. Doch jetzt wird es mir etwas zu frisch. Würden Sie das Fenster bitte schließen?«

»Selbstverständlich.« Seine Silhouette erschien im Sonnenschein und verdunkelte Paulas Blick. Sie vergaß immer wieder, wie groß er war. Bernstein überragte sie um fast einen Kopf, und dabei war Paula mit ihren ein Meter sechsundsiebzig keine kleine Frau. Er trug noch immer einen dieser hellen

Anzüge zur Tarnung, als befände er sich im Urlaub. Nachdem er sich nach ihrem Zustand erkundigt hatte, erinnerte er sie auch sofort daran, sich in der Klinik nicht mit ihren ISA-Rängen anzusprechen.

»Wie man mir sagte, verdanke ich Ihnen mein Leben«, sagte Paula. »Danke dafür.«

»Hat Kardinal Calitri Ihnen das erzählt?«

Bernsteins stahlgraue Augen reflektierten das Licht des erstrahlenden Himmels. Es war Paula unmöglich zu ergründen, was er fühlte oder dachte.

Sie schüttelte kaum merklich den Kopf. »Doktor Russo sagte mir, das Notfallteam hätte mich für tot gehalten.«

»Sie hatten aufgehört zu atmen. Kein Herzschlag, kein Puls. Trotz mehrmaliger Reanimationsversuche. Die Sanitäter hatten aufgegeben. Ich zwang Ihr Herz zurück ins Leben.«

»Doktor Russo sprach von einer Massenkarambolage.«

Bernstein nickte. »Auf der Autobahn. Mehrere Lastkraftwagen und Pkws. Viele Tote, über fünfzig Verletzte. Darunter Schwerstverletzte.«

Paula ließ die schreckliche Information sacken. All diese Leben ausgelöscht. Doch dann schoben sich auch schon die Bilder der mumifizierten Frauenleichen wieder in ihr Bewusstsein, die Fotos von den Gräbern und die Aufnahmen aus der Gerichtsmedizin. Und sie empfand trotz der schrecklichen Eindrücke das erste Mal Erleichterung. Sie hatten den Dreckskerl endlich geschnappt!

»Kardinal Calitri sagte, das Monster sei tot. Wer ist ... war es?«

Bernstein kniff die Augen zusammen, als würde die Morgensonne ihn blenden. Er musterte sie einen Moment. »Sie erinnern sich tatsächlich nicht.«

Paula schüttelte den Kopf und seufzte. »Kein Stück.«

»Sie haben Adamo Conte überführt.«

»Den Inspektor?« Sie sah den Vizedirektor ungläubig an, konnte einfach nicht glauben, dass Conte Francescas Maskenmörder war.

Dann erinnerte sie sich mit einem Mal wieder an das Liliensymbol im Höhlengrab des *Sacro Bosco* und an den Siegelring, den sie in dem Materialzelt entdeckt und den Walter dem Inspektor nach der Höhlenexkursion zurückgegeben hatte. Aber trotzdem ergab das Ganze keinen rechten Sinn. Conte war Polizist, und ein guter noch dazu. Und er hatte weder etwas mit schwarzer Magie am Hut gehabt noch mit skrupelloser Altersforschung.

Trotzdem nickte Bernstein. »Sie haben die alte Villa entdeckt. Sie durchsuchten sie und stießen auf das Bodenmosaik mit dem Wappen. Das hat Sie auf die Spur gebracht, und Sie stiegen unterhalb des Turms in den Keller, wo Sie Sophia Leone fanden.«

Paula dachte angestrengt nach, versuchte, sich auf das Geschehene zu besinnen. Ihr Gefühl sagte ihr, dass es genauso abgelaufen war, dennoch blieb die Erinnerung nichts als ein finsteres, schwarzes Loch.

»Sie haben versucht, Sophia zu retten«, fuhr Bernstein fort, »doch dann hat Conte Sie überrascht.«

Paula lauschte in die blinden Flecken ihres Bewusstseins hinein. Kam daher ihre Angst? War die Furcht ein Nachhall dieser Konfrontation mit dem Inspektor? Wieder spürte sie das schmerzlich heilende Narbengewebe des Y-Schnitts auf ihrem Brustkorb sowie die Verletzungen an den Beinen. Am linken Oberschenkel tat es besonders weh. Bisher hatte sie es nicht gewagt, die entsprechende Stelle wirklich zu betrachten, geschweige denn zu berühren.

»Er hat Sie gebrandmarkt wie die anderen«, sagte Bernstein, als wäre er ihren Gedanken gefolgt. Seine Stimme zeigte

Anteilnahme und doch klang da noch etwas Undefinierbares mit.

Paula stockte der Atem. Sie spürte, wie sämtliche Farbe aus ihrem Gesicht wich.

»Ich sollte jetzt gehen. Und Sie sollten sich ausruhen.«

»Nein!«, entfuhr es ihr. »Ich will alles wissen. Wo ist Contes Leichnam jetzt?«

Bernstein zögerte. »Im Leichenschauhaus. Wie Sophia Leone und die anderen. Doktor Lamboglia hat beide untersucht. Das heißt, das, was von ihren Körpern nach dem Feuer übrig geblieben ist.«

Paula starrte ihn an. Er zog einen der Besucherstühle heran und nahm neben ihr Platz. Dann fuhr er fort: »Wir – und damit meine ich Zorzi, Calitri und mich – sind uns nicht sicher, wie alles ablief. Aber allem Anschein nach kam es im Keller zu einem Zweikampf, in dem Conte unterlag. Ein Feuer brach aus und griff auf einen Lagerraum mit Benzintanks über.«

»Dann ist Conte bei lebendigem Leib verbrannt?«

»Nein. Vorher wurde ihm der Schädel gespalten. Vermutlich mit der gleichen Axt, mit der er die schwangeren Frauen hinrichtete.«

Paula blickte von ihrem Bett aus durch das Fenster, auf den Himmel und auf die umliegenden Flachdächer der Klinik. Dann stellte sie fest: »Und Sie denken, ich war es, die ihn getötet hat.«

»Was immer auch zwischen Ihnen und Conte in diesem Kellerloch geschehen ist, geschah aus Notwehr.«

Trotz dieser Worte musste Paula an Mr. White denken, den ihr Eingreifen ebenfalls das Leben gekostet hatte. Entwickelte sie sich zu einem Killer, wenn es um das Entfernen menschlichen Abschaums aus der Gesellschaft ging? Dann kam ihr ein Gedanke, über den sie am liebsten hysterisch losgelacht

356

hätte, denn Dr. Lamboglias und Kardinal Calitris fantastische Theorien kamen ihr wieder in den Sinn. Wie übermenschlich sie sich das Monster doch vorgestellt hatte. Vom skrupellosen Dr. Frankenstein bis hin zum dämonischen Seelenhändler. Und das Verrückte, Paula selbst hatte diese Varianten am Ende für möglich gehalten.

Mit einem müden Lächeln sagte sie: »Damit wäre die Theorie vom Seelenhändler wohl widerlegt.«

Bernstein trat kurz zur Tür und vergewisserte sich, dass sie nach wie vor ungestört waren. Dann kehrte er zu ihr zurück und erklärte: »Heute Morgen kamen die Befunde der DNA-Analysen aus dem Labor. Conte ist nicht nur der Vater der Kinder, sein Erbgut dürfte eigentlich seit fünfhundert Jahren gar nicht mehr existieren.«

Paula ließ die Tragweite der Information eine Minute lang sacken. »Weiß Zorzi davon?«

»Er verdaut Contes streng gehütetes Geheimnis noch und versucht, daraus schlau zu werden. Und Doktor Lamboglia steht angesichts der Fakten vor einem wissenschaftlichen Rätsel.« Er hielt kurz inne. »Der Vizeinspektor und Doktor Lamboglia wissen übrigens weder etwas von Bruder Zacharias' Recherche in den Vatikanischen Archiven noch von Kardinal Calitris Theorie. Das sollten wir auch weiterhin für uns behalten.«

»Ich frage mich, wann Zorzi hier auftaucht, um mich zu befragen.«

»Was Sie angeht, ist der Fall abgeschlossen. Es wird keine Befragung Ihrer Person geben. Die ISA hat einen Deal mit der Questura gemacht.«

»Und das heißt?«

»Sie haben nichts mehr mit der Sache zu tun. Der Mörder ist gefasst und tot. Und dabei lassen wir es bewenden, bevor der Fall noch anderweitig für Wirbel sorgt.«

Paula verstand. Nichts fürchtete die Questura mehr als eine schlechte Presse, zumal einer ihrer Inspektoren gerade als Massenmörder entlarvt worden war.

»Aber es gibt noch etwas«, sagte Bernstein. Er öffnete die mitgebrachte Tasche und holte ein Buch hervor.

»Nachdem Zorzis Leute Contes römische Wohnung untersucht hatten, habe ich mich dort noch einmal selbst umgesehen und einen kleinen Geheimraum entdeckt. Contes Privatarchiv. Das hier ist eines seiner aktuellen Tagebücher.«

Paula nahm das Buch entgegen und schlug es auf, überflog die Seiten. Sehr detailliert schilderte Conte darin, wie er seine Opfer ausspähte, studierte, entführte und schließlich ihrem höheren Ziel – seiner Lebensverlängerung – zuführte. Des Weiteren berichtete Bernstein, er habe ebenfalls ein altes Buch mit Beschwörungsformeln gefunden. Geschrieben mit menschlichem Blut. Die Kapitel über den Seelenhändler *Legion* wären ziemlich zerfleddert gewesen, so oft musste Conte sie studiert haben, um sein schwarzmagisches Ritual zu perfektionieren.

»Was geschieht nun mit dem anderen Buch, dem mit den Beschwörungsformeln?«, flüsterte Paula, als könne der Dämon sie hören.

»Zuerst wollte Calitri es Bruder Zacharias aushändigen, doch dann besann er sich anders und verbrannte es.«

»Es könnten noch mehr von diesen Texten in Umlauf sein.«

»Möglich. Aber diese mit Blut geschriebene Originalausgabe nun nicht mehr. Und ein Original braucht es, laut Zacharias, damit das Ritual wirkungsvoll ist.«

»Fünfhundert Jahre ...«, sinnierte Paula leise. »Haben Calitri und Zacharias herausgefunden, wer Adamo Conte ursprünglich gewesen ist?«

Bernstein zuckte mit den Schultern. »Der Baron des Schmerzes, Gilles de Rais selbst, scheidet wohl aus. Er wurde

1440 in Biesse hingerichtet. Zacharias vermutet daher, dass Conte einst einer von de Rais' Mordkumpanen gewesen ist.«

Bernstein berichtete von einigen weiteren faszinierenden Gegenständen in Adamo Contes Geheimzimmer. Eine Ritterrüstung, einige alte Folianten, ein Braquemard, ein sogenanntes Kurzschwert, mehrere Dolche, an denen noch Blut zu kleben schien, einige Gemälde, mehrere Musikinstrumente aus früheren Jahrhunderten. Alte Bücher und Schriften in Latein und Französisch. Historische Münzen und Wertpapiere. Alles Stücke, die inzwischen allein schon historisch ein Vermögen wert waren.

Obwohl Paula noch viele Fragen hatte – zum Beispiel die, wie sie mit der schweren Schnittverletzung Conte hatte erschlagen können, wie sie aus dem brennenden Haus entkommen war und wie Bernstein sie schließlich wiederbelebt hatte –, spürte sie, wie ihre Kraft mehr und mehr nachließ. Selbst das ruhige Liegen im Krankenhausbett strengte sie an und ihre Augenlider wurden schwer.

»Sie sollten jetzt ruhen«, sagte Bernstein sanft. »Morgen ist auch noch ein Tag.«

Paula wollte widersprechen, doch die Krankenschwester kam herein und schüttelte den Kopf, als sie Paula sah.

»Sie sollten es nicht übertreiben, Signorina Tennant«, meinte sie mütterlich. »Auch nicht für solch einen hohen Herrenbesuch.«

Bernstein schenkte der Schwester ein schuldbewusstes Lächeln und ließ die Bücher in seiner Tasche verschwinden.

»Wann werde ich entlassen?«, fragte Paula fast schon ein wenig trotzig.

»Das will Doktor Russo noch nicht sagen. Also gedulden Sie sich lieber noch ein paar Tage. Schließlich wollen Sie wieder restlos gesund werden, oder?«

Die ruppige Art der Krankenschwester schien Bernstein zu gefallen. Paula glaubte sogar, so etwas wie gutmütige Boshaftigkeit in seinen Augen zu erkennen. Er griff nach seiner Tasche und trat näher, um sich zu verabschieden.

»Tun Sie mir bitte einen Gefallen, Paula, und hören Sie auf Schwester Adwiah.« Er berührte Paula sanft am Arm und blinzelte der Krankenschwester verschwörerisch zu. »Wir sehen uns morgen wieder und dann erfahren Sie den Rest.«

Als er gegangen war, meinte Adwiah: »Sie haben wirklich gute Freunde. Er hat die ganze erste Nacht an Ihrem Bett gewacht.«

Paula ergab sich schließlich dem Schmerz- und Beruhigungsmittel in der Infusion und dachte noch einen Moment über diesen Satz der Krankenschwester nach.

Ja, morgen war auch noch ein Tag. Und dann würde sie alles erfahren.

ANMERKUNGEN DER AUTOREN

Die Geschichte dieses Romans ist frei erfunden. Die Namen, Charaktere und Ereignisse sind entweder Fantasieprodukte der Autoren oder wurden als Resultat der Recherche fiktional verwendet und erweitert. So existiert beispielsweise die International Security Agency (ISA) nicht in der Realität. Keine Erfindungen hingegen sind die Existenz des Sacro Bosco, des sogenannten Monsterwalds, nördlich von Rom und das in Mailand niedergelassene gerichtsmedizinische Universitätslabor, das vielen namenlosen toten Flüchtlingen – auch um ihrer Angehörigen willen – zu ihrer Identität verhilft.

Laut Überlieferung gibt es ebenso die uralte, magische Schrift mit dem Titel „Ars Notoria", welche ihren loyalen Lesern und Anhängern zu einem perfekten Gedächtnis, übermenschlicher Geisteskraft und Weisheit verhelfen soll. Das älteste Manuskript wird in das 13. Jahrhundert zurückdatiert. Darüber hinaus ist „Ars Notoria" das älteste Manuskript einer magischen Kollektion, die in eingeweihten Kreisen unter „The Lesser Keys of Solomon" bekannt ist. Baron Gilles de Rais, der im 15. Jahrhundert an der Seite von Jeanne d'Arc gegen die Engländer kämpfte, soll sich mit diesen magischen Schriften befasst haben. Außerdem ist de Rais der erste dokumentierte Fall eines bestialischen Serienmörders in der Menschheitsgeschichte.

DANKSAGUNG

Damit aus einem Manuskript ein Buch wird, sind viele weitere Schritte vonnöten. Daher gebührt unser Dank einmal mehr all jenen Menschen, die uns halfen, aus »Die Tränen der Kinder« das vor Ihnen liegende Druck- und E-Book-Werk zu machen.

Wir bedanken uns ganz herzlich bei unserer unerschütterlichen Literaturagentin Lianne Kolf und ihren außerordentlich engagierten Mitstreiterinnen Tatjana Seel und Simone Hasselmann. Ebenso gebührt unser herzlicher Dank unserer Editorin bei Amazon Publishing, Lena Woitkowiak, unserer Lektorin Bernadette Lindebacher und unserer Korrektorin Manuela Tiller. Mit ihrem klugen und scharfsinnigen Feedback haben sie uns aus so mancher Betriebsblindheit herausgeholfen. Herzlich bedanken möchten wir uns auch bei der Grafik- und Designagentur Zero für das tolle Buchcover. Es fängt die Atmosphäre der Geschichte und Paula Tennants Jagd nach dem Frauenmörder sehr gut ein, denn erstens kommt es anders – und zweitens als man denkt. Tut uns leid, Paula, aber da musst du durch. Du wirst schon bald erkennen, weshalb.

Von ganzem Herzen bedanken möchten wir uns außerdem bei unseren Freunden für die moralische Unterstützung.

Ihr wisst, wer gemeint ist. Einen herzlichen Dank auch an unsere treuen Leser und ihr stets wertvolles Feedback. Eure Kommentare, Fragen und Leserbriefe erfreuen uns immer wieder.

Informationen über uns und unseren Schreibprozess halten wir auf unserer Homepage http://alex-thomas.info fest. Ebenso sind wir auf Facebook aktiv: http://www.facebook.com/ alexthomasauthor.

Zeitfracht Medien GmbH
Ferdinand-Jühlke-Straße 7
99095 Erfurt, Deutschland
produktsicherheit@kolibri360.de

Druck:
CPI Druckdienstleistungen GmbH
im Auftrag der
Zeitfracht Medien GmbH
Ein Unternehmen der Zeitfracht - Gruppe
Ferdinand-Jühlke-Str. 7
99095 Erfurt